辣妈侦探团

孙明一 ◎ 著

北方文艺出版社

图书在版编目（CIP）数据

辣妈侦探团 / 孙明一著. -- 哈尔滨：北方文艺出版社，2019.6

ISBN 978-7-5317-4511-2

Ⅰ.①辣… Ⅱ.①孙… Ⅲ.①长篇小说－中国－当代 Ⅳ.①I247.5

中国版本图书馆CIP数据核字（2019）第076682号

辣妈侦探团
Lama Zhentantuan

作　者 / 孙明一

责任编辑 / 路嵩　张贺然	装帧设计 / 吴睿
出版发行 / 北方文艺出版社	邮　编 / 150080
发行电话 /（0451）85951921　85951915	经　销 / 新华书店
地　址 / 哈尔滨市南岗区林兴街3号	网　址 / www.bfwy.com
印　刷 / 天津旭非印刷有限公司	开　本 / 880×1230　1/32
字　数 / 300千	印　张 / 12.5
版　次 / 2019年6月第1版	印　次 / 2019年6月第1次印刷
书　号 / ISBN 978-7-5317-4511-2	定　价 / 46.80元

孩子小的时候，妈妈是孩子的监护人；妈妈老了以后，孩子就是妈妈的监护人。监护人不是给对方提供好的生活才叫尽职尽责，最重要的是走进对方的内心，成为彼此心灵上的依赖。

目录

第一章	逃学事件	1
第二章	借记卡事件	10
第三章	花季心事	21
第四章	未遂事件	41
第五章	侦探妈妈团	54
第六章	调班级事件	71
第七章	孩子的社交	94
第八章	缺席的爸爸	108
第九章	叛逆期有多长	128
第十章	孩子反侦团	142
第十一章	打赏主播事件	157
第十二章	妈妈团第一战之嫌疑追踪	170

第十三章	运动会风波	189
第十四章	反侦团之二胎事件	200
第十五章	满满一桶水和点燃一把火	215
第十六章	集体失踪事件	228
第十七章	妈妈团第二战之温柔的较量	239
第十八章	唯一二元标准和多元化标准	256
第十九章	反侦团之沉默的反抗	269
第二十章	妈妈与爸爸的教育PK	281
第二十一章	吃药事件	288

第二十二章　妈妈团第三战之慈悲和反省　297

第二十三章　补短式教育和扬长式教育　306

第二十四章　反侦团之放弃和体谅　317

第二十五章　出国事件　325

第二十六章　父母的期待VS孩子的梦想　333

第二十七章　筷子事件　341

第二十八章　妈妈的演讲　356

第二十九章　母亲节礼物　369

第三十章　妈妈的大名叫监护人　384

第一章　逃学事件

郑莉莎开车行驶在繁华的商业街，见十字路口塞车，便停了下来。

车内，电台广播里的主持人正在和听众探讨一个问题："中年女性最大的幸福是什么？也许是处于事业上升期，也许是渐渐长大的孩子懂得了回报，也许是跟老公感情磨合到刚刚好，重温婚姻的幸福……"

郑莉莎听了，莞尔一笑，傲娇地抬起头，通过后视镜端正了一下自己的坐姿，对自己说："说的是我吗？"

后视镜里，她的脸上绽放着笑容，一抹阳光打在脸上，那是一种中年女性特有的明媚。

十字路口，车流缓缓动了。

因车子发动得慢，身后的司机鸣笛催促，郑莉莎正着急时偏又接到客户的电话。郑莉莎接起电话，脸上的笑容瞬间灿烂，"陈总，我现在正往您公司赶呢，10分钟之后，设计方案肯定会放到您桌上，放心吧。"

挂了电话，她习惯性地甩甩头发，眼角余光扫过车窗外，不经意地停留下来。

车外不远处，王可儿正跟两三个打扮怪异的同龄人嘻嘻哈哈地走过十字路口。

郑莉莎以为自己眼睛花了，眨眨眼，车速明显慢下来，回头再次张望，确认看到的正是自己早上亲手给王可儿穿上的蓝色外套。她突然就慌了神儿，手里的方向盘没打稳，车漂移一样停靠在路边。

郑莉莎不理后面司机的叫骂声，下了车，四下张望，找寻王可儿的身影。

十字路口处，车来人往，却怎么也看不到那抹熟悉的蓝色。

郑莉莎晃了晃脑袋，仔细地回忆刚才看到王可儿时的情景，确认自己并没有看错后，拿出电话打给王可儿的班主任。

"王老师，您好，我是王可儿的妈妈……"郑莉莎尽量放缓语速，想以平缓的语气来询问，不料话未说完便被对方打断。

"王可儿的妈妈？您的病好了吧？想开点，人到中年，难免要承受点病痛折磨，在国外好好休养，该吃吃，该喝喝，身体才是第一位的……"王可儿的班主任极为热情，话里透着对郑莉莎的关心。

这下更把郑莉莎搞晕了，"王老师，我……我……"

"病好了就早点回来，这一去就是一个多月。王可儿也真是个孝顺孩子，非说要陪着一起去，难为孩子有这份心。我们几个主课老师商量了一下，等她从美国回来，单独给她补补课。王可儿底子好，赶上进度是没问题的……"电话里，王可儿的班主任话越说越多，却没有一句是郑莉莎能听懂的。

她唯一听懂的，就是王可儿不仅逃学，还撒谎了！

郑莉莎不忍点破，只能狠命地咬住自己的嘴唇，心里有一万个问号想破口而出，最终却只能默默地咽下去。

当孩子存心向所有人隐瞒和撒谎的时候，身为妈妈，又能如何？

此时的郑莉莎，内心一片迷茫。她坐回车里，脑子一片空白，左思右想，就是找不出王可儿的半点破绽。

每天早上，她准时出门，跟父母道别，一脸热情地去上学。

每天傍晚,她准时回家,在房间里写完功课,像往常一样会撒娇,嚷着饿,然后伸手向父母讨点零花钱。

零花钱!

这三个字眼从脑海里蹦出来的时候,郑莉莎突然明白了,王可儿不断地伸手要的零花钱,肯定成了她的"逃学基金"!

想起每次王可儿伸手要钱,郑莉莎不想给,王得水却乐此不疲地送上大张钞票,郑莉莎满腔的怒火猛然之间燃烧起来,她拿起电话打给王得水,同时重新启动车子,飞速地冲向王得水的单位。

王得水为人忠厚、老实,在妻子眼里是一个打不还手,骂不还口的木讷男人,但在女儿眼里,他却是可以信赖和耍赖的好父亲。

郑莉莎还来不及将车停下来,王得水已经从办公室里跑出来,迎了上去。

"你在电话里也说不清楚,什么一会儿美国,一会儿逃学的,咱们可儿真能干出这样的事?"王得水依然不相信王可儿会背着他们逃学。

曾经,在王得水的人生里,女儿王可儿简直就是他骄傲的资本,不但能弹一手好钢琴,学习成绩一直优良,而且说唱功夫一流。在同事和朋友眼里,王得水的女儿就是他们孩子成长的标杆。如今女儿突然成了"问题少女"和"逃学少年",多少让他有些无所适从。

郑莉莎从车上下来,一脸怒气地冲向王得水。

"你说,你当初给她那么多零花钱,是不是暗中支持她逃学?"

王得水一脸委屈,"我怎么可能支持她逃学?"

"那你说,她究竟为什么要逃学?还要撒那么大的谎?我得了重病?我去美国手术,她要陪同?我的天,这得多缜密的心思才能想出这么好的逃学理由!"郑莉莎觉得自己快窒息了,她不停地拍着胸口,"王得水,你给我说清楚,到底怎么回事?"

"我也是刚知道，我哪知道怎么回事？"

"她到底为什么逃学？"郑莉莎几近嘶吼，"我们应该拿她怎么办？"

这时，王得水的两个同事路过，上前打招呼。王得水怕郑莉莎控制不住情绪，赶紧拉了拉她的手，不料却被郑莉莎一把甩开。

同事们诧异而又尴尬地挥手离开，王得水不得不劝郑莉莎："行了，事儿没弄清楚之前，你跟我发火有什么用？克制，克制。"

"女儿都逃学一个月了，你让我怎么克制？我克制得了吗？"郑莉莎几近崩溃。

王得水无奈地摇头，"行了，你没办法克制，难道我就有办法吗？你是她妈，我是她爸，在这件事情上，咱俩的心情是一样的！"

"那你倒是想想办法呀！"

"莉莎，不是我说你，平时你对女儿有点过分严苛，要不是你逼着她又学琴又补课的话，可儿也不会逃学。有压迫就有反抗，一定是你给她的压力太大，她才这样……"

王得水的话音还没落，郑莉莎就攻击回来，"我给她压力？艺多不压身，现在竞争这么厉害，没几样拿得出手的长处和技能，将来怎么在社会上立足？王得水，你别一直站在女儿那头跟我唱反调，教育孩子咱们必须统一战线！"

"我也没说不跟你统一，这不是跟你商量吗？"

"算了算了，跟你这种闷葫芦也商量不出好计策，咱们分头找。王得水，我告诉你，要是可儿有个三长两短，我跟你没完！"郑莉莎撂下一句话，匆匆上车，疾驶而去。

王得水来不及多想，赶紧招手叫来出租车，毫无头绪地冲向大街。

郑莉莎开着车，车速缓慢，表情却焦急。身旁的电话不停地响，她看了一眼，不知道该不该接，最后咬牙拒接。

电话终于不响了，郑莉莎的表情却越来越迷茫。回想刚才王可儿路过十字路口时那一脸高兴的模样，郑莉莎的内心就觉得无比悲哀，"只想着自己快乐，难道就一点也不理解父母的苦心吗？"

郑莉莎开车驶过两条街道，怎么也找不到王可儿的身影，着急之下，她想加速，却被一辆送快餐的摩的挡住去路。无论她怎么按喇叭，摩的就是不动。郑莉莎愤懑地拍着喇叭，一种委屈之情涌上心头，这时方向盘突然转向，差点撞到路牙子上。

车，戛然而止。

郑莉莎显然已经没有心情开车，她拿起电话，打给妹妹郑茉莉。

郑茉莉个性风风火火，是出了名的"赛车手"，车技比姐姐郑莉莎要好很多。接手车子之后，她简直把车开成了赛车，在大街小巷间自由穿梭。坐在旁边的郑莉莎忍不住多次提醒她："慢点，慢点。"

"姐，我就纳闷了，你们家可儿可是优秀生，从小就听话，怎么突然就逃学了呢？"

"你姐夫说，是我的暴政导致王可儿逃学。"

"哪里有压迫，哪里就有反抗。"郑茉莉一脸认同，"你平时对可儿还真是够严格的。"

郑莉莎没想到亲妹妹竟然跟王得水持一样论调，马上表示不满，"你好歹做过几年老师，现在又自己开培训学校，难道你不知道现在的孩子面对的是一个怎样的社会吗？就拿我来说吧，去年我们单位职位调整，本来该是我的位子，就因为对方学历高，是海归，领导连商量都不商量，直接跳过我提拔了对方，为什么？不就是我差那一张纸吗？"

"姐，我不是有意揭你伤疤，我只是觉得你在可儿身上吧，寄予的期望太高,这样会让孩子有压力。"郑茉莉小声地解释,"而且我觉得,有时候能力比学历重要,不是吗?"

郑莉莎挥手,十分不赞同,"别跟你姐夫一个调调,我不想听。"

郑茉莉吐了吐舌头,"暴君,忠言逆耳。"

"少说我,你对小峰不也一样?"郑莉莎不服。

郑茉莉不得不点头,"我们家那个少爷倒还省心,不省心的是他那个爸爸。"

"林峰又怎么惹你了?"郑莉莎不经意地问。

郑茉莉一脸惆怅,"夫妻过日子,过着过着就感觉没劲……"

姐妹俩在车里说着话,郑莉莎的目光却始终不离车窗外,但终是没寻到王可儿的身影。

车窗外,天色渐渐暗下来,一家网吧的招牌在路边熠熠生辉。

郑茉莉轻声问郑莉莎:"姐,你家可儿喜欢打游戏吗?"

郑莉莎想了想,打开车门,"死马当活马医,进去看看。"

两人从车上下来,一前一后走进网吧。

网吧内,乌烟瘴气,各种味道充斥全场,方便面味,烟味,甚至还有脂粉味,郑莉莎忍不住掩上鼻子,一边往里走,一边张望。

快到前台时,郑莉莎被人拦下来,"阿姨,我们这儿都是年轻人……"

郑茉莉上前解释:"我们不是来玩的,来找人的。"

前台说:"那更不行,到这儿来的都是有合法登记手续的,不能随便让你们找……"

郑莉莎忍不住了,上前拍了拍前台的肩膀,"小朋友,找人不犯法,更何况我还是她妈!"

前台阻拦的声音,已经让网吧里的王可儿警觉。当她抬头,发现前来找人的是自己的亲妈和亲小姨时,连脸色都变了,赶紧跟身边的两个朋友打招呼:"坏菜了,我妈来找我了,先走了。"

王可儿下意识地想从后门逃脱,却被眼尖的郑茉莉一眼看到,"可儿!"

郑莉莎此时也看到了王可儿,她没有喊,也没有叫,只是隔着众人,目光凛冽地盯着王可儿,表情肃穆。此刻的她,内心早已经燃起熊熊烈火。

王可儿最怕妈妈的这副表情,每次遇到过不去的坎儿,妈妈总是先沉默,再爆发。

果然,当郑茉莉把王可儿推上车之后,郑莉莎终于爆发了。

她先是伸手,想要打王可儿,被郑茉莉拦下来,又觉得不解恨,上前狠狠地点了一下王可儿的额头,王可儿吓得不敢出声。

车子被郑茉莉发动起来,往郑莉莎家的方向疾驶。

车内,一片静默。王可儿不敢看郑莉莎,郑莉莎忍住怒火,不去看王可儿。母女二人坐在后排座位上,一个向北,一个向南,开车的郑茉莉一脸尴尬。

车子在小区门口停下,王可儿快速地下车,跑回了家。

郑莉莎看着王可儿的背影,恨得牙根痒。

郑茉莉本能地想上前劝姐姐几句,却被郑莉莎反手将车钥匙拿了去,"行了,你忙去吧。"

见郑莉莎对自己下了逐客令,郑茉莉还是不放心,小声地叮嘱:"姐,可儿毕竟是大孩子了,她这个年龄正处于叛逆期,你悠着点,Hold住火,在她这个年龄,说教比拳头管用。"

郑莉莎尽管脸色已经气得发青,还是不得不点头承认妹妹的劝诫是对的,"我有分寸。"

回到家,郑莉莎本能地冲进客厅,却发现王可儿待在自己房间,房间门是关着的。郑莉莎上前敲开了门。

王可儿一脸胆怯,却依然装出无所畏惧的样子,大摇大摆地走到客厅,坐在沙发上,将脚伸到茶几上。这个姿势,曾经是郑莉莎最厌烦且不允许的,如今摆出来,无非是在用行动告诉她,这场母女间的战争,开始了。

郑莉莎站在原地,心里百次千次地告诉自己,不要轻易发火,先问明白原因,不要去管王可儿现在的行为,先弄清楚她心里在想什么。她努力让自己镇定下来,深呼吸之后,强迫自己冷静下来。

"可儿,跟妈妈说,为什么逃学?"

王可儿看了郑莉莎一眼,一脸无所谓的样子,"你们大人工作累了不也有个双休日吗?"

"可你是学生,还有两年就高考,怎么能随便旷课呢?"

"我对自己的成绩还是有信心的。"

"那也不能逃学!"

"我说了,就是累了,憋得慌,出来透透气!"

"王可儿!你别跟我说谎,你逃学可不是一天两天,是整整一个月!还跟那样一帮奇形怪状的人在一起,能学好吗?"

"她们是我朋友。"

"我不许你交那样的朋友!"

"从小到大,管这管那,连交个朋友都要管,你累不累呀?"

"王可儿,这是你跟妈妈说话的态度吗?趁我没发火之前,把事情交代清楚!"

郑莉莎的怒火已经冲到了胸膛,尽管她努力压低声线,却还是抑制不住愤怒,眼看着怒火就要冲破胸膛,爆发出来。

王可儿不说话,摆着一张脸,显然不愿意低头。

郑莉莎忍住已经冲到喉咙的怒火,最后一次问:"你给我老老实实回答，为什么逃学？"

王可儿还是不说话，将头转向别处，不看郑莉莎，也不回答。

郑莉莎终于被惹恼了，上前将王可儿搭在茶几上的脚踢了下去，接着举起手来，作势要打王可儿，"说不说，不说今天我饶不了你！"

尽管王可儿从郑莉莎的眼里看到了怒火，小小的人儿却依然倔强，"妈，你不觉得自己管得太多了吗？我就是累了，想放松一下，怎么就不可以？"

郑莉莎已经失去了耐性，胸腔里那股火迅速冲破喉咙，链接到胳膊和手腕，头脑瞬间是空白的，只觉得一股力量集中在了手掌之上，不受控制地向着王可儿的脸上飞了过去。

"啪！"巴掌终于落了下来，响亮，清脆，一瞬间，整个屋子安静了。

巴掌是落了下来，却打在了赶回家来的王得水的脸上。

惊呆的却是王可儿。

她不相信妈妈会当真对自己打出这一巴掌，尽管疼在爸爸脸上，却好像打在了她的心上。趁父母对峙，王可儿快速起身回到自己房间，狠狠地将门锁上。

客厅里，郑莉莎和王得水面面相觑。

第二章　借记卡事件

郑茉莉开着车往父母家里赶，车里载满了儿子喜欢吃的零食。尽管父母一再说"孩子有点儿胖了"，但郑茉莉一直觉得自己和林峰工作太忙，都不在身边，不能亏了陪伴，再亏了儿子那张嘴。

车刚在小区里停下，郑茉莉就接到了银行打来的电话，电话里催问她还款事宜，说是林峰的一张借记卡上个月刷卡之后一直没有还，且电话联系林峰本人也联系不上，只好联系她这个办卡担保人。

郑茉莉一脸疑惑，她想不明白，林峰怎么会缺钱缺到刷信用卡？

而更让她百思不得其解的是，进了父母家，父母将一堆信件丢给她，"你们搬新小区以后，因为来不及换地址，这些信隔三岔五就寄到家里来。"

郑茉莉婚后跟老公林峰过了一段苦日子，婚房都没有的他们不得不暂住在父母家。林峰升职之后，收入水涨船高，加之郑茉莉从学校辞职出来自己创办培训机构，收入也渐渐稳定，于是夫妻俩在高档小区换了叠拼，但儿子林小峰依然还得麻烦父母照顾。

郑茉莉打开信一看，果然是银行的催款信。消费数目虽然不多，但还是让她心里不舒服，她总感觉林峰在外面有什么事瞒着自己，再细看上面的消费日期，她更加确信林峰有可能已经背叛了自己。

"3月28号……"郑茉莉默默地念出了声儿，"那天，林峰应该在宜宾出差,怎么会在这附近消费……"

客厅里,母亲正坐着看电视,电视里播出的正妻跟小三智斗的戏码让郑茉莉打了一个寒战,她马上跟父母道别,起身离开。

郑茉莉开着车飞奔,握着方向盘的手不停地颤抖,她已经乱了方寸。她回想跟林峰过的那些苦日子,从无到有,从小白到中产,自己吃过的苦是多少女人咽不下的,就连林峰常年出差,自己一人支撑这个家也从不埋怨,如果对方当真在外面乱来,她定不轻饶!

女人一旦在内心充满了对男人的怀疑,是很容易失去理智的。

郑茉莉去银行确认了几笔消费,发现消费地点都在同一个小区附近,消费时间都是林峰声称出差的日子。

她怀疑,林峰根本没有出差,他是在欺骗自己。

郑茉莉盛怒之下拿出电话,愤怒的话语就像刀子一样穿透话筒,毫不留情地刺向电话另一端的林峰。

"林峰,说吧,要我还是要她,离婚手续什么时候办,财产和孩子,你打算怎么分。"

郑茉莉冲口而出的话,让林峰感到莫名其妙,同样脾气火爆的他在好不容易问清楚事情的缘由后,气妻子的不理智,却根本不想费神解释,"根本不是我消费的,你爱信不信,不过就拉倒!"

林峰先挂掉电话的举动惊着了郑茉莉,她不免当街自嘲:"这年头,出轨了还活得如此理直气壮!"想不通,又不想再跟林峰纠缠,于是郑茉莉拿起电话,打给艾小云。

两人之前是同事,又是好友,因为林小峰跟艾小云的女儿米爱同龄又同班,两人感情自然更近一步。而且巧的是,艾小云又是林小峰的班主任,郑茉莉觉得有些话找她倾诉最恰当不过。

只是,郑茉莉没想到自己在电话里向艾小云诉了半天苦,对方却好像无心听她说话,反而满腹心事。郑茉莉是急脾气,便问:"小云,你有认真听我说话吗?"

"茉莉,你……还是来趟学校吧。"艾小云在电话里轻声告诉她,"我觉得你们家小峰最近问题很多,还是当面说比较好。"

郑茉莉放下电话,无奈地摇头,生活之于她,还真是按下葫芦起了瓢,老公林峰,儿子林小峰,没有一个省心的。这一刻,她突然理解了姐姐郑莉莎。

而此时,郑莉莎正端着一碗面条,站在王可儿房门外,旁边站着王得水。

王得水不时地冲郑莉莎使眼色,暗示她要主动,要平和。

郑莉莎平复了一下情绪,敲门,轻声喊王可儿吃饭,对方既不回应,也不开门。

郑莉莎说:"可儿,妈妈刚才不应该出手打你,咱们先吃饭,吃完饭再好好谈谈,可以吗?"

门内,王可儿依然不回应。

郑莉莎急了,"你这孩子怎么回事?好说歹说,怎么还跟我倔上了呢!"

王得水赶紧制止她,把面碗接过来,"算了,我来,我来。"

郑莉莎生气地将面碗递给王得水,转身回了客厅。

王得水敲门,"可儿,爸爸下的海鲜面,你最喜欢吃的,快开门。"

门,终于开了。

王可儿接过面条,还没等王得水开口说话,就重新把门关上了。

王得水又好气又好笑地走回客厅,反被郑莉莎奚落:"看到了吧?这就是你的好闺女,掌上明珠,你的骄傲!"

王得水不得不劝:"少说两句吧,孩子心结没打开,你纠结越多,越打不开,有什么用?"

郑莉莎急了,"王得水,都怪你!当初我说送她到国外读高中,你左一个舍不得,右一个学费太贵,现在好了吧?在家天天跟你置气,还不如当初狠狠心送出去,眼不见,心不烦。"

"行了,可儿最烦的就是什么事都是咱们替她做主。她是个大人了,有主见,有思想,你不能把你想做的一切全放到她的身上,孩子能不烦吗?"

郑莉莎伸手指了指王得水,王得水下意识地避开,"干吗,还想再来一巴掌?"

郑莉莎心疼,却故意作出一副冷漠样,"活该,谁让你早不回来,晚不回来,偏在那个时候回来,挨打的命。"

王得水再次劝:"莉莎,女儿大了,以后说话别那么直,更不能动手打。有句话不是说了吗,最好的人生要懂得留白。做父母也一样,要懂得给孩子留点余地。"

郑莉莎不以为然,"我就是挨打长大的,就连当初要嫁给你,我父母不同意,我还做好了挨打的准备呢。怎么样?不也好好的吗?"

王得水刚要反驳,郑莉莎的电话响了。郑莉莎看了一眼电话,有一种躲不过去的感觉,无奈地接起,瞬间换上了笑脸。

电话那头传来上司责备的声音。因为寻找王可儿,郑莉莎耽误了给客户送设计方案,客户投诉,上司自然是要恼的,而郑莉莎也只有赔罪的份儿。

对方好不容易把电话挂上了,郑莉莎脸上的笑容也凝固了,带着一丝假,一丝委屈,看得王得水很心疼。

"工作虽然重要,女儿同样重要,你要是能把对待工作的态度分一半给女儿,她就不会跟你对着干。"王得水因势利导,"还有,我觉得你工作也别那么拼,开心最重要,咱们现在房子车子都不缺……"

不料，话刚说到一半就被郑莉莎拦下来，"得了吧，王得水，我懒得说你！就咱这房子？小三居？能跟我妹妹家的叠拼比吗？还有那车，要不是我努力工作，不拼命赚回那笔奖金，就你一个月那仨瓜俩枣儿，能买得上车？"

王得水为人憨厚，因为赚得少，被郑莉莎嫌弃了大半辈子，夫妻俩每次说到钱的问题上，总是闹得不甚愉快。经济基础决定家庭地位，辩不得，吵不得，他只能自己先闭嘴。

但郑莉莎不一样，性格里的倔强和不甘，就像两只纠缠着欲望的虫，一旦释放，很难收回。

"王得水，如果你争点气，多挣点，我像其他女人一样做全职，陪着可儿，她能做出逃学这种事吗？为了这个家，我拼命地工作，你可倒好，出了这种事，还埋怨我做得不对。我哪里做的不对？要不是我从小培养她学钢琴，她能过八级？要不是我天天陪着她补英文，练口语，她张嘴还不跟你一样一口南方芝麻糊味儿？"

王得水是南方人，郑莉莎是北方人，尽管到北方扎根生活几十年，王得水依然一口软糯的南方口音。以至于郑莉莎一直觉得王可儿之所以英文发音不标准，完全就是因为遗传了王得水的南方口音。

王得水受尽了指责和埋怨，不得不举手投降，"能不地域攻击吗？咱现在聊的是女儿的事。"

郑莉莎不甘心，"一说现实，你就一副休战的样子，真没出息！女儿怎么了？我教育得不够好吗？是她不争气好吗？你瞧，逃学回来还跟个英雄似的……"

话音未落，王可儿房间的门突然开了。夫妻二人马上起身，刚要冲过去，房门突然又关上了。

吃完面条的空碗，在房门外赫然立着，打着旋儿，让郑莉莎和王得水好气又好笑。

郑莉莎心头的那把火终于烧了起来,她冲到王可儿房门前,猛烈拍打,"王可儿,你给我出来,今天必须把话说清楚!"

郑茉莉坐到了艾小云的办公桌前,看着对面自己曾经的办公桌,不免感慨。

"三年了,这办公室还没变样儿。"

艾小云留着一头利落的短发,人清瘦了不少。郑茉莉一脸关切地问她:"你跟米大利手续办利索了?"

艾小云没回答,而是从抽屉里取出一张借记卡递给她。

郑茉莉不明所以。

艾小云告诉她:"这是从你儿子——林小峰的书包里找到的。"

郑茉莉不敢相信,拿着卡左看右看,最终确认是林峰办的借记卡副卡。

"他爸爸给他的。咋了?你怀疑是我儿子偷的呀?"郑茉莉笑,"怎么会呢,小峰那孩子是你看着长大的,这卡确实是他爸爸给他的。"

艾小云叹气,"你呀,人从学校辞职了,这觉悟也下岗了,一个孩子手里握着可以大额消费的信用卡,你们夫妻就是这么教育孩子的?"

"到底怎么了?"

"最近林小峰天天请客,整天带着一帮同学吃吃喝喝,不是零食,就是吃饭,学校附近两家超市买遍了,五家饭馆吃遍了,还送礼物呢。"艾小云边说边从抽屉里拿出几样玩具,"这是我在我们家米爱书包里发现的,全是小峰送的。要不是这些玩具,我也不会调查这件事。"

艾小云的话让郑茉莉意识到事情不简单,她的神情立刻严肃起来。

艾小云继续说:"最近班上在搞民主选举,我怀疑你们家小峰为了当上班长,花钱拉拢同学,买票呢。"

"花钱买票?"郑茉莉高声叫了出来,"这孩子,跟谁学的?"

艾小云笑,"还用学吗?爸妈都是生意人,耳濡目染呗。"

"可……可我哪教过他这些呀!"郑茉莉着急地辩解,"你真的查清楚了,是林小峰刷卡消费,请大家吃喝?他想当班长?"

艾小云看着郑茉莉,一脸严肃,"咱俩认识十多年了吧?小峰在我心里,跟自己的儿子有什么区别?我能跟你开这样的玩笑?你们夫妻这些年,钱是赚了,但孩子的教育却没跟上,好好反省吧。"

郑茉莉起身,"林小峰呢,我接他回家。"

艾小云好心相劝:"你可是当过老师的人,知道学生要鼓励,不能骂,更不能打,别冲动,慢慢引导。"

郑茉莉已经愤怒,"对别人的孩子不能下手,自己的孩子还不能下手吗?"

艾小云反对,"那不行,要这样的话,我不会把小峰交给你。"

郑茉莉摇头,"行,我答应你,今天不把林小峰当儿子,当学生,不打不骂,和颜悦色,只做思想工作,成了吧?"

艾小云苦笑着摇头,"做老师的人,能平静地面对学生犯下的所有错误,一旦做了父母,怎么就不能平静地对自己的孩子呢?"

郑茉莉父母家。

郑茉莉父母正在准备晚餐。

郑茉莉打开门,林小峰一个趔趄被推进门来。

郑茉莉的母亲吓了一跳,上前质问郑茉莉:"怎么能推孩子呢?推倒了多疼。"

林小峰看到姥姥，像抓到救命稻草一样，"姥姥，妈妈要打我，你帮我……"

知道母亲会护着林小峰，郑茉莉先发制人："妈，今天这事，你跟我爸都别管，这小子竟然敢乱刷信用卡，害得我……算了，我今天非得弄明白，谁借他的这个胆！"

林小峰放下书包，满屋子跑，郑茉莉在后面追，父母追不上，管不了，只能看着干着急。

林小峰终于被郑茉莉追上了，郑茉莉出手就冲他屁股打了几巴掌。林小峰一边哭一边叫疼，郑茉莉依然没有住手的意思。

"你妈妈我好歹也在学校里当过老师，你就这么不长脸，让你给我丢人，让你花钱买票，让你乱刷信用卡……"每说一句，紧跟其后的就是重重一个巴掌。

心疼的姥姥上前制止，反被郑茉莉埋怨："妈，都是你跟我爸惯得他，现在不管，将来就管不了了！"

林小峰冲进姥姥怀里求安慰，郑茉莉怒气未消，指着林小峰，"今晚不许吃饭！"

林小峰不敢违背，只能摸着屁股喊疼，却又被郑茉莉制止，"打住，再喊就再赏你两下！"

林小峰吓得不敢出声，小声哽咽，姥姥看不下去，"不是我说你，管孩子哪有这么打的……"

郑茉莉刚要说话，门开了，林峰提着旅行箱走了进来。

见了爸爸，林小峰连哭带嚎地冲上去。没等他告状，郑茉莉已经先发制人。

"你回来得正好，这是你儿子，你来管！"

林峰终于弄明白，刷信用卡的是儿子，虽然生气，但见他被打得如此凄惨，心生不忍，也跟着偏袒，"孩子知道错就行了，再说副卡是我给他的,我也有责任。"

郑茉莉火气莫名大了起来,"知道你也有责任了?天天不着家,当这儿是旅馆吗?你还知道有老婆有儿子吗?"

林峰也是急脾气,本来一心想着赶回来跟郑茉莉解释清楚信用卡的事,没想到刚进门就被埋怨,有一种好人难做的委屈,不免跟她吵了起来,"我忙,你就不忙吗?我不管儿子,你管了吗?还不是把他天天放在爸妈这儿!"

"至少我能每天来看看,你呢?你又在哪儿?整天出差,谁知道你是真忙还是假忙?"

"郑茉莉,你说话有良心吗?咱家房子车子,哪一样不是我挣回来的?我不忙,钱从哪儿来?"

"钱,钱,钱,难道就你一个人赚钱?我不也在工作吗?"郑茉莉指着林小峰指责林峰,"这么小的孩子,你就敢给他那么大额的副卡,刷出问题来了,班主任都找上门来了,你说怎么办?"

两人吵得没完没了,父母终于看不下去,下了逐客令。

从父母家出来,郑茉莉气不打一处来,发动车,自己先走了,留下林峰和林小峰站在原地。林峰不由得叹气,林小峰安慰他:"爸爸,没事,咱们可以滴滴打车,网上支付……"不料,他的话没有安慰到林峰,反而招来林峰一通批评。

"你妈妈脾气是不太好,但她说的在理,小孩子不能随便刷卡,爸爸决定收回你的副卡。"

林小峰的表情瞬间垮掉,小声嘟囔:"那我还怎么竞选班长呢?"

林峰没有留意儿子的话,扬手叫出租车。父子俩上了出租车后,他才意识到刚才漏掉了什么,忙问林小峰:"你刚才说什么?"

林小峰赶紧掩饰,"没,没什么,我就是想知道……谁出卖了我。"

艾小云看着饭桌对面的米爱。

米爱小小的脸上，全是不悦和委屈。

她面前的饭菜，一口也没动。

艾小云不得不劝："米爱，妈妈说了，这件事是妈妈自己发现的，林小峰不会怪你的。"

"可是，要不是我书包里的玩具被发现，妈妈就不会去查林小峰的银行卡，现在他一定在家里接受批评呢，心里一定认为是我出卖了他，明天就不跟我玩了。"

艾小云无语，"你和小峰从小玩到大，天天在一起，还没玩够呀？"

"小峰……他对我好，比任何人都好。"

米爱的话让艾小云失笑，"难道比妈妈对你还好？"

米爱想了又想，小脸上写满认真，"以前是妈妈对我最好，但自从你不让爸爸回家以后，我就觉得妈妈没那么好了……"

听女儿说起米大利，艾小云脸上的笑容慢慢凝结，"你不是跟妈妈约好，以后不说爸爸的事情了吗？"

"可是，我想他。"

"米爱，跟妈妈在一起生活，你难道不快乐吗？"艾小云严肃地盯着女儿，无比渴望能得到女儿肯定的回答。

不料，米爱思索了半天，仍告诉她："我还是喜欢爸爸妈妈在一起的家。"

艾小云感到万箭穿心，看着米爱那张跟米大利无比相似的脸，往事浮现，她食难下咽，不由得放下碗筷，"算了，不想吃就不吃吧，妈妈也不吃了。"

米爱转身不声不响地进了自己的房间。她越是如此，艾小云越觉得心痛，自己和米大利的婚姻本来还算幸福，但米大利跟新来的实习老师暧昧不清，她一气之下离了婚。尽管米大利口口声声说自己是清白的，可是信任就像掉进灰堆的豆腐，想恢复清白，谈何容易。

更让艾小云不能理解的是，两人前脚离婚，米大利后脚就不管不顾地辞职走人，明摆着就是宁肯失去安稳的工作，也不想在学校天天碰见她，如此决绝，让她如何相信他的清白？

而这一切，又该如何跟8岁的女儿细说？

第三章　花季心事

早上，王可儿从房间里走出来，明明看到了在餐厅里坐等自己的父母，却一言不发地提着书包往外走。

郑莉莎将她喊住，"打今儿起，我送你上学。"

语气不容置疑，旁边的王得水暗中向她使眼色，郑莉莎却始终一脸严肃。

王可儿站在原地，想拒绝，却被早一步的王得水拉到餐桌旁，"先吃饭，吃饱了才有力气上课。"

王得水将稀饭递给女儿，同时又将包子递给郑莉莎。

郑莉莎狠狠地咬了一口包子，眼睛死死地盯着王可儿。王可儿却不看她，双手把碗捧到眼前，以碗遮脸，拼命般地喝下去。

王得水试图缓和一下气氛，"刚从手机上看了一个笑话，要不要说给你们听一听？"

"不用。"郑莉莎和王可儿异口同声地回答。

郑莉莎看一眼女儿，"咱们家现在不就出了一个天大的笑话吗？"

王可儿不满妈妈的含沙射影，丢下饭碗，拿起书包往门外走，郑莉莎起身跟了出去。

一对在沉默中较量的母女，就算是到了车内，依然沉默。

王可儿将目光投向车窗外，郑莉莎开着车，一脸心事，却也不知该从何谈起，怕张口就吵，只好先压制着火气劝女儿："好好上课，把落下的功课全给我补上！"

"功课功课，你眼里只有功课！成绩真的有这么重要吗？"

"可儿，你记着，你成绩好，是我的女儿，你成绩不好，也是我的女儿。这个世界上，天天苦口婆心劝你上进的人，只有妈妈！"

"可我不想让你这么管我！"

"当妈的不管女儿？除非我哪天闭上眼。"

"我和你不在一个频道上。"

"妈妈这个频道，你早晚也要体验。"郑莉莎想笑，又觉得委屈，"好像谁还没个青春似的。张爱玲说过，你年轻么？不要紧，过两年就老了。"

"现在谁还看张爱玲。"

"回头妈妈给你买几本，比你看的网络小说有营养。"

郑莉莎想以此拉近跟女儿的距离，王可儿却不再接话茬儿，目光飘向车窗外，表情淡漠。

郑莉莎最受不得的就是被女儿漠视，终是没忍住心里的那个疑问，回过头来看了一眼后排坐着的王可儿，"我还是想不明白，你到底为什么要逃学？"

王可儿不回答，也不看她。

郑莉莎更急了，再次回头，"王可儿，我已经忍你很久了，跟妈妈说点心里话就这么难吗？逃学不是小问题，回头你们班主任那儿我怎么交代……"

话没说完，王可儿突然指着前方尖叫起来。

"撞车啦！"

郑莉莎慌乱中，一个急刹车，跟前车的距离仅有一厘米，危险避免了,可她内心却迷茫又悲哀。

看着后视镜里的女儿,郑莉莎似乎看到了她小时候腻在自己怀里的模样。小时候的孩子听话,心里不藏事,围绕膝前,妈妈长妈妈短的,棉花糖一样让心酥软。曾经那么渴望女儿长大,不承想,长大后的女儿却跟妈妈有了距离,而且还是最痛的心灵上的遥远。

郑莉莎想着往事,哀伤弥漫在心头,她已经没有力气去追问和探寻什么了,只希望王可儿能够听话,努力,好好读书,又生怕自己再多说几句,她又离开,又逃课,索性咬牙,忍了。

车缓缓地开到校门对面,郑莉莎正等着打方向的时候,王可儿打开车门,"别掉头,太麻烦,你走吧。"

郑莉莎不放心,开着车窗叮嘱:"好好上课,离那些差生和坏学生远一点!"

王可儿不回答,背对着她,挥了挥手。

已经长大的王可儿,和郑莉莎一样高,修长的手臂在朝阳里挥舞着,郑莉莎又爱怜又担心,"一个孩子,究竟要长到多少岁,才能彻底不让父母担忧呢?"

郑莉莎看着王可儿一步一步靠近校门,低头看看时间,想到昨天耽误的工作,掉转车头,径直驶离学校。

她不知道,在她离开的时候,王可儿立在校门口,进也不是,不进也不是。

正在王可儿犹豫时,一个长相清秀高高瘦瘦的男生出现在人潮里。王可儿看到这个男生之后,立即兴奋起来。可是当她举起手要上前打招呼的时候,一个长头发的女生追到男生身旁,把一份早餐递给男生,男生推辞不掉,接过去,两人有说有笑地走进校门。

王可儿的兴奋凝固在脸上,表情僵硬,停在半空的手如同雕塑一般,不知该如何收回。偏偏有三五个男生从她身旁走过,小声地议论着:"网上说,那个失踪的女生好像被人强奸了。唉,太可怜了……"

声音虽小,却听得真切,王可儿的脸色突然大变,她来不及思考,用书包遮挡着脸,生怕被同学们认出,迅速逃离了学校……

郑莉莎刚到办公室,上司就劈头盖脸地骂了起来,客户并没原谅她的失约,提出解约。

"尊你一声郑姐,念你是我的前辈,给你几分薄面,你可倒好,裁缝不带尺——存心不良啊。是不是觉得我占了你的位子,存心跟我过不去?"

上司比郑莉莎年轻近10岁,海归,有着高学历背景,表面斯文有礼,一旦触及个人利益便毫不留情地骂人。

郑莉莎深知错在自己,但这件事自己已经再三道过歉,小上司依然不依不饶,还当着办公室所有人的面儿把她说得如此不堪。郑莉莎受不起这种"厚待",在小上司喋喋不休的大骂声中,她心里连日来积攒的怒气也爆发了。

"不就是一个几十万的客户吗?我郑莉莎每年给公司创造的利润也不止这些数!勤勤恳恳十多年,第一次出现纰漏,竟然当众让我难堪?我说过,我家里有事,不得已而为之,你怎么就不能理解一下呢?"郑莉莎看看小上司,"算了,说了你也不能理解,你没结婚,没孩子,怎么可能理解一个妈妈的心情。"

小上司是男性,上个月刚跟在国外的女友分了手,心情正郁闷,郑莉莎又提到了家庭和孩子,更让他无法接受,他生气地将手里的案子扔到办公桌上,"不想做家庭妇女,就好好想想怎么写案子吧。"

小上司终于离开了。

郑莉莎也没有半点工作的心情。办公室的同事不敢得罪新上司，没有一个人帮她说句话，这时候郑莉莎就特别想念一个人，叶青。

二人是十几年的同事，处成了闺蜜和挚友。

如果不是叶青梅开二度，再婚后和老公去国外度假，她一定会站在自己这边，帮自己说句公道话，打打圆场，也省得跟小上司闹得如此紧张。

郑莉莎感慨着，拿起办公桌上的台历，看了看日期，自言自语："这家伙，浪漫也该结束了吧？"

郑莉莎正感慨着，一个女同事跑过来，着急地向她求救："郑姐，我的电脑好像中病毒了，你赶紧帮我看看吧，开不了机，急死人了。"

郑莉莎起身去为女同事调试电脑，女同事在旁边不停地讨好，"郑姐，全公司我最服你，设计一流，电脑修得比技术男还专业，这不知道的，还以为你IT出身呢。"

郑莉莎脸上有着小小的骄傲，"当年若不是家里有事，说不定我就是女版比尔·盖茨。别的不敢说，跟电脑有关的技术，还真难不倒我。"

郑莉莎边说边捣鼓，电脑在她的手里就像一件玩具，关机，重启，屏幕瞬间明亮。

女同事的眼睛也亮了，"呀，郑姐，好用了呢。"

电脑屏幕上提示要求输入密码，女同事尴尬地看了一眼郑莉莎。郑莉莎明白，做设计的，人人心里有本小账，哪个不是背着人的？她转身，离开。尽管身后的女同事还在不停地说着感恩之辞，郑莉莎却没有回头，脸上是难以掩饰的苦笑。

人在江湖漂，信任是把刀，就算你把信任给了别人，又有几人是愿意保护你的？

不被人在背后捅一刀，已经是无上的幸运。

也正因为如此，所以她更注重女儿的教育，只希望她能多读书，看透世事，识得人心。可惜的是，女儿总是不懂妈妈的心。

此时的王可儿，背着书包，一个人晃进了商场。

也许是学生装的打扮与周围的环境格格不入，引来众人注视，善于搭讪的销售人员主动跟她说话："小同学，一个人来买衣服呀？"

顺着销售人员的目光，王可儿看看自己的一身学生装，点头也不是，摇头也不是。当销售人员企图拉她进去试衣服的时候，她赶紧摇头，匆匆跑开。

王可儿走出商场，无处可去，就去了楼下的咖啡店，要了点吃的，然后拿起手机打电话。电话另一端的朋友显然不能立刻出来陪她，王可儿表情失落，一个人默默地喝着咖啡，有些苦，她强撑着咽下去。

王可儿百无聊赖，拿着手机翻看通讯录，目光在"陈泽"这个名字上停留了许久，想删除，又觉得不舍，想发信息，写到一半又觉得无聊，一个字一个字再删除，百般纠结。

她不知道，此时她的妈妈比她还要纠结。

郑莉莎把案子完成，交到小上司手上。趁着小上司审核的时候，她打电话给王可儿的班主任。当电话另一端，王可儿的班主任无比肯定地告诉她，"王可儿今天没来学校"时，郑莉莎震惊得连手机掉到地上都未察觉。

心在那一刻，骤然停跳。

她不知道究竟发生了什么，更不敢相信，王可儿竟敢如此任性，甚至怀疑自己对这个孩子是否过度包容，以至于她无法无天。

郑莉莎的脑子里立马跳出一个念头，"这件事必须得跟班主任联手，否则无法制止王可儿逃学！"就在她拿起包要往外走的时候，小上司叫住了她，"这个案子可以去跟客户谈了，这次机会你要抓住。"郑莉莎一个字也听不进去，只能再次跟小上司致歉，"这个案子我做不了，你换人吧。"

小上司的愤怒可想而知。

郑莉莎已经没有心情理会。

她跑出公司，快速发动车，神思恍惚到自己是如何将车开到路中央的都忘了，车速飞快，三番两次险些与他人相撞，终于，她的车跟前后两车发生了连环撞。郑莉莎任由车窗外两个司机下车叫骂，趴在方向盘上，抑制不住地哭了。

她感觉心痛，更感觉失败。

捧在手心里养大的女儿，为何突然变得如此陌生？

尝试过千百次的包容，民主，甚至装傻，只希望不给孩子半点心理压力，最后的最后，还是一再被孩子欺骗。

对于一个妈妈来说，最伤最痛的就是看着拿生命换来的孩子，一次又一次地对自己说谎。

窗外谩骂的司机见郑莉莎哭得伤心，有些不知所措，停止了谩骂，僵在原地。

交警赶来处理事故，拖车，罚款，时间莫名被拉长，郑莉莎觉得自己再多停留一秒钟就要憋死了，赶紧打电话让郑茉莉来救场。

郑茉莉驱车赶到时，郑莉莎的车已经被拖走了。看到妹妹，郑莉莎又落泪了。

偌大的街，许多的人，一个穿着时尚，脚踩七寸高跟鞋的职业中年女性不管不顾地流泪，看得郑茉莉完全傻了眼。

　　印象中，她竟然不记得姐姐何时流过泪，而自己也想不出该如何安慰她，只能拉着对方一步一步走到街边的休息椅上，轻声安抚。

　　"姐，你这是何苦呢，跟孩子有什么可生气的？"

　　"我气的是自己。"郑莉莎的声音依然哽咽，"从小培养她学钢琴，我付出多少？宁肯自己不吃不喝也要给她买最贵的琴，就希望有朝一日她在别的同学面前有点可以炫耀的特长。中学以后，她英语发音不准，老师找过我很多次。怕她有思想负担，我不能跟她说，一边请家教一边还要受她埋怨，好像是我故意让她补课似的。我尽着自己当妈妈的本分，她不理解这份苦心也罢了，为什么还要这么跟我对着干？还有两年就高考了，你让我如何不着急？"

　　"可儿最近确实反常，小时候多听话的一个孩子！你说，她是不是遇上什么事了？"

　　"有什么事？我看她就是惯的，让王得水惯的！"郑莉莎终于止住哽咽，"算了，你开车技术好，现在正好是课间时间，我约了她的班主任，得去跟老师好好谈谈。"

　　上了郑茉莉的车，郑莉莎已经平复了情绪，从包里拿出粉扑补妆。涂抹了三两下之后，看着一副精致的妆容，一张骄傲的脸，她瞬间又活了过来。

　　郑茉莉回头看看她，"姐，我觉得逃学这事，你还是不要跟班主任说的好，万一校方通报或是调查，到时候为难的怕还是你。要是再给可儿来个处分啥的，跟你一样好强的小人儿，以后怎么在学校立足？"

　　郑茉莉的话点醒了郑莉莎。

　　打小，王可儿就是个主意特别正的孩子，要强，倔强。小时候邻居家孩子抢她的玩具玩了两天再还回来,王可儿会毫不犹豫地扔出去,别管多喜欢,她不想要的,不想做的,谁也勉强不了。

如此秉性的女儿,如果知道自己跟班主任联手调查逃学的事,那岂不是逼着她又离自己远了一步吗?

郑莉莎犹豫着,思忖着,最后终于决定,"找到可儿再说。"

在快到学校的路口时,郑茉莉及时刹车,漂亮地玩了一个漂移,掉转车头往回开。

郑莉莎拿出电话打给王可儿的班主任,"王老师,是这样的,我们家可儿本来说好今天上学,结果头忽然有点晕,所以她自己在家休息。我刚才已经批评她了,明天,明天我亲自带她去给您道歉,可以吗?"

郑茉莉看一眼姐姐打电话时小心、卑微的样子,不由得深深叹气。

一个女人别管多强,多倔强,只要是为了孩子,在任何人面前都可以低头。

郑莉莎刚把电话挂断,又有人打进来,她接起来才知道,是叶青。

电话里,叶青问她:"怎么把小上司惹急眼了呢?他把电话打到我这儿啦,说是你的案子以后全让我接手。几个意思?你这是要跳槽还是辞职?"

叶青和郑莉莎同龄,几年前离婚了,带着女儿杜梓薇独自过了两年,后来认识了从国外回来创业的卫勇,两人一见钟情,很快举行了婚礼,之后飞往国外度假,今天正是回国的时间,小上司的电话正好在她走出机场的那刻打了进来。

郑莉莎三言两语解释了一遍,"我不可能因为工作把我女儿耽误了,他爱怎么办就怎么办吧。你蜜月度得怎么样?"

叶青的蜜月，滋味百般。

第一段婚姻的失败，曾经让她以为自己这辈子再难遇到合适又相爱的男人，却不料，上天把卫勇派来了。在国外待了十几年的卫勇，为人真诚，有学识，归国后自己创业，简直就是极品男人。嫁给这样的男人，她做梦都想笑。

可惜，蜜月期只有半个月。

一来，公司给的假太少，二来叶青自己还有个女儿要照看，不得已，二人才匆匆回国。

婚姻这种事，不管是初婚还是二婚，甜蜜中的腻歪和依恋是共通的，从下飞机到打开家门，两人一直是牵手拥抱的姿势。走进家门，叶青还缠着卫勇，"一刻也不想分开，我还想再过一次二人世界，怎么办？"

高大帅气的卫勇眼神迷离着低头回吻她，偏在这时，门铃响了。

叶青依依不舍地从卫勇怀里跳出来，"我这个妈呀，帮我多带一天孩子都不肯，唉。"她推了一把卫勇，"你先去洗把脸，我去开门。"

卫勇亲了亲她的额头，走向洗手间。

叶青依依不舍地转身，前去开门。

她本来以为是母亲把女儿杜梓薇送了回来，不料开了门，门外站着一个白皙皮肤，金黄头发，黑眼睛的男孩，十三四岁，个子不高，瘦瘦的，背着个大大的旅行包，一副风尘仆仆的样子。见到叶青，他马上露出笑脸。

叶青看着小男孩，乐了，"孩子，你是不是敲错门了？"

"1201，没错。"小男孩的中文说得不太利索，却也能听懂。

"是1201，没错，但我们家没有像你这样……的亲戚，你明白？"

小男孩不理她，背着大旅行包就要往门内走。叶青急了，拦下他,"你这孩子,是不是听不懂中国话?"

小男孩的一只脚已经踏入门内,他回头冲叶青笑,"Hi,叶青。"

叶青愣了,"你认识我?"

小男孩不回应,走进屋去。这时卫勇从洗手间出来,看到小男孩,惊讶又惊喜,"查理?"

叶青刚要问卫勇到底怎么回事时,小男孩扑向卫勇,大声地叫着:"Daddy!"

这一声叫得叶青瞬间蒙了。

尽管婚前就知道,卫勇有过一段异国恋,但当时卫勇告诉她,"离婚以后儿子一直由前妻带着,一年也见不到两次面"。甚至在叶青的认知中,那个孩子这辈子都不会跟自己有任何牵扯,不料,他们前脚回国,这孩子后脚就跟来了。

叶青正犹豫着该如何对待这个孩子时,卫勇把她拉过去,"亲爱的,我得跟你商量件事,刚才查理说他妈妈要去意大利工作,他不想去,所以就跑到中国来找我,以后我想让他跟着我们生活。"

"可是,他妈妈能同意吗?还有,他能适应中国的生活吗?"叶青觉得这事太突然,这种美国式的快节奏令她难以适应,"我的意思是,这孩子是不是一时兴起?也许玩两天就想回美国了?"

卫勇看一眼卫查理,十分肯定地告诉叶青:"我刚才问过他了,他妈妈已经同意他来中国,而且他也喜欢中国文化,更重要的是,他说不能没有爸爸……亲爱的,你应该理解我。"

"是,我理解,我……就是觉得太突然了。"叶青语无伦次,"只是,家里就两居室。要不,等梓薇回来以后,我让她暂时住在客厅,把房间腾给……"看一眼卫查理,叶青一脸陌生感,"查理?"

没等卫勇回应,卫查理听到叶青喊自己,很活泼地走过来,自我介绍:"对,我叫卫查理,你叫叶青,对吗?"

卫查理的中文说得并不好,饶舌,卷音,听着生硬又好笑,叶青却听出莫名的尴尬,如果是自己的女儿杜梓薇这样直呼大人的名字,她一定会提醒她不要没礼貌,可没想到卫勇就在旁边,听着卫查理一遍又一遍直呼自己的名字,并没有任何纠正的举动,那么她这个做继母的,又如何计较呢?

"查理,你先坐,我去帮你收拾房间。"叶青说着,往女儿房间走去。她知道,需要整理的不是房间,而是自己此刻乱成一锅粥的心。

郑莉莎的心情比叶青的还乱。

暮色透进窗户,屋内光线已然暗淡下来。郑莉莎在厨房开着水,点着火,手里洗着一把青菜,锅里炖着一只鸡。

食物的香味外溢,她却丝毫闻不到,心里像藏着一把水草一样,凌乱,纠结,心思全然不在灶上。直到鸡汤外溢,她才慌张地关火,关了火才发现,这把青菜自己竟然洗了好几遍。

王可儿和王得水一前一后开门进来,父女俩还有说有笑。见到郑莉莎这么早回家还做了饭,王得水一脸惊讶,"我以为,这饭还得我做呢。"

郑莉莎看一眼王可儿,发现她倒是一脸坦然。

"我饿了,做了什么好吃的?"

如果是平常,郑莉莎绝对会还一句"就知道吃",而今天,她没有力气说任何多余的话。

端了菜,盛了饭,一家人围在一起喝鸡汤。王得水抢先把两只鸡腿挑出来,一只给女儿,一只给妻子,自己还一脸的满足,"好久没喝这么好喝的鸡汤了,味道真美。"

郑莉莎看一眼王得水,突然觉得这个男人好悲哀。

白天发生的一切,她没有告诉王得水,什么也不知道的他仅为一餐饭,便如此满足。

看着父女俩吃得津津有味,郑莉莎着实吃不下去。

王可儿偷偷地观察着郑莉莎,小心地吃着鸡腿,本以为可以瞒天过海,不料郑莉莎突然发问:"今天学校有什么好玩的事情吗?"

学校的事,对于王可儿来说,完全就是"哪壶不开提哪壶",可是为了应付妈妈,她还是编起了故事:"还是那样呗,无非是这个给那个带点早餐,那个给这个抄点作业的破事。"说着,莫名想起早上在学校看到的那一幕,情绪瞬间低落,"那样的早餐,吃了也不舒服。"

郑莉莎看着女儿,千言万语就在喉间,却仍是张不开嘴。女儿不仅逃学,还学会了说谎,她越来越觉得自己对孩子的教育非常失败,也越来越迫切地想知道,究竟是怎样的事让一个乖巧的孩子发生如此大的转变。

王得水此时已经感觉到了郑莉莎情绪上的不对,伸手摸她的额头,"脸色不好,没发烧吧?"

郑莉莎打落他的手,"你们才有病。"

是你们,而不是你。

王得水没有听出话外音,但王可儿意识到了,虽然猜不出妈妈知道多少内情,但心里已经确认妈妈的情绪跟自己有关。

16岁的女孩了,心思敏感,稍有风吹草动,便立马像刺猬一样将自己保护起来。王可儿停止说笑,匆匆吃完饭,把嘴一抹,"我回房间写作业去了,你们慢慢吃。"

郑莉莎看一眼女儿的背影,失望地一再摇头。

"你到底怎么了？孩子高高兴兴地上学、回家，不是你期待的吗？吃个饭都拉着个脸，刚有点好感又拉开距离，何必呢？"王得水再劝郑莉莎。

郑莉莎已经没有了解释的力气，却很坚决地说出一句："从明天起，我天天接送她上、下学。"

这一次，郑莉莎说到做到。

早上，郑莉莎将王可儿送到学校时，王可儿的班主任就等在学校门口，这是她和郑莉莎约好的。

看到班主任，王可儿知道，有些谎言马上要被揭穿了。她不知如何是好，却又不得不面对，正想着如何承受来自妈妈和班主任的双重打压时，却意外地听到郑莉莎跟班主任寒暄。

"感谢您一直记挂我们家可儿，给您和其他几位老师带了点礼物，千万别推辞，王可儿的功课还得麻烦几位老师呢。"郑莉莎把提前从商场买回来的礼物，从后备箱里拿了出来。

班主任推辞不过，也只好热情收下，"可儿妈，你的手术很成功吧？美国的医疗技术是不是比国内要好很多？"

郑莉莎尴尬地点头，"一切……都好，谢谢您记挂。"

班主任拉过王可儿的手，"可儿同学，大家可都想你了，你有孝心，能舍下学业陪妈妈去国外看病，这次的三好学生评选我一定推荐你。"

郑莉莎赶紧制止："王老师，千万别，可儿还有很多不足之处，我们做家长的也不想让太多虚荣耽误了孩子，只要把功课补上，别给班级拖后腿就行。"

"可儿妈，你谦虚了，王可儿是我一手教过来的，这孩子的成绩一直排在前十,是我们几个老师重点培养的尖子生呢。"

郑莉莎一脸敷衍地微笑,寒暄,直至跟班主任道别。

王可儿眼看着妈妈和班主任说笑,就像坐在行驶在茫茫大海上的巨大白色邮轮上一般,头是晕的,脚又落不到实地,苍茫,无头绪。

郑莉莎很坚决地目送王可儿踏进校门,被班主任带回班级,才放心地离开。

王可儿被班主任带进教室,尽管班主任介绍她"陪妈妈去美国手术,刚回来,大家要向可儿学习,同时也要在学习上多帮忙",但她仿佛还是听到了台下同学们的议论声。

"昨天早上我好像在校门口见过她呢。"

"我早就见过她啦,上个礼拜?还是大上个礼拜?在一家游戏厅门口。"

"王可儿出国?是不是哦?上周末在餐厅还见过有个人跟她很像,打招呼时她却跑了。"

议论声声,声声刺耳。

王可儿仿佛跳进了一个黑洞,无法呼吸,她不想听这些声音,可这些声音却像虫子一样飞进耳朵里,挥不去,赶不走。她本能地将耳朵捂起来,这时身后有人轻拍她的背。

王可儿惊讶地回头,高高瘦瘦的陈泽正冲她友好地微笑。

青春期的孩子,已经懂得心思不再外露,懵懂期的孩子,友谊的小船却总是容易打翻。

林小峰一大早就冲进教室找米爱,四处嚷着:"米爱,我饶不了你!"

等到米爱背着书包走进教室时，看热闹的同学已经围了里三层外三层。

大眼睛的米爱站在原地盯着胖胖的林小峰，不动声色，也不多说一句话，因为她知道，一定是自己泄密信用卡的事被林小峰猜到了，这是自己的错，得认。

米爱从口袋里拿出两颗水晶糖递给林小峰，"知道你要问啥，吃吧，这是我给你的道歉礼物。"

就在米爱决定认错时，林小峰已经被她无辜又善良的眼神打动了。

"哎，算了算了，我一个大男生跟你一个小女生有啥好计较的。"

话一出，看热闹的同学立马发出"嘘"的声音，还有人说："林小峰，你一见到米爱就认怂，还算啥大男生。"

孩子们一起哈哈地乐，林小峰抢着给自己辩解："难道你妈没教你，好男不跟女斗，男生要让着女生吗？我这叫绅士风度。"

众人再次"嘘"了起来。林小峰正想替自己打圆场，米爱小小细细的声音响了起来："你们都不准笑小峰，他这是绅士，知道让着女同学，我挺他！"

听到米爱这样说，大家突然没了看热闹的心情，四下散去，回到自己座位上。

米爱走到林小峰面前，很真诚地说："对不起，卡的事是我妈妈发现的，我没有藏好书包里的玩具，她一下子就猜到了。"

"算了，反正我妈骂也骂了，打也打了，这事过了。"林小峰表面无所谓，内心却仍有一丝不舍，"就是我爸收走了副卡，以后再没钱请大家吃好吃的了。"

"你都这么胖了，不吃就不吃呗。"

"没有吃的，谁会跟我做朋友？谁会选我当班长？"

"当班长有什么好的？要多劳动，还要成绩好，多累。"

"你不懂。"林小峰一本正经地告诉米爱，"我爸说了，不想当领导的男人没有大出息，这叫……没有责任心！"

米爱突然叹气，"我妈也说过，没有责任心的男人不是好男人，她这样骂过我爸爸。"

"你妈跟你爸，真的离了？"林小峰凑过来，小声地问。

米爱的神情瞬间黯淡。

林小峰赶紧安慰："大人们离婚，就跟咱们散伙一样，不想在一起玩就不玩呗，哪天想一起玩了，再回来一起玩……哎呀，反正我妈是这么解释的，她还天天吵着不想跟我爸一起玩了呢。"

米爱摇头，"林小峰，你真幼稚。"

本是一番好意安慰，反而被米爱奚落，林小峰不好意思地笑了。

在孩子的心里，大人的婚姻就像他们的游戏，有心情就好好玩，没心情就不玩，却并不知道，大人的世界，孩子永远不会懂。

就像艾小云一样，曾经跟米大利也是学校里恩爱的一道风景线。察觉米大利对别的女人百般热情时，嫉妒和怀疑吞噬了她的心。对于她这种"有点文化，有点追求，有点骄傲"的女人来说，男人可以一无所有，唯独不能失去忠诚。

离婚以后，米大利辞职离开学校，但对女儿米爱的关切依然在。似乎是父女间的心灵感应，米爱想念爸爸的时候，米大利正提着两包零食站在传达室，刚跟传达室的人协商好"进去看看女儿"，就碰到了要上课的艾小云。

两人站在原地，面面相觑，表情是同样的冷漠。

"我说过,少来打扰我跟米爱的平静。"

"可米爱也是我的女儿,我也想她,总不能离了婚,连孩子都不让我看吧!"

"不是有照片吗?我也可以给你发她的视频。"

"那能一样吗?"米大利急了,"艾小云,你能不能讲点道理?"

"我怎么不讲道理了?"

"你就是个不讲道理的女人!每天活在自己的骄傲里,表面上讲民主,讲原则,可是在咱们离婚这件事情上,你讲过民主吗?怀疑我出轨,你就要离婚,我不离,你起诉也罢了,跑到校长那儿说三道四,让我在大家伙儿面前抬不起头!"

离婚是两人心中永远的疙瘩。

艾小云认定米大利出轨,因为米大利拖着不办手续,她跑去找校长调停,结果没想到,校长当众批评了米大利,于是全校同事立马知道了米大利出轨这件事。失去颜面的米大利一气之下主动签字离婚,还从学校辞职走人。

失去婚姻,失去工作,在米大利看来,都是艾小云造成的。

"一切都是你咎由自取。"艾小云依然不饶人。

米大利一脸不甘,"早晚有一天,我会让你相信,我没有出轨!我也要让你看到,离开你艾小云,离开这个破学校,我照样玩得转!"

说得火起,米大利已经没有了去看女儿的心情,将手里的两包零食放到地上,"这是给米爱买的,留还是扔,你自己看着办吧!"

米大利离开之后,艾小云盯着地上的两包零食发愣。她知道在自己和米大利之间,信任这个东西已经被打碎了,她不相信他的忠诚,他也不再相信她的善良,那么离婚这条路,是不是走对了呢?

又是一个早上。

刚跟班主任通完电话的郑莉莎心情好了许多,班主任告诉她,"可儿的功课好像也没生疏多少,她自己可能做了很多努力,这点你不用过多担心,只要画画重点,很快就会赶上来的。"

女儿在学业上的优秀,历来都是郑莉莎最骄傲的事,老师如此肯定王可儿,就等于在肯定她这个妈妈。

郑莉莎的心情瞬间晴朗。

早餐是抢着吃的,郑莉莎喜欢吃油条的两头,而王可儿喜欢吃中间,母女二人分食时还抢了起来,郑莉莎要吃中间,王可儿不想换,嘻嘻哈哈的,看得王得水一脸发蒙。

"你们娘俩遇到什么好事啦?中彩票了?"

"不告诉你。"母女俩再次异口同声,说完,还相视一笑。

其实于郑莉莎而言,她是为女儿的回归和功课而放心;而于王可儿而言,她是为妈妈没有在老师面前拆穿她的谎言而开心。

彼此明了,心照不宣,自然要给对方几分薄面的。

吃完饭,王可儿主动坐上了郑莉莎的车。一路放着音乐,郑莉莎也趁心情好时再劝女儿:"好好学习。"王可儿答应得也痛快:"再唠叨,我下车了。"说完哈哈大笑。其实她们母女俩以前经常开玩笑,遇到妈妈的唠叨,拒绝是女儿的杀手锏,更是一种撒娇的爱。

将女儿安全送达,挥手道别,郑莉莎依然没能忍住唠叨:"可儿,离差生、坏学生远一点,把功课赶上来,知道吗?"

王可儿依然不回应,背对着她,挥挥手。

一道阳光从王可儿的指缝中折射开来,郑莉莎感觉自己的心都明朗起来。

郑莉莎看着女儿进了学校之后，发现王可儿的手机落在了后座上。她拿起来，想给女儿送进学校，却发现手机微信一条接一条闪现，不看不要紧，一看竟然把郑莉莎惊着了！

微信上，一个叫陈泽的男生说"看着你每天坐在我前面，就觉得心情特别好"。

郑莉莎惊呆了，尝试着用王可儿的生日作为密码打开了手机，在两人一来一往的微信里，郑莉莎看得心惊肉跳。

王可儿在微信里埋怨陈泽："咱们的事千万不要跟别人说。"

而陈泽回复说："当然，这是咱们的秘密。"

还说什么呢？所谓的少年情怀总是诗，那是别人家的孩子，对于自家的孩子，所有父母都是同一个愿望："绝对不允许早恋！"

此时此刻，郑莉莎不得不承认一个事实：女儿可能早恋了！她更加怀疑，王可儿逃学事件，可能跟这个男生有关联。

第四章　未遂事件

每一个做妈妈的女人，在孩子遇到难题时，总是毫不犹豫地冲上前去，而当自己遇到难题时，却会像个孩子似的无助和彷徨。

在交朋友这件事情上，郑莉莎对王可儿是有要求的：不要试图交到所谓完美的朋友，但绝对不能交一个坏朋友。

在妈妈眼里，让女儿早恋的男生就是坏朋友。

郑莉莎当即打开家长群，找到名为"陈泽妈妈"的人，火速约她见面。出于对女儿的担心，郑莉莎对陈泽妈妈说话时也少了些客气，"不管您有什么事，都请腾出时间来见个面，关系到孩子的未来，绝对不能耽搁。"

郑莉莎车开得飞快，仿佛是自己遇到了坏学生，想要迫切找到家长解决一般，她恨不能马上见到陈泽的家长，绝对不能让这个男生耽误了女儿的大好前程。

当然，对于陈泽妈妈来说，心情也是一样的，没有哪个父母愿意孩子早恋，谁都不希望孩子被所谓的爱情折腰。

所以两位妈妈见面后的一致决议是，杜绝早恋。

"我们家可儿因为早恋，前段时间逃学一个多月，想想就心痛。"郑莉莎语气真诚，"请您帮帮我，帮帮我们两家的孩子吧，让他们收收心。还有两年就高考了，孩子不懂事，咱们做大人的必须为他们保驾护航。"

陈泽妈妈人胖，说话声音也大，"这事你放心，你不许你家孩子早恋，我也怕我儿子耽误学习呢，现在这么小，他知道谁好谁不好，没有一点辨识能力就学大人谈恋爱？绝对不行！"

原本是担忧孩子，结果在郑莉莎听来却像是在说自家孩子不够优秀，"陈泽妈妈，我只是跟你通报一下这件事情，既然你跟我的立场是一样的，那咱们就分头行动吧，管好各自的孩子，拒绝早恋。"

和陈泽妈妈分开后，郑莉莎的心情稍稍放松下来，别管孩子多大，父母的意见总是要听的，眼下要做的，是赶紧摸清王可儿的心思，杜绝早恋，更要杜绝她再次逃学。

十几岁的孩子在一起，父母会担心早恋，而若是七八岁的孩子不在一起，父母反而会鼓励他们在一起玩。

当艾小云发现林小峰近来不像从前那样活跃时，以为是信用卡的事影响了他，便私下让米爱去帮忙开解，"你俩从小一起长大，朋友之间要互相帮助。"

米爱接受任务之后，直接把林小峰拉到操场，小脸高仰，"我妈比你妈还关心你。说吧，你到底怎么了？"

林小峰耷拉着脑袋，"我还真希望你妈成为我妈呢，我都让我妈愁死了。"

林小峰说起父母吵架的事，就在昨晚，当林峰再次要出差离家时，郑茉莉突然发疯一样跟他吵了起来，在她看来，家就是林峰的旅馆，想回就回，想走就走。

而林峰更冤枉，"我不也是为了赚钱养家，为了你们娘俩吗？"

"谁说赚钱养家就必须背井离乡的？"郑茉莉几近疯狂，"全是借口！难道我就不忙吗？不知道你儿子功课要有人辅导吗？我妈身体又不好，你想把这一切责任都推给我是不是？"

林峰想解释，催他的电话却一个接一个，没办法，他只能推开郑茉莉，"等我出差回来，咱们再吵！"

"谁给你再吵的机会？"郑茉莉几近咆哮，"我要跟你离婚！"

林峰没有理会，转身关门就走。郑茉莉一脸绝望，其实她也想跟林峰好好说话，说说家长里短，说说老人孩子，可是林峰总是前脚回来，后脚就离开，留给她的，不过是存折里多出来的几个数字罢了。

可这有什么用呢？走进婚姻，图的就是有个人在身边，谁会在身上捆着一大把没有温度的钞票过日子？

她喊出"离婚"，躲在房间里的林小峰却彻底被吓坏了，他想到了米爱。虽然年龄小，林小峰却懂得父母离婚是不好的，特别是米爱的脸上笑容越来越少的时候，他就明白，绝对不能让自己的父母离婚，他不想没有爸爸或是失去妈妈……

听了林小峰的解释，米爱的小脸果然失去了笑意，她目光游离地看向操场远处。

"对不起呀，我不是故意提离婚这件事，就是怕……"林小峰第一次在米爱面前显得如此局促不安，"我其实挺爱我爸爸妈妈的。"

米爱回过头来，看着林小峰，"谁不爱自己的爸爸妈妈？可他们硬要分开，我又有什么办法？"

米爱嘟起小嘴，一脸不高兴。

林小峰急了，"米爱，你别生气，我听说……大人可以离婚，也可以复婚。"

"啥叫复婚？"

"复婚就是……重新再结一次婚。电视里不都说了吗？复婚以后，爸爸妈妈可以重新在一起。"林小峰结结巴巴地解释，"说不定你爸妈可以复婚呢。"

米爱看着林小峰的眼神里，有质疑，思忖，还有抑制不住的渴望。

"你说的是真的？可怎么才能让他们重新在一起呢？"

林小峰故作成熟地思考了一番，"我有办法了，你这样……"

两个小人儿在操场上交头接耳，远处，艾小云看着这一切，以为孩子们是在互换心事，不由满意地笑了，却并不知道，当大人操心孩子的时候，孩子也在为大人操心。

就像叶青的女儿杜梓薇一样。

本来妈妈再婚，杜梓薇是赞成的，继父卫勇民主、大气，可以带她玩，让她疯，跟天天想捆绑她的妈妈的做派完全不一样，这让她很受用。但是家里突然来了个卫查理，这让她的心情像坐过山车一样，高处跌落低谷，怎么也回旋不上去。

特别是刚进门就看到自己的东西被搬到了客厅，房间被卫查理占用，一种被抛弃的感觉让她担心自己失宠，更担心妈妈在婚姻里失去地位。

没有沟通，没给任何解释的机会，杜梓薇三下五除二地把房间里卫查理的东西统统扔到客厅。他的衣服，他的漫画书，他的玩具，一件件扔完依然不解气，最后还上前在散落地上的漫画书上踩了一脚。

"杜梓薇，你干吗！"叶青听到声音从厨房里跑出来，制止女儿，"这是你哥哥的东西，怎么能随便乱扔呢？"

"我没有哥哥！"杜梓薇愤怒着，"大早上回来，就被人鸠占鹊巢，哪来的哥哥！"

"你这孩子，怎么这么不懂事，查理比你大1岁，你得叫哥哥……"

"我不叫！我没哥！"

两人的争吵声将房间里的卫勇和洗手间里的卫查理引了出来。

地上一片狼藉，全是自己的东西，最喜欢的漫画被杜梓薇踩在脚底下，卫查理上前挽救，杜梓薇却死活不肯松脚。就在叶青担心两个孩子会打起来的时候，卫勇却示意她不要理会。

杜梓薇和卫查理，一个踩着漫画书，一个想把漫画书拿起来，一个俯视，一个昂头，相互对峙中，整个屋子的空气仿佛都凝固了。

叶青还是没忍住，生怕两个孩子打起来，"千万别冲动……"

而让她想不到的是，卫查理竟然冲着杜梓薇笑了，收回拿漫画书的手，冲她做了个耸肩的动作，"OK，原来你也喜欢西蒙的《蝙蝠侠》，送你了。"

"谁稀罕你的破漫画。"

"瞧你，双手叉腰，一脸正气，完全就是蝙蝠侠的化身，还说不喜欢？"卫查理说中文生硬，却能很好地表达，他似乎也为自己说中文的能力感到自豪，说完还吐了吐舌头，"小时候跟爸爸学的中文，终于用上了，怎么样，我说得还算溜吧？"

卫查理的轻描淡写让杜梓薇无所适从，发火也不是，不发火也不是。她只想找人好好吵一架，发发心中的怨气，没想到这个外国小男生一脸无所谓。

这时，卫勇走了过来，俯身和卫查理一起收拾东西，"以后，查理住客厅，把房间让给妹妹。"

卫查理依然笑呵呵的，"当然，我很愿意为美丽的女士效劳。"

他的话终于让叶青的心放下了，"梓薇，跟查理好好学学。"

杜梓薇一脸不悦，抬起脚来，把漫画书还给了卫查理。

卫查理收拾妥当，耸了耸鼻子，"叶青，早餐好了吧？我饿死了。"

卫查理这一声叫，杜梓薇仿佛找到情绪发泄口一样，她冲着妈妈不怀好意地笑,"是,我确实得跟卫查理好好学学。"

叶青白了女儿一眼,"吃饭!"

四人坐回餐桌前,卫查理把叶青煎糊了的鸡蛋挑出来,叶青一脸歉意。

"我妈妈说了,来中国最应该注意的就是吃的东西。"卫查理毫不留情地批评,"没想到,鸡蛋有点糟糕,包子味道也怪怪的。"

"有什么想吃的,跟阿姨……跟我说。"叶青讨好地说。

卫查理看一眼叶青,妆容精致,却透着脂粉气。

"叶青,以后做早餐之前,不要化妆,不礼貌。"卫查理一边打喷嚏一边一本正经地提醒。

"亲爱的,忘了告诉你,查理对花粉过敏,太香的东西,他接受不了。"卫勇的解释让叶青更难堪。

叶青自认,自己的化妆技术一流,几近完美,看着像裸妆,就连卫勇都夸自己的手法可以跟专业的化妆师相比,不料却被一个13岁的孩子当众批评,面子有损,又不得不礼貌地微笑。

"我马上把脸洗了,那个……鸡蛋再给你重新做一个……"叶青起身,却被卫勇拉住。

"查理,来中国你应该先学会一个词,入乡随俗。"卫勇教训儿子,"明白什么意思吗?"

卫查理摇头,一脸懵懂。

杜梓薇笑了,"我来教你吧,入乡随俗说的就是,到别人家里来,客人要听主人的,人家做什么你就得吃什么,不能挑食。"

卫查理还是不懂。

叶青急了,"梓薇,什么客人主人的,你俩都是这个家的孩子,以后你要叫哥哥,还要帮查理学习中文。"

"是,叶青。"杜梓薇故意学卫查理说话,"他不会是来常住的吧？"

卫查理急了，"我不是来旅游的，我是……要住下来，一辈子。"

杜梓薇沉下脸来，卫勇告诉她："梓薇，以后查理就交给你了，我把他放到你们学校，你们班上，你帮叔叔教他练习中文，好不好？"

杜梓薇看看卫勇，不说话，而当看到卫勇边说边拿起卫查理挑出来的鸡蛋放入口中时，心里有一个声音越来越清晰地告诉她，"卫叔叔是卫查理的亲爸爸，以后肯定不会再疼我了……"她难掩失落，心情就像盘子的鸡蛋，被碾得七零八碎。

吃完饭，叶青主张"开车送俩孩子上学"，而卫勇却一脸严肃地把两个孩子叫到面前，"从今天起，你俩做伴步行去学校，我们不再负责接送。"

"可是那要走20多分钟呢。"杜梓薇越来越不满。

卫勇不理会她的情绪，"早起半小时，走着去学校，锻炼身体。"

杜梓薇越发不高兴，拿起书包往外走，卫查理追上去，"杜梓薇，等等我。"

两个孩子一前一后走出家门。叶青稍稍有些不高兴，"亲爱的，这样对孩子，是不是有点太严苛？再说查理今天还是第一天上学，做家长的应该跟着去看看。"

"对孩子要学会放手，什么事都替他们做了，人世这一遭，他们所为何来？"卫勇坚持反对，"特别是你，梓薇大了，应该试着放养。"

从孩子身上说到自己身上，叶青觉得新婚的日子好像过颠倒了，就像凌乱的餐桌一样，卫查理的到来让家里的一切都乱了。

是不是亲生父母，在孩子心里，始终是有区别的。

杜梓薇如此，年幼的米爱更如此。

当米爱拉着妈妈说"今天必须吃西餐的时候"，艾小云以为她只是闹闹小脾气，答应了，结果走进西餐厅后发现米大利也坐在餐厅里。

看到米大利，再看看米爱一脸高兴地扑向爸爸，艾小云第一感觉就是，米大利利用了女儿，欺骗自己前来赴约。

艾小云二话不说，拉着米爱就往餐厅外走，"听话，咱们换一家。"

米爱坚持，"就要跟爸爸一起吃。"

艾小云拽米爱，米爱一只手拉住米大利，坚持不走。

艾小云拽不动，"你走不走？不走妈妈走了！"

她的态度惹急了米大利，米大利从座位上站起来，声音也高了八度，"艾小云你够了！跟孩子置什么气！好像谁愿意跟你一起吃饭似的。"

"最好别愿意，最好别利用孩子没事找事！"

"谁愿意了？谁利用孩子了？"

两人争执着，餐厅里所有的人都将目光投向他们，艾小云感觉尴尬，抱着米爱往餐厅外走。米大利一脸愤慨，止不住自言自语地抱怨："这婚离的，真是对了！"

米爱被艾小云抱出餐厅，走出数十米，才被放下来。

看着表情不悦的米爱，艾小云似乎更愤怒，"说，你爸爸是不是利用你，故意引妈妈来这个餐厅？"

艾小云很少跟孩子发火，她一向推崇民主教育，跟孩子做朋友，可今天却是火力全开。想想前两天米大利到学校看米爱，再想想今天无缘无故约餐厅，她有一种不祥的预感，"米大利究竟是想抢孩子还是想复婚？"

无论哪种可能,她都要将其扼杀在摇篮里。

艾小云盯着米爱,"妈妈告诉你,以后不许跟你爸爸串通一气,否则我就不再让你们见面!"

米爱本能地想解释,其实这件事是林小峰策划出来的,让她一边约爸爸来餐厅,一边跟妈妈说想吃西餐,本想着让爸爸妈妈见个面,聊聊天,用林小峰的话说:"大人们磨不开面子,见面道个歉,吃个饭,可能就复婚了。就像咱俩打架一样,说声对不起,不就和好了吗?"

可惜的是,孩子终究不懂大人的世界。

没有撮合成,反而让双方更加生气,着实吓坏了胆小的米爱,她静静地听着妈妈的唠叨,默默地跟在妈妈身后,亦步亦趋,不敢解释,也不敢再提"爸爸"二字。

孩子的世界,简单纯粹,因为他们眼里只有父母,大人的世界,却无比复杂,除了孩子,还要面对纷杂的社会。

郑莉莎一进公司就被叫到小上司办公室,被批了大半个小时,如果不是叶青及时出手相救,批斗还会持续。

郑莉莎不无感慨地告诉叶青:"如果不是为了家庭、孩子,真不想为几斗米折腰。"

叶青一脸赞同,"彼此彼此。"

"你不是有卫勇吗?海归,创一代,实业家,完全可以全职啊,跑回来跟我们抢什么饭碗?"

"说多了全是泪,想到我那个中西合璧的继子,我恨不得24小时加班。"

"孩子不懂事?"

"恰恰相反,太懂事了,所以我才更加不安。"叶青满腹无奈,

"你知道吗？早上我听到他在洗手间给他亲妈打电话，虽然英文听不太全，但有几句我还是听明白了的，他告诉他亲妈不用担心自己，中国有保姆伺候他。"

"保姆？你们家奢侈到这份儿上了？"

"哪来的奢侈。保姆加继母，不就是我吗？"叶青越说越气，"在他心里，我就是一个保姆，难怪对我总是直呼其名。"

"美国孩子都讲民主，对自己的父母都直接喊名字，何况是你，没什么可计较的。"郑莉莎还想继续安慰叶青，这时她的手机不停地发出响声。

家长微信群里的聊天记录猛然蹿升到了上千条，显然是发生了什么状况。

郑莉莎打开聊天记录，瞬间觉得整个人都不好了。

陈泽妈妈不小心将两个孩子早恋的事公布在家长群里，一时之间，相熟的，不相熟的，都纷纷在群里追问，"俩孩子早恋？王可儿还因为早恋逃学了？他俩没发生什么吧……"

郑莉莎不敢相信自己的眼睛，第一时间打电话给陈泽妈妈，对方沮丧地告诉她："本来想单独发给班主任的，让她帮忙制止俩孩子，结果错发到群里了，现在怎么办？"

怎么办？

早恋本就是见不得光的事情，如今被赤裸裸地宣告于天下，每个家长、每个孩子都知道了王可儿跟陈泽在恋爱，更让郑莉莎不敢面对的是，班主任发现了她欺骗自己的事，也第一时间打电话质问。

"王可儿妈妈，你太过分了！我们所有老师一直以为你家孩子陪你去美国看病，还被她的孝心感动着呢，没想到你家王可儿是逃学！这件事你必须到学校来解释清楚！"

郑莉莎几乎是以蒙着的状态走到学校，恳请班主任原谅，并一再恳请老师"不要追究王可儿的责任,一切都是我这个妈妈没做好"。但无论她如何解释,班主任心里的疙瘩是结下了,而受到波及的王可儿对郑莉莎更是恨之入骨!

夜色来袭,灯光从各家各户投射出来,一天的匆忙又结束了。

晚餐被王得水端上桌时,王可儿的房间门仍是紧闭的。郑莉莎敲了一遍又一遍,她始终不开门。

王得水劝郑莉莎:"我给她留出饭来,要不,咱俩先吃?"

郑莉莎站在女儿房门外,半天没回身。王得水上前拉她,这一拉才看清楚,灯光下,郑莉莎泪光晶莹。

"你……"王得水急了,"你这是做什么?别伤心,这事说破了也好,孩子们心大,要不了两天就放下了。"

郑莉莎默默地摇头,"这事怪我,要是我不找陈泽妈妈,就不会出这么大的事,就不会让可儿这么难堪……"

王得水心疼妻子,坚持让她吃饭。郑莉莎刚在餐桌前坐下来,王可儿的房门突然打开。

"我的手机呢?还给我!"王可儿冲着郑莉莎伸出手去。

郑莉莎去包里拿手机,王得水有些看不过去,指责王可儿:"可儿,要怪也不能怪妈妈,是你逃学在先,早恋在后,妈妈不管做什么,那都是担心你,为你好。"

王可儿本来以为,爸爸永远是站在自己这条线上的,不料关键时刻,他还是选择了妈妈,这让她难以接受。想到家长群里的纷纷扰扰,想到明天即将面对的同学们的冷嘲热讽,王可儿终于爆发了!

郑莉莎拿出手机,王可儿猝不及防地将手机抢了过去,没等父母阻拦,她已经大踏步离开了家门。

那一声重重的摔门声,让郑莉莎心头一惊,她一时之间竟然忘了去追。

初春的夜,依然是更深露重。

王可儿穿着单薄,穿过小区花园,一路飞奔,不一会儿就消失在了茫茫夜色中。

她不知道自己该去哪儿,能去哪儿,她漫无目的地跑着,委屈随着眼泪,飘散在风里。她曾经一次次地告诉自己,要跟妈妈修复关系,要和妈妈友好相处,要努力学习,不料妈妈一次次地伤害自己,逃学、早恋、撒谎,这些事情全天下人都知道了,以后自己还如何抬得起头来?

王可儿对郑莉莎充满了恨。

如果不是妈妈,这一切都不会发生,此时此刻,王可儿心里只有一个念头:"要么妈妈消失,要么我消失!"

王可儿选择了后者。

她想消失,想离开这个熟悉又可恨的环境,却并不知道,在她离家的瞬间,妈妈就已经崩溃了。

郑莉莎先是推着王得水外出寻找,接着打电话给妹妹,让她也一起帮着找王可儿。郑茉莉问起王可儿离家的原因时,郑莉莎不加思索地回答:"今天全是我的错,我对不起可儿,她要是出点事,我也不活了!"

全家人出动,寻找王可儿。

夜色迷离,王可儿却像消失了一般。

郑莉莎痛苦地寻找着,电话一刻不得闲。当电话那头的郑茉莉提醒她,"姐,已经十一点半了,实在不行,咱们报警"时,郑莉莎已经失去了思考的能力,凭着本能冲进对街派出所。

派出所里,郑莉莎着急忙慌地让警察寻人,得到的回复却是"失踪48小时以后才立案"。

这个回复让郑莉莎当场跳脚,"孩子都不见了三四个小时了,你们竟然还要等48小时,出点事怎么办?不是自己的孩子不懂得心疼,是不是?"

看着在警察面前发泄的妻子,王得水一脸心疼,过去那个无比注重形象的郑莉莎,如今为了女儿竟然完全不顾凌乱的妆容,就像一个落水者一样,迫切地想要抓到一块可以找到女儿的浮木。

终于,警察还是被郑莉莎打动了,决定先给她登记备案。

警察打开电脑,从户籍证明上寻找王可儿的照片登记,不经意地反问郑莉莎一句:"你女儿叫王可儿?"得到回应后,警察再次询问,"王可儿前一阵是不是逃过学?"

郑莉莎慌乱中还有最后一丝理智,"对,您怎么知道?逃学这事……我们也没报警啊。"

王得水突然上前拉了一下警察,"那个,有水吗?我渴了。"

警察起身去倒水,郑莉莎本能地想跟上前去询问,却被王得水拦了下来,示意她先坐,然后转身去取水。

郑莉莎坐在警察的位子上,无心地浏览了一下开着的电脑,却惊讶地发现王可儿之前竟然报过案,上面清清楚楚地写有"性侵未遂案笔录,猥亵受害人王可儿"的字样。

怕自己看错,郑莉莎几乎将脸贴到了电脑屏幕上,这一次,她看得真真切切,"性侵未遂,受害人王可儿供述自己曾遭受三个人犯的性侵犯……"

下面的文字,郑莉莎已经看不清楚,只觉得头一沉,整个人轻飘飘地浮起来,猝不及防地直立着倒了下去!

第五章　侦探妈妈团

有那么一刻,郑莉莎以为自己会死掉,苏醒过来后,发现自己依然活在悲哀里。

身为妈妈,女儿被人性侵,自己却并不知情,这是何等的悲哀?

尽管警察一再解释:"未遂,性侵未遂,你女儿没有受到伤害,而且这件事还没定性,几个孩子的口供也不一样,我们还在调查取证中……"郑莉莎却无法相信这种说辞。

案件发生在上个月,也就是王可儿逃学期间,那么女儿逃学就是受了这件事的影响,而自己这个做妈妈的,竟然以为孩子是厌学、叛逆!

还有什么比冤枉了自己的孩子更能让一个妈妈伤心欲绝?

宁肯孩子跟自己是真的对着干,也不要让真相变成当妈妈的错怪了孩子。

做妈妈的,哪个不是宁肯自己伤心,也不舍得孩子受一分一毫的委屈?

偏偏,郑莉莎错怪了女儿。

王得水本能地想解释什么,上前将水递给郑莉莎,"你先喝口水,听我说……"

"啪!"水杯被郑莉莎打落在地上,她已经没有心情听任何解释,现在只想知道王可儿在哪儿，好不好，一心只想找她回来。

郑莉莎咬牙含泪跑出派出所，冲进了茫茫夜色里……

离家出走的王可儿，早在两个小时前就去了姥姥家。

开门的是林小峰。

王可儿落寞的表情已经让聪明的林小峰猜出了原因，"姐，你这是离家出走吧？"

怕被姥姥姥爷听到，王可儿赶紧拉着林小峰回到小房间。

"我就是来暂住一晚，你别跟姥姥说。"

"可你这样……"林小峰上下打量一番，"也不像正经来住的，完全就是临时起意。"

"你个小屁孩，还知道临时起意啊。"

"姐，告诉我，发生了什么事？"

"回你房间睡觉去。"王可儿不想跟林小峰纠缠，反手将其推出门外，警告他，"姥姥要是问起来，你知道该怎么回答。"

林小峰来不及多说半句，已经被推了出来。一回头，姥姥就站在身后，林小峰赶紧替表姐打掩护，"姥姥，我姐跟同学玩太晚了，离咱家近，临时过来住一晚。"

"那她通知你大姨和大姨夫了吗？"姥姥一脸担心。

林小峰马上回答："当然，您别操心，赶紧回去接着睡。"

林小峰将姥姥推回房间，回头看一眼王可儿的房间，下意识地吐了吐舌头，小声嘀咕："比我也好不到哪去，无家可回，哼。"

而此时房间里的王可儿，拿着手机，想开机，又有些害怕，犹豫再三，还是开了机。

手机信息噼里啪啦，音频里不断冒出同样的问题。

"可儿，你跟陈泽当真那什么了？啥时候的事？逃学？你俩玩私奔吗？说说啥情况……"

王可儿慌乱地把手机关掉，把自己塞进被子里，终于哭出了声。

这一夜，注定谁都不得安宁。

郑莉莎沿着长街找了整整一夜，就好像自己也迷路了一样，长街漫漫，人也变得毫无目的。

她不知道女儿躲在哪里，也不再关心她是逃学还是叛逆，她只想问问性侵未遂到底是怎么回事，她想抚平女儿心里的那个伤口，也很想亲口对女儿说一声"对不起"。

起风了，郑莉莎抬头看看天，这才意识到，天已微亮。

跟在她身后的王得水劝不住她，也劝不得她，生怕多说半句，郑莉莎会崩溃，只有郑茉莉一直跟在姐姐身边。

"姐，都一夜了，可儿……到底为什么离家出走？"

这一问，惹得郑莉莎泪流满面。

悲伤，始于母爱，更始于愧疚。

郑茉莉看着涕泪横流的姐姐，莫名地想起了自己的儿子林小峰。她不敢想，如果有一天林小峰离家出走，自己会怎样。想到这儿，她决定先打电话讨好一番儿子。也恰巧是这个电话，让她得知王可儿竟然回了姥姥家。

怕母亲担心，郑茉莉顺着母亲的话说下去。"对，可儿昨天参加同学会，晚了，所以去了您那，我姐正打算过去接她……"

郑茉莉话音刚落，得知女儿下落的郑莉莎已经冲了出去。

进了父母家，郑莉莎一把抱住了王可儿，根本不给她反抗的机会，看得众人面面相觑。但是谁都看得出来，王可儿并不接受，甚至厌恶，不断地挣扎。

姥姥上前追问的时候，郑茉莉替姐姐打了掩护，"妈，母女俩哪有隔夜仇？就像我和你，昨天不还吵架来着？再怎么吵，你也是我妈呀。"

父母坚决要求一家人吃完早餐再走，早餐桌上的食物摆得满满的，每个人的心事也是满满的。

郑莉莎心疼地给王可儿递过去鸡蛋，王可儿不接，郑莉莎坚持剥好鸡蛋，放进女儿碗里。

姥姥替林小峰剥去鸡蛋皮，又一口一口喂进嘴里。郑茉莉马上喝止："妈，他都9岁了，还当小孩子养呢，自己吃！"

林小峰一口饭没咽下去，差点噎着。所有人将目光投向郑茉莉，王可儿也不解地盯着小姨。

看到王可儿，郑茉莉意识到了什么，马上变温柔，"儿子，妈妈是想锻炼你的自立能力，懂吗？"

王可儿看一眼小姨，再看一眼林小峰，眼神里充满了同情，叹了口气，转身跟着父母出了姥姥家。

车上，王得水嘘寒问暖："闺女，这一夜，爸爸妈妈担心死了，特别是你妈，一宿没睡。"

王可儿态度冷漠，一句不回。

郑莉莎开着车，沉默着。

王得水试探地问郑莉莎："咱们去哪儿？"

他以为郑莉莎想送女儿去学校，没想到郑莉莎和王可儿异口同声地告诉他："回家！"

看一眼表情莫测的妻子，再看一眼满脸忧伤的女儿，王得水不敢再多说一句话。

郑莉莎和王可儿没有一句沟通，却达成了"今天不上学"的一致意见。王得水不解其意，郑莉莎也不过多解释，而王可儿回到家，马上钻进了自己的房间。

郑莉莎一夜未睡,脸色浮肿,轻轻为女儿把房门关好,不许王得水打扰,自己转身出了家门。

王可儿找到了,郑茉莉终于替姐姐松了一口气,看看大门吃饭还算乖巧的儿子,感觉自己有些愧对这个孩子,于是主动说:"走,妈妈送你上学去。"

其实姥姥家离学校不过两条街,郑茉莉很少接送孩子,这一次主动提出来,究竟是怀着怎样的心情,连她自己也说不明白。

或许是郑茉莉很久没有送过林小峰,林小峰上了车一直兴奋着。

"妈妈,田壮壮的妈妈换新车了。我们班上的小雨昨天被他爸爸打了,他偷邻居家阳台上的鱼干儿。还有米爱,她昨天被艾老师骂了……"

"米爱的妈妈为什么骂她呀?"

"她……我们……"

"跟你有关,对不对?"

"米爱说想让爸爸妈妈复婚,可她爸爸妈妈不乐意,所以我帮她想了个办法,把她爸爸妈妈骗到餐厅,假装遇到。我以为一起吃顿饭就和好了,结果米爱说他们又吵起来了。"

"傻孩子,大人之间的矛盾,怎么可能是一顿饭就能解决的。"

"妈妈,你跟爸爸不会也离婚吧?"林小峰犹豫再三,盯着开车的郑茉莉问。

没想到儿子会这样问自己,郑茉莉猝不及防。在她心里,儿子不过是个小孩子,懂什么感情和婚姻?所以只好打着哈哈,"你管那么多做什么?把心思用到学习上,下次再考砸了,别说奖励,饭都不让你吃,信不信?"

林小峰没有讨到想要的答案,不免失落,闷闷不乐。郑茉莉回头看了一眼儿子,又笑了,"爸爸妈妈怎么会离婚呢?有你这么可爱的儿子,不会的,放心吧。"

轻轻一句话,马上让林小峰兴奋了,"真的呀?我就知道,我的爸爸妈妈是不会离婚的,永远不会!"

本是一句无心话,没想到在孩子心里却成了千金承诺。

儿子的态度,是郑茉莉不曾想过的,她不敢相信,原来父母是否离婚,对孩子来说竟然是件如此重要的事。她暗暗地告诉自己,以后在孩子面前,尽量少和林峰吵架。

也正因为有了林小峰这段小插曲,郑茉莉关心起艾小云来。

送完儿子,她直接进了办公室,艾小云正抱着一本书看看津津有味。

米爱撮合爸爸妈妈复婚的事泡汤了,还惹得爸爸和妈妈都不开心,这让她耿耿于怀。为了开解女儿,也为了更好地做学生们的知心老师,艾小云研究起了心理学。她太想知道孩子们心里的那些渴求,也太想弄懂女儿的那些小心思。

"研究心理学呢?"郑茉莉拿起书看了看,"你当老师还挺用心的。"

艾小云笑了,"不是来关心我的吧?来送儿子?"

"长话短说,听说你批评我未来的儿媳妇了?干吗呀,又为了米大利?"

郑茉莉的单刀直入让艾小云无所适从,她看一眼办公室的其他老师,示意郑茉莉小点声。

"大早上的,你不关心天气和股票,关心这些没用的做什么?"

"我是有感而发。"郑茉莉三下五除二,将昨天王可儿离家出走的事跟艾小云说了,最后说到自己身上,"可儿的离家出走让我明白,对孩子来说,父母的关心比赚多少钱重要。你知道吗?刚刚送小峰来上学的时候,他有多兴奋?路上和我说了一大堆学校里的事,特别是当他问我跟林峰会不会离婚时,那认真的小样儿,想想都让人觉得心里怪酸的。"

艾小云听着,一言不发。

郑茉莉继续说:"我的意思是,离婚对我们这些大人来说,可能不算什么,但对孩子来说,他们是会有心理负担的。所以,你得对你们家米爱多点了解和关心。"

艾小云边听边点头,"这点,我也想到了。"

上课铃声响起,艾小云开始收拾学生作业本,郑茉莉起身告辞,"我那儿新上了舞蹈课,有空带米爱来吧。"

艾小云笑,"说了半天,是到我这儿来招生的。"

郑茉莉也笑,"未来的儿媳妇,必须免费。"

艾小云依然笑着,目送郑茉莉离开。郑茉莉的身影远了,一切归于肃静。

想起昨天对米爱发火的事,艾小云深感愧疚,可是每次看到米大利,心里总有一股火往脑门上冲,带着如此愤怒的一颗心,怎么可能轻易接受一场覆水的婚姻?这份痛,米爱不懂,自己这个做妈妈的也没法跟她解释。

学校里,班主任和校主任坐在会议室里,郑莉莎拿着水果篮走进来,向老师们深深鞠躬,"我是王可儿的妈妈,今天是特意来跟老师们道歉的。"

班主任刚要说话,校主任将她拦下来,"可儿妈妈,我跟王老师接受你的道歉,但并不代表我们就原谅了王可儿。一个孩子撒谎,逃学,又早恋,都是性质恶劣的事。作为校方,我们有教育失职的责任,但作为家长,陪着孩子说谎,隐瞒孩子逃学的事实,这就是做家长的有问题,你们也要负责任。"

"主任批评的对。"郑莉莎一脸虔诚,"这件事我们家长负百分百责任,跟校方没有一点关系。而且我特别感谢班主任王老师和其他老师对可儿的关照。对不起,是我们错了,请再给王可儿一个机会,我保证以后督促她按时上学,好好学习,绝不再撒谎、逃课。"

班主任坐不住了,"王可儿妈妈,逃学这件事就算过去,早恋这件事未必过得去。就因为你跟陈泽妈妈擅自做主公开了早恋这件事,王可儿不来了吧?陈泽今天也没来!就算早恋,也不是什么洪水猛兽,不过是青春期必经的一个过程,催化成大事和麻烦事的反而是你们做家长的!"

班主任的一番话让郑莉莎羞愧难当,她深知自己处事不周,更深知这桩桩件件加起来,对于王可儿来说,成了沉重的思想负担。

"所以,我今天来就是想跟老师请教一下,怎样才能让我们家可儿心甘情愿地重新上学,不要让她背负那么重的心理包袱……"

班主任看一眼郑莉莎,又怜悯又可气,"你们这些做家长的,不出事觉得我们当老师的是摆设,出了事才知道向我们老师请教。我看哪,你和孩子需要的不是普通的老师,是心理老师,想想自己都做了些什么……"

班主任的数落让郑莉莎无言以对。

校主任看着郑莉莎,倒是显出一丝友好来,"不瞒可儿妈妈,我也是一个十几岁孩子的妈妈,深知妈妈在女儿早恋的问题上比任何人都紧张,所以你出现这些情况也是可以理解的。今天约你来,没有怪罪,更不是问罪,只是想让你明白,想让孩子更好地成长,必须家长跟老师双双联手,而不是你们单打独斗。"

"是,是,我明白。"郑莉莎一脸卑微。

"说实话,你来之前我特意看了王可儿的成绩单,她是个好学生,成绩优异，钢琴都过了8级，这样的学生我们应该爱护。16岁的年纪正是自尊心形成期，所以校方暂时不通报批评，也不做处分，但你们做家长的也要保证两点，一是相关错误，不能再犯；二是按时上学，保证成绩。"

"是，是，我代可儿谢谢主任，谢谢王老师，让你们费心了！"郑莉莎终于舒了一口气，为女儿争取不受处分，是她这个做妈妈的第一个心愿，现在这个心愿终于达成了。那么接下来，就是第二个心愿。

郑莉莎的第二个心愿，就是找出伤害女儿的嫌疑犯。

从学校出来，她直奔派出所，找昨晚值班的警察，结果被告知对方白天休息，并被反问："你就是那个找了一夜孩子的妈妈？孩子都找着了，你怎么不休息？"

当妈妈的心随着孩子的喜而喜，忧而忧，孩子有事，哪个妈妈吃得下睡得着？

在郑莉莎的恳请下，其他警察帮她找出了当天的案卷，但着重向她说明，"是嫌疑犯，性侵未遂，且你女儿没有咬定他们三个做了坏事，所以你没必要过于紧张。"

有女儿的妈妈，每个人心底都会有一个担心，怕女儿在男女关系上走错一步。一步错，步步错，更何况还是面对性侵这种大事，就算是一丁点苗头，也必须扼杀。

郑莉莎没有回应，死死地盯着电脑屏幕上的三个嫌疑犯的资料，其中有两张脸竟让她产生一丝熟悉感，在哪里见过？想不起来，其中一个眉目间那颗黑痣让她生疑。她下意识地拿出手机想拍照，却被警察拒绝了。

"让你看这些，是体谅你做母亲的心情，已经违规，拍照不行，确认证据确凿前,我们需要保护嫌疑人。"

警察本是一番好意,郑莉莎却莫名发火,"好好的孩子你们不去保护,保护这些个混混做什么!"

警察被她如此反呛,自然不高兴,正要辩解,郑莉莎已经风一样地跑出了派出所。

凭借记忆里的那个地址,郑莉莎开了两个小时的车,从东城到西郊,油快见底的时候,终于找到了那个地方。

这是郊区的一块荒地,曾有的几间民房早已经塌了,房间里留下的七零八落的几件家具,都是淘汰的老款,还有一只断了腿的木凳显然是什么人自己用木板做的。不用问,以前住在这个地方的一定是进城务工的农户。

方圆几里地,没有一个人,风一吹,鼻间全是破旧房屋的泥坯味儿。

郑莉莎走了很远,终于见到有拾荒的人出现,问起来才知道,这个地方一个月前被强制拆迁,过去住过三五户人家,后来不知道去哪儿了。

伤害女儿的嫌疑人的住址成了空户,郑莉莎不免失落。

郑莉莎准备离开的时候,风将掉落的作业本吹起,飘了过来,作业本上的字迹工工整整。郑莉莎看了一眼,作业本的封面上写着的名字,跟三个嫌疑犯名字中的一个重合,这不由得让她莫名惆怅,"如果伤害可儿的是这几个毛孩子,那他们之间又因何会发生冲突?"

就在郑莉莎满怀思虑的时候,叶青的电话追了来,"你再不来公司,小上司怕要疯了!"

VIP客户的合同重新签订,但设计方案始终不过关。小上司的本意是让郑莉莎拿出她的方案,无偿给接手同事用,但这个提议遭到郑莉莎和接手同事的坚决反对。

在郑莉莎眼里，VIP客户不用的设计，自己完全可以卖给别人；而在接手同事眼里，明目张胆地用郑莉落的方案，岂不等于宣布自己无能？

可是VIP客户催得紧，小上司怕丢单，于是想让郑莉莎重新回到这个案子中来，不料郑莉莎接连两天请假，直接惹急了小上司。

如果是过去，小上司肯定会说"郑姐，在工作和家庭之间，你二选一好了"，而如今，要用郑莉莎的方案，他既要服软，又要显出自己的威严，也只能摆出公事公办的样子，"你俩合作吧，今天和客户敲定最后的方案，否则施工还要再等，等一天咱们就有一天的损失，大家都有点责任心，好吧？"

接手同事一脸不悦，不表态。

郑莉莎深知设计这行，讲究的是名利双收，都是行走江湖多年的老狐狸，有点本事的谁会愿意躲在他人身后狐假虎威？于是当即提出，"我参与也可以，设计费大家五五，署名权我就不要了。"

此话一出，接手同事脸色微微缓和，表示同意，小上司也放下心来，"你们之间的事，自己去商量，我只要进度，OK？抓紧，抓紧。"

郑莉莎把自己的设计方案交给接手同事，一桩"悬案"就这么解决了。叶青不由得替她不平，"这可是世纪大单，谁署名谁出名，你倒好，自己的心血拱手让人，拿点钱就知足，这样的机会还会再有吗？"

郑莉莎揉了揉发疼的太阳穴，"说实话，就算现在给我扬名立万的机会，我也没心情抓住，一堆乱事。"

郑莉莎说起自己女儿离家出走和早恋的事，叶青听得不禁唏嘘，"还好，还好，毕竟是亲生的，可以打骂，可以复合，哪像我，打骂不得，讨好都要小心翼翼。最头疼的还是卫查理跟杜梓薇的关系，完全相杀，不知道上辈子是不是仇家。"

"两个孩子还是不能好好相处？"

"谁也不服谁。就拿今早上来说吧，梓薇每天都有跟读英语的习惯，卫查理在旁边不指正还笑话，说她发音不准，结果梓薇发怒了，直接用方言骂卫查理，卫查理听不懂，觉得好玩，还乐呢。卫勇倒不高兴了，认为我没教育好梓薇。唉，我能说啥？"

"卫勇不知道自己儿子的秉性吗？还用解释啥。"

"头疼就头疼在这儿。卫查理没来之前，卫勇和梓薇的关系还不错，他一来，全乱套了。梓薇胆小，每天晚上我要陪她睡着了，才回自己房间。卫勇一直因为这个事跟我提意见，说我是溺爱，昨晚拦着不让我去陪梓薇。梓薇在房间里哭了半夜，听得我都心疼，可卫勇说这叫放手。"

叶青的话让郑莉莎陷入回忆。

回想自己和女儿的相处，一向自诩是民主妈妈的自己，也曾放手让王可儿决定自己的所有事，哪怕明知女儿有上了锁的日记本，手机和平板的密码不断更换，她还是不声不响，认为"信任孩子是每个父母应该做的第一件事"。然而，事实呢？放手到最后，连孩子出事都不知情，这样的民主要来何用？

"你想什么呢？"叶青盯着发愣的郑莉莎。

郑莉莎缓过神来，"我突然觉得心累，当妈妈的都那么用心，为何就是管不好孩子？王可儿的班主任说，我应该找个心理老师，我觉得也是。"

叶青忙不迭地点头，"这主意好，我也需要心理老师，真的，赶紧想办法约一个。"

郑茉莉接到姐姐电话时,正在辅导课上,一个学生的家长在跟她侃侃而谈。

"课外辅导的意义不仅在于让孩子增长知识,更重要的是让家长学会跟孩子融合,引导孩子说出平常不肯跟父母说的知心话,这样才达到了寓教于乐的双重意义。"

郑茉莉伸出大拇指点赞,"这位家长,不知道您是做什么的?"

"国家二级心理咨询师,主要研究孩子心理。"说着,家长递出一张名片。

郑茉莉接过名片还没来得及看清楚,郑莉莎的电话就打了过来,嘱咐她:"帮忙找个心理专家吧,我和叶青都有点活不下去了,急需拯救。"

想什么来什么,郑茉莉接完姐姐电话,对学生家长倍加热情,"圆圆妈妈,你看这样行不行,你们家圆圆来我们这儿学习舞蹈,我打五折,再送三期笛子班试听,怎么样?"

对方表示感谢之后,郑茉莉说出自己的请求,"我身边几个姐妹,对教育孩子挺头疼的,能不能请您腾点时间,给我们上上课?"

对方很痛快地答应下来。

郑茉莉赶紧将这个消息告诉姐姐,几个人约定周末见面。

郑莉莎回了家,王得水已经把饭做好。

餐桌上,摆着四菜一汤,还有一个小礼品盒。

"这是什么?"

"哦,我和可儿下午逛街去了,给你买的小礼物。"王得水看一眼王可儿,"是吧,闺女?这可是你给妈妈挑的。"

郑莉莎正想着如何跟女儿缓和关系,王可儿却把饭菜挑好放进自己碗里,端着碗回了房间,剩下王得水一脸尴尬地笑。

郑莉莎笑了，"又玩两头讨好的游戏？你累不累呀？"

"只要你们母女俩能和好，我累死也愿意。"王得水把碗递给郑莉莎，"下午打电话给你也不接，去哪儿了？"

郑莉莎本能地想说自己去找三个嫌疑犯去了，又怕王得水反对，只好改口，"单位开会。"

"老婆，我想跟你商量件事。"王得水坐下来，一本正经，"是这样的，今天跟可儿聊天，她说自己想换个学校，你看能不能找找关系，转一下学？毕竟发生这么多事，对孩子影响挺不好的。"

"转学？"郑莉莎把筷子放下来，"绝对不行！我们当初费了多少心才把她送进二中？要户口，要成绩，还要三次面试，这些你都忘了？别的孩子打破头想进二中，你倒好，还想出来。"

"可是孩子不想去。"

"可儿就是一时想不开，等事情平息，过去了，就好了。再说……"郑莉莎刚要说自己去学校被教育的事，想了想，又咽下，"这事免谈，你别惯着她。"

王得水失望地看了一眼王可儿的房间，王可儿透过门缝听到了妈妈的这番话，很是失望，嘟着嘴把房门关上了。

周末，郑茉莉的培训学校十分繁忙，特长班，辅导班，处处是孩子们小小的身影和家长们热切期盼的眼神。

郑莉莎和叶青一早就到了约定的咖啡店，等待跟心理专家会面，却不料，出事了。

心理专家的孩子刚进舞蹈教室就闹情绪，死活不肯跟着老师学，长久的哭泣声影响了其他孩子的学习。舞蹈老师没办法，跑来找郑茉莉。就在两人商量如何安抚孩子时，突然传来孩子们的叫嚷，"不好啦，圆圆摔倒啦！"

郑茉莉心下一惊,赶紧跑进舞蹈教室。心理专家听到女儿痛哭,早一步赶了进来,见女儿摔倒在地,二话不说就开始埋怨:"你们这什么破教室,地这么滑,摔坏了谁负责!"

郑茉莉一直道歉:"对不起,我陪着上医院,咱去查查。"谁料不说医院还好,一说医院,孩子哭得更厉害,坚决不去医院,只想回家。这让郑茉莉觉察出了什么,迎着孩子的目光看过去,发现孩子只是干嚎却不掉眼泪,明显就是为了不跳舞而想出的小主意。

就在她犹豫着要不要点破这一切时,心理专家已经不乐意了,"要是我女儿有个三长两短,可是要起诉你们的!"

郑茉莉看到孩子脸上带着一种胜利者的嘲笑,不用问,这种小伎俩在家里肯定惯用,可笑的是身为心理专家的孩子的亲妈,竟然毫无察觉。

这一瞬间,郑茉莉对这个所谓的心理专家彻底失望,干脆开车载着她们去医院拍了片子,做了检查。确认什么问题也没有以后,心理专家提出"要不,约下周吧",郑茉莉给推辞了,"哦,不好意思,圆圆妈妈,忘了跟你说了,那几个妈妈也临时有事,以后再说吧。"

来回一番折腾,耽误了不少时间,郑莉莎不停地电话催请,郑茉莉心烦意乱,刚要拒绝姐姐时,突然记起正在研究孩子心理的艾小云,便火速打电话让她来救场。

艾小云的出现,让郑莉莎和叶青很兴奋,没等她坐稳,两人已经开始诉说自己跟孩子之间的那些隔阂和问题。

艾小云边听边做讲解,"可儿这个孩子,其实只是叛逆初期,现在挽救还来得及,做家长的多点耐心,学会沟通,相信孩子很快就会回转心意。"说到卫查理,艾小云表示,"国外孩子从小受的教育就是民主和自由,喜欢说真话是他们的特点,想让他承认你这个后妈,必须先学会跟他做朋友。"

她的一番话让郑莉莎和叶青纷纷点头，"是这么回事。"

郑茉莉在旁边听了却忍不住地笑，她没想到，艾小云的三脚猫功夫当真派上了用场，还把姐姐她们说得心服口服。

艾小云没忍住，还是自己揭开了身份，"其实我也不懂什么心理学，我就是一个普通的小学老师，郑茉莉以前的同事，也是一个孩子的妈妈。"

郑莉莎这才记起来，"哦，我们家茉莉天天挂在嘴上的好朋友，艾老师！"

坦诚换来的是友谊，况且大家本就距离不远。郑莉莎把艾小云当成了自己人，不无感慨地说："我真希望咱们这些妈妈们能成立个组织，没事时相互探讨，相互安慰，最重要的是互通有无，相互督促。"

叶青点头，"对，现在的孩子太难教育了，有艾老师这样的人，时常坐在一起聊聊，感觉心里透亮了许多。"

郑茉莉见众人聊得火热，随口提议："要不要成立个妈妈团？"

众人听了，马上欢呼，"这名字好，妈妈团。"

叶青马上提出了问题："妈妈团主要做什么呢？"

郑莉莎想都不想，告诉她："随时发觉孩子们的异动，随时交流手头的信息，随时掌控孩子们的那点小心思！"

艾小云被逗乐了，"那岂不成了侦探？"

郑茉莉恍然大悟，"对，就叫侦探妈妈团！掌握孩子们的一举一动，绝不让他们胡来。"

"你是不想让孩子跟你对着干吧？"艾小云失笑。

她的话音落地之后，桌前几人沉默了会儿，没有谁提议，却同时伸出手来。

"侦探妈妈团，不许孩子对着干！"没有提议，竟也没人喊错口号，四人如此默契地便成立了属于自己的妈妈团，加微信，建妈妈群，动作干脆利落，就像失散的人儿找到了组织一般，竟然个个眼含热泪。

"这下，我不是孤军奋战了。"郑莉莎感慨地说。

第六章　调班级事件

王可儿坚决要求换学校。

这让郑莉莎无比头疼。一来转校麻烦，二来再没有哪所学校的教学质量比二中更好。

孩子不可能因为这些理解妈妈的心，只能是当妈妈的想方设法让孩子认清楚一切。

郑莉莎先是找来一些二中毕业的优秀生的资料，有从二中考上清华北大的学子，还有二中走出来的专家和各路大神，总之，为了打动王可儿，花费多大力气她都愿意。

不料，王可儿却对郑莉莎的做法嗤之以鼻，"有能力、有才华的人不一定都出自名校。再说，不就是一个破高中吗？"

郑莉莎被怼得无言以对，只好打电话请教艾小云："我该怎么办？如何才能说服她上学？"

艾小云第一次感觉到，作为一个老师仅会教学是不够的，不懂孩子心，再多知识也无用。她没有马上答复，而是翻箱倒柜地找了好多资料，终于找到了一个让王可儿受用的法子。

艾小云和郑莉莎约了王可儿的班主任，通过层层关系筛查才知道，王可儿的班主任跟艾小云来自同一所中学，两人是师姐妹，更重要的是班主任的儿子还在艾小云执教的小学上三年级。这点面子，班主任还是要给的。

艾小云请求班主任:"逃学,早恋,我们把它编成一个故事吧。"

艾小云认为,孩子最敏感、最脆弱的就是心灵,哪怕做错了,做老师的也应该懂得包容和引导,她让班主任在群里和班上宣称,这次事件是她导演的一出戏,陈泽和王可儿只是参演者,目的是让学生们明白,逃学和早恋是不对的,是可耻的。

班主任有些为难,但经不住艾小云和郑莉莎的一再拜托,最后不得不感慨:"谁让我也是一个妈妈呢,看来,也只能跟着你们一起说谎了。"

郑莉莎保证:"最后一次,善意的谎言。"

艾小云感谢师姐:"妈妈和老师的,爱的谎言。"

最后,班主任妥协了,当晚在群里发文公布:"陈泽和王可儿早恋事件是一次预习,是班主任请求两个孩子帮忙演戏,目的是让家长们了解早恋的风险,更让孩子懂得早恋会耽误学习……"如此云云。

家长们半信半疑,孩子们却信了。特别是追求陈泽的那个女生,马上在班上宣布:"我就说嘛,陈泽怎么会看上王可儿……"

凡是孩子,心灵都是干净的,最容易相信的就是老师的话。有了班主任的解释,孩子们也议论纷纷:"就是,平时看他俩也不来往,怎么会早恋,我不信。"

交好的几个同学零零散散地把这些信息转达给王可儿的时候,王可儿感觉自己就像做了一场梦,直至陈泽的电话打来,她才相信梦是真的。陈泽告诉她:"这事过去了,我们安全了,班主任太好了!"

王可儿的心开始松动,开始想念班集体,想念班主任对自己的各种好。郑莉莎在一旁吹风:"转校不是不可以,就是再难遇到这么好的班主任。唉,这都是命,你要真想转,那妈妈就托关系,咱转校……"

她的话音未落,王可儿马上反驳:"我才不转呢。"

"你明天能去上学,咱就不转,要不然,必须转,咱不能耽误学习。"郑莉莎乘胜追击。

王可儿咬了咬嘴唇,"上就上。"

这一次战役,妈妈完胜。

为了庆祝女儿自愿上学这件事,郑莉莎特意起早,做了王可儿最爱吃的早餐——煎馒头,还亲自夹好了果酱。王可儿虽然不说话,却默默地接过煎馒头吃了几口。郑莉莎会心地笑了。

母女间的战争,始于难以靠近,当双方都乐意靠近时,沟通就不再困难。

尽管王可儿拒绝了郑莉莎"我送你上学"的请求,但郑莉莎却并没有完全放下这颗心,她知道,想让王可儿专心上学,必须彻底解决那三个嫌疑犯。

郑莉莎为了彻底解开心里的谜团,试图打开王可儿的电脑,却被王得水拒绝,"关系刚缓和,你又查起孩子来,万一被可儿发现了就糟了。"

郑莉莎不管不顾,"总得找出那三个小混混,不然我心里不踏实。"

"那件事是个意外,真的不是你想象的那样!"王得水想要说服她放弃,"就是孩子们闹着玩的,可儿也没受到伤害,你这样做,不是自揭伤疤吗?"

郑莉莎回头,奇怪地盯着王得水,"你是不是知道些什么?"

王得水下意识地摇头,"我……不知道。警察不都说了吗,未遂,只能算猥亵,是你太紧张了。而且这件事可儿还不知道,她是那么骄傲的孩子,逃学、早恋,这些事已经够伤害她的自尊心了,万一再让她察觉你知道了这件事,那她受得了吗?"

王得水的话不无道理。

但郑莉莎却坚持己见,"就是为了她,我才必须查清楚。你不说,我不说,可儿不会知道。"

郑莉莎的固执,王得水是领教过的,劝不动,只能任她去,"你好自为之,别说我没提醒过你,要是可儿知道了,你俩这关系就完了。"

郑莉莎不理他,低头在王可儿的电脑上换了几次密码,都失败了,她不免有些颓废,"16岁就跟妈妈隔心成这样,26岁,36岁,会不会拒我于千里之外呢?"

郑莉莎不泄气,使出自己的解密特长,捣鼓了几回,密码终于解开了。让她想不到的是,密码从王可儿的生日换成了她的生日。这个发现让她哑然失笑,"小小年纪,精明得很,好像知道我会查她电脑,竟然换成我的生日,玩此地无银三百两呢。"

郑莉莎冲着身后的王得水说话,却无人应答,回头发现,王得水已经离开了。

这个早晨,叶青的家里过得却是鸡飞狗跳。

叶青为了让卫查理适应在国内的生活,更是为了讨好他,先是改掉了早起先化妆的习惯,接着开始试着研究国外的三明治、汉堡,并按卫查理的口味配了酸奶。而这却是杜梓薇最不喜欢的早餐样式,她习惯了早餐是稀饭和豆浆,见妈妈突然做成这样,深知是为了卫查理,难免吃醋。偏偏卫查理又是一个直性子的孩子,就连夸人都夸得让人坐不住。

"好漂亮的'东施效颦'啊！"卫查理话一出口，就让叶青的第一口牛奶喷了出来。

这是卫查理上学第一天学到的成语，活学活用，竟然用在了叶青身上。叶青不由得看了一眼卫勇，希望他能圆一下场。不料卫勇却连连夸卫查理："不错，会用成语了。"

叶青尴尬得不知该如何将这场对话进行下去，杜梓薇半路又插刀，"对，也叫邯郸学步，鹦鹉学舌。"

"'邯郸学步'老师讲过，这个'鹦鹉学舌'是什么意思？"卫查理不明所以。

杜梓薇戏弄卫查理："太深奥的学问，你不懂。这么问你吧，cat和tiger你知道吗？"

卫查理点头。

杜梓薇告诉他："OK，draw a tiger with a cat as a model，简单点说就是copy，照猫画虎。"

卫查理品味了一番，似懂非懂地点头。旁边的叶青看不下去，说："梓薇，别教你哥这些歪门邪道，他本来的意思是我做的西餐不好，重做就是了，一个东施效颦生出这么多故事来。"

杜梓薇白了一眼卫查理，"就他？想学中国话，且早呢。"

卫查理喝了一口酸奶，感觉口味有些不对，皱了一下眉头。叶青赶紧起身，"还有别的口味，我去给你换。"说完，奔到厨房为卫查理换酸奶。

卫勇让两个孩子赶紧吃饭，这时卫查理的手机响了。等到叶青返回来时，刚好听到卫查理对着电话说："I love you dear。"叶青本能地以为是卫勇前妻打来的，结果收了线的卫查理主动告诉他们："我在美国的女朋友，太缠绵，唉！"

杜梓薇再翻白眼，"那叫纠缠。"

叶青的脑子马上就乱了。

一个13岁的孩子，开始交女朋友，还如此缠绵，她受不了，用眼神暗示卫勇。结果卫勇却骄傲地看着自己的儿子，问："Jenney or Julie？"得知是后者时，竟还问："比Jenney好看吗？"

父子的对话，让叶青突然不知该说什么才好，这时她发现杜梓薇的眼神里冒出不一样的光芒，似乎对这个话题很感兴趣。

"杜梓薇，吃完了没？赶紧收拾书包上学去！"怕女儿受影响，叶青拉下脸来质问杜梓薇。

两个孩子终于收拾妥当，一前一后出门上学去了。

卫勇拿起包往外走，被叶青叫住，"我知道，有些事，我这个后妈多说无益，但查理早恋这种事，你该管管，在中国是不被允许的。"

"孩子也应该有自己的感情世界，干涉他做什么？"卫勇一脸无所谓，"再说，一个男孩子只有品尝了恋爱的味道，长大以后才能懂得如何去谈真正的爱情，有什么不对吗？"

"13岁的孩子品尝恋爱的味道？"叶青不屑，"你小时候就这么过来的吧？不然怎么会泡到美国妞，还结婚生子……"

打人不打脸，揭人不揭短。话从嘴里说出来，又本能地打住。叶青发现自己有些口不择言，慌忙住嘴。

卫勇看了一眼叶青，虽然没说什么，目光里流露出来的陌生感还是让叶青心惊肉跳。

两人从恋爱到结婚，还从没这么尴尬过。在卫勇面前，她始终是那个优雅大方的叶青，而不是当下吃醋又唠叨的家庭妇女。更让她感觉后怕的是，卫勇离开家门前，盯着她的脸仔仔细细地看了几秒钟，最后吐出一句"你还是化妆比较好看"。

叶青彻底傻了眼。

郑莉莎在王可儿的电脑里有了新发现。

王可儿有一个隐藏的QQ号,被郑莉莎重新找了回来。侵入QQ之后,查找聊天记录,她发现了一个代号叫"问你敢不敢"的QQ群,里面只有六个人,除了陈泽和王可儿,有三个嫌疑犯的名字,和一个叫许慕的女生。因为都是真实署名,郑莉莎马上确认,这几个孩子是相识的,就算女儿不肯说实话,那么自己也可以先从陈泽查起。

郑莉莎打电话把新发现告诉了妹妹,郑茉莉第一时间赶了过来。反复琢磨之后,她们决定先去找陈泽。

王可儿被班主任重新引领回班级之后,发现同学们都相信了班主任的解释,心情一下子放松起来,在课堂上也能踊跃发言。得到老师的表扬和肯定之后,她的心情瞬间放松下来。

其实她不知道,班主任一直关注着她的一举一动,每位老师上完课后,班主任都会跑来询问:"王可儿表现怎么样?有没有多表扬一下她?这孩子敏感,需要咱们多鼓励。"得到肯定答复之后,班主任才放心地离开。

每一个优秀学生的背后,其实都是无数老师齐心护佑的结果。

当王可儿把全班作业交到班主任手里时,班主任依然不吝赞美:"王可儿,你一回来就成为老师的小助手,我真是欣慰。"

走进来之前,王可儿曾经忐忑的心,以为会遭受同学们的非议和老师们的批评,不料收获的却是满满的宠溺,她觉得自己命真好,得到这么多老师的心疼。其实她不知道,这一切都是妈妈在背后努力的结果。

而此时的郑莉莎悄悄来到了学校,托一位同学隐秘地找到了陈泽。

看着眼前这个高高瘦瘦,让自己女儿早恋,有引导她逃课的嫌疑,甚至还参与了性侵未遂事件的男生,当妈妈的那种愤怒瞬间从心底爆发出来,郑茉莉想压都没压住。

"陈泽,你老老实实回答我的问题,'问你敢不敢'的QQ群究竟是怎么回事?"

陈泽没想到郑莉莎竟然知道了那个群,脸色顿时慌张起来,表情为难,坚持不说。

"你知不知道,你们这样做涉嫌犯罪,我是可以起诉你们的!"郑莉莎几近愤怒,"我好端端的一个女儿,钢琴,舞蹈,绘画,样样精通,成绩一向名列前茅,跟你这样的学生混在一起,逃学,早恋,还闹出这么多乱事!你今天要是不给我个说法,我会约你家长谈的!"

陈泽本身也是一个敏感的孩子,虽然成绩不如王可儿,但在学校也属于上进的乖学生,早恋事件刚被班主任压下去,突然又被郑莉莎当面提起,自尊心受不了,他一言不发地转身就走。

"你给我站住!"郑莉莎刚要追,被郑茉莉拦下来。

"姐,你这个样子,把人家孩子吓坏了,事不能急,得缓。"

"缓?"郑莉莎不满,"受欺负的是我的女儿,我缓得了吗?"

可是,当她返回身来想追问陈泽的时候,陈泽已经匆匆跑远了。

郑莉莎还想追上去,这时远远地看到王可儿从老师办公室走出来,赶紧拉着郑茉莉躲到一棵大树旁。

看着姐姐如此小心翼翼,郑茉莉不由得嘀咕:"能治你这暴脾气的,也就你家可儿。"

"这件事不能让可儿知道,她刚答应上学,要是知道了,怕又要跟我闹。"

这一回合,铩羽而归,郑莉莎很是沮丧,"看来,只能去找那个叫许慕的孩子了。"

而比她更沮丧的,却是艾小云。

米爱心情低落,已经两天不好好吃饭了,哪怕是她最喜欢的甜品,也只是浅尝一口就不吃了。

"米爱,你想吃什么,跟妈妈说,妈妈给你买。"

米爱摇头,小脸上神情抑郁,什么也不说。

知女莫如母,艾小云知道米爱是在想米大利。她正纠结着,该不该让父女二人见上一面时,一个同事匆匆走来,一脸神秘地冲她使眼色。艾小云打发米爱回了教室,同事赶紧凑上前来,小声地告诉她:"艾老师,你听说了吗?任雨也辞职了。"

艾小云下意识地愣了一下,一句话也说不出来。

任雨是去年学校新招聘的女老师,人不算漂亮,却极喜欢笑,年轻,有活力,一入校就成了很多单身男老师的目标。却不知道为什么,她唯独对同组的米大利充满好感,不是给他送饭,就是送礼物,人前人后也不避讳地声称"嫁人就得嫁米老师那样的"。

起初米大利对艾小云的解释是:"我们一个组,我又负责带她,走得近点儿也正常。"

那时艾小云没有怀疑两人的关系。直到任雨隔三差五喊米大利去她的单人宿舍,且学校开始出现风言风语时,艾小云才不得不出手阻止两人来往。

那时米大利的解释是:"她一个女生,怎么修马桶?油烟机不转了,她下得去手修理吗?同事间帮个忙算啥,你天天就喜欢胡思乱想。"

艾小云凭借最后一丝信任,克制自己不去胡思乱想。一天深夜,任雨打电话找米大利送自己去医院,而米大利还在医院陪了她一夜,从那之后,艾小云才彻底不相信两人之间是清白的。

怎样的男女关系,才会在需要时第一时间想起对方,而另一方还无怨无悔地随叫随到?

后来米大利给出的解释是:"人家父母在外地,这边也没什么朋友,就是想起我了,没别的意思。"

可是他没意思,不等于任雨没意思。

女人之间的情场较量始于眼神。刚开始任雨对艾小云会尊称一声"艾老师",见面还会点头致意。跟米大利走近之后,她对艾小云没有了先前的尊重,甚至还会装作看不到。在两人的风言风语传了多时之后,艾小云曾经尝试找任雨谈谈,不料任雨却接连拒绝了她两次。

一个女人拒绝另一个女人相约面谈,两人的关系不是冤家就是情敌。

况且任雨看米大利的眼神,完全闪烁着不一样的光芒,那是一种不管不顾的暧昧,是一种让艾小云不得不相信他们之间有事情、有感情发生过的感觉,所以才有了她坚持离婚的那些事。

离婚之后,听说两人已经不怎么来往,艾小云还暗自欣慰过一段时间,甚至开始相信米大利的某些解释。可是就在今天,当有人告诉她任雨辞职之后,她的心情在那刻突然又激动了。

相对稳定的工作,任雨都可以不要,那么她会不会奔米大利而去?或者说两人是不是私下已经约定好一起离开学校呢?

艾小云不敢深想,脸色变得苍白。

婚姻这个东西,哪怕离了,对方稍有风吹草动,依然能够打疼你的心。

艾小云已经没有心情继续上课,跟别的老师换了班,打电话约了郑茉莉。到了约定地点,她发现郑莉莎也在,这才知道姐妹二人去学校找陈泽了。

"你们这样做太武断了,王可儿早晚会知道,到那时,她肯定会加倍埋怨你。"

郑莉莎不以为然,"我是她妈妈,为了她好,就算她不懂感恩,也该知道我不会害她。"

"我还是没弄明白,不就一个早恋吗?咱们好不容易遮掩过去,你还去找当事人做什么?"艾小云心头涌起疑问。

这下倒把郑莉莎问住了,她和郑茉莉面面相觑。

性侵未遂这种事,跟逃学和早恋不一样,身为妈妈,可以把孩子的一切缺点公布于天下,唯独这种事不会轻易说出口。

哪怕面对的是"结盟"的艾小云,郑莉莎还是遮掩了过去,"就是……再了解了解。"

显然,她低估了艾小云的识人能力,多年的教育经验加上女人天生的敏感,让她意识到面前的姐妹俩有不能让自己知道的事,索性也就不再追问,转移了话题。

"我们家米爱也是问题一堆,这两天闹情绪,饭都不吃了。下周末正好是她生日,我在想要不要搞得隆重一些。"

她的提议得到郑莉莎和郑茉莉的积极回应,"当然好,带上孩子,我们也去,一来热闹一下,二来让孩子们也熟悉一下,多交几个朋友。"

郑茉莉还是有些不放心自己的儿子,问起"林小峰近来表现如何"。

艾小云想了想,说:"变乖了,不闹,但也不爱说话,总感觉睡眠不足似的,有些不精神,是不是晚上没休息好?"

一句话把郑茉莉问蒙了,孩子一直由姥姥姥爷带着,别说休息得怎么样,连吃的什么、穿的什么,她都说不明白。在这一刻,她打定主意,晚上去父母家看看孩子。

郑茉莉的培训学校虽说不大,却五脏俱全,各种课程辅导和特长培训项目都在上马。自从舞蹈室发生学生摔倒事件后,虽说不是学校的责任,但她还是加强了安全管理。

到了晚上下课的时间,老师和学生们陆陆续续走了,郑茉莉总是最后一个离开。关门之前她喜欢到各个教室转一圈,在她心里,这所学校不仅是自己的梦想,更是自己的孩子,自己全身心倾注在这里,对其用心程度甚至超过对自己的儿子。

而这一点,也是她一直深感愧对林小峰的地方。

所以,尽管下班时已经是晚上9点多,她还是驱车去了父母家。进了门她就发现,喜欢早睡的父母已经洗漱完毕进了卧室,有点血栓前兆的父亲已经呼呼大睡。来不及跟母亲多说什么,她就匆匆来到林小峰的房门前。

小房间里,林小峰正抱着平板玩得聚精会神,脸上笑得憨憨的,十分着迷的样子。

郑茉莉本能地推门要进去时,却发现门是从里面锁上的。

敲门声从外面传进来,听出是妈妈的声音,屋里的林小峰下意识地赶紧将平板关了,收起来,藏在枕头底下,然后装作刚睡醒的样子,去给妈妈开门。

"这么早就睡了？"郑茉莉四下看看，房间灯是亮着的。

林小峰假装打了个哈欠，"妈妈，不是每个人都跟你似的，夜猫子。"

"可我明明听着屋里好像有人说话的声音……"郑茉莉警觉地四处察看。

林小峰跳上床，头紧紧地贴在枕头上，不肯动，"可能是我做梦，说梦话了吧。"

"小峰，妈妈不明白，你什么时候学会锁房间门了呢？"

"妈妈，不要欺负我们小孩子，再小，我们也有隐私权。"

林小峰一本正经的回答，惹笑了郑茉莉，眼前的儿子乖巧可爱，看不出什么异常，倒也让她放下心来。

"那你睡吧，妈妈明天还要开例会，得早起。你在姥姥这儿要听话。"

林小峰忙不迭地点头，目送郑茉莉走出门去。

郑茉莉前脚出门，林小峰后脚将门重新锁上，转身从枕头底下拿出平板，打开，冲着平板轻松地吹起了口哨……

王可儿在自己的房间里边听音乐边点开电脑查资料，一种特殊的感觉滑过心头，让她意识到自己的电脑被人动过。

鼠标的位置，在鼠标垫上方，而自己习惯收拢在中间。

显示屏的位置也和之前不一样。

更重要的是，QQ程序里，自己有两个QQ号，不常用的号的登录显示竟然排在常用号的前面！

王可儿的心在这一刻是慌乱的，她努力让自己镇定下来，打开控制面板里的事件查看器，准确无误地查到了电脑在早上被人登录过的信息!

几乎没有任何思索,王可儿第一时间冲到父母房门口,"砰砰"地敲门。

房间里的郑莉莎和干得水被吓了一跳,打开房门,没等问发生了什么事,王可儿已经先发制人。

"是你,一定是你动过我的电脑,对不对?"王可儿剑指郑莉莎。

郑莉莎承认也不是,不承认也不是,看一眼王得水,发现王得水对她也是一副埋怨的表情。

王可儿怒了,"好好的,查我电脑干吗?你到底想怎样?"

"可儿,你听妈妈说,妈妈不是故意要查你什么,就是借用一下你的电脑,查点别的资料……"

"说谎!想查什么不能用自己的手机查,偏要打开别人的电脑?你明明就是故意的!"

郑莉莎无话可说,却又不想败下阵来,"当妈妈的,查查女儿的电脑怎么了?犯法吗?"

"就是犯法!你这叫侵犯隐私权,你这是对我极大的不信任!"王可儿丢下一句话,转身要回房间时,又折回来,愤然地盯着郑莉莎,"以后我的房间,你不许进!"

郑莉莎没想到王可儿会跟自己这样没大没小,明明就是辜负自己的一番好意,"王可儿,我是你妈,用你的电脑,那叫光明正大。再说了,有些事你不跟我说实话,我也只能自己查。"

"你还想知道什么?"王可儿愤怒,"我还有什么事,是你不知道的?"

郑莉莎想说性侵未遂事件,又怕引得女儿伤心,张了张嘴,没好意思说出来。

王可儿已经转身回屋，将自己房间的门狠狠地锁上。

郑莉莎看一眼王得水，"这孩子，她怎么知道我查她电脑了？是不是你出卖的我？"

王得水瞥一眼郑莉莎，"哼，也不知道是谁天天说自己是超级黑客，还手把手教闺女演习反黑，这下好了，你俩玩上了对抗赛。"

郑莉莎猛然拍了拍自己的脑袋，这才记起，自己平时总是倚仗电脑有功底，小到杀毒反黑，大到简单编程，早就传授给了王可儿，偏偏自己忘了这一点，早上看完电脑没来得及清除痕迹，搬起石头砸了自己的脚，怪得了谁？

而更让她招架不住的事情，还在后面。

第二天，陈泽没到校，也没请假。

王可儿正纳闷时，有同学告诉王可儿："听说陈泽妈妈来学校了，要求调班级呢。"

王可儿不明所以，这时暗恋陈泽的女生跑了过来，冲着王可儿一通嚷："王可儿，你可真是害人精，一回来就没好事。陈泽要是离开这个班级，我们也要求离开，你一个人待着好了。"

王可儿从女生的嘴里得知，陈泽的妈妈来学校要求换班级时，特意点到了她的名字，理由是："班上有个叫王可儿的学生和她的家长，对我的孩子有了不好的影响，让我儿子不想继续上学，我们要求离王可儿远点，换个班级。"

简直就是晴天霹雳。

王可儿怎么想也想不出，陈泽为何会突然这样，明明昨天还好好的。

没有人能告诉她答案。

王可儿跑到安静处，疯狂地给陈泽打电话。终于，响了N遍之后，对方接起了电话，王可儿已经激动得哽咽，"好好的，你为什么要调班级？"

"你妈来学校，逼问我那件事，我不知道该怎么说，更怕重温那件事。还有，咱们以后也别一起玩了，真的怕了你妈妈……"电话那头，陈泽生气的样子王可儿闭着眼睛都能想到，她这才明白妈妈为何要查自己的电脑。

陈泽挂电话的声音，彻底让王可儿伤了心。她努力一点点地收回眼泪，诧异，怨恨，不能理解，甚至不能解释，说不出来的百般滋味让她抑制不住地冲出了学校……

王可儿打了车，一路飞奔到了郑莉莎的单位。

郑莉莎看到失魂落魄的女儿，吓了一跳。

早上走的时候还整整齐齐的女儿，如今却近乎披头散发地出现在自己面前，郑莉莎以为是三个嫌疑犯又找王可儿的麻烦了。

"怎么回事？他们是不是又去学校吓你了？"

郑莉莎关切地伸手，上前抚摸王可儿的头，却反被王可儿狠狠打落。

王可儿近乎冷漠的眼神，让郑莉莎不寒而栗。

"可儿，你这是……怎么了？"

王可儿死死地盯着郑莉莎，一字一顿："最后叫你一声妈妈，请你学会尊重我，尊重我的同学！"

"你……"郑莉莎似乎明白了什么，"是不是陈泽跟你说什么了？其实妈妈去找他，没别的意思，就是想弄清楚那件事情到底是为什么。你知道妈妈有多难受吗？这种事又不能随便开口问你，我只有自己去查……"

"这辈子都不会告诉你!"王可儿斩钉截铁,"因为你以后不是我的妈妈了!"

王可儿的话让郑莉莎呆立在原地,她不知道自己的做法竟然会让女儿如此反感,甚至威胁到了她们的母女关系。可是王可儿已经不给她再解释下去的机会,转身跑远了。

郑莉莎追也不是,不追也不是,愣在原地,耳边回响着女儿刚才的话,不由得满心纠结,一切为了孩子,孩子为何如此不理解自己?

这时叶青从旁边走过来,安慰她:"孩子有脾气,过去就好了。"

这一刻,一种悲凉之情从郑莉莎心底升腾起来,叶青的手抚上她的肩膀安慰她时,她突然忍不住了,"我也知道,我对可儿有些过于严苛,可她永远不会理解一个当妈妈的心。叶青,你是知道我的,为了当这个设计师,我在公司打杂一干就是五年,别人都走了,只有我坚持下来。为什么?是我能力有问题吗?"

叶青听着,直摇头,"我理解。"

"明明就是差了一纸文凭!"郑莉莎忧伤地说,"没能上一所好大学,是我这辈子的遗憾。好文凭就是人的一张脸,特别是对咱们女人来说,想要在职场立足,除了真本事,还必须有过硬的文凭。"

"这些,你跟可儿说过吗?"

"不敢天天唠叨,怕她有心理负担。"郑莉莎感慨,"我理解她当孩子的不易,我也知道天天让她学习那是真累,可她何时能理解我当妈妈的这颗心?现在不吃苦,将来只会更吃亏!"

"现在的孩子有几个能理解父母的,只能期待他们大一点,懂事一点,少惹点闲气就知足了。"叶青安慰。

郑莉莎无奈叹息,"养儿养女,最后都是些冤家。"

郑莉莎的悲哀，叶青感同身受，可是眼下她显然安慰不了郑莉莎。叶青想到妈妈团，建议："要不，紧急向妈妈团求助吧，大家一起商量一下对策。"

郑莉莎本想答应时，突然想起之所以跟女儿吵到这种地步，起因是性侵未遂事件，她不希望女儿的这点隐私暴露在众人面前。"算了，大家都忙，还是不要打扰了，等晚上回家我再跟可儿好好谈谈。"

然而，就在她话音刚落时，王得水突然打来电话，"你这次真的把闺女惹急了，孩子说她不上学了！还说她要从家里搬出去！我拦不住，现在……可儿又失踪了！"

王得水焦急的声音透过手机，清晰地传到郑莉莎的耳里，就连旁边的叶青都听得清清楚楚。郑莉莎已经失去了主意，叶青再次提醒她："启动妈妈团吧，大家一起帮你找。"

妈妈团集结完毕。

每个人的表情都不轻松。

郑茉莉开着车，郑莉莎沉默不语，艾小云轻轻地拍着她的手臂，以示安慰。

叶青打破了沉默，"这可儿到底会去哪儿呢？"

郑茉莉提醒姐姐："会不会是上次的网吧？"

郑莉莎四下看看，"以我对她的了解，她绝对不会走回头路，这孩子性格倔强，心思缜密，指不定在哪里猫着呢。"

"会不会去找陈泽了？"艾小云提醒。

郑莉莎想了想，默默点头，"我知道陈泽家在哪儿，"说着给驾车的郑茉莉指路，"直走，先左转，穿过两条街就到了。"

"你们坐好了。"郑茉莉说完，飞车加速。

叶青看一眼郑莉莎,"那个陈泽妈妈对你满肚子意见,去他们家未必有好果子吃。不如这样,一会儿到了,我先去探探,问问陈泽在不在家,再看看可儿在不在那儿。"

"就是他们家的孩子把可儿带坏了,还有什么可责怪我的?"郑莉莎不服。

艾小云提醒她:"现在最重要的不是辨是非,咱们得先把可儿找回来。"

"孩子小时希望她长大,长大后的麻烦谁又料想得到。"郑莉莎一脸沉重。

郑茉莉的车很快拐到了最后一条街,在离陈泽家小区不远处停了下来。叶青临下车时,简单地给自己补了个妆。

"这时候了,还有心情化妆,你化给谁看?"郑莉莎着急,想下车,叶青赶紧收起化妆盒,"我这也是给咱可儿长脸,让陈泽妈妈看看,可儿的阿姨们可不是一般人。行了,你别急,我这就探路去。"

叶青下了车,找到了陈泽家的门牌号,可是敲了半天门,却无人回应。隔壁邻居被她敲烦了,探出头来告诉她,"这家人大早上出门就没回来,再敲也没用!"

叶青把这个消息告诉众人时,艾小云第一时间做出了分析,"陈泽妈妈和陈泽本人,现在对可儿都是责备的心态,就算可儿来找他们,他们也不会见的,又怎么可能收留她?我觉得咱们来错了。"

郑茉莉表示赞同,"有道理,那咱们下一步怎么办?"

郑莉莎不想再听什么分析,女儿的失踪像根针一样扎在她心上,一秒钟找不到,就能疼一刻,这种疼,凡是妈妈都受不了。她坐不住了,打开车门冲到大街上,"一步步走一步步找,就算把鞋底磨穿了,我也要找到她。"

众人见郑莉莎下车了,也跟着下去,亦步亦趋。就在大家左一句右一句劝郑莉莎想开点的时候,叶青率先发现了在路边甜品店门前站着的王可儿。

"快看,那不是可儿吗?她怎么会在那里?"

郑莉莎已经不想思考了,只想冲过去把王可儿拉回来,却还是被艾小云拦了下来。

"可儿妈,你这样冲动,解决不了任何事。想收服孩子,必须先了解她。至少,我们该看看可儿见的是什么人,她想做什么。"

郑茉莉也劝:"姐,你的心情大家理解,淡定,淡定。"

在众人的劝说下,郑莉莎终于不冲动了,屏住呼吸,注视着对面的王可儿。只见她向远处挥着手,一个跟她年龄不相上下且打扮时尚的姑娘匆匆跑了过来。两人见了面,拥抱,拉手,一起走进了甜品店。

妈妈团成员紧随其后,边走边相互掩护着,也杀进了甜品店。怕王可儿她们发现,一行人猫着腰走到收银台前,简单地跟服务员说明情况,迅速找了几个相对隐蔽的座位,悄悄地听着王可儿这桌的情况。

王可儿显然没有想到妈妈团会如此跟踪自己,只顾着跟朋友倾诉自己心中的不快。

"许慕,我还真是羡慕你,没有像我那么烦人的妈,天天自由自在的,什么烦心事也没有。唉,我都不知道该怎么办了,那个家,真的不想回去。"

许慕比王可儿大一岁,父母常年在深圳做生意,她在老家跟着奶奶留守。因为奶奶年龄大了,管不了她,所以她上学也是有一搭没一搭的事儿。她和王可儿是小学同学，经常联络着，感情一向很好，自然就成了无话不说的姐妹。

"你可别这么说，我还羡慕你呢，有爸爸，有妈妈，虽然也有唠叨，也争吵，可那也是幸福呀。"许慕感慨，"我有什么？除了每月按时汇来的那点钱，什么也没有，想吃顿家常菜都要自己叫外卖。"

"这才叫自由呢。"

"自由也是有代价的，就是寂寞。"

许慕的话被邻座的妈妈团听得清清楚楚，郑茉莉忍不住小声感慨："这么点孩子就懂寂寞？"

艾小云示意她不要说话。

这时只听王可儿又感慨："反正，我是跟她彻底断了关系，以后不回那个家，也不叫她妈妈，她不配。"

郑莉莎听到这话，有点坐不住，好在众人拉着她的手，郑茉莉还第一时间捂住了她的嘴，提醒她："姐，听孩子说几句真话吧。"

郑莉莎强忍不快，坐下来，转过头去，偷偷探看王可儿。

"血缘可是改变不了的。"许慕提醒王可儿，"你没办法改变跟一个女人一辈子的亲情关系，就像无法选择自己的出身。"

"有选择的话，下辈子我一定不选择出生在这样的家庭，我妈快把我逼疯了！就上次那事，她不知怎么就知道了，查我电脑，翻我东西，还去找人家陈泽，不闹到众人皆知不罢休，真是烦透了！"

说到那件事，两人都沉默了。

"其实……那件事，确实挺吓人的。"许慕打破沉默，"我有时候做梦梦到，都觉得后怕。"

听到孩子们谈到了那件事，妈妈团两人不解，两人心事百般。

艾小云和叶青面面相觑，"什么事？"

郑莉莎和郑茉莉相互看了一眼,却什么也没说。

而孩子们显然也不想多谈这个话题,许慕说到了上学的事。

"可儿,那你怎么打算的?不回家,也不上学了吗?"

"我才没那么傻。这次我主动给班主任请假了,说我有事。不管怎么说,班主任和其他老师对我挺好的,要不是因为他们,这学呀,我还真是不想上了……"

"你学习好,老师当然喜欢。我就不一样,天天翘课,老师比我还习惯,哪天去上课了,还会问我:'咦,你怎么来了?'"

说完,两人哈哈大笑。

但许慕的话却让妈妈团的成员们听得内心复杂。显然,这不是一个好学生。

对于郑莉莎来说,每天叮嘱可儿的就是"离差生、坏孩子远一点",如今女儿跟一个天天逃学的孩子在一起,当然难以放心。她已经不想再等下去,起身冲着王可儿她们走了过去。

王可儿看到妈妈带了这么多人来"抓"自己,起身就逃。一群人在甜品店里绕着圈,你追我赶,看得众人都愣了。

终于,妈妈团还是将两个孩子制服了。

王可儿一脸愤懑,郑莉莎不管不顾,先是指责许慕:"孩子,别不学好,赶紧回家承认错误,好好上学去,以后少招惹我们家可儿,让她安心读书。等你们都考上大学再做朋友,成吗?"

许慕没料到会被这样教训,脸上挂不住,匆匆跟王可儿道别。走到王可儿身边时,她突然耳语和王可儿道"终于理解你了。"王可儿听得脸上臊得慌,不管自己如何不待见妈妈,当外人评价妈妈不好的时候,做孩子的内心依然很受伤。

看到自己的朋友被妈妈羞辱,王可儿彻底怒了,"我说了,你不再是我妈,你凭什么管我?凭什么这么说我朋友!"

"啪!"一个巴掌突然就飞到了王可儿的脸上。

郑莉莎怒了,恨铁不成钢,更恨自己付出百般小心,换来的却是女儿一次又一次的背叛。

这一巴掌,王可儿没有躲过去,直愣愣地打在她的右脸上,巴掌印清晰可见。

看到郑莉莎出手打了可儿,众人皆惊。

王可儿惊讶过后,终于反应过来,挣扎着反抗。郑莉莎已经先发制人地抓住她,"跟我回家,我和你把该说的话说开,该算的账算清楚,然后再决定还要不要当母女!"

第七章　孩子的社交

郑莉莎和王可儿几乎是相互挟持又相互拧巴着冲进家门，母女二人的举动把正在拖地的王得水吓着了，手里的拖把直接掉到了地上。

"找到闺女就行了，你这闹的是哪出？"王得水先问郑莉莎。

郑莉莎把王可儿甩到沙发上，"问你的好闺女！"

王可儿在自己的朋友面前失了面儿，在妈妈的朋友面前也没面儿，当即就跟王得水嚷上了，"爸，你能不能阳刚一点，管管她，真的太过分了！"

王得水把郑莉莎拉到一旁，小声询问："你们母女俩唱的到底是哪出？可儿又怎么惹着你了？"

郑莉莎回头看一眼王可儿，没有立即回答王得水。此时，王可儿已经翻箱倒柜地找出纸和笔，"啪"的一声拍到桌子上。"不是要跟我算账吗？倒是算呀！算清楚以后，大路朝天，各走一边，谁也别再管着谁！"

王可儿的叫嚣不仅让郑莉莎生气，就连王得水也理解了妻子为何愤怒，转头呵斥王可儿："胡说什么呢！你妈妈为了找你，连工作都不顾了，她那么要求上进的一个人，为你牺牲多少，你难道不清楚吗？"

"啪"的一声，王可儿在原来的纸上又加了一张，"好，把牺牲也记在账上，一起算清楚。"

郑莉莎看着王可儿，这个已经跟自己一样高，甚至有七分模样像自己的小人儿，已经学会了跟自己叫板，想想当初生她时的那些艰难，如果能塞回肚子里，一定塞回去重新回炉，可是，人生有这样的如果吗？

"好，好，好。"郑莉莎接连说出三个好字，"那咱俩今天就把账算清楚，以后你的事，我不管了！"气极之下，她说出来的话也很重。

郑莉莎接过纸笔，刚要开始写，王得水上前一把抢下来，"你俩都给我住手！一家人算什么账？谁也不管谁，还叫一家人吗？"

郑莉莎握着笔的手，微微颤抖，却极力让自己镇定，而王可儿却并不体谅她，小脸上写满愤懑，转身冲往自己的房间，路过王得水身边时，却被拦下了。

"可儿，跟你妈妈道歉。"

"我不！"

"以后不许跟你妈妈再说算账这种混账话，没有你妈妈，就没有你！"

王可儿轻蔑地看了一眼王得水，"以前觉得你是我这头的，关键时候，你还是她那头的。"

郑莉莎已经忍不住了，"王可儿，你别太过分！"

王可儿伸手做出停战的手势，"好，好，我一张嘴吵不过两个人，"她指了指自己的房间，"从今天起，只求这个家给我留一个干净的能够呼吸的角落，那儿是我的阵地，你，你们，都不许进。"

王得水十分不解地盯着王可儿，心里早已经是上百个问号，曾经乖巧的女儿，何时变得如此咄咄逼人？

王可儿并不给他思考的时间，继续分配着家里的每个区域，她指着客厅、餐厅和卫生间，"这儿，这儿，还有那儿，属于公海，谁也别管谁。"

说完，王可儿仰头走进自己的房间。

小小的背影，满满的倔强，看得王得水和郑莉莎满目错愕。

郑莉莎已经被气得说不出话来了，正无处发泄时，看到王可儿的手机在茶几上，拿起来，想摔掉，又不舍得，只能任握手机的手抖了又抖。

"好了，别生气，孩子大了，难免有点情绪，都从那个时候过来的，理解理解吧。"王得水劝她。

郑莉莎拿手机不停地砸自己的脑袋，"理解，理解？我们理解她，她何时理解过我们？"

说不清是冷静了，还是手机把她砸醒了，郑莉莎盯着手里的手机，突然有了主意，她回头看一眼王可儿的房间，发现没什么动静，赶紧将手机藏在自己身后，正准备回房间，却被王得水叫住，"你想干吗？那是可儿的手机。"

郑莉莎做了一个"嘘"的动作，走进自己房间。王得水跟进来之后才明白，郑莉莎想在手机里安装定位软件。

王得水马上制止，"不行，绝对不行。"

"为什么不行？我总得知道她在哪儿，跟谁在一起，发生了什么事。"

"往大了说，这是犯法；往小了说，可儿知道了还不一定闹成什么样呢。"

"没听说过当妈的关心自己孩子还犯法的。"郑莉莎一边说，一边把定位软件装进了王可儿的手机。

王得水无奈地摇头,"你们呀,一个作,一个闹,这个家,再难平静。"

郑茉莉帮姐姐寻回可儿之后,内心也同样不平静,甚至开始担心,哪天林小峰长大了,会是什么样子?

回程的路上,她和艾小云同车,不断地向她打听儿子的学习情况。

其实,林小峰本就是一个资质中等的孩子,艾小云清楚,郑茉莉自己也知道。

"跟往常一样,有那么一小点进步,花钱不那么手散了。"做老师的总是喜欢鼓励所有人,艾小云还是尽量把话说得委婉些。

"不乱花钱,不是他改好了,是因为没钱可以乱花了。我和他爸爸把所有零用钱全揣了,改改他大手大脚的毛病。"

"孩子还小,一切问题都来得及改。"

"听说你报了心理学考试?准备得怎么样了?"

"下个月才考试,早着呢。"

两人说话间就到了学校,下车时艾小云邀请郑茉莉,"周末来我家,给米爱过个生日,咱们妈妈团的成员都要来,你得准时啊。"

郑茉莉做出一个OK的手势。

两人说话间,远远地,林小峰看到郑茉莉的车跑了过来,边跑边叫:"妈妈,妈妈。"

看到儿子满头大汗,郑茉莉下车递给他一瓶水。

林小峰试探地问:"妈妈,我想买本恐龙画册,能不能给我点钱啊?"

"二年级学生,该看的是作文精选和数学速算,看什么恐龙画册。"郑茉莉拒绝,又开始教育,"林小峰,我告诉你,你们班主任可说了,你的成绩一直按兵不动,你要是能往上升个三五名,我会考虑给你奖励,但要是往下降……"

郑茉莉做了一个威胁的手势,林小峰小心地往后退。

"快回去上课!"郑茉莉把林小峰往教室赶,自己驱车离开。

看着绝尘而去的妈妈,林小峰不高兴,又为难。这时有同学跑过来问:"去不去呀?不去我们可跟王强走了。"

林小峰马上承诺:"去,我请大家吃好吃的,等我一下。"

林小峰转身回了教室,找到一个男生,两人嘀咕了半天,男生不情愿地递了点东西给他。林小峰高兴地拿着东西就往外跑,米爱看到,叫住他。

"你不会又跟别人借钱吧?"

米爱的单刀直入让林小峰后悔,"你怎么知道我借钱?"

"哼!"米爱扬起骄傲的小脸,"班上谁不知道林土豪借钱的事。"

林小峰外号"林土豪",因为他出手阔绰,又喜欢乱花钱。他不讨厌这个外号,但讨厌被米爱这么叫。

"别这么叫我,不好听。"

"别人能叫,我为什么不能叫?"

"因为……因为我得保护你,你最好叫我林大侠之类的,土豪都是傻白缺,我才不要!"

米爱被林小峰逗乐了,却还是制止他,"以后少跟别人借钱,老师发现就不好了。"

"别告诉你妈就行。"林小峰告诉米爱,"说了也不怕。我又不是白借,有利息的。我爸说了,这叫不亏别人,别人才肯跟你做交易。"

"你爸爸说话还真有道理。"米爱由衷地说。

林小峰想了想，靠近米爱，"你爸爸呢？过生日的事跟他说了吗？"

米爱骄傲的小脸，瞬间神情黯淡。

周末，米爱生日。

艾小云一大早起来布置家，客厅整面墙装上了彩灯和气球，并按自助餐的形式预订了点心。米爱有些小兴奋，一直陪着妈妈忙活，有时候偏着头似乎有话要问，却又问不出口。

"米爱，是不是有想要的生日礼物？"艾小云注意到女儿的表情，"说出来，妈妈尽量满足你。"

米爱回想上次在餐厅发生的一幕，爸爸妈妈的争吵，还有妈妈的愤怒，想了想，赶紧摇头。

这时门铃响了，郑茉莉带着林小峰提前到场帮忙。

林小峰把米爱最喜欢的Kitty猫电子玩具送给米爱，米爱高兴坏了，两个孩子跑到一旁打开玩具玩了起来。

艾小云看一眼米爱，感谢郑茉莉："刚才还苦着一张小脸，小峰一来，马上就乐了。谢谢啊，年年让你破费。"

"给未来儿媳妇破费，我乐意。"在郑茉莉眼里，从小一起长大的米爱和林小峰完全就是青梅竹马，而自己跟艾小云又是好朋友，所以她很乐意将来收米爱做儿媳妇。

艾小云对此不反对也不支持，"20年以后，谁知道会发生什么事，现在的感情，十年八年的都经不起考验……"

郑茉莉心神领会，"你通知米大利了？怎么，他不来？"

艾小云摇头，"恰恰相反，我不让他来。"

"为什么？"

艾小云看一眼在玩耍的两个孩子，示意郑茉莉小点声，"没有为什么，就是不想让米爱一边希望一边又失望。"

艾小云拿起鲜花，郑茉莉给她递上瓶子。

"不管怎么说，毕竟是亲生的，有血缘关系呢。"郑茉莉提醒她，"你得学学人家叶青，国外过来的孩子都能相处得很好。"

两人正说着，叶青带着卫查理和杜梓薇到了。

几个孩子第一次见面，有些冷场，卫查理倒是热情，主动给大家变起了魔术。

卫查理将自己制作的贺卡放在袖子里，轻松地变成一朵花，送给米爱，林小峰上前配合。一个游戏拉近了孩子们的距离，卫查理给了林小峰一个大大的拥抱，感谢他的配合，而杜梓薇却撇着嘴说："真小气，人家生日，你就送张破卡片！"

"卡片怎么了？那是他亲手做的呀，这叫礼轻情义重。"林小峰抢在卫查理之前替他辩解。

卫查理不甘落后，"对……这叫……轻于鸿毛，重于泰山。"

他的话马上把大家逗笑了。

杜梓薇借势嘲讽，"还轻于鸿毛呢，你这叫一毛不拔！"

卫查理没听懂，"一毛不拔是多轻？"

杜梓薇和米爱已经笑到肚子疼。林小峰看出来杜梓薇在故意刁难卫查理，直接点破，"她这是骂你呢，说你小气。"说完又批评杜梓薇，"你这样很不好，欺负人家，不礼貌。"

杜梓薇一脸得意，"他乐意让我欺负，要你管。"

林小峰生气了，拉着卫查理去喝饮料，不理她。

"不要跟女生计较，我爸说了，天下唯女人与小人难养也。"林小峰一副大人模样。

卫查理理解不了他的话,"在中国,女人不能养自己的爷爷吗?"

林小峰尴尬地看了卫查理一眼,知道他理解不了这么深奥的话,于是端起饮料,做了个碰杯的动作,这下卫查理明白了他的意思。

卫查理和林小峰学着大人的样子,拿饮料碰杯,瞬间成了朋友。

叶青盯着远处的一双儿女,看他们相安无事,这才放下心来,却不由得跟艾小云说起孩子们艰难的相处,"早上为了做通他们的思想工作,我真是费尽口舌,一个说要宅在家,一个说要出去玩。本来以为到这儿会尴场,瞧这聊得还挺好呢。"

艾小云羡慕叶青,"有这么漂亮的女儿,还有这么可爱的儿子,你赚了。"

郑茉莉也跟着羡慕,"是啊,我看这外国小伙子真是不错,挺有礼貌的。"

正夸奖时,卫查理端着饮料杯走了过来,冲着叶青挥了挥手里的空杯子,"刚才掉地上,弄脏了,叶青,麻烦你再给我个杯子,可以吗?"

听到卫查理直呼叶青的名字,郑茉莉和艾小云都愣住了。叶青冲她们做出无奈的手势,转身进厨房帮卫查理清洗杯子。

郑茉莉冲艾小云吐了吐舌头,艾小云笑着转移话题,"王可儿也该到了吧?"

郑茉莉看看时间,"估计这会儿我姐正跟她斗智斗勇呢。"

说话间,郑莉莎敲门进来。所有人都往她身后看,郑莉莎直接告诉她们:"没人了,就我一个。"

"姐,你跟可儿到底怎么样了?"郑茉莉关切地问。

郑莉莎无奈地摇头,"已经三天不叫我妈妈,跟我分阵地和公海呢。"

艾小云倒了一杯水给郑莉莎，"说实话，我一直在反思，那天咱们的跟踪行为是不是有点过？16岁的孩子，自尊又敏感，应该给她留点面子的。"

"行了，今儿是米爱生日，聊点儿高兴的。"郑莉莎拿出生日礼物送给米爱。米爱说"谢谢"的时候，大眼睛眨了又眨，不由得让她想起王可儿小的时候。

"唉，孩子眨眼间长大了，我们眨眼间也老了。"

正当她们感慨时，艾小云邀请的别的家长和孩子也来了。艾小云宣布米爱的生日会开始之后，所有人为米爱唱生日歌，众人一起分蛋糕。本来气氛挺欢快的，结果林小峰跟一个小男生为抢蛋糕上的巧克力发生了争执。林小峰怕被小男生抢到，第一时间把自己的勺子插到了巧克力上，抢不过他的小男生跟妈妈嘀咕了几句话，小男生的妈妈走到了郑茉莉身边。

"你是林小峰的妈妈吧？"得到确认，对方接着说，"本来这种场合说这些话不太合适，但我觉得有必要提醒一下，你们家林小峰找我们家孩子借钱，可不是一回两回了，前两天刚借了20块，那可是孩子留着课间买零食用的。"

郑茉莉想让自己保持微笑，却怎么也挤不出一个合适的笑容来，她尴尬地跟对方简单地做了交接，还了钱，之后上前拎着林小峰的耳朵开始教训。

"敢在外面借钱是不是？"

林小峰疼得乱叫，一时间所有目光聚焦过来。郑茉莉深知这种场合不宜发作，便放开林小峰，小声地警告他："回家再跟你算账！"

林小峰吓得躲到别的同学身后。

这时一个小女生走过来给米爱送礼物，"米爱，这是我爸爸上个月从法国回来带的巧克力豆,可好吃了,送给你。"

米爱接过来,表示感谢。小女生接着说:"我爸爸可好了,知道我喜欢吃这种豆,每次去法国都会捎好多回来,你尝尝,甜不甜?"

听到对方三番两次提到爸爸,米爱又伤心了,偏偏小女生又追问:"你过生日,你爸爸送你什么礼物了?为什么没看到他呢?"

米爱忍了许久的委屈,终于忍不住,一个人走到角落里,掉着眼泪默默地抽噎。

林小峰上前责备小女生:"就你话多!"

小女生瞬间觉得委屈,"我说错什么了吗?"

杜梓薇主动上前拉起小女生的手,"当然没有,要不,尝尝你的法国豆?"

几个孩子围上来,开始抢豆吃,气氛又欢乐了起来。

孩子们玩得高兴,喧闹声不断,艾小云和妈妈们忙着切水果,递蛋糕,完全没有看到米爱在伤心。

只有林小峰走到米爱身边安慰。

"米爱,你别伤心了。"

"我爸爸不来,我怎么能不伤心?"

"因为有比你更伤心的人。"

"谁呀?"

"我呀!"林小峰四下看看,"米爱你记着,今天周六,明天周日,如果后天礼拜一我不能按时上学,我一定被我妈妈打死了。"

米爱白了林小峰一眼,"活该,谁让你乱借钱的。"

林小峰无奈地摇头,"唉,以为你能理解我呢,结果你跟他们一样。我借钱不是乱花,是为了跟王强竞争班长,现在我跟他的呼声最高,难道你没听说吗?"

"王强成绩比你好，不花钱也能当班长。"

米爱的不留情让林小峰觉得没有必要再聊下去了，他转身去找卫查理。而此时卫查理正跟杜梓薇等一群孩子玩猜词游戏。一个孩子出题目，伸出一只手，三根手指伸直，两根手指弯着。

"长短不一。"卫查理抢先答。

孩子摇头。

杜梓薇回答："三长两短。"

孩子点头，"对啦！"

卫查理不服，比着手跟大家争辩，反被杜梓薇笑话，"行了吧你，刚学了几个成语就想跟我们较量，这可是我们中国的传统文化。"

"我也是中国人啊。"卫查理不服。

杜梓薇打量他一番，"谁批准你是中国人了？我们可是黑头发黑眼睛，你瞧瞧你……"

孩子们听了，哈哈大笑。卫查理刚想辩解，他的电话却响了。电话另一端有人跟他说了什么，卫查理表情有点失望，对着电话说："无所谓，我一个人去也可以，反正已经习惯了。"

嘻嘻哈哈间，艾小云注意到了米爱，跑过去，刚要问话，米爱却拒绝跟她聊，转身往同学中间走去，"我去跟大家玩游戏。"

"米爱，你是不是不开心？"艾小云拉住她。

米爱回头，小脸上挂着勉强的微笑，"妈妈不是常说，有人来家里做客，我们要好好招呼，不能失礼吗？而且大家都是来给我过生日的，我得陪他们去。"

米爱走进朋友中间，跟大家说说笑笑，礼貌，友好，可不知为什么，艾小云看着女儿那张勉强带笑的小脸，就觉得心里无比愧疚，她问自己：拒绝米大利来给女儿过生日，是不是做错了？

在生日会上折腾了大半天,郑莉莎回到家又困又累,想进卫生间洗个澡,却发现门上了锁,以为是王得水在里边,可是敲门半天无回应,她这才意识到是王可儿在里边。

母女俩已经三天不说话了,郑莉莎担心,却又不知该如何开口融化这寒冰。

终于,王可儿走出卫生间。郑莉莎本能地跟上去,想说话,可是王可儿一个回身,冲她做出不要出声的手势。临近自己房间时,王可儿又指了指边界,示意郑莉莎不要过界。

王可儿关上房门,郑莉莎气得原地跳脚。

房间内,王可儿却抱着玩具失声大笑。

这时,她的手机响了一下,许慕在微信里问她:"这两天过得怎么样?"她用语音回复,"我好着呢,没事,放心吧。"

屋外,郑莉莎的手机也响了一下,她拿起来看了看,下意识地看了王可儿的房间一眼,瞬间就没那么气了,"小样,看你能不能跑出我如来佛的手掌心。"

同样跑不出妈妈手掌心的还有杜梓薇。

在家里,叶青曾千叮咛万嘱咐:"就算再不喜欢卫查理,出门也要对他客气点,不能让外人觉得家里容不下他。"

可事实却是,不管在哪,做什么,杜梓薇就是跟卫查理过不去。杜梓薇在生日会上让那么多小朋友嘲笑卫查理,叶青觉得女儿太过分。

"杜梓薇,以后再发生这种事,你就给我腾出房间来,让查理住进去。"

"哟,才几天呀,查理查理的叫上了?人家可是天天喊你叶青叶青呢。"

怕卫查理听到,叶青赶紧示意杜梓薇不要乱说话。杜梓薇更加不屑,"说句话都得看人脸色,这家待着真没意思。放心吧,人家根本没回来。"

"查理明明跟咱们一起回来的,我就出去买个菜的工夫,他去哪儿了?"叶青四处查看。

杜梓薇知情,却不想告诉她,不论叶青怎么问,就是不回答。

叶青本以为,天黑了卫查理就会回来,结果一直等到晚上,甚至半夜,他都没有回来,电话也不接,真把卫青急坏了。卫勇公司新接了项目,连着几天都在加班,把好好的一个孩子交到自己手上,人不见了,她不知道该怎样跟卫勇交代,只能自己跑出去找。

小区,公园,甚至学校,叶青折腾到了凌晨,依然没有卫查理的踪迹。她不敢想这孩子跑哪去了,只好打电话告诉卫勇实情,卫勇的态度却让她更加吃惊。

"没事,一个男孩子,偶尔在外面过过夜,没什么大不了。"

卫勇的轻描淡写让叶青有一瞬间觉得自己很傻,又觉得卫勇其实是在责怪自己。

从卫查理不接电话等到他彻底关机,叶青已经无心再等下去,直接报警。报警时她故意说:"他是美国来的孩子,不熟悉这里的地形,你们一定要按国际友人的标准服务。"

警察们虽然不乐意,又怕影响国际形势,竟然当真给立案了,并让她回家等消息。

叶青在家里坐立不安,一会儿一个电话地催问警察。杜梓薇看着妈妈,不由得问:"要是哪天我失踪了,你也会不眠不休地找我吗?"

叶青没有心思跟女儿开玩笑，"天天跟查理斗，妈妈知道你是在争宠，你的心能不能阳光一点？他从国外来，对这边不熟悉，万一真出点什么事，怎么办？"

杜梓薇低下头去，小声地抱怨："是不是亲妈？担心他，不担心我，还说我心里不阳光。他好？他再好也不是你亲生的，丢了又能怎样……"

叶青意识到了什么，"你是不是知道查理去哪了？"

第八章　缺席的爸爸

卫查理离开家之前,是跟杜梓薇交代过的。

卫查理有单独旅行的习惯,找一个山的高处,住一晚上,远离尘嚣,是他从小养成的生活习惯,他总说"这样容易让人静下来,容易思考"。

本来约了一个玩得比较好的男同学,结果对方因为家长反对放弃了,卫查理只能自己匆匆带着简单的行李前往山区。

离家之前,叶青刚好外出买菜,卫查理让杜梓薇转告:"山上信号不好,你们不要担心,我只住一晚。"

杜梓薇听了,有羡慕,有敬佩,甚至有想参与的冲动,但是妈妈的态度打乱了这一切。

自从卫查理加入这个家庭以后,卫勇叔叔不像从前那样只宠她一个人,周末也不只带她自己出去玩,更多的时候会带着查理跑步或是和查理用她听不懂的英语谈笑,那是一种明显融入不了的亲情氛围。而更让她不满的还是妈妈,为讨好查理所做的早餐,以及那些讨好查理的话语,都让杜梓薇觉得自己失宠了,失去亲妈的爱让她心里无比难受。

"真丢了才好呢。"杜梓薇看着妈妈着急地寻找卫查理,几次想说出他的去向,可是妈妈越急,她越吃醋,最后干脆忍住不说。

面对叶青的追问,她还是选择了沉默。而杜梓薇越沉默,叶青越觉得有问题。

"要是知道的话,赶紧告诉妈妈。梓薇,你得懂事,查理刚来这个家,卫叔叔对你又那么好,就算你不把查理当哥哥,可他还是卫叔叔的儿子,当成一个重要的客人,我们也必须保证他的安全,你说是不是?"叶青苦口婆心地劝,"再说,查理要是有个三长两短,妈妈以后怎么面对卫叔叔?你难道就不会难过和愧疚吗?"

叶青的话一点点打动了杜梓薇,她终于开口了:"他说要一个人旅行,不让我们打扰。"

杜梓薇说出了卫查理单独旅行的目的地,叶青也在第一时间通知了警察。而被警察找到并迅速带回来的卫查理,则像只外逃后被逮回家来的鸡仔,懵懂又狼狈。

"我好好的,找我做什么?我不是失踪,也丢不了,有地图的……"他急切地解释着。

叶青已经控制不住自己的情绪,看到满头草叶子的卫查理,想想自己一夜的担忧,上前捶打起卫查理。拳头落在卫查理的肩膀上,打得他步步后退。

"你这个孩子,怎么这么不听话,你要是出事,我怎么跟你爸爸交代,叶阿姨得多难过……"

卫查理本来还一脸懵懂,看到叶青如此担心自己,又是报警,又是寻找一夜,他有些不好意思起来,内心充满了感激,嘴上却说:"叶青你别伤心,我不是好好的吗?"

叶青已经不知道再说什么了,只觉得有热热的东西从脸颊上流了下来。

卫查理本能地上前,想替叶青擦眼泪。一旁的杜梓薇生气妈妈这么担心卫查理,却又心疼妈妈流泪,上前打落卫查理的手,自己替叶青擦眼泪,"这是我妈。"

卫查理的手停在半空,无比尴尬。

就在这时,卫勇开门进来,看到这一切,他尴尬地笑了,连声埋怨自己:"怪我,怪我,查理有单独旅行的习惯,竟然忘了告诉你。"

"单独旅行?"叶青不理解,"这么小的孩子,你竟然放心让他一个人跑出去旅行?"

卫勇安慰叶青:"亲爱的,你别急,在美国,男孩子过了11岁就可以单独出门,旅行也好,见朋友也好,只要他乐意,父母通常是不反对的,也不能反对。"

"父母不能反对孩子一个人出去?"叶青更加不理解。

"这叫人权。"卫勇尝试跟叶青解释,"查理已经13岁,他拥有完全独立的人权,我们要学会尊重。"

卫勇的话,叶青还是不能理解,可是杜梓薇却听得津津有味,"人权,真好。"

继子不能管,老公又不理解自己的苦心,叶青一肚子火正无处撒,当即把杜梓薇当成了发泄目标,"再有人权也轮不到你,回屋写作业去!"

杜梓薇莫名又受打击,对妈妈更加不满,嘟着嘴回到房间,"嘭"的一声把房门踢上。

卫勇看一眼叶青,"亲爱的,你不能这么对待孩子,他们也是有尊严和自由的……"

叶青已经受够了卫勇的论调,一脸不悦,"尊严和自由是你给查理的,管教和约束是我给梓薇的,咱们还是各管各的吧!"

叶青说完想回房间,卫勇知道她生气了,赶紧去哄,"好了,亲爱的,别生气。我这马上要走呢,这次项目是加急的,可能十天半月不能回家，查理就交给你了。"

叶青不由得嘲笑，"把儿子交给一个不讲人权的后妈，当真放心？"

卫勇走得急，没有回应，叶青不免失落。

回想短暂的婚姻生活，本应轻松快乐的日子因为卫查理的突然到来而变得紧张难过，孩子小，可以原谅一切，但卫勇至少应该跟自己站在同一战线，然而，事实却相反。

卫勇对儿子似乎一百个放心，所有的事情全部放手，忙起事业来，竟然可以撒手让叶青来照顾卫查理，他以为这对叶青来说是份信任，而实际上这对叶青来说却是份为难。后妈不好当，照顾孩子吃喝拉撒已经心累，若是安全上再出点问题，责任谁来担？

叶青生卫勇的气，觉得他完全是在甩包袱给自己。

亲生父亲不管不问也不担心，自己一个后妈跑前跑后地忙活，算什么？

叶青越想越觉得委屈，拿起电话想追回卫勇，跟他把话说清楚，可是真正要打电话的时候又犹豫了，男人嘛，事业第一位，此时打扰他，作为妻子又怎么算得上合格？

忍。叶青在心里告诉自己，"就当卫勇这个爸爸缺席了，自己这个后妈先补位上来。"

"嘭！"

就在叶青暗地里安抚自己时，杜梓薇的房间突然传来一声脆响，是东西炸裂的声音，还伴着杜梓薇的尖叫声。叶青赶紧三步并作两步，冲过去一看究竟。

杜梓薇房间的地上，一只存钱罐碎了一地，杜梓薇站在碎片里，表情愤懑。

叶青冲进来，"梓薇，怎么回事？"

卫查理也冲了进来，看到一地狼藉，愣了。

杜梓薇上前指着卫查理，"我存钱罐里的钱，是不是你拿的？"

卫查理做了一个不知所措的动作，摇头否认。

"不可能！"杜梓薇坚持，"前天我当着你的面把两张整钞折成五角星放进去的，你还说五角星好看呢。哦，对了，你还问我打开储钱罐的方法，我全告诉你了！结果今天钱就没了，哪有这么巧的事？"

卫查理一脸冤枉，"我真的没拿你的钱，我之所以问，是觉得中国的这些玩意都太好玩，想研究一下……"

"你没拿？"杜梓薇咄咄逼人，"那你旅行的钱哪来的？明明就是你！"

卫查理想辩解，却被杜梓薇强势压下去，"别跟我玩无辜，从这儿到你去的那个地方，走路是不可能的，坐车都要上百块，打车更多，你不是跟我说，你从来不攒钱，身上一分钱没有吗？既然没钱，那你怎么去的山区？明明就是你拿了我的钱！"

卫查理说不过杜梓薇，转身向叶青求救，"我真的没拿她的钱。"

叶青安抚卫查理："阿姨相信你。"又转头看着杜梓薇，"梓薇，你别太过分，事情还没查清楚，不要冤枉查理。"

"我冤枉他？"杜梓薇一脸无奈，"这个家，除了你，卫叔，就是我跟他，你和卫叔不会拿，他要是不拿，难不成是我自己偷自己的？"

"会不会是你记错了地方？"

"怎么可能！那可是我买零食的钱，亲手塞进去的。"杜梓薇指着卫查理，"你说，我塞钱的时候，你是不是也看到了？"

卫查理点点头，"我是看到了，两张整的……"

"妈，你听，你听啊！"杜梓薇像抓到了把柄似的不依不饶，"他自己都承认了，还说什么？就是他偷的！"

"我没有。"卫查理极力辩白,"我不需要钱。"

杜梓薇不相信,"你不需要钱?旅行的车费哪来的?说啊!"

叶青看看杜梓薇,再看看卫查理,"查理,阿姨平时给你零用钱,你总是拒绝,那么你告诉阿姨,你单独旅行的费用,都是从哪来的?是你爸爸给的吗?"

卫查理摇头,"我爸爸从来不给我零用钱。"

"那你的钱从哪来?"

虽说叶青语气轻而柔软,却还是让卫查理不舒服,"你,你们,都怀疑我?"

卫查理指着叶青和杜梓薇,"我说了,没拿就是没拿,我不知道!你们这叫……污蔑!我反对!"

杜梓薇同样一脸轻蔑,"小偷哪有资格反对控诉,反对无效!"

卫查理显然生气了,白皙的脸一片赤红,争不过,索性不争,转身走出去。

"查理,阿姨不是怀疑你,只是问问……"叶青着急,想解释,却被杜梓薇拉住。

"妈,就是他拿的!只有他看到我存钱了,你一定得给我做主。"

叶青转过身来,盯着杜梓薇,"先不说偷钱的事,你先告诉妈妈,从什么时候开始存钱的?你存钱做什么?"

杜梓薇本能地张了张嘴,却坚持不说。

客厅里,卫查理正在收拾行李。叶青听到声响,一下子就慌了,"坏了,他要离家出走!"她转身小声地警告女儿,"你卫叔不在家这段时间,你凡事给我忍住,再跟查理吵架,妈妈绝不饶你!赶紧地,自己把房间收拾干净了!"

杜梓薇不服气地俯身收拾残局,叶青已经匆匆跑到了客厅。

卫查理把自己的衣服收拾进了行李箱,不需要的书本也归纳整齐，一副要离家出走的样子。叶青立即就急了，上前拉住他的手，满脸恳求，"查理，别生梓薇的气，阿姨是相信你的。咱有话好好说，不要这样，等你爸爸回来，阿姨没法交代的。"

卫查理不说话，继续收拾东西。

叶青急了，上前把卫查理行李箱里的衣服强行拿出来，堆到沙发上，"不许走！"

卫查理平静地看着叶青，"叶青，你把我衣服弄坏了。"

"我说了，不许你离家出走，多大的矛盾都可以通过对话解决，或者等你爸爸回来以后再解决。"

卫查理这才弄明白，原来叶青以为自己要离家出走，他不由得摇头，"你就这么盼望我离开这个家吗？"

叶青不明所以，"我……这不是见你收拾东西，要走吗？"

"我收拾东西，是因为它们太乱了，谁说我要离家出走？"卫查理一脸无辜，"再说我为什么要离家出走？这就是我的家，我爸爸在这里，我也应该在这里。"

叶青没反应过来，"你不是要离家出走？"

"离家出走是小孩子家的游戏，我有那么幼稚吗？"卫查理继续收拾东西。

叶青看他不像开玩笑，不免为自己刚才的鲁莽而赧颜，想说点什么又怕说错，下意识地把刚才弄乱的衣服帮卫查理重新收拾好。

后妈不好当，亲妈也未必容易当。

王可儿打定了主意要跟郑莉莎对着干，郑莉莎越是不许她跟许慕这样的差生来往，她就偏要跟许慕在电话里嘻嘻哈哈，还经常跑到"公海领域"，在客厅里大摇大摆地刺激郑莉莎。最让郑莉莎难过的是，母女俩自从发生上次的争执以后，展开了长久的冷战，谁也不理谁。

　　这可急坏了王得水。作为父亲，他怕女儿万一知道受到妈妈的监控，感情上接受不了；作为丈夫，他怕妻子尽管有一颗爱孩子的心，但处理不当走极端。

　　郑莉莎因为加班被小上司临时叫到公司，走得匆忙，忘了关自己的电脑。王得水下意识地坐在电脑前，想起监控软件，决定把它销毁。

　　可是王得水没有郑莉莎那么高的电脑水平，妈妈监控女儿这种事，找外人又有些说不出口，他只能一边上网查去掉监控的方法，一边实地操作。但他在电脑里查了一圈，却什么也没能发现，连监控软件的源文件都找不到。

　　最终，王得水下了狠心，要把疑似监控软件的所有文档都卸载。就在他决定动手时，郑莉莎突然开门进来。

　　"王得水，你干吗！"郑莉莎大叫一声，吓得王得水手都哆嗦了。

　　不等王得水解释，郑莉莎上前把电脑检查了一番，没发现异常，但她的脸色并不好看，"你不信任我？想查什么？商业机密，还是外遇？"

　　王得水赶紧解释："我就是那天看你在电脑上操作了半天，以为你把监控软件装在电脑上了，想帮你清理掉。"

　　郑莉莎不屑地笑了，"有手机，谁还会把那种东西装在电脑上？也只有你这种傻白缺才会有这种想法。"说完又觉得不对，"你刚才说什么？清理掉？什么意思？"

　　"明说了吧，我不希望你跟可儿再这么下去，吃个饭都要相互看脸色，撞到了一起都不看对方的脸。这还叫一家人吗？你们还叫母女吗？"

　　"所以，你是想从我下手，对不对？"郑莉莎不理解，"惹是生非的是王可儿，你的亲闺女，你不去针对她，竟然对我下手？"

"先不说她的问题，反正我觉得，监控这事你做得不对，你得先改。"王得水坚持。

"王得水，你有点正确的是非观好不好？"郑莉莎不悦地将声音提高，"出事的是你闺女，我现在是拉她一把，在帮她，你不知道站我这头也就罢了，还要跟我对着干？我和你之间谁更爱可儿？谁对可儿付出得多？可儿不知道，难道你不知道吗？"

王得水支吾着："两码事儿。"

"当初生下可儿时，你妈嫌弃是个女孩，鼻子不是鼻子，脸不是脸的，那时候我跟你说过什么？我说这辈子就这一个闺女，绝对要把她培养得比男孩子还要争气，给咱俩长长脸！难道你都忘了吗？"郑莉莎回想往事，感慨万千，"我培养可儿琴棋书画，我为可儿买这学区房，为了可儿能上重点中学，我拉下脸去求人，你又做了些什么？图轻松，每个月那点工资好几年都不见涨！还记得那年给可儿买钢琴吗？为了省钱，刚好接洽国外客户的我穿了一身假的香奈儿，被客户当场指出来，要多难堪就有多难堪，这事现在都是同事口中的笑话，我为了什么？还不是为了女儿！你又做过什么？只会在我身后做所谓的说客，在可儿面前充当好爸爸。背后的付出，背后的委屈，全都要我一个人扛！"

"莉莎，我承认我没有你赚钱多，也承认这个家大部分收入是你拼回来的，可是你也不能说我什么也没做，我跟你一样爱女儿。"王得水为自己辩解。

郑莉莎正在气头上，话匣子打开一时收不住，心里所有的怒火都冲着王得水发泄，"爱？爱是需要付出的，红口白牙说爱有什么用？就像当年你不也说爱我吗？不也说要给我最好的生活吗？结果呢？一切还不都是我自己拼来的！这世上没有任何东西是说爱就能解决的，现实的社会需要实打实的本事,所以可儿必须出人头地,必须……"

"好了,好了!"王得水大声制止,"在你眼里,可儿必须跟你一样优秀。在你眼里,我就是个一无是处的男人,是这样吧?"

"你终于说了一句正确的话!"

"郑莉莎,真没想到,结婚这么多年,我一直爱你爱孩子更爱这个家,而在你心里我是个一文不值的人,既然这样,既然这样……"

王得水思忖着话该如何接,可没等他说完,郑莉莎倒先替他说了下去,"既然这样,以后可儿就归我管,你远远地看着就好,看着我如何一步一步把女儿培养成人中龙凤,看着我如何一天一天让可儿变成白富美!"

"好,我等着看,以后女儿的事,我还真不管了!"王得水已经气得说不出话来,转身出了房间。

郑莉莎不依不饶,"你最好说到做到!"

王得水走向门口,这时门开了。

王可儿从外面回来,看到王得水,马上问他:"爸,晚饭吃什么呀?我饿死了。"

"不知道,问你妈去!"王得水说完,开门走了出去。

王可儿回头看看,感觉不对劲,又来不及追问。这时郑莉莎从房间出来,王可儿看了妈妈一眼,什么也不问,装作看不到,兀自回了自己房间。

夫妻之间吵架,实属正常,而为了孩子吵架,更是家常便饭。

郑茉莉并没放下生日会上被同学家长催债的事,强拉着想回姥姥家的林小峰,回了自己家。本来一肚子火气,想着如何教育他,令她意想不到的是,林小峰倒先开口认错了。

"妈妈,我错了,你别生气,我以后肯定不会再跟同学乱借钱了。"

尽管林小峰态度良好，但郑茉莉心火难消，"那你跟我老实交代，你借钱干什么？"

林小峰说起借钱的初衷，倒是无比坦荡，"我去做人情投资了。"

"人情投资？"

"我们班竞选班长，我和王强旗鼓相当，他成绩比我好，我人缘比他强，为了能胜出，所以我必须做一些人情投资。"

林小峰说得头头是道，郑茉莉哭笑不得。

"你的意思是，花钱买人缘？你给人家买东西，人家就会给你投票，对不对？"

"是的。"

"你这孩子！"郑茉莉的火气突然就大了，小小年纪不想如何学习，反而做起这些人情往来的事，"都是从哪儿学来的！不好好学习，天天弄些没用的，看我不打死你！"

郑茉莉伸手上前就要打，林小峰不服，"这都是爸爸说的。"

"你爸爸教你的？"

"我爸说了，关系不够，人情来凑。你又不肯跟艾老师说一声让我直接当班长，那我就只能自己努力了。"

没想到，林小峰不知自己错了，还振振有词。郑茉莉再也无法平静了，一把拉过林小峰，转身就打，边打屁股边骂："小小年纪，我让你好的不学，专学坏的！让你花钱买人缘！让你没事找事！不是'关系不够，人情来凑'吗？我让你回家挨揍！"

林小峰被打得哇哇大叫："妈妈，我哪里错了？"

"还不知道自己哪错了？"郑茉莉又打了两下，"你跟着你爸学不着好！"

林小峰开始抽泣，却忍住不掉泪。

郑茉莉也打累了，上前扶正了林小峰，"我告诉你，从今天起，妈妈要好好地为你上上思想品德课，我要让你明白，什么是学生该做的，什么是孩子能做的……"

正说着，门被人打开了，林峰拖着行李箱进来。

见到爸爸，林小峰就像见到救命稻草一样，瞬间甩开郑茉莉，冲向林峰，没等喊出爸爸，泪已经下来了，"爸爸，你可回来了，再不回来，我就被妈妈打死了。"

林峰还没来得及问清楚，郑茉莉的怒火已经重新燃起，冲他烧了过来，"林峰，难得你回来，我得跟你说说教育孩子的事。你知不知道你儿子都变成什么样了？"

等到郑茉莉把事情的来龙去脉说明白以后，折腾累的林小峰已经在床上抽噎着睡着了。林峰劝郑茉莉："算了吧，孩子还小，不懂事，再说不就花点钱吗？咱家又不差钱。"

"花点钱？"郑茉莉瞪大了眼睛，"林峰，这是钱的事吗？你都教了孩子些什么东西？这么小就论人情，买人缘，将来大了怎么办？跟你一样苟苟且且，四处买关系？"

林峰没想到，自己在外面辛苦经营，在妻子眼里竟成了苟苟且且，"茉莉，你这话说得过了，我挣钱是为了什么？还不是……"

"对，为了这个家，为了我们母子。"郑茉莉抢过话去，"你这套词说了十年了，林峰，我听够了！我现在说的是孩子的问题，是你把他惯坏了！"

"孩子天天跟你在一起，怎么是我把他惯坏了？"

"不是你给他借记卡，他能刷钱消费吗？不是你偷着给零用钱，他花钱能这么大手大脚吗？不是你跟他讲'关系不够，人情来凑'，他能花钱买人缘吗？"

"好！就算这些是我的错，可你也不能有事没事就打孩子吧？"

林峰不服，"这是我亲儿子，打坏了怎么办？"

"男孩子就得棍棒教育，女孩儿才要富养。"郑茉莉坚持自己的理论，"对林小峰这样的调皮孩子，不打能行吗？"

"行，你懂，我不懂，那以后你来管儿子，行了吧？我不想跟你吵，明天还得去谈业务……"

听到林峰刚回家又要走，郑茉莉马上急了，"拿着行李箱，我以为你能回来多住几天，怎么又要走？"

"那箱子里全是换洗的衣服，脏了，麻烦你帮我洗洗呗。"

林峰讨好地靠近郑茉莉，却被郑茉莉推开，"自己洗！"说完，她转身进了厨房。

林峰追问："你真的不帮我洗啊？我没的换了。"

"急什么！我总得一样一样来，先给你把饭做了吧？"郑茉莉从厨房探出头来。

吵归吵，妻子对自己的心疼，林峰还是看在眼里，记在心间的，刚才的小插曲过去，他更想念的还是儿子。他悄悄走进林小峰的房间，呆呆地看着儿子胖乎乎的小脸，真是一个可爱的小人儿，脸上还挂着未干的泪珠，人已经睡着了。

林峰心疼，上前为儿子擦拭眼泪，林小峰却醒了。

"爸爸……"

"好儿子，没事，爸爸保护你，你妈那边没事了，放心吧。"

林峰的安慰让林小峰瞬间欢腾，他从床上跳起来，"爸爸，你知道吗，我竞选班长的事很靠谱，好多同学都说要支持我，你就等着做班长的爸爸吧。"

"好样的。"林峰由衷地赞赏，"你这小子身上有我当年的风采。"

"爸爸当年也花钱买过班长吗？"

"什么叫花钱买班长？"林峰跟儿子说起自己小时候的事，"我那时都上中学了,选课代表,我用两块橡皮买了两票,最后就因为这多出来的两票,胜出了。"

"哇,爸爸好棒!"林小峰发出感慨,"可是,我就没你这么幸运了,妈妈不让我花钱买票,停了信用卡,还不给零花钱,我现在身无分文,自己都没的用,哪还有钱跟同学搞好关系……"

林峰本能地劝林小峰:"儿子,选班长要看很多方面的,你妈妈说的也不是不对,花钱买票这种事……"

林小峰一脸沮丧,"你不要说了,爸爸,我知道你全听妈妈的。这个家,唉,咱俩都不能当家做主。"

林小峰一句话,掐中了林峰的命门,林峰不想在儿子面前失去威严,马上从衣兜里掏出两张百元大钞在儿子面前晃了晃。

"爸爸的意思是,不管妈妈说的对不对,爸爸永远支持你。"林峰晃了晃手里的百元大钞,"够意思吧?"

"好哥们儿,够意思!"林小峰马上兴奋了,亲了林峰一口,跳起来去接钱。可是钱刚接到手里,还没来得及说"谢谢",不知何时进门的郑茉莉已经将手伸了过来,"拿来!"

一场生日会,米爱过得并不快乐。

艾小云很清楚,这是因为米大利没有到场的缘故,可她又不知道应该如何去点破,如何才能让米爱明白,以后的生活里,只有妈妈和她两个人。

晚餐,米爱依旧吃得很少,艾小云不得不正视问题,决定和米爱好好谈谈。

"米爱,跟妈妈聊聊,说说心里话,好不好?"

米爱睁着大眼睛,似乎不太想靠近妈妈,又似乎有太多问题想问。

"妈妈觉得你今天过得并不开心,为什么?是妈妈准备的一切你不喜欢,还是你想要什么礼物?"艾小云尽量不牵扯到米大利,想转移米爱的所思所想,化解她对爸爸的执念。

不料,米爱太过聪明,一点儿也不绕弯子,直接点到艾小云的痛处,"都不是,我只是不明白,妈妈为什么不让爸爸来参加我的生日会?"

艾小云被米爱的直截了当惊着了,想好的台词一句也没用上,该面对的依然逃避不了。

"米爱,你听妈妈说,不是我不让爸爸来,是爸爸真的很忙。"

"我不信。我和爸爸早就约好了,他说生日一定会来,他说……"

"他跟你说什么了?"

"爸爸说,除非你不让他来。"

米爱转述的话,让艾小云心中升腾起无数火花儿,她没想到米大利会在女儿面前如此诋毁自己,更把难题抛给了自己。

"米爱,你告诉妈妈,今天的生日会开心吗?"

米爱乖巧地点点头。

"你瞧,爸爸没来虽然遗憾,但并不影响你开心,这就够了,不是吗?"

米爱坚决地摇头。

艾小云知道这个难题其实无解,索性用时间来说事,"不早了,明天还得上学,咱们早点休息好不好?"

米爱站在原地不动,不停地眨着大眼睛,盯着艾小云,似乎还是想得到一个答案。

艾小云拉着米爱洗漱,之后抱她进她的小房间,安抚了两句,关了灯,这才舒了一口气。

这一夜,艾小云翻来覆去,思绪万千,好不容易才睡着。等到第二天早上醒来时,天已大亮,看看时间,已是早上七点,睡过了头,米爱也没起。艾小云跳着脚喊米爱,却发现米爱躺在床上,一动不动。

"米爱,迟到了,赶紧起!"艾小云强拉米爱起床,却发现米爱浑身软绵绵的,头却发沉,伸手一摸,并没有发烧,只是精神欠佳。

"米爱,咱们迟到了,听话,赶紧起床。"

"妈妈,我想过了,爸爸不来为我庆祝生日,我就不上学了。"

"你这孩子……"艾小云坚持要把米爱拉起来,可是每拉一次,米爱就重新躺下一次。

"米爱,你故意跟妈妈作对,是不是?"

"我不管,我就要爸爸今天回家,不,现在就回家,不然我就不上学,不吃饭,不睡觉,也不想长大……"

心,好像被什么东西扎了一下。

夫妻情断从此陌路,亲情血缘却是斩不断的。

艾小云拗不过米爱,咬着牙打电话通知了米大利,而米大利也没让米爱失望,不到20分钟就赶了过来。

见到爸爸,米爱马上从床上跳了起来,小小的人儿以为,只要爸爸进了家门,就算是回家了,却并不知道,艾小云和米大利心里都藏着一把火。

米爱拿着米大利送的生日礼物回了房间,艾小云压低了声音,忍不住质问:"凭什么在米爱面前说我的坏话?我什么时候不让你看女儿了?不就一个生日会吗?你来了大家都尴尬,你又不是不知道!"

"艾小云,我不想跟你吵,但必须表明我的态度,米爱也是我的女儿,她的一切我有权参与!"

"你有什么资格参与,不要忘了,你做过的那些事!"

"我跟你解释了多少遍,都是误会,你不信……算了,我不会再解释半个字，反正已经离婚了，信不信由你！咱俩现在说的是米爱的问题。"

"好，米大利，那我告诉你，我是米爱的监护人，她的事我做主。你以后只要每个月探望一次就可以了，多做事，少说话！"

"一周一次，改成一个月一次？艾小云你也太过分了吧！"

"再跟我讨价还价，那就改成一年一次。"艾小云更强势，"你要是天天跟米爱见面，她会茶饭不思，更放不下你！"

"当爸爸的跟女儿见面有什么不对？做女儿的想着爸爸又有什么不对？艾小云，我今天才算看清楚你，表面装优雅，内心比谁都自私！"

"你……"艾小云怕吵到米爱，往米爱房间看了一眼，强压怒火，"我自私，我就自私，你出去，以后不许踏进这个门！以后有事我也不会再找你！"

米大利也生气了，"这可是你说的，艾小云，从今天起，我还真就不管了，请我也不会再回来，看你以后怎么跟米爱解释！"

米大利摔门而去，艾小云气得原地跳脚，又怕影响到米爱，只能高抬低落。

她不知道，此时的米爱正紧贴着房门，偷听爸爸妈妈的争吵，确认他们真的离婚了，真的不会再住进一个家里来，泪水溢满了小脸……

郑莉莎发现小上司给自己的工作量越来越少，叶青告诉她："凡是已婚妇女，都是这种态度，大客户，好客户，全都分给了年轻单身的，我的一个客户还被刚来不久的新人接手了呢。"

"凭什么？"郑莉莎不满，"那些客户可是我们当年死磕下来的，他凭什么做主分给别人？不行，我得找他去！"

叶青拉住郑莉莎,"算了,什么理由也不用,人家只要说一句'你不是有家庭、有孩子要照顾吗?'你就没脾气了。"

"有家庭有孩子,我也没耽误工作。"郑莉莎不服气。

"没有结过婚的人哪能理解婚姻中人的苦?没有孩子的人哪能理解当妈的心?"叶青的一句话让郑莉莎放弃了追责,她知道这几天自己迟来早退肯定早就被小上司拉入了"不上进员工"的黑名单,怪谁呢?

工作要保,孩子更不能丢。

完成手头工作,叶青把郑莉莎拉进茶水间。

叶青说起自家两个孩子的矛盾,不免惆怅,"真是上辈子的冤家,为了点零花钱也能打起来。不过话说回来,我真的不相信那钱是查理拿的,他不是那种孩子。"

"你们家梓薇一肚子心眼,说不定是算计人家查理。"郑莉莎提醒,"你可得调查明白,否则这事会影响你们夫妻的感情。"

"这个我还真不担心,知道为什么吗?卫勇啥事也不管。在家呢,会说放手吧,让孩子自己成长,不在家呢,打个电话都不会问孩子半句,好像压根没有这俩孩子,我主动说起来,人家又会说,孩子的事让他们自己解决。"

"民主。"郑莉莎赞叹,"这就是美国式父母,咱们中国父母做不到。一天见不着孩子,就心慌意乱,哪还敢放手?"

"昨天看了一篇国外的文章,说是当妈的和自己的孩子之间,一辈子会有三场战争,我感觉挺对的。"叶青感慨,"这第一场战争呢,是刚出生的时候,你不知道怎么对待她,却只想一切都给她最好的,属于妈妈的单机作战,孩子是旁观者。第二场战争就是上学时期,每个妈妈都希望孩子进好学校,交到好朋友,有好的成绩,而孩子会暗中跟你作对,你说这条路是对的,她偏觉得那条路才是方向,看似妈妈在主场作战，其实孩子早就成了幕后参与者。第三场战争是等他们大了，选择工作和结婚对象的时候，你越不同意，她就越要那么做，完全不听你的意见，翅膀硬了，长大了，他们可以跟你面对面地挑起战争了。唉，真是兵荒马乱，不堪想象的人生啊！"

叶青的话让郑莉莎沉思，"咱们现在迎接的刚好是第二场战争，本来我以为能稳赢，结果还是败了。"

"我也败了，彻底被打败了。我不明白的是，那么小的一个人儿，还没长大，脑袋里竟然有那么多想法，你根本控制不了他。"叶青附和。

郑莉莎刚要说话，却发现手机不停地响，打开一看，竟是王可儿在用手机聊天。她通过监控软件发来的信息发现，王可儿约了许慕和陈泽下午放学后一起去郊外。

这个发现让郑莉莎百思不得其解，如果是约会，那王可儿约陈泽就是，还带许慕做什么？考虑到约定地点是郊外，天色又晚，怕不安全，看看时间，已经快到她们约定的时间了，郑莉莎没有时间思考，匆匆跟叶青道别："跟小上司说一声，家里有点事，先走一步。"

郑莉莎开车一路狂奔，心情复杂。

她担心，担心三个孩子再做出点什么傻事。她也自责，自责自己这两天沉浸在所谓的尊严里，不肯跟王可儿和解，不能及时了解孩子在想些什么。

郑莉莎一路狂奔，到达郊区车站的时候，恰好看到王可儿、许慕还有陈泽正在上车，她这才缓了口气，悄悄地开车跟在公交车后面，缓行在郊区满是沟沟坎坎的路上。

一路颠簸，将近40分钟的车程，公交车走走停停，不时有人上下车。郑莉莎脾气急，后面又不断有车催促，嫌她开得慢，她索性开到前站,然后等着公交车过去,她再发动车。却不料,她一直跟到公交车终点站,以为能见到王可儿一行,却在等完最后一个下车的乘客后,都没见到三个孩子下车。

自己把三个孩子跟丢了。

郑莉莎本以为是王可儿发现了自己的车,故意躲起来,于是她赶忙上公交车里去找,却发现车里是空的。郑莉莎跟司机打听了一下,司机告诉她:"确实有三个孩子在始发站上车,但他们在金山那一站已经下车了呀。"

郑莉莎的心"咯噔"一下。

金山那个站点,恰好在三个嫌疑人过去居住的地方附近,如今那里一地狼藉,三个孩子跑过去做什么?

第九章　叛逆期有多长

王可儿和许慕、陈泽一行三人来到郊区外的一个池塘前。

夜色降临，王可儿悄悄走到池塘边，从背包里拿出一个瓶子，里面装满了鲜活的小鱼。水里一只又尖细又长的嘴探出来，王可儿赶紧将瓶子打开，小鱼刚撒到水面上，又尖细又长的嘴便一口将大片小鱼吞掉。

陈泽拿出一个饭盒，里面是切好的薄薄的肉片，撒到水面上，那张细长的嘴又探上来，却只是闻了闻，只吃了一小块，之后整只身体浮出水面，原来是一条一米多长的小鳄鱼。它用黑黑的眼睛看了看岸上的三个人，瞬间又沉了下去。

"我在网上查了这种鳄鱼的图片，咱们国家好像没有，不知道品种，也不懂怎么养，我们总不能隔三岔五这么来喂吧？"陈泽满脸忧愁，"再说，它长得很快，再大一点儿，早晚会被人发现。"

王可儿很是不舍，"我真想把它养到大，再养到老。"

许慕笑了，"你老了，它都未必会老。"

"不如我们想个办法，比如把它交给动物园？"陈泽建议。

王可儿不同意，"这么小，把它放到动物园，能不能吃上饭还两说。再说了，万一被大点的鳄鱼吃掉怎么办？"

"可我们也不能这么乱养，连它到底是什么品种都不知道。"许慕盯着池塘,"而且这里全拆迁了,我听人说,用不了多久会盖新房子,池塘早晚要被填平的。"

三张小脸,一处哀愁。

三人坐在暮色笼罩的池塘边,谁也不想说话。

突然,陈泽的电话响了,他接起来,"妈,我一会儿就回去了,路上出点事,回家再说吧。"

三人起身,匆匆往回走。

许慕走得最慢,"真羡慕你们,到点不回家,还有人问一句,我倒像极了孤家寡人,夜不归宿也没人问起。"

"怎么会?你不是还有奶奶吗?"王可儿问。

"唉,别提了,我奶奶连智能机都不会用,家里的固定电话早停机了。"许慕满脸无奈,"有时候,真想妈妈在身边,问一句,哪怕管着我,哪也不让我去,也幸福啊。"

王可儿回头看了一眼许慕,无奈地摇头,"真到了那一天,你早该哭了。"

陈泽帮腔:"是啊,最近看了一个视频,在我们这些孩子眼里,妈妈是辛苦又慈爱的,天天给我们做饭洗衣,还要监督我们写作业。但是在妈妈眼里呢?她们认为我们故意弄脏衣服,不好好吃饭,又不努力上进。看得我这心里,乱七八糟,跟我妈完全一个样,每天总以为我在玩,不好好学习,从来不问我心里在想什么,想要什么。"

王可儿点头,"在孩子眼里,父母都是最好的;在父母眼里,永远是别人家孩子最好。"

三人齐点头。

一辆公交车停了下来,三人匆匆上车。

公交车刚开过去,郑莉莎的车也飞驰而过。

有那么一刻,坐在公交车里的王可儿似乎认出了郑莉莎的车,却又很快自我否定,"不可能,妈妈怎么会知道我来这儿。"

车上,郑莉莎给郑茉莉打电话,"这孩子,真的越来越不像话,跟陈泽没完了不说,还跑到郊区来,也不知道她到底想干什么!"

"姐,这事你得跟姐夫商量一下,看怎么跟可儿沟通,不能硬来,对于叛逆期的孩子,要使用怀柔政策。"

"怀柔?我更想变成柔道,不动手解决不了问题。以后别提你那个姐夫,跟他商量个什么劲?人家说了,以后孩子的事他不管,让我负责。"

"唉,这些当爸爸的,永远是话到了,人缺席,没一个肯对孩子用心的。我们家林峰也是,昨天回来屁股没坐稳,又走了。"

姐妹俩在电话里聊了一路,郑茉莉依然不放心姐姐,"姐,回家以后你千万别跟可儿吵,好好说,沟通不了也不能吵,要知道,你跟她的关系还没缓过来呢。"

郑莉莎内心已经乱成一团,脚用力地踩着油门,一路疾驰。

郑莉莎回到家,刚进门就听到王可儿跟王得水嘻嘻哈哈,显然,王得水更得女儿心。

见到郑莉莎,王可儿起身想回房间,被郑莉莎叫住。

"可儿,跟妈妈谈谈。"

"我们有什么好谈的?"

"你放学以后去哪儿了?"

"我……回家了呀,这不一直跟爸爸在一起吗?"王可儿拿王得水做挡箭牌。

郑莉莎看一眼扔在沙发上的书包,往常这个时候,王可儿应该在房间里写作业,书包是不会出现在沙发上的。

强忍心中不快,郑莉莎继续问:"作业写完了吗?"

王可儿愣了一下,"还没……这不,跟我爸聊天来着吗?"

王得水想打圆场,插话进来,"是,我俩聊着呢。"

郑莉莎白了王得水一眼,努力压制自己的怒火,"饭好了吗?洗手吃饭。"

见妈妈不再追究,王可儿调皮地吐了吐舌头,趁郑莉莎洗手的时候,向王得水做了个胜利的手势,之后乖乖地坐在餐桌前,看着四菜一汤,不停地咽口水,想动手夹块肉吃,被王得水打落下来。

"等你妈来了一起吃。"

郑莉莎洗完手过来,坐下,看一眼王可儿,"快吃吧,走那么远的路,一定饿坏了。"

"嗯,嗯,真的饿坏了。"王可儿边吃边点头,一块肉入口后又觉哪里不妥,她不明白妈妈为何说自己走了那么远的路,好像能看穿自己一样。她忍不住停下手来,暗中观察郑莉莎,发现她正吃饭,没什么异常,这才继续吃起来。

"可儿,明天放学我去接你,咱们去商场,换季了,给你买两身新衣服。"

"我不是有好多衣服吗?再说,我也不喜欢逛街,浪费钱。"

"你现在正是穿衣打扮的年纪,有些钱该花,妈妈供得起。"

听郑莉莎这么说,王可儿高兴了,虽然没有明着笑出来,却忍不住多吃了两口饭。

看到母女俩终于和好,王得水心情也好,吃完饭,趁收拾碗筷的空档,问郑莉莎:"想通啦?要跟可儿恢复友好邦交?我跟你说,你这种做法值得表扬,真的,毕竟是亲生的……"

没等他说完,郑莉莎白了他一眼,"你懂什么,你又知道多少?虽说孩子以后我来管,但你也不是一点责任没有,以后别跟着她说瞎话骗我就行。"

王得水顿时觉得有些冤枉,"可儿就是跟同学出去玩,晚回来一会儿,让我替她打打掩护,我也没说谎骗你呀。"

"无知。可儿的未来如果葬送在你这无知的父亲手里,该是多么地悲哀。"郑莉莎说完,径直回了房间。

王得水站在原地,一脸茫然,"我这是招谁惹谁了?"

杜梓薇的钱找到了。

她自己不小心撞倒了储钱罐,发现里面两张整钞不见了,便认定是卫查理干的,结果却是,由于两张百元大钞被她叠成五角星,当储钱罐摔碎时,"五角星"蹦到了床底下。

看着两颗失而复得的"五角星",杜梓薇心情复杂。

她知道自己冤枉了卫查理,却并不想向对方道歉,那样对方会以此为把柄,以后不定怎么嘲笑自己,她想。

只是,连着两天卫查理明显吃饭少了,而且对她和妈妈有点敬而远之的意思,就连早上去洗手间碰到,卫查理也不像往常那样冲她问morning。她知道,他还在生气。

为了向卫查理表达歉意,杜梓薇早起帮妈妈准备好早餐,还特意让妈妈做了卫查理喜欢的七分熟煎蛋。

叶青感觉到女儿的异样,"从没见你这么用心地对待过查理,是不是想求人家办什么事?"

杜梓薇否认,"我能求他一个假洋鬼子什么事?话都说不利索。"

"梓薇,妈妈再跟你强调一遍,查理不是什么外国人,更不是假洋鬼子,他是你卫叔叔的儿子,有中国血统,是中国人。"

"得,别给我上爱国教育课。我对他不好,你说这些;我对他好,你也说这些。有意思吗?"杜梓薇端着煎蛋走回餐厅。

卫查理已经洗漱好,坐在餐桌前。看到杜梓薇亲自端早餐给自己，他有点受宠若惊，却还是有礼貌地说了声谢谢。

杜梓薇靠近卫查理，欲言又止。

卫查理也感觉出了她的异样，主动问："有事？"

杜梓薇赶紧摇头。

卫查理不信，"是不是又想借我的漫画书？"

杜梓薇再摇头。

卫查理把早餐一推，"无功不受禄，无德不受宠。这蛋我不能吃。"

杜梓薇把蛋又推给卫查理，"跟我转什么古文，我又不是想跟你告别，一家人就不能好好吃个饭？吃吧，这是我妈妈大早上为你做的呢，那个……其实也没啥事，就是我特好奇，为什么卫叔跟你关系这么好，你做什么他都放心，不管不问。是不是在美国，孩子都是这样跟父母相处的？"

卫查理探清了杜梓薇示好的意图，这才放心地吃起蛋来，表情也瞬间骄傲起来，"当然，美国的小孩不像中国的这么累，不会天天考试，还要规定多少分及格，我们只分ABCD，父母看不出你考得怎么样，也不会天天追着问分数，很轻松。"

杜梓薇羡慕地听着。这时叶青走了过来，听到卫查理的话，不由得插话进来，"查理，ABCD虽然不是分数，但也代表了各种类型的学生，换成中国的说法就是甲乙丙丁，换算成中国的分数也应该是100分、80分、70分和不太及格吧？"

她的话遭到卫查理和杜梓薇异口同声的反驳。

卫查理先摇头，"叶青，分数是我们的个人隐私，你这样说很不礼貌。"

"妈，你真的应该好好学学人家，天天追着我问考得怎么样，考了多少分，真的很烦人呢。"杜梓薇站队卫查理。

两个孩子昨天还吵得不可开交,今天突然统一战线,叶青虽然没弄明白是怎么回事,但宁愿相信这是一件好事。

"好,我不插话,你俩聊。"

叶青喝完牛奶,离开了。

杜梓薇再次靠近卫查理,"其实,我不是故意惹我妈妈生气的,我就是想问问你,你在美国是怎么跟卫叔还有你的mother相处的?他们为什么那么信任你?"

卫查理把牛奶喝完,指了指空杯子,杜梓薇赶紧又帮他倒了一杯。

卫查理这才告诉她:"简单,跟他们做朋友,偶尔给他们一点小浪漫、小惊喜就好了。"

"小浪漫、小惊喜?"

"当然。你可以把叶青当成男朋友或情人,就那种心情,嗯,你能明白?"

"妈妈就是妈妈,怎么可能当情人,胡说……"

杜梓薇被说得脸红了,想辩驳,卫查理的电话却响了。

卫查理看了一眼电话,示意杜梓薇回避,杜梓薇却没反应过来。

"我美国的女朋友打来的。"卫查理见杜梓薇坐着不动,只好明说。

杜梓薇起身,不甘心地冲卫查理做鬼脸。

郑莉莎开着车,带王可儿去逛商场,一路上,母女二人也算有商有量。

"喜欢什么款式,就跟妈妈说。"

"知道。"

"以后有什么事,也答应妈妈,要跟妈妈说,可以吗?"郑莉莎尝试着打探。

王可儿毫不设防,"想问什么就问呗。"

郑莉莎终于没忍住,"我听说,你昨天放学去郊区了?"

王可儿愣了一下,回想妈妈昨天的表现,知道她早就清楚了一切,明知瞒不住,却又不想告诉妈妈,只好装听不到,将目光投向车窗外。

郑莉莎深知女儿的倔强,不想说,便不能强求。

"我没别的意思,只想提醒你,别再做让大家误会的事,你和陈泽的那件事好不容易刚过去,妈妈不希望你再受伤害。"

王可儿已经听明白,妈妈是误会自己又跟陈泽约会去了,心里明明有一千个声音在说"你误会了",话到嘴上却成了"他们爱说什么就说什么,无所谓"。

母女二人之间再次陷入无法沟通的尴尬境地。

只是郑莉莎学聪明了,以退为进,不逼迫,也不压迫,纵然心里有千支燃烧的火把,表面上依然平静如水。

她在等待王可儿主动开口的那一天。她也想成为女儿眼里温柔慈爱的妈妈。

而这一切的前提是,时机。

进了商场,郑莉莎开始帮王可儿选衣服,尽管也会因为眼光问题起争执,但在别人眼里,这却是一对能和谐一起逛街的母女。

郑莉莎一件件推荐,王可儿一件件试穿。看着镜子里那个已经跟自己齐肩的小人儿,听着服务员不停的赞美声,郑莉莎作为母亲的骄傲一点点回来了。

衣服买了又买,提不动时,王可儿主动提出"不买了,买那么多我又穿不完"。

母女二人提着大包小包,开始往回走,还没走到商场出口处,一个熟悉的身影飘进郑莉莎的眼里。

三个嫌疑犯中的一个,因为个子高被郑莉莎一眼认出,她惊讶得差点失声。

"可儿,你等一下,不要动,原地等我。"

郑莉莎把手里的东西交给王可儿,几乎是飞一般地冲过去。

她想抓住嫌疑犯,结果对方看到她慌了,撒腿往商场外跑。人群哄闹,不明真相的人还帮着喊"抓小偷"!

听到有人这样喊,嫌疑犯更慌了,三步并作两步冲出了商场大门,郑莉莎踩着高跟鞋奋力追去。

王可儿看到这一切,明白妈妈是要抓住那个人,她不知从哪来的力气,扔掉手里的东西,上前反手抓住郑莉莎,阻止她去追赶。

嫌疑犯又消失了。

郑莉莎的胳膊被王可儿狠狠拽住,她又气又急,"你拉着我干什么?"

王可儿放开郑莉莎,并不说话,让郑莉莎更加着急,"你这孩子,到底跟他们之间发生过什么?问你也不说,这种时候还偏袒他们,你到底想怎样?"

当众被吼,众目睽睽之下,王可儿不想理妈妈,转身一个人往商场外面走去,郑莉莎提着大包小包地在后面追,好不狼狈。

母女是一种奇妙的缘分,总有人想靠近,也总有人不解风情。

郑莉莎和王可儿短暂的和好又终止了。

叶青和杜梓薇之间新的误会却开始了。

听了卫查理的话,杜梓薇想学他,跟妈妈做朋友。她的想法很简单,想跟妈妈做朋友,希望妈妈多关注自己一些,多爱自己一些。

想起叶青最喜欢吃手擀面,杜梓薇按照网上学来的法子,和面,擀平,虽然最后弄成了面疙瘩,但她还是做足了接受表扬的准备,并想趁机跟妈妈说一句感谢的话。

但人生就是这样,想到了开头,却不一定猜得到结尾。

叶青回家时,杜梓薇正在厨房里跟面粉做斗争,一地的面粉,一屋子的狼藉。叶青看到这一切,第一个念头是"这孩子又在作",于是二话不说进门就批评。

"杜梓薇,你简直越来越不像话,没什么东西玩了是不是?跑厨房来捣什么乱?"

叶青不问青红皂白便批评,杜梓薇虽然有点小伤怀,但她也知道这就是妈妈的性格,她想赶紧实施下一步,然后向妈妈表白。

她展开食盆下扣住的成了坨的面条,虽然能用的成品只有几根,却透着满满的爱心。

杜梓薇不说话,静静地看着妈妈的表情,猜想妈妈的内心应该是从惊讶到惊喜吧,她想接受妈妈的感动和感谢。

然而,叶青的第一反应竟然是,这孩子把好好的面粉糟蹋了。

"杜梓薇,瞧瞧你,都干了些什么?"叶青指着满桌子的面粉,"这是你卫叔最喜欢的雪粉,很贵的,你一下子就给糟蹋光了,真是不懂事!"

叶青以为,杜梓薇是故意的,于是越说越气,一把将厨房门关上,隔着门指着女儿发话:"赶紧给我收拾干净,收拾不干净就别出来!"

门外,是愤怒的叶青。

门里,是失望的杜梓薇。

想讨好大人的孩子,终究还是可爱的,但若是讨好失去了意义,孩子很容易叛逆。

艾小云怎么也想不到，只有8岁的米爱竟然叛逆期提前。让她吃什么，她偏不吃；让她做什么，她偏不做。就连新报的舞蹈班，米爱都说不要去。艾小云越想越不明白，难道叛逆期也有提前的吗？

当她把这个问题说给郑茉莉听的时候，郑茉莉第一时间笑场了，"哈哈哈……你可真逗，8岁的孩子刚换奶牙，哪来的叛逆期呀。照你这么说，我们家小峰9岁是不是到青春期了？"

郑茉莉本性大大咧咧，艾小云深知对方不会相信这些，索性不说话。倒是郑茉莉，偏要拉着艾小云去喝下午茶，艾小云只好带上米爱和林小峰，一起去。

本来两个孩子还算高兴，以为是妈妈们带他们一起吃饭，结果到了餐厅才发现，还有一个中年男人坐在那里。

艾小云敏感地意识到了什么，想带着米爱离开，郑茉莉抢先把米爱抱过去，冲艾小云使眼色。

"二中化学老师，条件不错，去聊聊。"

艾小云来不及反对，已经被郑茉莉推到了中年男人面前。中年男人起身替艾小云拉开了椅子，友好而礼貌。艾小云还是有些尴尬，但当她回头时，发现郑茉莉已经带着两个孩子离开了。

艾小云不得不硬着头皮跟对方聊起天来，心里却特别担心米爱。

此时米爱已经看明白了一切，妈妈是来相亲的，不是来带她吃饭的。她知道相亲意味着妈妈要开始新生活，彻底不要爸爸了。这让她很难过，哪怕是离婚，也希望爸爸妈妈永远属于自己，这是每个孩子最基本的愿望，可是今天她的愿望却被打碎了。而打碎愿望的人恰是林小峰的妈妈郑茉莉。

米爱不悦地甩开郑茉莉的手，一个人闷闷不乐。郑茉莉以为孩子饿了，张罗着到前台点东西吃。

餐桌前，林小峰小心翼翼地盯着米爱，"米爱，你是不是不高兴?"

"都怪你妈妈,拉着我妈妈来相亲。"

"我知道。"

"你知道?你知道为什么不早点告诉我?"

"不,不是这个意思,我是说,我也看出来,你妈妈是来相亲的。"

"林小峰,以后你妈妈再拉我妈妈来相亲,我就跟你绝交。"

"大人的事,跟咱们有什么关系?"

米爱白了林小峰一眼,"要是你妈妈跟别的男人相亲,不要你爸爸了,你还能说没关系吗?"

米爱的话点醒了林小峰,他想了想,猛点头,"我明白了,我妈妈太坏了。"

两人正说话时,郑茉莉端着儿童套餐走过来,本以为两个孩子会喜欢,结果米爱头一偏,表示不吃,连平时最喜欢吃这种套餐的儿子也将头歪到一旁。

"不吃。"林小峰不看妈妈,吐出两个字,回绝。

郑茉莉纳闷,"你俩这是怎么了?"

两个孩子将目光投向餐厅窗外,不看她。郑茉莉看看这个,再看看那个,不由得自言自语:"难怪小云说这个年龄的孩子叛逆期提前,看来真是啊,一阵风一阵雨的。"

"好啊,你们不吃,那是不饿,我可开吃了。"郑茉莉坐下来,自己吃自己那份。

香味扑鼻而来时,林小峰下意识地咽了两口口水。郑茉莉注意到了,故意大声撕开包装纸,大口吃饭。林小峰看一眼面无表情的米爱,憋了口气,忍住,不吃。

艾小云的相亲，失败了。

原因出在她身上。

她直接拒绝了对方，没有任何商量的余地。

郑茉莉打电话过来质问时，艾小云还是那句"我现在没那心思"。

"可你也不能孤独终老吧？有合适的为什么不抓住？"

"有米爱，就够了。"

艾小云的坚定，郑茉莉理解，当妈妈的女人，孩子在她们心里永远是第一位。

但米爱却未必理解，甚至认定"妈妈相亲，就是不要爸爸了，以后说不定还会不要我"。

米爱拒绝吃饭，拒绝出房间，任凭艾小云怎么呼唤，就是不开门。艾小云没办法，强行打开房门，却被屋子里的一切惊呆了。

屋子里全是米爱跟米大利的合影。

墙上，衣柜上，书桌前，满满当当，看得出来，是米爱一张张贴上去的，全是她够得着的地方。

这一幕，看得艾小云目瞪口呆。

体育课上，男女排球混打。

王可儿和陈泽分在一组，两人配合默契，却招来暗恋陈泽的女生的嫉妒，对方一来一回的混打中，多次故意碰撞王可儿。王可儿深知她是存心的，只能小心地躲着。就在最后要结束时，女生突然飞过来一只球，球直愣愣地冲着王可儿的脸砸过来。说时迟那时快，就在球即将打到王可儿脸上时，陈泽及时探头过来，替她挡住了，但陈泽却差点被打晕过去。

下了课，王可儿再也忍不住，从衣帽间出来直接去找对方讨要说法。两人争执期间，王可儿被推倒在地，衣兜里的手机被甩了出去，手机机身分离，组装好后发现开不了机。

王可儿顾不得再跟女生争论，拿起手机跑到校门口的手机维修店。她怎么也想不到，维修师傅拿着手机研究了半天，用各种仪器反复折腾，最后竟然用质疑的眼神盯着她。

"是不是手机摔出了问题，修不好？"王可儿担心。

维修师傅欲言又止。

王可儿伸手过来讨要手机，"修不好就算了。"

维修师傅终于说话了："小姑娘，这手机是你的吗？"得到肯定的答复之后，他接着说："那就奇怪了，你说你这个小孩子能有什么秘密，值得被人装这么昂贵的软件。"

王可儿彻底愣了。

王可儿已经不记得是如何从学校回到家的，脑子里有两个念头不停地打架——"是妈妈""不是妈妈"，可是怎么想，都觉得应该是妈妈。也是刹那间，她记起郑莉莎那天在郊区的跟踪，原来不是幻觉，再回味一下郑莉莎说过的那些话，终于确认真的不是幻觉。

安装跟踪软件的是妈妈。

这对王可儿来说，何止是不信任，简直是侮辱。

就算再有矛盾，再不相信，至少也应该尊重，可是妈妈没有做到，这让王可儿很伤心。她一天也不想在这个家待下去了，三两下收拾好自己的东西，给爸爸留了一张字条，她就走出了家门。

第十章　孩子反侦团

王可儿住进了姥姥家。

她一进门就跟姥姥说明:"如果妈妈来接我,我是一定不会回去的。如果您帮妈妈说话,我现在马上就离开。"

姥姥疼外孙女,但也疼自己的女儿,偷着打电话询问郑莉莎出了什么事。而此时还在单位加班奋斗的郑莉莎听说王可儿离开家去了姥姥家,十分吃惊。

"我觉得,这些天已经缓和了彼此的关系,怎么突然这样?"她问叶青。

"叛逆期的孩子,想一出是一出。"

"叛逆也得有个头啊,心情不好就叛逆,不考虑一下父母的感受吗?"郑莉莎埋怨着。

埋怨归埋怨,她还是决定去父母家接回王可儿。

进了门,看到王可儿正在吃饭,郑莉莎质问:"可儿,你发什么神经呢,从家里搬出来。你想干什么?"

见到妈妈,王可儿一句多余的话也不想说,放下碗筷,直接回屋。

"你说你们姐俩,这茉莉刚把小峰接走,你又把可儿气得跑了过来,还能不能让人太太平平地过段消停日子?"姥姥埋怨着。

"对不起，妈，我这就带可儿回家。"

郑莉莎怕给父母添麻烦，走到王可儿房门前。可是无论她怎么敲门，王可儿始终不开门，她不得不放弃。

出了父母家，郑莉莎实在想不出什么办法，只好打电话给郑茉莉。郑茉莉听说王可儿又离家出走，不免惊讶。

"这孩子怎么天天离家出走？"

"这次不算离家出走，留了字条的。"

"那我去跟她沟通一下吧，你看怎么样？"

"算了，叛逆期的孩子哪个肯跟大人说心里话？"郑莉莎犹豫着，"我打电话给你，其实想求的不是你，是小峰。孩子之间毕竟容易沟通，你看能不能让小峰也回姥姥家住两天，让他探探可儿的心思。"

"行，我这就把小峰送回去。"

经历了太多事，郑莉莎深知跟孩子不能再对着来，要学会转弯，特别是王可儿这个年纪，叛逆期就像一条坎坷的路，说不定哪个拐角会有石子和泥土乱飞过来，先要学会躲，然后再想办法去修补。

郑茉莉雷厉风行，直接接了林小峰送往父母家。

林小峰有些纳闷，"前两天我想回姥姥家，你不同意，今天又把我放回去，妈妈，你是不是跟爸爸一样，也要出差呀？"

郑茉莉讨好地冲儿子一笑，"不是，是妈妈有件事想求你。"

正当她要说出来的时候，有电话进来，是艾小云打过来的，责备她那天不该强拉着自己去相亲，以至于米爱到现在都误会自己。

听到米爱房间贴满了米大利的照片，郑茉莉惊讶了，"小云，我跟你说，咱们的侦探妈妈团必须开张了，现在的孩子人小鬼大，满肚子心眼，你家米爱闹情绪事小，我姐家可儿已经闹到离家出走了。妈妈团再不出手，怕以后更管不了了。约个时间行动起来吧，妈妈们不能让孩子们欺负不是？"

挂了艾小云的电话,郑茉莉这才注意到正盯着自己的林小峰。

"儿子,你可不能跟米爱和你姐姐学,她们不学好,你要乖乖听话,知道吗?"

"乖乖听话有奖励吗?"林小峰伸出手来。

郑茉莉把他的手打落下去,"将来跟你爸一样,肯定是财迷,先把事儿帮妈妈办了,回头再说。"

"妈妈,你让我回姥姥家办什么事?怎么听着像玩潜伏似的?"

"对,就是潜伏。"

到了姥姥家,王可儿本以为林小峰来了,自己便有了伴儿,不料看到小姨郑茉莉瞧自己那眼神,就觉得哪里有问题。等到郑茉莉一离开,她立马将林小峰拉到房间拷问。

林小峰本来就不是什么意志坚定的人,面对王可儿的咄咄相逼,瞬间就耷拉了脑袋。

"姐,这事真不怪我,是大姨跟我妈商量好的。她们想让我来打探一下,你为什么离家出走。"

王可儿半信半疑,"就这些?"

林小峰拼命点头,"我可以保证不跟她们说,但你得告诉我,姐,你咋又离家出走了呢?"

"这次不是离家出走,我很礼貌地留了字条的,否则的话,她们哪能找得到我。"

"是又跟大姨吵架了吧?"

"吵架倒还好,现在的问题是我压根不想理她。"

说完这句话,王可儿不由得叹气。以前遇到事,她会选择跟妈妈吵架,冷战,甚至赌气出走,只想争出个胜负。但这次不一样,猜中是妈妈在自己手机上安装监控软件之后,她确实愤怒,但又不想轻易发火。一种可怕的念头纠结在心头，她想看看妈妈到底还有多少招数，自己要出其不意才能制胜。

当林小峰得知王可儿的手机被安装了监控软件之后，吓得半天说不出话来。

"这……是真的吗？我大姨这么厉害？"林小峰说完，赶紧拿出自己的手机，手忙脚乱地按键，却不知该从何查起，"太可怕了，我妈妈会不会也对我实施了跟踪……"

王可儿上前把林不峰的手机抢了过来，"得了吧，你一个小屁孩有什么可跟踪的。"

"真的吗？"林小峰依然不放心，"为什么我妈总能看透我的心事？只要我在学校发生点什么，她准知情。"

"那肯定是别人告密。"王可儿安慰林小峰，"不过你以后也得小心了，我妈那水平堪比黑客，说不定你再大点儿，我小姨也会用这样的办法来控制你。"

"姐，太可怕了！"林小峰上前拉住王可儿的手，"怎么办？我们应该怎么办？"

王可儿被问住了，如果自己知道怎么办，又何必跑到姥姥家来避难。

林小峰突然记起郑茉莉接过的那个电话，赶紧向王可儿汇报，"姐，来的路上，我妈妈跟艾老师通过电话，说她们成立了一个……侦探团？妈妈团？还是侦探妈妈团？反正意思就是妈妈们结盟了！"

"啊？"王可儿十分震惊，"难道，她们还要组团行动？"

"对，就是这个意思。"林小峰肯定地说。

王可儿陷入沉思。

"姐，要不咱们跟妈妈们讲和吧，我不想跟妈妈作对，那样我就没有零用钱，没有好吃的了……"

王可儿敲打林小峰的头,"就知道吃!能不能有点骨气?妈妈团想对咱们下手,咱们应该想想怎么反击,临阵脱逃算什么男子汉!"

王可儿对付妈妈的心态,完全发生了改变。

确切地说,她发现被妈妈跟踪以后,先是愤怒,后来想想觉得好玩,就像猫捉老鼠一样,坚持到最后的那个才是真正的胜利者,她决定不动声色,绝地反击。

但是林小峰不一样。

跟妈妈作对,意味着要受到"失去零用钱"的惩罚,而没有钱,便什么事也做不了,竞选班长迫在眉睫,他不想失去这个机会,所以只能"两头讨好"。

林小峰跑回自己房间,偷着给郑茉莉打电话:"我姐离家出走,就是跟大姨闹了矛盾,所以才不想回家。"

"然后呢?"

"然后……她可能住上几天,心情好了,就回去了,这就是我打探的情报。"

"这算什么情报?"郑茉莉在电话那头笑话他,"少数人知情,大多数人不知情的才叫情报,谁不知道你姐离家出走了?还用得着你告诉我吗?我让你查原因,查查是因为什么。"

"……"林小峰不想出卖王可儿,继续敷衍郑茉莉,"妈妈、姐姐跟大姨,就像你跟我一样,一个想教育一个不想被教育,然后就有矛盾了,这有什么可查的?"

"这孩子,还学会狡辩了。好,查不出来是吧?这周和下周的零用钱全部收回。"

郑莉茉说完,马上挂了电话。

林小峰急了,"不行,没有零花钱我会死的……"可是不管他怎么说，电话那头已经成了忙音。

林小峰一脸失望，想到白天的时候，听到有同学议论，"王强比林土豪大方，要把咱们整个夏天的冷饮都包了呢。""还土豪呢？我看林小峰以后得叫林小白喽，天天借钱花，可怜啊！"

这些议论，如果是过去，林小峰无所谓，可是如今不一样，他对竞选班长这件事过度热衷，付出越多想得到的越多，他不想输，也不能输，因为他曾经在米爱面前夸下海口，"这班长，一定是我的。"

若是输了，米爱会不会笑话自己？

林小峰越想越觉得无奈，百无聊赖之下打开平板，女主播的直播间马上跳了出来，"嗨，小林先生，好久不见，是不是又想我了呢？"

林小峰盯着屏幕，目不转睛，"大姐姐，你想我了吗？"

可是女主播实在太忙，不断地感谢着给她刷礼物的人，并没有理会林小峰。

林小峰急了，不断地发语音，打字。女主播终于注意到了他，"这位小林先生好幼稚哦。"

林小峰生气地质问："你为什么不理我？"

"因为别人给我刷礼物，你没有呀！"

"可我过去给你送过好多游艇呢。"

"你也说了，那是过去嘛，今天可是现在哦。"

女主播的话绵里藏针，让林小峰难受，想到没有礼物就不靠近自己的同学，想到没有礼物就不理会自己的女主播，他无奈地询问："大姐姐，你告诉我，没有钱是不是注定要被人嫌弃？"

"当然哦。这世上没有钱解决不了的事，但没钱就处处是事儿。"女主播肯定地告诉他。

林小峰郁闷了。

看着屏幕上，女主播跟别人不断地问好，飞吻，对他再不肯理会，林小峰突然产生一种自卑感和恐惧感，却又说不清是为什么。

孩子间最好的交流就是相互吐露小秘密，况且还是对米爱从来都不隐瞒的林小峰。

当他告诉米爱，自己内心的这些自卑感和恐惧感之后，米爱扬着小脸，若有所思。

"这有什么呀？"米爱的声音细细长长，"你说的这些，我早就经历过了。"

"啊？"林小峰吃惊得下巴都长了，"你从来都没跟我说过。"

"你也从来都没问过我呀。再说，心情不好是一个人的事，要是说给你听，你也会跟着难受。"

"那我跟你说这些，你是不是也跟着我一起难受？"

"怎么说呢……"米爱沉思着，"你是因为断了零花钱，在同学面前没面子，所以才自卑。但我不一样，我是因为爸爸妈妈离婚了，最怕被同学问起爸爸，所以才自卑。"

林小峰心疼地看着米爱，不知如何安慰。

米爱继续说："你恐惧，是因为没钱，心里没底吧？我恐惧，是怕爸爸妈妈分开的时候会争我，我不知道该跟着谁，因为他们两个我都爱。我更恐惧，爸爸妈妈将来各自有了新家，如果都不要我，我又该怎么办……"

林小峰彻底惊呆了。他可想不出这么多问题，不知怎么面对，更不懂安慰。

米爱扬着小脸，迎着阳光，打在她脸上的却是一道阴影，大眼睛十分空洞，眼神飘在远处，不停地叹气，"电视里常说命中注定，可能命中注定我就这命吧。"

林小峰不知道该如何接米爱的话，只好转移话题，化解尴尬。

"米爱，我跟你说个小秘密吧。"林小峰凑近米爱的耳朵，"我姐被我大姨监控了。"

"什么？"

"就是那种安装在手机里的监控软件，可以偷听她打电话的那种。我姐可生气了，跑到姥姥家，现在跟我做伴。"

米爱听了，一脸错愕，"当妈妈的为什么要监听孩子的电话呢？太可怕了！"

"所以我才恐惧。"林小峰继续说，"我还听到你妈妈跟我妈妈打电话，说她们成立了侦探妈妈团，联合起来查我们的小秘密。"

"真的吗？"

"以后咱们有秘密不要乱跟妈妈说，不然她们很快就知道了。"

"嗯。"米爱不知道该说什么才好，冲着林小峰狠狠地点头。此时艾小云正从远处走来，看到她，两个孩子终止了谈话。

林小峰怕米爱出卖自己，再次凑到她耳边叮嘱："我姐不想公开这事，你得保守秘密。"

米爱郑重地点头。

这时，艾小云已经到了他们身旁。

"你俩聊什么呢？课间别人都在外面活动，就你俩在这嘀嘀咕咕。"

"我踢球去了。"林小峰马上跑远了，临走仍不忘冲米爱使眼色。

米爱心神领会，冲林小峰眨眼睛，这一幕被艾小云看在眼里。

"米爱，刚才跟小峰聊什么了？"

"没聊什么。"

"小峰最近有没有乱花钱？送你们礼物或是零食？"

"没有。"

"米爱，咱们得帮助小峰，乱送东西是不好的行为，在大人的世界里这叫行贿，在你们的世界应该叫拉帮结派。如果小峰有什么不对劲的地方，你得告诉妈妈，好吗？"

"我什么也不知道。"米爱一脸倔强。

艾小云意识到米爱有些异样，却又不知发生了什么事，坚持追问："你这是对妈妈有情绪，还是跟林小峰结盟，故意不告诉妈妈？"

"我说了，不知道。"米爱扔下一句话，匆匆跑远了。

艾小云盯着米爱的背影，莫名其妙地心慌，觉得自己离这个孩子的心越来越远。她越努力，孩子越抗拒，到底是为什么？

杜梓薇心里一直有个结，就是如何跟妈妈重回过去那种"相互属于，相互拥有"的美好。她觉得自从妈妈结婚以后，心里装着的人一下子多了好几个，她成了最后那一位，连卫查理都不如。

而且卫查理来了以后，不仅严重影响她的家庭地位，还使自己在学校的日子也不好过，总有同学会指着他说："这就是那个外国人的妹妹，长得真不像哦，听说爸爸妈妈不一样……"

杜梓薇讨厌被人指指点点，放了学总会早走一步，不等卫查理。只是这天，她失算了。

离学校不远处的市场口，有卖各种小玩意儿的，杜梓薇出手大方地买了几个小挂件，一点也不讲价，卖小玩意儿的人夸她："这姑娘一看就是有钱人家的孩子"。杜梓薇只顾着高兴，没留神身后有两双不安分的眼睛盯着她，等到她步入拐角街口时，两个小偷趁四下无人，将她挟持了。

两个小偷看样子也就十七八岁，有点像辍学少年，杜梓薇先是害怕得想大叫，后来觉得他们比自己大不了几岁，也就没那么恐惧了。她突然想起电视剧里跟小偷斗智斗勇的故事，看到两个小偷只是要钱，并没有为难和恐吓自己，她决定游说一下试试。

"你俩应该也是学生吧？咱们都是学生，相煎何太急呢？我一个穷学生，又有多少钱？放了我吧。"

两个小偷并不吃她这一套，"别套话，赶紧拿钱！"

"我包里就这点零钱，真的没有了。"杜梓薇说着，故意捂住自己的下衣口袋。

两个小偷上前搜她的口袋，发现里面仅有几块零钱。

"就这些？别不老实！有多少拿多少出来！"小偷说完，开始打量她的书包。

书包里，圆鼓鼓的，里面有杜梓薇刚买的储钱罐，为图"大吉大利"，她不想让储钱罐空着，买的时候就把所有零用钱放进去了。

杜梓薇害怕小偷翻书包，那样一切全完了。可是两个小偷的眼神明显盯在书包上，一个小偷紧抓着杜梓薇的胳膊，不让她逃跑，另一个小偷开始将手伸向她的书包。就在书包要被打开的时候，杜梓薇看到不远处一个穿警服的男人走过来，她马上有了主意，冲着穿警服的人大喊："爸爸！爸爸！我在这儿！"

其实，穿警服的男人离他们很远，根本听不到杜梓薇的叫声，但两个小偷还是被吓住了，他们松开杜梓薇，一脸的惊慌。

"你爸爸……是警察？"

杜梓薇故作镇定，"对呀，以后你们有什么事，可以找我，我让爸爸帮助你们。"

两个小偷交换了一下眼神，走也不是，不走也不是。

杜梓薇心里已经乱成一团麻，却依然扬着手冲警察的背影大喊："爸爸，我在这儿，你去哪儿接我啊？我在这儿……"

她的喊声，没有喊来警察，倒把跟在后面的卫查理喊了过来。

看到卫查理，杜梓薇马上冲他使眼色，示意他这两个小偷不是好人。卫查理一秒入戏，上前拉住杜梓薇，"傻妹妹，你跑得真快，我可追上你了,玉玉和阿美,还有田老师他们也快来了……"

两个小偷听到这话,意识到后面还有很多人,脚下一软,放了他们,转身跑远了。

两个小偷一离开,杜梓薇便吓得坐到了地上,怀里紧紧抱着自己的书包。

回到家,卫查理把杜梓薇的英勇说给叶青听。叶青听完,脸色却大变,盯着杜梓薇左看右看,"他们真的没伤到你?"

杜梓薇摇头,"那些傻蛋,以为我爸爸真的是警察呢,早吓跑了。"

确认没事,叶青发火了,"以后碰到小偷这类人,他要什么,你就给他什么,千万不能逆着来,真出了事,就晚了!"

"可他们想要我新买的储钱罐,那里面还有我攒的好几百块呢。"

"钱重要,还是命重要?"叶青越说越大声,"跟坏人讲道理,你讲得着吗?跟坏人拼力气,你拼得过吗?"

杜梓薇吐了吐舌头,"跟妈妈讲道理,一样讲不着。"

卫查理反驳叶青:"叶青,你这话说的很不对,我反对!遇到坏人,应该像梓薇这样跟他们斗,要是让坏人胜了,那做好人不是很失败吗?"

"就是。"杜梓薇帮着卫查理说话,"我们老师也说了,都不做斗争的结果就是,坏人越来越猖狂,好人越来越胆小。"

叶青急了,"大道理说了你们也不懂,吃了亏就晚了。总之一句话,以后遇着这种事,保命是第一位的,卖弄智商是要吃亏的。"

杜梓薇不服气地吐舌头,卫查理帮她说话:"这次叶青败,梓薇胜。"

"耶!"杜梓薇的心情马上明媚起来,伸出手来跟卫查理击掌。

郑莉莎还是没忍住。

家里少了王可儿走来走去，一下子显得空落落的，她决定先低头，去父母家接回女儿。

想起很久没陪父母吃饭，郑莉莎买了菜和肉，叫上郑茉莉，姐妹俩决定回家吃顿团圆饭。

回了父母家之后，一个忙着洗菜，一个忙着布置饭桌，菜出锅时，王可儿和林小峰陆续回了家。

看到妈妈，王可儿什么也不说，只当没看到，郑莉莎又气又急。

"姐，耐住性子，是你求人家回家，晓得吧？"

郑茉莉的话让郑莉莎更加哭笑不得，当妈妈的求女儿回家，还得低声下气，这叫什么事？

郑茉莉劝姐姐有一套，真到了自己身上，就没那么简单。听艾小云说起白天米爱和林小峰嘀嘀咕咕的事，她拉过林小峰便问："今儿在学校表现怎么样？"

林小峰下意识地摇头，"挺好的呀，跟过去一样。"

一个摇头动作出卖了他，郑茉莉马上点破，"挺好的，你摇头做什么？"

林小峰丢下书包，"没事就是没事，我洗手去了。"

林小峰进了洗手间，郑茉莉习惯性地打开他的书包查看。书本，作业，甚至文具盒都要打开瞧一眼。她不知道，她做这一切的时候，林小峰就站在洗手间门口默默地看着。"唉！"一声叹息，竟然出自9岁的孩子之口，他开始理解王可儿为什么那么仇视自己的妈妈了。

王可儿还是拒绝回家，不说原因，也不说归期，只是沉默，把郑莉莎当成空气一般的存在。这种冷漠让郑莉莎心寒又心伤，见她都没吃几口饭，索性不管了，"好，回不回家，随你，只要别耽误功课就行。"

郑莉莎走了，郑茉莉本来想接林小峰走，没想到林小峰也拒绝，"妈妈，我得陪姐姐，你不是交代我那任务……"

怕儿子说漏嘴，郑茉莉赶紧捂住林小峰的嘴，笑着说："妈妈依你，在姥姥家想住多久就住多久，但有一样，要听话。"

两个妈妈一离开，林小峰马上把王可儿拉到自己房间，小心地关上门。

"姐，我也生气了！我们反击吧！"

"哟，小姨怎么惹着你了？"

"天天查我的书包！"

"就这点事？"

"还断我的零花钱。"

"至于吗？"

"可她……她还打我呢！"

王可儿被林小峰说得想笑，可又笑不出来。想起这些妈妈们，她突然意识到她们都有一个共性，就是喜欢侦查孩子的一切，不相信孩子，总是怀疑孩子。

"我觉得，她们既然成立妈妈团，咱们也应该有个自己的组织。"

"人多力量大，我们也多找几个人来。"

周末，王可儿和林小峰神神秘秘地，先是劝姥姥姥爷下楼遛弯，接着很神秘地开门迎接自己叫来的一帮朋友。

王可儿找来了许慕、陈泽，林小峰约来了卫查理和米爱。

几个人熟悉以后坐下来，说起各自和妈妈之间的矛盾和斗争，都认为自己过得特别痛苦。

"其实我从上小学起，就一直被我妈妈各种查，真的受够了。"陈泽第一个发言。

"昨天我妈还查我书包呢，是可忍孰不可忍！"林小峰一副大人模样。

米爱也是一脸倔强，"我以后也不会再跟妈妈说心里话了，她总是骗我。"

王可儿点头，"好，既然大家都觉得妈妈们在跟咱们作对，那咱们也反抗吧。"

"怎么反抗？"许慕一脸好奇。

"听小峰说，妈妈们成立了侦探妈妈团，那咱们也成立一个反侦查团，联合起来，什么也不告诉她们，跟她们斗争，怎么样？"王可儿慷慨陈词，"要让妈妈们知道，我们也有智商，也是有尊严的！"

孩子们齐拍手，卫查理却连连摇头。

"怎么，你有意见？"王可儿反问。

卫查理叹气，"小峰约我，我以为什么事，原来就是小孩子玩迷藏，在中国应该叫过家家？对，过家家。父母其实就是我们的监护人，他们要对自己的孩子负责，当然要问要管。你们不满妈妈的作为，完全可以要求更换监护人，没必要这么累自己。"

"更换监护人？"王可儿一脸不解。

卫查理解释："在美国，孩子对爸爸或妈妈不满，可以要求更换监护人，这样对方就管不着自己了。"

陈泽马上反对，"那是美国，这是中国，国情能一样吗？"

许慕支持陈泽，"说的对！就连我爸妈常年不在身边，还天天电话管着我呢。再说我们也没长大呀，想换哪那么容易。"

看众人反对自己，卫查理不说话了。林小峰觉得气氛有些尴尬，拉了拉卫查理的手，递过一杯饮料，"来我们这儿，你得学点中国规矩，不然以后大家没的聊。"

卫查理摇摇头，"你们就是没事找事，要是我，得多享受有父母的管束，管吃管喝，回家晚了还会去找你……"说到这儿，卫查理自己都不明白，为何眼前出现的是叶青的身影。

"好了，他一个老外，不太了解咱们遇到的难题。"王可儿拍了拍手，"这样吧，我们起个誓，想加入反侦团的，我们就拍个手，击掌为盟。我第一个！"

王可儿伸出手去，许慕第一个压在她的手背上，林小峰，陈泽，米爱，依次压上去。卫查理在一旁看着，没有主动走过来，王可儿不再理会他。

"以后大家互通消息，绝不背叛，跟妈妈团抵抗到底！"

"抵抗到底！"几个小人儿喊着口号，加油打气。

王可儿带头建立了微信群，取名反击团。几个孩子看着微信群的名字，嘻嘻哈哈，林小峰最为兴奋，"姐，这下再也不怕妈妈团了！"

"记住，大家相互之间不出卖，不背叛，否则开除出群！"王可儿重申。

大家纷纷点头，大声说："不出卖，不背叛！"这时门被打开了。

姥姥姥爷遛弯回来了，看到一屋子的孩子，老人愣了，孩子们也吓了一跳，一哄作鸟兽散。

第十一章　打赏主播事件

在孩子们商量着如何反击妈妈们时，妈妈们却在想着如何改善跟他们的关系。

郑莉莎跟郑茉莉商量着："只要可儿回家，我可以既往不咎，以后有事也不会当面问，给她空间，免得都尴尬。"

而郑茉莉觉得自己和林峰一直忙着工作，忽视了陪伴，"一定要抽出时间，带他去最喜欢的游乐场。"

她们不知道，孩子们决定反击。

周末，郑莉莎本来还在思忖着如何说服王可儿回家，不想，王可儿自己回来了。这让她十分高兴，以为女儿回心转意，不料王可儿却依然当她是空气，径直回了房间。

"你说这孩子，究竟要叛逆到什么时候？"郑莉莎向王得水抱怨。

王得水似乎也不买她的账，转身进了厨房，忙活着给女儿做饭去了。

郑莉莎看一眼王可儿的房间，再看一眼厨房，瞬间觉得自己被眼前的父女二人抛弃了。她想发泄，却又不知该说些什么，只能站在原地，一个人生气。

林小峰比王可儿好哄些。

只要给他足够的零食，再给他点零花钱，三言两语就能哄回家。至少，郑茉莉是这样想的。她以为，只要去了游乐场，林小峰立马能高兴起来，自己随时都可以跟儿子心贴心。

却不料，游乐场里，所有孩子都在欢呼着享受时，林小峰却没精打采，坐在过山车上都一脸心事，完全没有想象中的兴奋，反而不停地打哈欠。

"小峰，是不是在姥姥家没有休息好？"郑茉莉问。

林小峰摇头，又点头。

"要不这样，回家来住，妈妈再忙也早点回家陪你，好不好？"

在此之前，林小峰只要听到这样的话，会马上高兴得又叫又跳，可是今天却很反常，坚决摇头，坚决反对，"不，我不回家，我就要在姥姥家。"

"你这是在跟妈妈赌气吧？"郑茉莉不以为然，"妈妈知道，最近忙得顾不上你，以后不会了，回家吧，好不好？"

"不要！"林小峰大声拒绝，"我不要回家，我就要在姥姥家！"

"为什么？"

"姥姥家好……姥姥做饭比你做饭好吃！"林小峰态度坚决，"你要是让我回家，我就不上学了。"

"你这孩子，竟敢威胁妈妈？"郑茉莉说着，下意识地举起了手，看看四周的人，立马又放下来，压低声音，"再敢说不上学的话，看妈妈不打你！"

林小峰仰脸跟她对峙，"反正我就是不回家。"

去游乐场并没有达到母子同乐的目的，反而生了一肚子气，郑茉莉隐约觉得儿子哪里变得不一样，可是哪里变了呢？她又说不出来，于是她拿起电话打给王可儿："可儿，告诉小姨，小峰为什么喜欢在姥姥家，不喜欢回自己家？"

王可儿何其聪明，意识到了郑茉莉的"意图"，马上回答："应该是姥姥做的饭比你做的好吃吧。"

"那他在姥姥家有没有按时写作业，按时睡觉？"

"当然，可听话了，比我听话得多。"王可儿调侃。

挂了电话，郑茉莉这才放下心来，追上已经走出老远的林小峰，"好吧，妈妈允许你继续住姥姥家，不过你要听话哦。"

林小峰头也不回，一副着急往回走的样子。走了一段路，他突然回过头来，盯着郑茉莉，"妈妈，能求你一件事吗？"

"傻儿子，什么求不求的，你说。"

"你先答应我，不然我不说。"

"只要是正当要求，妈妈会答应的。"

"给我两百块钱。"林小峰伸出手去，"我们学校小饭桌的饭实在太难吃，我总是饿，想买点零食，如果你不相信，可以去问我同学，他们都买零食备着……"

看林小峰说得一本正经，在极力修复母子关系的郑茉莉没有多想，从包里拿出两百块钱递了过去。

收了钱，林小峰的小脸这才兴奋起来，蹦蹦跳跳着，就差跑起来了，看得郑茉莉一脸不解。

卫查理回到家时，杜梓薇正窝在沙发里翻他的漫画书，一地凌乱。

卫查理本能地收拾地上的书，一边收一边摇头，"以后咱们定个规矩，跟图书馆一样，想借必须先经过我的同意。"

"切！自己家还定什么规矩。"杜梓薇说完，接着问，"你又去哪儿了？"

"林小峰他们找我有事。"

"林小峰他们？"杜梓薇说完又笑了，"跟那种小屁孩，你也能玩到一起？"

卫查理看看凌乱的漫画书，再看看杜梓薇因嘲笑上扬的嘴角，突然叹气，"难怪他们找我，不找你。"

"你这话什么意思？"杜梓薇从沙发上跳起来，"你有事瞒着我，快说！"

卫查理不想出卖林小峰他们，只好找借口："我想说的是，明天我们来场春游，怎么样？出去走走。"

"出去走走？"杜梓薇盘算着，"好主意，我同意！去哪儿呢？"

没等卫查理回答，从厨房出来的叶青第一个反对，"我不同意！哪儿也不许去！"

叶青匆忙奔过来，指点着两个孩子，"你爸爸，你卫叔，不在家这段时间，你们都要老实待在家里，不许外出，更不许搞什么春游。出点什么事，算谁的？"说着还特意了看卫查理，"特别是你，再失踪一次，我可没脸见你爸了。"

卫查理冲杜梓薇耸耸肩，一副无奈的样子。

杜梓薇央求叶青："妈妈，这么好的春色，咱们也该出去走走，你不是常说生命在于运动吗？"

"我还说'遇到坏人要避让呢'，你听了吗？"叶青又提小偷的事，"和生命安全有关的，不止是坏人，还有出行。"

杜梓薇知道辩不过妈妈，索性重新窝进沙发里看起了漫画。

叶青重新走进厨房忙活去了。

卫查理刚坐下，手机响了，是杜梓薇发来的微信。他刚要说话，被杜梓薇以眼神示意不要出声。两人在微信上聊了几个来回，最后约定"明天早上6点出发"。

第二天早上，叶青起得稍微晚了些，因为是周末，她本想着让两个孩子多睡一会儿。结果做完了早餐才发现，客厅隔断里的小床上空着，杜梓薇的房间也是空着的，伸手摸了摸被窝里的温度，都是凉的，她的心也瞬间凉了。

"查理？梓薇？"喊了几声无人应，叶青知道，这两个孩子肯定背着自己出去了，赶紧拿起电话打给杜梓薇。

此时，杜梓薇和卫查理已经坐上了去郊区的大巴车，莫名的兴奋让她忍不住吹着窗外的春风，大声喊叫："啊！"这一声喊得车内乘客纷纷看过来，卫查理正听着音乐，随手塞了一只耳塞到杜梓薇耳朵里。

车，一路晃行着。电话响着，他们却不接。

就在车马上要行至中途时，大巴车突然一个趔趄，停了下来，接着"嘭"的一声巨响，车身瞬间往左边沉了下去。车上的乘客惊慌失措，乱成一团，尖叫的，吓哭的，更多的是纷纷跑到车门旁要求下车的。

司机向众人解释："车胎漏气了，暂时走不了，大家下车等待下一辆吧。"

乘客们叫嚷着下了车，杜梓薇和卫查理也只好下车。

"真倒霉，好不容易出来走走，竟然爆车胎。"初春的风还有些冷，杜梓薇抱怨着。

卫查理主动接过她的行李，"要不要跟我一起走上山？"

卫查理指了指远处的山峦，缥缈，遥远，看得杜梓薇连连后退。

"算了吧，我是来看花草的，可不想真的爬山，太累了。"

两人正说话间，下一辆大巴缓慢地驶过来。滞留的乘客多，又都着急，没等车停稳，人们已经纷纷挤了上去。结果卫查理和杜梓薇，还有另外四个乘客被要求"等下班车吧"。

另外四个乘客有些恼了，本来都是出来游山玩水的，最后却被抛在半路，不免抱怨。这时恰好有一辆出租车返程，眼尖的杜梓薇马上招手。没想到车一停稳，就被那几个乘客抢了去，"不好意思，两位小同学，这辆车刚好坐四个人，我们是一起的，你俩再等等，成吗？"

出租车载着那四个乘客走了。

空旷的四野，飘飞着尘土和风沙的路上，只余下卫查理和杜梓薇。他们不想在原地等待，便继续往前走。杜梓薇走了一段路，又累又饿，又抱怨起来："早知道这样，吃完早饭再跑出来就好了。"

卫查理伸出手，接过杜梓薇身上的背包，让她轻装上阵。杜梓薇看着前面背着两只大包的卫查理，心生安慰，不再抱怨，亦步亦趋地跟在他身后。

"走到终点会很累，不如我们就近找个地方休息。"卫查理晃了晃自己的背包，"我带了东西，可以烧烤，要不要试试？"

杜梓薇马上来了精神，跑上前来。她和卫查理反复比较之后，选定不远处的一座山。不一会儿，炊烟袅袅，两人吃着烧烤，聊着天，卫查理指着高高的山巅，"敢不敢爬上去？"

"敢是敢……"杜梓薇有些犹豫，"可是爬上去，再下来，天就黑了呀。"

"那你敢不敢晚上露营？"

杜梓薇犹豫着，眼神里却全是期待。

两个孩子一起出去玩，且不知去向，更无从查找，这让叶青愤怒又担心。

特别是当两个孩子的手机突然双双关机之后，她无奈地打电话向郑莉莎求助："怎么办？我们家梓薇被查理拐跑了，眼看太阳就要下山了，人却联系不上。"

"别怕,大家一起帮忙找。"妈妈团在郑莉莎的召集下,集体出动寻找。郑茉莉刚加满油的车跑空时,已经是夜里9点半。

"看样子,咱们的力量还是太小,报警吧。"艾小云提议。

妈妈团一行来到派出所,七嘴八舌地说着两个孩子的事。一个小警察打断她们:"早上几点发现孩子失踪的?"

"8点。"叶青回答。

"现在是晚上10点一刻,离24小时还早呢。等着吧,我们的规定是失踪24小时才立案。"

小警察无所谓的样子彻底惹急了叶青,"凭什么24小时才立案?失踪的是俩孩子,其中还有一个女孩,万一出点事怎么办?"

叶青的话引起郑莉莎的心事,"就是!24小时才立案,可你们知道24小时之中会发生多少事情吗?一个孩子最关键的就是安全,出了问题,孩子痛,家长更痛,你们将心比心,能不能早点出警?"

"警察同志,这俩孩子有点特殊。"艾小云试图跟警察解释,"一个女孩12岁,一个男孩13岁,男孩刚从国外来,对这边情况根本不熟悉,万一迷路了,或是遇到坏人,他们是没有办法应对的。你们办案也要讲究具体情况具体对待……"

小警察有些不耐烦,"我忙着呢。24小时,不到时间我们也无能为力。"

小警察刚要从座位上起身,郑茉莉眼疾手快,瞬间重新将他拍到座位上,"做警察的不是说一切为人民考虑吗?连孩子都不去考虑,还讲什么为人民?马上立案,马上找孩子!"

小警察不悦,推开郑茉莉,指着妈妈团的成员斥责:"你们别闹事啊。你,这叫袭警,知道吗?有在这儿吵吵的工夫,说不定你们的孩子早回家了。"

本是一句推脱之辞,却让妈妈团燃起最后的希望。

叶青看看时间,也不好意思再麻烦大家,"他说的对,也许两个孩子自己就回家了,我们回吧。"

回了家,孩子们依然没回来。

叶青一会儿走到楼下迎接,一会儿到家里等待,足足折腾到凌晨,一夜未眠。

她觉得自己快撑不下去了,于是给卫勇打电话,告诉他"家里出事了,你赶紧、马上、立刻回家"。之后,她什么也不想解释,重重地坐在了沙发上。

就在这时,门被打开了。

两个孩子风尘仆仆地回来了。

看到叶青,两个孩子都沉默了。

"啪!"

叶青突然从沙发上跳下来,大步上前,冲着卫查理就是一巴掌。

"为什么要一声不吭地跑出去?"

叶青的愤怒可想而知。

她不是固执到坚持己见的家长,只是怕两个孩子遇到意外,而更担心的还是卫查理,她怕他遇到任何危险,自己没办法向卫勇交代。

偏偏卫查理不听话,还把杜梓薇给"拐跑"了,这让叶青很是愤怒。

"上次自己失踪,这次还要拐带梓薇,万一你俩出点事怎么办?怎么跟爸爸交代?"

"我只是带她去春游,又不是做别的……"

"做什么都不行!做任何事之前,都必须告诉我,必须!"叶青几近咆哮,"查理,我忍你很久了,上次你一个人失踪,这次带上梓薇一起失踪,你究竟要带给我多少麻烦,要给这个家带来多少麻烦才罢休?"

"我……"卫查理理屈词穷,"我是个麻烦?"

"对,你就是个麻烦,大麻烦!因为你,我每天过得都很纠结,因为我不知道应该如何去面对你!"叶青挤压在心里的压力、怨气,在这一刻彻底爆发。想想往日对卫查理的百般讨好和照顾,换来的却是一次又一次的漠视,她的情绪完全失控了,"这里是中国,不是美国,你想要自由,可以回美国,不要在这里给别人添乱!"

卫查理愣了,他没料到,自己来找爸爸,最后竟然成了添乱的人。

而更愣的还是站在洗手间门口的卫勇。

临时回来换洗衣服,本以为可以看看家人,不料听到的却是叶青如此抱怨。

"亲爱的,你刚才说的……是真心话吗?你真觉得查理不该来?"卫勇看着叶青,表情严肃。

叶青没料到卫勇会这么快出现在家里,想想自己刚才的话,她心里十分慌乱,一时失语。

闹事的孩子不止杜梓薇和卫查理。

王可儿也开始反击妈妈,她故意当着郑莉莎的面约许慕,"咱们去金山吧?"说完,还故意把约好的时间泄露给郑莉莎,"那就下午4点见。"

郑莉莎想阻止,又本能地想查出王可儿为何一而再再而三地去郊区,索性记下了地点跟时间,在王可儿出发时,悄悄发动车也跟了出去。

让郑莉莎料想不到的是,这次王可儿是打车离开的。出租车开得飞快,郑莉莎一时大意没有跟上,她只得自己循着导航一路开到了郊区。

到郊区时，已是5点多，初春暮色来得早，郑莉莎在金山站找了两圈也没发现王可儿他们的身影。这里的拆迁已经初见成效，四处是堆积着需要运走的建筑垃圾，春天风大，风一吹，灰尘扬起，呛得人直咳嗽，她不得不躲进车里。开着车四下又寻找一圈，依然没有什么发现，她这才开车折回家里。

回到家已经是晚上7点，王得水一见郑莉莎进门，就责备上了，"大周末不知道在家帮帮忙，还跑出去做什么？等你等得菜都凉了。"

郑莉莎刚要问王可儿回来没有，却发现她正坐在沙发上，看着电视嘻嘻哈哈。

看到郑莉莎回来，王可儿起身走到餐桌旁，"爸爸，我饿坏了，咱们吃饭吧。"

王可儿一脸没事人的样子，惹急了郑莉莎，她不由得上前质问："你什么时候回来的？"

王可儿不理她，用手拿起一块肉，塞进嘴里，嚼得很用力。王得水把汤端上来，放在餐桌上，转头抱怨郑莉莎："可儿一下午都在家，写完作业，自己洗衣服，还帮我择菜。哪像你，人影不见一个！"

"我不信！"郑莉莎本能地摇头。

王得水也生气了，他把郑莉莎拉到阳台，指着一堆刚洗完的衣服说："这是人家可儿自己手洗的，洗了两个多小时呢，有什么不信的？"

郑莉莎看了看洗好的衣服，再看看一本正经不像开玩笑的王得水，突然意识到自己被王可儿耍了，一回头，王可儿也正看着她。隔着很远，郑莉莎却读出了一丝挑衅。

林小峰重回姥姥家，就好像回到了天堂一样兴奋，吃完晚饭就跑进自己房间，甚至还给门上了锁。

他跳上床,打开平板,女主播甜到发嗲的声音飘过来:"谢谢小林先生刷来的游艇。哇,两艘哦,好开心……"

林小峰不断地刷礼物,脸上现着沉迷的微笑,突然他的笑容凝固在脸上。

主播的声音透过屏幕传过来:"感谢W先生,出手就是十艘游艇,真是个大方的好男人,爱你哦……"

林小峰囊中羞涩,看看空了的礼物单,慌了,拿起电话打给出差的林峰,以买玩具的名义讨要两百块钱。林峰说回家再给,林小峰却坚持:"你给我红包,我在网上直接下单。"不一会儿,红包来了的提示音响起。两百块钱一入账,林小峰马上充值买礼物,转手送给女主播。主播的红唇隔着屏幕吻过来,"大方的小林先生一定是个小帅哥,要不要给你讲个睡前故事呢……"

林小峰的表情痴痴傻傻,整个人都乐癫了。

这种表情,一直持续到第二天的早课上,不管讲台上的老师讲什么,林小峰就是痴痴傻傻地乐着,看得一旁的米爱心里起疑。

下了课,米爱拉住林小峰质问:"你遇上什么好事了?上课也翘着嘴角笑,傻不傻啊?"

没想到林小峰竟然不理她!

林小峰从书包里拿出一些玩具和课外书,拍了拍桌子,"同学们,玩具换钱了哈,便宜喽,赶紧来换。电子玩具一件10块,普通玩具5块,课外书3块就卖……"几个同学围上前来,有看的,也有买的,不大一会儿,玩具卖得只剩下一件。

米爱生气了,"林小峰,你敢不跟我说实话?以后不跟你玩了。"

"不跟我玩就不跟我玩呗,反正我也没时间找你玩。我在网上有朋友,她漂亮又温柔,还能天天给我讲故事呢。"

米爱好像明白了什么,"你上网聊天?你有网友?"

林小峰赶紧制止,"别乱说!老师知道会罚我的!"

米爱惊讶得睁大眼睛,不知说什么才好。这时上课铃响了,艾小云拿着课本走进来,看到林小峰桌上摆着很多零钱,她上前询问,林小峰却什么也不说,米爱的表情也十分奇怪。

"米爱,你刚才跟林小峰在嘀咕什么呢?"艾小云大声问。

米爱坚决摇头,"什么也没说。"

艾小云用眼神扫了一下全班同学,这时有喜欢打小报告的同学举手站了起来,"报告老师,刚才林小峰在卖玩具和课外书,好几个同学都买了。"

"好,这位同学有事向老师报告的做法很好,请坐。"艾小云安抚好,接着看了一眼林小峰,感觉这孩子有心事隐瞒,却跟米爱一样,什么也问不出来。

下了课,艾小云第一时间打电话给郑茉莉,"注意一下你儿子,最近有点不对劲,上课精神不好,还在课间卖玩具和课外书换零花钱,是不是你把他的零用钱掐得太死?要多关心一下孩子。"

郑茉莉一脸冤枉,这孩子,自己明明刚给过他零花钱,花哪了?

晚上,郑茉莉一个人在家睡不着,翻来覆去,想着儿子在游乐场的表现,再想想艾小云的话,总感觉哪里不对。便打电话跟外地的林峰说。得知林小峰也从他那儿要了零花钱,郑茉莉再也坐不住了,她发动车,顷刻间飞奔到了父母家。

郑茉莉打开房门,见父母已经睡下了,便径直走到林小峰房门外。她推了一下门,发现门在里面被锁死了,刚要敲门,却听到门内不时传来林小峰一阵阵的笑声,还有隐约的女主播的撒娇声。郑茉莉完全惊呆了!

郑茉莉用房门钥匙突然打开了林小峰房间的门。

屋内,林小峰坐在床上,一脸痴痴傻傻地抱着平板,笑着。看到郑茉莉进来，他吓得手哆嗦了一下，平板掉到了地上，平板里传来女主播的声音："小林先生，发生了什么事？"

郑茉莉盯着已经吓傻了的林小峰，上前捡起平板，赫然发现儿子竟然在跟网络女主播视频，当下气得哆嗦起来，将平板扔到地上。

"砰"的一声，平板碎了。

林小峰刚要辩解，郑茉莉第一时间出手揪住了他的耳朵。

"走，跟我回家！"

第十二章　妈妈团第一战之嫌疑追踪

　　林小峰就蜷缩成一团，像一颗胖胖的花菜，被郑茉莉一直拎到车上，然后又从车上拎回了家。

　　耳朵痛到他想喊，又不敢喊。

　　回到家，郑茉莉气得手一直哆嗦。在她爆发之前，林小峰和往常一样，先向她发起了软话攻势，"妈妈，你别生气，我错了，我再也不敢了。"

　　这次郑茉莉没有被林小峰打动，相反，林小峰越是一副哀求的样子，她就越动肝火。在自己面前装乖巧，放飞出去却什么事都能做得出来，这是她最不能容忍的。

　　"你给我站起来！"看到林小峰要在沙发上落坐，郑茉莉一嗓子把他吼起来，"林小峰，你到底能不能长点心？刷信用卡，跟同学借钱，这些事还没过去呢，你这又玩上什么打赏网络女主播。你才多大？你到底还有多少事是妈妈不知道的？"

　　"妈妈，你别生气，我不敢了，真的不敢了……"林小峰最怕郑茉莉生气，况且还是在只有他们两个人的家里，接下来的狂风暴雨他能猜得到。

　　"不敢了不敢了，每次都这么说，每次还是一样的犯错！"郑茉莉已经开始寻找可以下手的工具了。她四下看看，实在没有什么可用的，只得把身边的抱枕扔到林小峰身上，"老实交代，你在女主播身上到底花了多少钱，从什么时候开始的？"

林小峰哆嗦了一下，躲过了抱枕，吓得大气不敢出。

"妈妈，我错了……"

"错，错，错，知道是错还去犯！"郑茉莉越说越气，拉过林小峰，冲着屁股噼里啪啦地打起来，"以后还敢不敢了？"

"妈妈，我不敢了……"林小峰哭着求饶，"以后我吃完饭就睡觉，姥姥可以监督我。"

"还想回姥姥家？想得美！"郑茉莉放开林小峰，"从现在起，我要对你约法三章。"

郑茉莉想了想，指着林小峰，声色俱厉，"从今天起，我为了你放下工作，每天接送，然后咱们约法三章。一，不许再上网，不准玩电脑和手机。二，成绩必须跟上来，进不了前十，零食全断。三，以后不许跟我和你爸要一分钱，包你吃住，零花钱一分没有！"

林小峰哽咽着，"可是，可是我上学需要零花钱……"

"敢跟我讨价还价是不是？"

"不，我不敢……"林小峰哽咽着，"全听妈妈的。"

"协议生效，从现在起执行！"郑茉莉看看时间，"行了，洗把脸睡觉去！"

林小峰不敢造次，乖乖地洗漱完毕回了房间，小小的人儿累了，带着抽噎声很快就睡着了。

郑茉莉嘴上不饶人，心却是柔软的。她轻轻打开房门，看了看儿子，替他掖了被角，关了灯，叹息着退出了房间。

这一夜，郑茉莉注定无眠。思前想后，她觉得这件事对孩子影响实在太大，说谎，网聊，打赏，完全就是引诱犯罪，忍无可忍的她查到了网站投诉箱，写起了投诉信。

时间一分一秒地过去,时针指向深夜两点,郑茉莉发送完投诉信,拿出纸和笔,开始写约法三章的内容。

第二天早上,郑茉莉把林小峰喊醒,冲了牛奶,拿了饼干,催着他吃早餐。

林小峰看一眼简单的早餐,迟迟不开动。直到郑茉莉催了又催,他才敢说出自己的不适应:"姥姥每天都会做粥,或者肉包子,这个也太简单……"

郑茉莉立时瞪眼,拍了拍桌子,指了指桌子上的一张纸。林小峰低下头一边看一边读:"吃饭不准挑食,10分钟解决早餐,不能有剩饭。"

郑茉莉点点头,"约法三章,要记牢。"

"可是妈妈,昨天不是有了约法三章了吗?这怎么……"

"这是用餐的约法三章。"

"难道……还有别的约法三章?"

郑茉莉指了指卫生间门口,还有房门门口。林小峰吃惊地瞪大眼睛,"难不成,上卫生间也要约法三章?睡觉也要?"

郑茉莉点点头。

林小峰跑到卫生间门口,"上厕所要记得冲洗,洗手,关灯。"随后又跑到自己房门门口,"9点之前熄灯睡觉,第二天穿的校服自己要准备好,早上自己叠被子!"

郑茉莉再点头。

林小峰有些慌神,"妈妈……为什么我们家全是约法三章?"

郑茉莉指了指时间,"你现在只能执行,没有反对的权利。现在还剩3分钟,赶紧把早餐吃完,吃不完就饿肚子。"

林小峰还想说什么,见郑茉莉瞪了他一眼,吓得不敢吱声,埋头"咕咚咕咚"地喝牛奶。

郑茉莉开车把林小峰送到学校，告诉他："接你放学也有约法三章。一，记着拿作业。二，记得跟老师说再见。三，10分钟内必须从教室出来。"

林小峰完全傻了眼，直愣愣地看着郑茉莉开车走了。

学校组织公益捡垃圾活动，生活老师带着大家前往海边捡垃圾。

米爱和林小峰一组，林小峰满脸失落，无精打采。

米爱关心地询问："你怎么了？"

林小峰看了看米爱，"米爱，你还记得咱们的反侦团吗？"

米爱点点头，"记得呀，你是不是想说，就是咱们几个人闹着玩的呀？"

林小峰目光突然坚定，"必须动真格的。"说完，伸过手来，"把你的电话借我用一下。"

米爱迟疑着，"老师不让随便用手机，再说你不是有手机吗？"

"一言难尽，唉！"林小峰感慨，"我有急事。"

米爱把电话递给林小峰。林小峰接过电话，走到一旁，打给王可儿。

"姐，救命啊！我们家全是约法三章，我快被我妈逼死了！咱们什么时候反击啊？"

等到王可儿听明白，是因为林小峰打赏女主播而闹出的约法三章时，在电话另一端没好气地说林小峰："你活该！我小姨仁慈，换成我们家那位太后，说不定还会在你身上安装电子眼呢，知足吧你！"

"可是姐，我不想过这样的日子……"

"自己反省，这事我站小姨那边，你这叫咎由自取！"王可儿说完挂了电话。

林小峰拿着电话愣在原地，米爱跟上来，"小峰，你怎么了？"

"不是说好我们是盟军吗?"林小峰一脸迷茫,"怎么出事就啥也不管了呢?"

米爱不解,"你出啥事了?"

林小峰想想刚才被王可儿批评,怕米爱也会认为自己不学好,索性不提,掩饰着摇头。

米爱不再追问,指着满满一袋子的垃圾,"你力气大,去把它倒了吧。"

林小峰上前想提起袋子,结果里面的各种果皮和瓶子洒出一大半。

"我……"林小峰赧颜地表示,"早上没吃饱饭,提不动……"

米爱上前重新把垃圾装进袋子里,提起其中一头,"我们一起抬去倒了吧。"

两人一前一后走到垃圾桶前,倒完垃圾,刚要往回走,身后突然有人喊:"米爱!"

米爱回头,看到喊自己的人,吃了一惊,"怎么是你?"

喊米爱的是任雨。

从学校辞职以后,因为跟米大利的绯闻,任雨断绝了跟同事和学生们的联系,但因为她代过米爱班上的课,所以她们还是认识的。

只是米爱人小心眼多,曾暗中听到过爸爸妈妈吵架,知道他们离婚就是因为任雨。小小的人儿满心倔强,从那之后不肯再叫"任老师"或是"任阿姨"。

任雨走过来,想摸米爱的头,米爱机灵地躲过去。

任雨的手尴尬地停在半空中,"米爱,你们今天跑到这儿进行生活体验是吗?"

"公益课。"林小峰抢答。

米爱嫌林小峰多话,下意识地用脚踢了踢他,林小峰赶紧闭上嘴巴。

任雨笑了,"米爱,你对任阿姨是不是有什么误会?"

米爱瞪着大眼睛盯着任雨看了半天,眼神里充满了敌视,"你有事吗?没事我得去捡垃圾了。"

米爱说完,拉着林小峰就要走,任雨在背后喊她:"米爱,你爸爸病了,他很想你。"

听任雨提到爸爸,米爱站在原地愣了一下,迅速回身,"你知道我爸爸在哪儿?"

任雨扬了扬手里的药袋子,"我刚去给他买的药,他说他最想的人是你。"

米爱瞬间想落泪,"我爸爸病得严重吗?为什么不去看医生?他现在怎么样了?"

"你爸爸就住在前面那条街,不如你跟老师请个假,我带你去看看。"

米爱动心了,想找老师请假,又怕被拒绝,于是对林小峰说,"你帮我跟老师请个假,就说……就说我有事,千万不要说我看爸爸去了,不然老师会告诉我妈妈的。"

林小峰愣了一下,正不知道是否应该放米爱走,任雨已经牵起了米爱的手。这一次,米爱没有拒绝。

生活老师接到林小峰的请假报告,马上就急了,批评林小峰:"这么大的事,怎么不知道先通知老师呢?"可无论她怎么问,林小峰只肯说"米爱跟以前的任老师走了",再问就什么也不说了。

生活老师跟艾小云平时关系好,也深知任雨跟米大利之间的纠缠,怕任雨带走米爱另有所图,赶紧打电话通知了艾小云。

任雨没有骗米爱。

穿过一条街,就是米大利居住的地方,一进门就听到米大利的咳嗽声。

父女相见,米爱哭,米大利也跟着难受。

任雨熟练地拿起毛巾给米爱擦手。米爱看了看米大利住的不大的房子,小心地问:"爸爸,这是你的新家吗?"

米大利并不知道,米爱误会这是他跟任雨的新家,以为问的是自己,点头说:"是爸爸的新家。一直想接你过来,怕你妈妈不同意。"

米爱瞬间失落,"看来妈妈说的是对的。"

米大利不明所以,"你妈妈又跟你说什么了?"

"我妈妈说,你和……"米爱说着看了一眼任雨,"你和她会有个新家。"

米大利急着解释,却被呛着了,"你妈妈真是……不可理喻,这种话也能说给孩子听!米爱,听爸爸说,你妈妈误会爸爸了,爸爸跟任老师就是普通朋友。"

"普通朋友不就是好朋友的前兆吗?"米爱有自己的逻辑,"成了好朋友不就可以恋爱结婚吗?"

米爱的话让任雨瞬间充满了希望,她满眼期待地看着米大利,而米大利的眼里却只有米爱。

"你这傻孩子,再大点,爸爸再解释给你听。说说,你生日过得怎么样?"

说到生日,米爱又委屈了,"爸爸,你说,是不是妈妈不让你来参加生日会?"

米大利摇头,"别怪你妈妈,其实是爸爸不好,爸爸太忙,没时间。"

"真的吗?不怪妈妈?"米爱瞪大了眼睛,满满的怀疑。

米大利点头,"真不怪你妈妈。"

米爱的表情瞬间轻松下来,"看来,是我误会妈妈了,我还恨她不让你来,还跟她吵架……我是不是该跟妈妈道歉?"

"当然,应该告诉妈妈,你错了……"

父女二人正说着话,房门突然被打开了,门外,站着一脸愤怒的艾小云。

屋里,米大利和米爱在床上坐着说话,任雨在旁边端着水果,三人齐刷刷地看着艾小云。艾小云看着这"和谐"的一幕,不由得冷笑,"我本不想打搅你们的新生活,但你们打搅到我了。"艾小云说完,上前把米爱从床上拉下来,"走,跟妈妈回家!"

艾小云用力过大,把米爱拉扯疼了,米爱尖叫了一声,米大利心疼地制止。

"你急什么,让孩子慢慢来。"

艾小云不说话,拽着米爱下床,穿鞋。米爱知道妈妈生气,刚要说道歉的话,任雨却趁机把水果递了过来,"艾姐,既然来了,吃点水果再走吧,让孩子跟爸爸也多待会儿。"

她不说话还好,一说话,艾小云脸色更难看,她伸出手将水果打落到地上,"任雨,今天当着你和米大利的面,咱们把话说清楚。你俩之间想怎样就怎样,这我管不了,也不想管,但不能把米爱牵扯进来。米爱是我女儿,我是她唯一合法的监护人,以后再私自领她走,我会报警的!"

米大利急了,"艾小云,米爱也是我女儿,我也是她的监护人。你能跟孩子在一起,我为什么不能?"

"因为她是我生的!"艾小云怒了,拉着米爱往外走。

米爱挣扎,"妈妈,爸爸病了,我得跟他说几句话再走……"

艾小云看着女儿,瞬间更愤怒了,自己一心一意扑在这个孩子身上,而她却偷偷跑来看米大利,带走她的人竟然还是任雨,怎么想都觉得自己受尽了欺骗和委屈,不由得把一腔怒火发泄到米爱身上。艾小云在米爱将要撒开自己手的瞬间,将米爱拉回到自己身边,另一手猝不及防地打到了米爱的身上!

"啪!啪!啪!"米爱的后背响起了三声响亮的巴掌声。

瞬间,米爱哭了,屋子里的氛围也彻底乱了。

"艾小云,你太过分了!"

"米大利,再有下一次,我让你一辈子见不到米爱!"

米大利从床上跳下来,上前跟艾小云抢米爱,艾小云不许,抱起米爱破门而出……

当一个妈妈发现自己亲生的女儿从贴心变隔心的时候,心里的失落可想而知。

艾小云如此,叶青也如此。

自从春游事件发生以后,叶青发现自己和女儿有了隔阂。过去是自己冷淡女儿,女儿上前讨好自己,而如今是自己想接近女儿,她却想方设法地逃开。

就连叶青买回来的衣服,杜梓薇都觉得,"这款式太out了。"

叶青觉得这话耳熟,仔细想想才记起来,是卫查理喜欢说的。不用问,卫查理已经彻底影响了杜梓薇。

过去两个孩子不亲近,她害怕,怕影响家庭和谐,如今两个孩子亲近,她又怕,怕卫查理把杜梓薇"带坏了"。

而更糟糕的是,自从上次卫勇听到自己说"卫查理是个麻烦"之后,对自己好像冷淡多了,基本是两人各忙各的,很少有交流。

必须改善夫妻关系,叶青在心里默默地告诉自己。

趁卫勇回家之际,她决定先把家里的氛围搞起来。约准了时间,订购了鲜花,她想用浪漫的方式重新赢回卫勇的心。

一切准备妥当之后，卫勇也准时回家了，迎接他的，是满屋子的鲜花。

"亲爱的，欢迎你回家。"叶青张开双臂迎接卫勇。卫勇走上前来，给了她一个拥抱。

"我得向你承认错误。"叶青鼓起勇气道歉，"上次的事，是我不好，我不该说话那么难听，不要往心里去好不好？"

卫勇沉默着，眼里依然是满屋子的鲜花，表情里有一丝难以琢磨的东西。

"我限制查理自由，是为了他好，这里治安没那么好，我怕他迷路，怕他被坏人骗。你能理解我吗？"

"亲爱的，我理解，也没怪你，只是……"

没等他说完，叶青马上兴奋起来，"那我们握手言和，好不好？"

叶青刚伸出手来，没等卫勇去握，杜梓薇和卫查理放学回来了。

一进屋子，卫查理下意识地后退了一步，咳嗽起来，接着呼吸越来越急促。叶青不明所以，"查理这是怎么了？"

卫查理扔下书包，跑进卫生间，顷刻，卫生间传来哗哗的流水声。

叶青看一眼杜梓薇，"查理在学校吃什么不干净的东西了吗？"

杜梓薇摇头，卫勇把话接了过去，"查理进门第二天，我就告诉过你，他对花粉和香料过敏，尤其是花粉。"

卫勇的提醒，让叶青记起那天早餐时的情形，她不由得恨自己，竟然把这碴儿给忘了！当她转头去看卫勇时，发现对方眼里的温情正一点点消失。

"叶青，抽时间我们好好谈谈吧。"卫勇扔下一句话，跑进卫生间去看卫查理。

客厅里，叶青看着满屋子的鲜花，恨不能一口把它们咽下去，她拍拍自己的脑袋，责备自己："我怎么这么笨！"

王可儿依旧不理郑莉莎。

郑莉莎本能地希望王得水能在自己跟女儿之间做个调停，但王得水却说："不是说了，孩子以后归你管，我不插手的吗？"

话确实是自己说的，可不知为什么，王得水一再重复，却让她觉得其中包含很大的深意，总感觉父女俩藏着什么大秘密，而自己是那个永远不会被告知的人。她问不出来，只能自己生气。

"可儿的钢琴课不能落下，要不，你送她去吧。"郑莉莎只能恳求王得水。

王得水答应了，但王可儿不答应，"我不想上钢琴课。"

"为什么？那可是花了大价钱才请到的金牌老师，多少人排队都想去上她的课，我好不容易才争取到的名额！"郑莉莎急了，"王可儿，你别太过分。这些天我让着你也就罢了，但钢琴课这事绝不让着你！"

王可儿的表现很奇怪，换作平常，不是摔门就是离家，可如今不管郑莉莎说什么，她只装作听不到，该做什么就做什么，一副无所谓的样子。

她越淡定，郑莉莎越难平静。

"王可儿，收拾东西，我送你去上课。"郑莉莎坚持，"我宁可不上班，也要看着你把九级考出来！"

"不去。"王可儿也坚持，"非要逼我去，那我就不去上学了，你自己选吧。"

没想到，自己反倒被女儿威胁，郑莉莎忍不下这口气，拳头都握了起来。可是当她看到王得水正冷眼旁观时，不想被他看了笑话，瞬间换了思路，和缓了语气，"可儿，妈妈跟你说，一个人除了学习和工作之外，必须有几项特长，比如有人会拉小提琴，有人会跳舞，有人会画画，有特长的人才会赢得更多朋友和机会，你明白吗？你从7岁就开始学习钢琴，走到现在这一步不容易，不能丢！"

"弹琴、跳舞、画画又不为考学加分，有什么用？"王可儿不以为然。

郑莉莎只能耐心解释："这些东西确实考学的时候用不上，但你想过没有，将来有一天你参加工作了，同事聚会或是应酬客户，总得有一样东西拿得出手吧？远的不说，就说爸爸和妈妈吧，"说到这儿，郑莉莎特意白了一眼王得水，"你爸爸是个什么也不会的粗人，别说唱歌跳舞，连喝酒都不行，所以你看他，在单位总受不到重用。为什么？没有特长的人很难融进集体，同事不欢迎，领导不看重，还谈什么升职？"

王得水马上不乐意了，"没这么打比方的，你这是在孩子面前诋毁我。"

"好，不说你，那就说我吧。"郑莉莎说起自己时，不免先叹气，"可儿你也知道，妈妈电脑水平厉害，但你一定不知道这是为什么。因为妈妈从小家庭环境不好，上大学都没钱，更别说学这些业余烧钱的特长。参加工作以后，妈妈和同事还有客户们应酬时，别人可以跳舞，可以吹笛子，甚至还有人弹钢琴助兴，客户高兴，上司就喜欢，机会自然就多了，而妈妈呢？什么也不会，在大家眼里完全就是一个没用的多余的人，怎么办？"

王可儿的兴趣慢慢被郑莉莎的话吸引，"是呀，你怎么办？"

"妈妈去二手市场买了一台旧电脑，回家拆了装，装了拆，系统毁了做，做了毁，自学了点皮毛，也总算是成了同事们眼里'有用'的人，这才算'存活'下来。现在单位有人电脑坏了，第一个想到的就是妈妈。而当妈妈帮助了别人以后，别人也会对妈妈另眼相待。可儿你记着一句话,这世上没有一个外人会无条件接纳你,一无是处的人很难有朋友。"

王可儿似有所动,"哦?我还以为你喜欢玩电脑,所以才自学的呢。"

"有谁会喜欢辛苦地学某样东西呢?就像每个人必须面对的上学,谁会真心喜欢天天上学这件事?不过是想多学点东西,技多不压身,将来才会被人瞧得起。"郑莉莎说着,不免有些感伤,"如果能重活一回,我一定什么本事都要学会。那样的话,天地更大。"

王可儿起身,往房间走。

郑莉莎急了,"可儿,妈妈的话你难道一点也听不进去吗?"

王可儿背对着她挥挥手,"我找琴谱去。"

听她这样一说,知道她是去做练琴的准备,郑莉莎马上松了口气。王得水在旁边听得满脸钦佩,冲郑莉莎竖起大拇指,却反被郑莉莎嘲讽,"马后炮!"

王可儿终于肯练琴了。

郑莉莎开车把女儿送到钢琴班,之后回到车上,刚要发动车,却惊讶地发现了那天在商场逃脱的嫌疑人。对方换了一身黄色衣服,高细的个子更加显眼,正在钢琴班楼下走来走去。郑莉莎恐惧地认定,这个嫌疑人一定是在跟踪可儿!

郑莉莎来不及多想,下车之后三步并作两步奔过去想抓住对方。

高个子嫌疑人见到郑莉莎,一下子慌了,只是这次他是有备而来,跳上摩托车疾驰离开。郑莉莎不依不饶,发动车跟上。

闹市区,人潮涌动,摩托车在人流缝隙中穿梭自如,郑莉莎走走停停,多次跟丢。她不甘心,在最后一次发现高个子时,加速冲过去,想从中拦截,不料路口突然拐过来一辆出租车。猝不及防,两车相撞，郑莉莎当即被撞晕了过去，高个子再次逃跑了……

医院里。

郑莉莎头上包裹着纱布，有血丝微微渗出，王得水一边看着她打点滴，一边埋怨："究竟有什么事，要玩命地去追别人？你是不是有事瞒着我？"

郑莉莎看一眼这个老实的男人，深知有些事跟他说，莫如不说，说了反而让他跟着担忧，倒不如自己扛下来，索性不语。

妈妈团其他成员得知郑莉莎出了车祸，纷纷跑到医院安慰，两人位的病房挤满了人。郑莉莎趁机把王得水支开，妈妈团成员在病房里重聚了。

"姐，你吓死我了，要不是怕爸妈身体不好，受不了，我都想拉着他们一起来医院。"郑茉莉担心地询问，"你到底怎么回事？好好的怎么出车祸了呢？"

艾小云一脸关切，"是啊，郑姐也不是那种鲁莽人，怎么会出这样的事？"

叶青也跟着着急，"莉莎，你是不是有事瞒着我们大家？说出来，大家一起想办法。"

面对妈妈团姐妹们的关心，郑莉莎深受感动，终于说出了性侵未遂案。

"本来我不想告诉大家，毕竟我是一个做妈妈的人，这种事羞于出口，而且也是未遂，还没真正定案。但是想到那三个嫌疑人就在我女儿周围晃悠，我心里就害怕，怕可儿再受到伤害，所以恨不能抓住那个混蛋，问个清楚明白。总之这件事我一定会追查到底……"

郑莉莎的话让艾小云和叶青吃惊。

更吃惊的还是门外的王可儿。

得知妈妈出了车祸，王可儿匆匆跑到医院来，没想到妈妈的车祸竟然是因自己而起。当"性侵未遂"这几个字涌进王可儿耳朵里的时候，她的脸色瞬间苍白起来，她下意识地咬了咬嘴唇，没想到妈妈对这件事如此上心，而这正是她不想被揭开的秘密。

妈妈们听了郑莉莎的讲述，义愤填膺，特别是艾小云，"从心理学上来说，这不单纯是一个案子的真相问题，而是可儿能不能走出心里阴影的关键。必须抓到真正的犯人，可儿才能将心里的包袱放下。"

她的话点醒了郑莉莎，"难怪可儿最近性情变化很大，忽冷忽热，会不会是因为这件事闹的？"

叶青点头，"这还用说吗？别说是孩子，就连我们听了，心里都受不了这种刺激。"

"姐，你好好想想，那几个嫌疑人身上还有哪些特征？"郑茉莉问。

郑莉莎仔细回想，"一个小胖子，一个高瘦的个子，还有一个……眉目间有颗黑痣！"

叶青有绘画功底，在郑莉莎说的时候，她已经把三个嫌疑人的大体特征画了下来。郑莉莎看了连连点头，"光知道你化妆技术好，没想到素描也一流。"

叶青听了却一脸懊恼，"我是被耽误的一代，不然说不定现在也是个正儿八经的画家。"

郑茉莉心直口快，"叶青姐，听说你是靠化妆才钓到了海归男神，该知足了吧？"

众人笑。

艾小云给大家支招："今天刚好周末，大家都有时间，那咱们抓紧，在嫌疑人出现的几个地点四处撒网，争取把他们全找出来。"

"我觉得也是,不然他们有可能再搬家。"叶青附和。

尽管众人反对,但郑莉莎还是挣扎着办理了出院手续,坐上郑茉莉的车,带着大家重回遇到嫌疑犯的地方。

此时,王可儿在家里如坐针毡。她回想妈妈的话,不知该如何是好。那段经历对她来说,是痛苦,也是伤疤,她不愿意去回忆,妈妈偏偏一次又一次地揭开它,她已经不知该如何面对妈妈。

王得水其实比王可儿还要着急,"可儿,要不要把实情告诉妈妈?省得她天天耗费时间跟精力,对你,对她,都不好。"

"不要!"王可儿马上反驳,"千万不要!爸爸,那天去陪我录口供的时候,你就答应过我,这件事永远不会让妈妈知道。"

"可是……你妈妈她都快疯了,再这么查下去,她早晚也会知道实情的。"

"不管怎样,我就是不想让她知道。"

"可儿,你是不是还有事连爸爸也瞒着?"王得水第一次对女儿充满了怀疑。

王可儿本就焦头烂额,被妈妈缠着做调查,又被爸爸不信任,她的内心渐渐崩溃,"为什么你跟妈妈都这么逼人?让我有点自己的小秘密不行吗?"

王得水心疼女儿,只好答应:"别急,爸爸不逼你,不问就是了。"

郑茉莉开着车,一行人浩浩荡荡,重新在嫌疑人出没的地方转了两圈,一无所获。

郑莉莎觉得大家为了自己如此辛苦,过意不去,让郑茉莉将车停在一家点心屋前,请大家喝下午茶。

喝茶的时候,郑莉莎一脸心事。

"我现在对可儿真的是束手无策。逃学,早恋,叛逆,跟我各种对着干……我不知道这孩子心里究竟在想什么,总感觉自己越来越难靠近她。我想要温柔地对她,可是一桩桩,一件件,就是不让人省心,当妈的还能怎么办?"

艾小云抢先回应,"郑姐,有些事我得说说你,早恋对大人来说是了不得的事,其实那只是孩子成长的一个必经过程。想想咱们自己,不也有青葱年少时的懵懂吗?"

"可她为了早恋逃学,难道还不严重吗?"郑莉莎不甘心地问。

"逃学也许是叛逆的一种表现吧。"艾小云有些不确定,"叛逆期的时候最容易跟父母对着干。"

"不管怎样,我们必须对症下药,不管是围追堵截,还是24小时跟踪,都必须把可儿的心拉回来!"郑茉莉附和着姐姐的话。

叶青也表示支持,"我们一起先把王可儿'挽救'回来,然后再分头去整治自家孩子。人多力量大,咱们得拿出妈妈该有的气势来!"

郑莉莎带头,众人举起茶杯,以茶代酒喊口号:"妈妈团,奋起!"

郑莉莎喝完最后一口茶,冲服务员挥手时,发现服务员正在收拾店里用的废旧纸盒。一个十六七岁的小胖子,穿着能遮挡住胖胖身体的大衬衫,正盘点着面前的旧纸盒。

郑莉莎第一眼没认出来,等到她刚要回头时,小胖子跟服务员交流的声音吸引了她,"俺这儿就这个价儿,恁不要再讲了,不赚钱哩……"

满满的河南口音,好像在哪里听过。

郑莉莎心里咯噔一下,愣住了,又听了一会儿,她突然从位子上站了起来，冲着小胖子喊了一声："张大华！"

听到有人喊自己的名字，小胖子下意识地回过头来看。这一看，郑莉莎马上认定，"就是他！"

妈妈们迅速出动。小胖子见众人冲着自己而来，有些胆怯，等看清楚了冲在前面的郑莉莎，本能地问了句："恁谁？"

"我是王可儿的妈妈。"

听了郑莉莎的回答小胖子惊呆了，他撒开手里的废旧纸盒子，回头就跑。

小胖子骑的是收废品的三轮车，自然跑不过郑茉莉的四轮驱动。但郑莉莎留了个心眼，让小胖子在前面骑，她们在后面慢慢地跟。

"见面就跑，必是心中有鬼。这次不仅要抓住他，还要找到他父母。我倒想问问，他们是怎么教育孩子的！"郑莉莎愤愤不平。

"姐，这就是你说的小胖子？"郑茉莉怕有误，想再次确认。

"名字我都记着，何况还是长相！"郑莉莎恨到牙根痒，"不瞒你们说，那天我差点把派出所的电脑给吃进肚子里，就为了记住这几个嫌疑人。这个小胖子最有特色，胖，还是河南人，刚才就是那口河南腔出卖了他。"

郑莉莎越说越激动，双手握得紧紧的，恨不能立马跳下车抓住对方。

艾小云轻轻拍了拍郑莉莎的手背，示意她平静下来。

终于，小胖子的三轮车在一处废品收购站门前转了进去，妈妈们也跟了上去。

收购站大门斜开着，推门进去，一地杂乱，各种废品堆积着，插脚都困难。没有看到人，郑莉莎扯起嗓子大喊："张大华，你出来，我们把这里包围了。你再不出来，我马上报警，让警察来抓你！"

就在她喊第二遍的时候，一个高高胖胖的男人拿着一把破铁锹从里面冲了过来，边冲边喊："谁敢威胁俺儿子，不要恁的小命啦？"

高胖的男人显然喝了酒，脸红脖子粗，说话舌头都在嘴里打着结。

"不让恁见识一下俺的厉害，还以为俺儿好欺负是不是？"

高胖的男人挥着铁锹往这边冲过来，妈妈们下意识地后退，郑莉莎本能地张开双臂护住大家。

"让你儿子出来！否则我报警了！"

"恁说找俺儿就能找俺儿？俺倒要问问恁，恁是哪一个？"高胖的男人舌头打着卷，不时打个饱嗝，看来酒喝得不少，走路都晃晃悠悠的。

他走到郑莉莎她们面前，郑莉莎她们下意识地后退几步。

高胖男人又跟进几步，只差三五步距离的时候，郑莉莎看清了他的脸，猛然间想起了什么，一声大喝："竟然是你！"

高胖的男人被问愣了，原地站定，仔细盯着郑莉莎看了两眼，突然觉得情况不妙，扔下铁锹，转身往后跑，一边跑一边不敢相信地说："老天爷，怎么会是恁？"

第十三章　运动会风波

高胖的男人在前面跑得气喘吁吁，郑莉莎也追得气喘吁吁，其他妈妈团成员不明所以，只能跟着绕圈。终于在大家齐心协力的努力下，高胖男人被成功围堵。

"俺错了，把钱给恁，还不行吗？咋还追上门来呢？"高胖男人一边喘气一边求饶。

原来两个月前，这个高胖男人曾经上门收废品，郑莉莎要卖淘换的旧冰箱，说好的300块，高胖男人说身上没带那么多钱，押了一张身份证，说是第二天把钱送来，郑莉莎答应了。结果左等右等，人也没来，最后发现身份证是假的。

"你这个骗子！"郑莉莎指着高胖男人，"钱是小事，信用为大，就你这样的人还做什么生意！"

高胖男人低下头去，这时刚才的小胖子从里屋跑出来，指着郑莉莎嚷："不许你骂我爸！"

郑莉莎这才弄明白，原来小胖子是这个高胖男人的儿子。

"我说这孩子怎么那么不争气，原来跟家教有关！知道你儿子在外面做了怎样的坏事吗？"郑莉莎越说越气，"本来以为只有孩子坏，没想到根本就是父母没能力教育！"

就在郑莉莎指责高胖男人时，小胖子趁她不备，突然冲上前来，将她一把推倒在地。妈妈团其他人愣了，有的上前扶郑莉莎，有的跑上来跟小胖子父子对峙。

"上梁不正下梁歪，这孩子怎么能打人呢？"郑茉莉上前护住姐姐，指着小胖子，"你别过来！"

叶青和艾小云也跟上来，盯着这父子俩。小胖子下意识地后退，拉拉高胖男人的衣襟，高胖男人求饶："现在没钱，等有钱再还恁，看中不？"

郑莉莎走到他身后，伸手拉小胖子，"今天找的不是你，是他。"

小胖子人胖，身体却灵活，趁郑莉莎没抓稳之际，"哧溜"一下逃脱了。

郑莉莎再抓，妈妈团其他人也帮忙，一行人重新围追堵截。这时屋里出来一个偏老的中年妇女，满脸沧桑，像经过风吹日晒生出裂痕的黄豆。看到众人在追赶自己儿子，她上前护住小胖子，跟郑莉莎对峙："凭啥欺负俺儿？他犯啥事了？"

郑莉莎靠近中年妇女，发现她嘴角有淤青，眼睛也肿得红通通的，下意识地停下脚步。可是没等她发问，高胖男人又冲上来，伸手就冲中年妇女身上打去，不偏不倚打在中年妇女的脸上。

"啪！"

这一巴掌打得众人都愣了。

"没恁事，跟着瞎掺和啥。滚回屋里去！"高胖男人对中年妇女吼。中年妇女吓得拉着儿子退回屋里。

"你怎么打人呢？"郑茉莉上前拉住高胖男人。

"她是俺老婆，咋不能打？"

"你这人怎么这样？"艾小云忍不住，"欺负妇女儿童是犯法的！"

高胖男人跟妈妈团成员争辩的时候，小胖子却不见了踪影。郑莉莎着急想进屋查看,却被中年妇女拦在屋外。这时,废品站外响起了警笛声。

叶青选择了报警,"我怕不安全。"

本来妈妈们以为,警察来了,事情就好解决了,却不料在警察破门而入之前,高胖男人突然像酒醒了一样,和中年妇女一起冲进里屋,再没出来。

等到警察进屋查看时,发现屋子其实是前后贯通的,里屋通着后门,一家人早跑了。

郑莉莎拖着疲惫的身体回到家,整个人瘫在沙发上。

王得水倒了水,递过来,"一整天不见人影,回来浑身脏兮兮的,这是去哪了?"

郑莉莎下意识地指了指王可儿的房间,王得水点头,"早回来了,写作业呢。倒是你,这么晚回来,到底干吗去了?"

郑莉莎摆摆手,示意王得水不要吵自己。王得水不放心,走了两步,重新回来坐下,看着郑莉莎。

这是夫妻间的默契,一方不甘心时,哪怕不说话,另一方也能感应得到。王得水用目光告诉郑莉莎,一点消息也不透露给他,他是不会轻易离开的。

"算了,跟你简单说说吧。"郑莉莎从沙发上坐起身来,"我今天去抓三个嫌疑犯中的一个,本来人已经找到了,差一点就抓住了,结果又跑了。而且我还遇上了一件稀奇事。知道那嫌疑人的父母是谁吗?就是前两天来咱家收冰箱不给钱,还押了一张假身份证的那个骗子!我说为什么能把孩子教育成嫌疑犯呢,上梁不正下梁歪!我和茉莉她们今天可算是教训他了,追着他满院子跑,可惜又让他给逃了……"

王得水很吃惊,"这事你还在调查?你不知道可儿她不希望你再继续追查吗?"

郑莉莎不理会,"她不希望我做的事情多了,我为什么要听她的?再说我是她妈,关心她有什么不对?哪像你,一点用也没有。"

王得水最恨郑莉莎说自己没用,夫妻间的每次争执,最后都能终结在这句话上。他不想再问,也不想再听,起身想回卧室,刚转身,却被身后的王可儿吓了一跳。

王可儿站在他们身后,早已经把刚才的话听了去。

"可儿,作业写完了吗?"王得水上前想拉王可儿离开,却被王可儿甩开。

"刚才你说什么?你去找他们了?"王可儿质问郑莉莎,"为什么?你不是答应我,以后不再管那件事了吗?"

"为什么?"郑莉莎一脸坚定,"为真相!"

"我告诉过你,根本没有你想要的真相,能不能遵守咱们之间的约定,不要再查了!"王可儿几近咆哮。

没想到女儿会如此愤怒,不关心自己是否有危险也罢了,还如此对待自己,郑莉莎寸步不让,"我的字典里,从来没有'放弃'二字。"

"你不可理喻!"王可儿愤怒,"言而无信,我不想再理你了!"

王可儿说完,转身回自己房间。郑莉莎不甘心地在身后喊:"错的又不是我,你冲我发什么脾气?"

"一切全是你的错!"王可儿头也不回地关上房门。

郑莉莎头疼地揉揉太阳穴,"怎么就成了我的错?"回头看王得水一脸吃惊的表情,"喂,你死人啊?不知道替我说句话?你说,是我不可理喻还是她不可理喻?"

王得水看看郑莉莎,再看看女儿的房门,一脸无奈地摇头。

早上，王可儿起得晚，郑莉莎坐在餐桌旁等她。

王可儿从房间出来，看到郑莉莎，并不说话，倒把郑莉莎给逼急了，"十点上课，你九点半起床。妈妈再提醒你一遍，那可是本市最好的钢琴老师，没有她，你九级别想过。"

"我压根就没想考。"王可儿不客气地回敬。

"你这孩子！"郑莉莎急了，"你从7岁开始学琴，坚持了这么多年，马上就是收获的季节，怎么能半途而废？"

"不想考，没有为什么。"

"可是你明明答应过妈妈，要考级，要好好学的。"

"答应的事也可以反悔。"王可儿意有所指。

郑莉莎这才明白过来，其实王可儿是在为昨天的事较劲。

"你这孩子怎么这么不懂事？"郑莉莎不能不气，"那天苦口婆心劝你，都白劝了是不是？你以为学这点本事是为妈妈学的？知识学到你脑子里，妈妈得到的只是一堆账单和你没完没了的抱怨！"

"那我更不能浪费你的钱。"王可儿摆出一副坚决不去的样子。

郑莉莎急了，"王可儿，你到底想干吗？"

王可儿盯着郑莉莎不说话，目光里却全是挑衅，郑莉莎明白，这是想跟自己做交易。

果然，王可儿主动提了出来，"想让我去练琴，可以，你放弃追查那件事，我保证过九。"

眼前的小脸上满是倔强，郑莉莎一时之间有些分不清，究竟是自己在掌控王可儿，还是王可儿已经学会了掌控她。

"好，成交。"郑莉莎不得不服软，"给你10分钟，洗脸，刷牙，快！"

郑莉莎把王可儿送到钢琴培训班,尽管路上王可儿重申,"不许耍赖",她也始终点头,但车掉头时,她还是没控制住,一路开往昨天去过的废品站。

废品站显得格外安静,没有人来做买卖,连路过的人都没有。

郑莉莎想想昨天的情形,有些害怕,却还是说服自己勇敢地推门进去。

院子里,依然安静。

昨天的场景,一切没变,只是没了人声。

郑莉莎以为,昨天跑掉的一家三口还没回来,可是当她试探着走进里屋时,立时明白了,这一家三口不仅回来过,还拿走了他们的衣服被褥、锅碗瓢盆。

也就是说,这一家三口,跑了。

小胖子嫌疑人不见了。

这个发现让郑莉莎莫名颓废,就像风筝断了线。不过,尽管她不知道接下来从哪儿下手,却依然不想放弃。她越来越渴望赶紧去揭开内心的谜团,只是眼下这情形,该何去何从?

不知道该何去何从的,还有叶青。

自从发生了"麻烦事件"和"鲜花事件"之后,她明显感觉卫勇对自己冷淡了,夫妻间不再像从前那般亲密,总像隔着什么似的。深知大错在自己,叶青决定向卫勇靠拢,以便修复夫妻关系。

回想当初恋爱时,卫勇看中的是自己的外表,常夸她"美丽性感",叶青便有了主意。她趁两个孩子午睡时,跑出去买了一件性感睡衣。本想回来做个面膜,补补妆,在卫勇晚上下班之前收拾好自己,不料,化完妆的她被自己的漂亮惊艳到了,迫不及待地拿出新款睡衣试穿了起来。

睡衣是吊带的，半裸露半遮掩，黑纱细软，衬托出叶青完美的身材。就在她独自欣赏镜中的自己时，房间门突然被打开了。

卫查理一脸错愕地站在门外。

"啊！"

叶青和卫查理几乎同时尖叫出声，惹得杜梓薇赶紧跑过来看。

"妈妈，你这穿的什么呀？"杜梓薇也是一脸惊讶。

叶青尴尬地想找衣服遮挡身体，越忙越慌乱，最后只能随手拿了一件盖住上半身，正想着如何跟卫查理解释时，却听到对方说："叶青，你身材很正，就是选衣服的眼光有点问题。"

"有问题吗？"叶青被说得不自信起来。

"品位差了些。"

叶青更尴尬了，"你这孩子，进门之前怎么不敲门？"

"敲了，你没听到，我以为你不在，所以想进来看看，结果……"

杜梓薇看一眼卫查理，发现他一直在盯着叶青看，连忙伸手上前蒙住他的眼睛，回头责备叶青："妈妈，大白天穿成这样，丢不丢人？"

叶青赧颜，想将两个孩子请出房间，卫查理伸手拦下来，"我还有事没说呢。"

"什么事？"

"我爸刚才打电话，说他晚上加班，不回来了，让我转告你。"

"知道了。"叶青用力地将两个孩子推出房门。关上门后，叶青却无力到虚脱，白忙活一场，卫勇不回来，却让卫查理撞上，这样的尴尬生活，究竟何时是个头？

生活就像一团乱麻，理不出头绪的还有艾小云。

一年一度的小学春季运动会隆重举行，她本想着趁此机会跟米爱拉近关系，不料米爱却有意避开她，拿着彩球去给比赛的同学加油了。

啦啦队里，米爱因为占了一个迟到男同学的位置，被对方一把推开。米爱差点跌到地上，她回过身来责备男同学："你弄疼我了！"

"谁让你占我的位子。"

"你又没来，难不成还让它空着吗？"

"那也不行！"男同学不讲理，块头又大，上前指着最边上的位置，"你，去那！"

"凭什么？这不是有空位子吗？"

"那是给我爸爸留着看比赛的！"男同学很霸道，"有本事让你爸爸也来呀！"

米爱委屈，站着不动，男同学上前推米爱。几个同学劝不住，有的跑去报告老师，有的跑去找林小峰。

听说米爱被同学欺负，正在场上准备铅球比赛的林小峰不顾比赛，跑出赛场，奔到啦啦队前，二话不说把男同学打倒在地！

男同学从地上爬起来，跟林小峰对打起来，一时间两人从推搡到动手，从站着打到双双滚到地上。看热闹的同学越来越多，米爱急哭了。这时艾小云赶了过来，拉了打架的孩子。

男同学被林小峰打得嘴角出了血，林小峰头上也起了两个包。

势均力敌。

然而，男同学前来观看比赛的家长不乐意了，拉着林小峰就要见家长。艾小云生气，指着米爱让她先给男同学道歉，米爱却哭了，"是他先动的手，我凭什么给他道歉？"

米爱坚持不道歉，林小峰也一样，倔强地不肯低头。男同学家长更加不乐意，直指艾小云，"我家孩子以前总说，班主任偏着自己女儿还有什么干儿子，今天要不是我们亲眼看到，还不定以后被欺负成啥样儿呢。不行，这事我们得找校长！"

艾小云赶紧拦下来，"我道歉。我替孩子向你们道歉，孩子不懂事，咱们坐下来慢慢谈，可以吗？"

在艾小云的劝说下，学生家长终于冷静下来，但提出"林小峰家长必须亲自道歉，还要赔偿医药费"。

艾小云没办法，打电话通知郑茉莉。郑茉莉急脾气，不问青红皂白，出手就打林小峰，一直打到林小峰愿意给男同学道歉为止。可是学生家长依然不解气，盯着米爱。艾小云知道，他们还在等待米爱的道歉。

"米爱，这件事因你而起，你有责任跟人家说声对不起。"

"我没错。"

米爱的坚持引起学生家长冷笑，"都说老师家的孩子更懂礼貌，我看未必。"

艾小云急了，吩咐米爱："听话，快道歉。"

米爱更加倔强，"我说了，我没错！"

"你！"艾小云被气得抬起了手。

巴掌虽然没落下来，却吓坏了米爱，"妈妈……"米爱睁着大大的眼睛，泪光晶莹，"你要打我？"

一旁的郑茉莉看不下去了，她拉开米爱和艾小云，对学生家长说："行了，别为难艾老师，你儿子也有错，有事我来承担，医药费一分不少你的。艾老师可是你儿子的班主任，难不成，你想挑动孩子反抗老师？"

在郑茉莉的软硬兼施下，学生家长不甘心地离开了。

米爱和艾小云原地对峙，郑茉莉上前把艾小云拽走，"这边，咱俩谈谈。"

两人说了没几句话，再回头时，发现米爱不见了。问林小峰，林小峰一脸倔强，摇头说不知道。艾小云急了，扔下一切寻找米爱。

郑茉莉陪着艾小云在学校找了半天，无果，试探着问："米爱会不会去找爸爸了？"

一语惊醒梦中人。

艾小云赶到米大利的住处，却发现门是紧闭的，而大门旁坐着缩成一团的米爱。

"米爱？"艾小云轻轻叫了一声，想靠近，米爱却抗拒地后退，"你怎么跑到这儿来了？跟妈妈回家！"

米爱紧紧握着手里的电话，不回答。

就在艾小云上前想强行抱走米爱的时候，米大利回家了。

米爱第一时间向爸爸控诉："妈妈坏，不让爸爸参加我们的运动会，我要跟着爸爸！"

米大利愣了，"艾小云，我们不是说好，孩子的一切事情都必须相互告知吗？你为什么不告诉我……"

"我凭什么告诉你？"艾小云终于爆发，"再说我告诉你有用吗？孩子打架，等你赶过去处理，黄花菜都凉了！"

听到孩子打架，米大利更急了，"为什么打架？米爱，有没有受伤？"

米爱瞬间委屈得大哭，"同学欺负我，说爸爸不来就是不要我了……"

米大利心疼地抱过米爱，但艾小云却不让他抱，想强行抱着米爱走。两人争夺了两轮，米大利终于把米爱抢了过来。

"艾小云，你再阻止我见女儿，我就收回抚养权和监护权！"

"你敢！"艾小云更加生气，"米爱判给我的那天起，就是我的。我在哪儿，她就在哪儿！"随后伸手指着米爱，"走，跟妈妈回家！"

米爱却站在原地不动,见艾小云上前想拉她,她马上蹿到米大利身边,拉住米大利的手。

"看吧,米爱也选择跟我在一起。艾小云,咱们是得好好谈谈抚养权的问题了。"

米大利的话,米爱的选择,深深地刺激到了艾小云,她不相信,女儿会背叛自己。

"米爱,你告诉妈妈,你想跟着爸爸,还是跟着妈妈?"这是她最后的期望。

米爱却打破了她的期待,"跟着妈妈,妈妈不让我见爸爸;跟着爸爸,我一样可以见妈妈……所以,我选择跟着爸爸。"

孩子的话像一把刀,猝不及防地插到艾小云胸口,她怎么也想不到,小小的米爱竟然会在这种时刻抛弃自己而选择米大利。她心痛得差点站不住,只觉得心上的伤口起了寒风,瞬间冰冻。

"好,你选择爸爸,对不对?"艾小云一字一顿地问米爱,"那以后你就跟着爸爸生活。"

艾小云没有强求米爱,她强迫自己狠下心来转身就走。

一步,两步,步步艰难,心里一百个声音告诉她,不要回头,一个人走。可是还有一千个声音告诉她,别放弃,你不能没有米爱。

就在米大利和米爱盯着艾小云缓缓离开的身影时,艾小云心里的一千个声音终于让她不再理智,她以最快的速度回身,趁米大利反应过来之前,抱起米爱拔腿就跑。

米大利追了两步,又停下,他看着艾小云的背影,内心突然涌起无限悲哀。

第十四章　反侦团之二胎事件

艾小云用了整整一天的时间跟米爱沟通。

"妈妈比任何人都爱你,怎么舍得把你给别人?"

"可他是我爸爸。"

"妈妈答应你,以后安排时间让你去见爸爸,但你也要答应妈妈,不能再做伤妈妈心的事。"

"你为什么要伤心?我只是跟着爸爸,又不是不要你。"

"可是在妈妈看来,你选择了爸爸,就是放弃了妈妈。"

"……"米爱睁着大眼睛,"真的吗?可是可儿姐姐说,跟着爸爸一样可以见妈妈的。"

"是王可儿给你出的主意,对不对?"

"我不能出卖姐姐。"

艾小云这才明白过来,以米爱的年纪,她怎么可能想得出更换监护人这种招数?可是为了缓和跟米爱的关系,她不得不先软下来。

"米爱,跟妈妈做个约定吧。我不怪罪王可儿给你出主意,你也别怪妈妈,以后妈妈会在固定时间送你去见爸爸,咱们讲和,好吗?"

米爱犹豫了一下,伸出了小手指,跟妈妈拉钩,"如果妈妈反悔,那我就真的跟着爸爸。"

"妈妈答应你。"

"那我现在就打电话跟爸爸说。"

米爱的偏执让艾小云不高兴,却又不得不照做,她拿起电话打给米大利。

米大利失联了。

他在艾小云猝不及防的时候,连换手机号这种事都拒绝告诉她。

可是艾小云又想不明白,刚刚还在跟自己争抚养权的人,怎么转眼就联络不上了?

艾小云百思不得其解,却又不得不安慰米爱:"你爸爸太忙,回头再打给他,好吗?"

米爱一脸怀疑,"真的吗?"

艾小云不得不点头,"真的。刚才妈妈打电话,你不是看到了吗?"

米爱不放心,却又不得不选择相信妈妈,样子着实委屈。为了转移她的注意力,艾小云提议:"今天林小峰为你跟别人打架,还受了伤,我们是不是应该去探望一下他?"

郑茉莉打完林小峰,也不是不心疼,只是想到自己曾经也是这里的老师,如果被学生家长误会自己拉拢艾小云偏心自己儿子,那就太对不起艾小云了,所以不得不出重手,就算打给学生家长看,也要把这出戏演出来。

"你呀,刚才下手太重,拦都拦不住,其实这件事真不是小峰的错。"艾小云心疼地查看林小峰的屁股,刚摸上去,林小峰便疼得叫了起来:"哎哟,哎哟!"

郑茉莉上前想摸一下,林小峰马上拒绝地跑开,米爱赶紧追上去。

"男孩子，打几下也没事。瞧，还能跑，不是吗？"郑茉莉笑着安慰艾小云，"我怕的是连累你，那个学生家长一看就是护犊子的主儿，要是她儿子吃亏，还不满世界嚷嚷你偏心？不能让小峰影响了你。"

艾小云感激地笑了笑，满脸惆怅。

"怎么了？"郑茉莉关切地问。

"米大利跟我断联了，手机号成了空号。"

"哦……是他想开了，还是要放弃？"郑茉莉懒得分析，劝艾小云，"管他呢，反正离婚了，他不再纠缠你跟米爱，这是好事呀，你也该开始自己的新生活了。"

"新生活？"艾小云不明所以，"你什么意思？"

"你是真傻还是假傻？"郑茉莉笑，"总不能因为米爱就一直一个人吧？新生活当然是指新的爱情和新的婚姻喽。我跟你说，其实我早就开始给你物色新的对象了，别说，你还挺有市场呢。同行，小老板，公务员，你说，你想找啥样的，我都可以给你介绍……"

郑茉莉说这番话的时候，米爱正好走过来，她听到后，一脸不痛快，转身告诉艾小云要回家。

林小峰不明所以，跟上来，"米爱，不是说好叫上妈妈一起吃饭吗？你干吗走呢？"

米爱站定，看一眼林小峰，刚才还是疼惜的目光，如今却满是敌意。

"你……怎么了？"林小峰被米爱的眼神吓住了。

"你妈妈要是敢给我妈妈介绍新生活，我就跟你绝交！"米爱扔下一句话，不理会林小峰，打开门一个人走了，艾小云赶紧跟出去。

林小峰一脸无辜，想追上去，却发现屁股疼得根本跑不起来。郑茉莉好心上前搀扶，反被林小峰一把推开，"不用你管！"

郑茉莉讨好林小峰，林小峰却不理会她。

"小峰，你听妈妈说，在那种情况下，妈妈只能批评你，知道为什么吗？"

"知道。"林小峰一脸委屈，"你是老师，你得以身作则，你只能冤枉我，委屈我。"

郑茉莉本来还算满意林小峰的回答，不料接下来林小峰的问话却让她无力应对。

"那么妈妈，我可以选择不当你的儿子吗？那样你就不为难了，我也不必委屈。"

郑茉莉被问愣了，她没想到，自己时刻想把儿子培养成男子汉，希望他上进，懂事，有担当，只想让他成长得更快更强，却不承想，费尽心思，换来的竟然是儿子不想有自己这样的妈妈。

"小峰，你真的觉得当妈妈的儿子很委屈吗？"郑茉莉心里有一种说不出来的滋味，想跟儿子探讨，却不料，林小峰拒绝跟她探讨。

"我好像没有选择的权利。"林小峰小大人儿一般，表情肃穆地走回自己的房间。

郑茉莉呆在原地，突然觉得犯错的那个人是自己。

林小峰回了房间，将门关上，坐在床头叹气，想起米爱跟自己生气的那一幕，他觉得很心疼，便打电话呼叫王可儿。

"姐，你在吗？"

"恢复人身自由了？又可以打电话了？"王可儿很快接起来。

"这是留给我的紧急电话，只限于接打电话功能。好了，不是为了说这个的，姐，我有个问题想问问你。是不是所有离婚家庭里的孩子，都不希望自己爸爸妈妈重新开始新生活？"

"当然啊，谁不希望爸爸妈妈和自己永远在一起呢。"

"那我明白了，今天是我妈妈做错了，难怪米爱会生气。"林小峰把运动会上发生的一切告诉了王可儿，"我想让米爱开心，不希望她不理我，我该怎么办？"

"好办，咱们可以帮米爱把爸爸重新夺回来！"

"可是……"想起过去的失败，林小峰有些不自信，"我们也不是没努力过，败得一塌糊涂，能行吗？"

"你们败得一塌糊涂，那是没遇上我呀。有我加入，保证稳赢！"

王可儿的承诺点燃了林小峰的希望，他想马上把这个好消息告诉米爱，可是电话打了很久，米爱就是不接。林小峰并不气馁，放下电话，自言自语："等着吧，米爱，我一定帮你报仇。"

睡衣事件之后，叶青和卫查理之间的相处总有些不融洽，叶青会下意识地躲着卫查理，自然察觉不出他的变化。而卫勇除了加班，便是一副"让孩子自己成长"的样子。所以卫查理情绪上的低落，叶青夫妻二人都没能察觉，倒是杜梓薇感觉出了不一样。

早上，卫查理本来能吃两个荷包蛋的，却只肯吃一个，牛奶也只喝了半杯，就连走路去学校时也低着头，还差点拐错胡同。上课时，他常常失神，连老师点名都听不到。

放学后，两人一起回家，卫查理也不像往常那样叽叽喳喳地追赶杜梓薇，一副心事重重的样子，闷声不响。

"卫查理，你给我站住。"杜梓薇叫住了卫查理。

卫查理回头，一副失神的样子，"什么？"

"应该我问你，你这两天到底怎么了？没精打采的样子，好像谁欠了你两百块钱似的。"

"没有人欠我的钱,不是因为这个。"

"我就是打个比方……"杜梓薇头痛,"跟个老外还真说不清楚。我的意思是,你为什么不高兴,这个能听懂吗?"

显然,卫查理能听懂,更显然,他不想回答这个问题。

卫查理不理杜梓薇,转身继续往前走,没走两步,差点撞到电线杆上。

"卫查理,你掉东西啦!"杜梓薇追上来。

正盯着电线杆发愣的卫查理来不及想,回头问:"什么?我掉了什么?"

"你掉魂儿了!"杜梓薇一语道破,"瞧瞧你,食不下咽,走路也不看,不是掉魂儿是什么?说说吧,你到底怎么了?"

卫查理低头不语,跟以往开朗的样子完全不同。

"好,你不说也可以,我先告诉老师,然后再告诉卫叔。"杜梓薇说完,往前走去。

卫查理急了,追上来,"我自己的隐私,你凭什么告诉别人?"

"不告诉他们也行,你得告诉我。"杜梓薇逼卫查理,"你想清楚,是让更多人知道你的隐私呢,还是只让我一个人知道?"

卫查理无奈地摇头,"好吧,怕你了,其实也不是什么大事,就是……失恋了。"

杜梓薇听到"失恋"这个词,第一反应想笑,却发现卫查理一脸严肃,不像开玩笑,只好忍住。

"跟你美国的女朋友分手了?"

卫查理点了点头。

"快说说,是你提出来的,还是她先劈的腿?"

杜梓薇一脸八卦的样子，卫查理显然不喜欢，转身要走，却被杜梓薇拉住，"好啦，逗你的。这样吧，看在你失恋的份上，我请你吃好吃的，然后再去看电影。怎么样？"

"还不如K歌呢。"卫查理反对，"发泄情绪，最好就是吼出来。"

"好，那就唱歌！"

两人一前一后进了邻近娱乐城的K歌小屋。两人戴上耳机，飙着高音，尽管都不在调上，却疯狂地唱呀闹呀，卫查理终于笑了。

从K歌小屋出来，杜梓薇关切地问："怎么样？"

卫查理突然向她伸出手，"谢谢你，我的朋友。"

看到卫查理突然伸过来的手，杜梓薇竟然有些不好意思，记忆中，这是两个人第一次握手，也是卫查理第一次称呼她为朋友。

两双稚嫩的手，终于握在了一起。

早上，郑茉莉好不容易早起，本想给儿子做份早餐，刚进客厅就被吓着了。抱枕，衣服，玩具，一地凌乱，就连垃圾箱好像都被翻过，整个客厅惨不忍睹。

"小峰！"下意识地，郑茉莉以为家里遭贼了，第一时间跑进林小峰房间查看。

房间没人，竟然也是一地凌乱，床上的被子都被踢到了地板上，书桌上的书也被扔得满地都是。

"小峰，你在哪儿？"郑茉莉吓得差点哭出来，她急切地寻找，急切地摸索着手机。就在她绝望得想报警的时候，林小峰从小卫生间出来了，头上顶着睡成鸡窝的头发。

郑茉莉吓得扔掉手机，上前抱起儿子，"小峰，你没事吧？"

林小峰点点头。

郑茉莉这才想起打电话,她捡起手机,拨打110,"喂,110吗?我们家昨晚遭遇……遭小偷……"当她刚要说地址时,林小峰赶紧上前抢下手机。

"妈妈,没有小偷,这都是我弄的!"

郑茉莉惊讶地收了电话,"你说什么?"等弄明白真是林小峰所为时,她忍不住火了,"你这孩子,大早上作什么妖呢,把家弄得这么乱,你让妈妈怎么办?"

"收拾呀,妈妈有活干,闲不下来,多好。"林小峰避开满地的凌乱,返回自己房间,"我可以自己穿衣服,自己去学校。妈妈,你就留在家里收拾吧。"

郑茉莉有些不理解儿子的行为,但是当她看到林小峰当真自己洗漱并穿好衣服之后,再看看凌乱的屋子,马上有了新主意。

"小峰,你想要零用钱吗?"

林小峰第一时间回过头来,惊喜极了,"可以给零用钱了吗?"

"零用钱可以给你,但你必须先帮妈妈做家务。"郑茉莉指着一地凌乱,"收拾了这些东西,我就给你零用钱,怎么样?"

"收拾东西……"林小峰犹豫着。

"对呀,咱们按时计费。"郑茉莉继续引导,"一小时20块钱,怎么样?"

林小峰摇头。

"那就40?"

林小峰犹豫了,却再次摇头。

"好,80!"

林小峰不说话,也不点头。

"怎么,你把自己当金牌钟点工,还想再翻一番?"郑茉莉有些不满,"本来就是你弄乱的,你收拾理所当然,给你零花钱已经算是开恩了,别跟妈妈得寸进尺。"

在郑茉莉看来,儿子不点头是因为钱少,却并不知道,林小峰犹豫是为了米爱。他想要零花钱,却更希望米爱不要生气。他想用满屋子的凌乱牵扯妈妈的注意力,让她忙到没有时间去帮米爱的妈妈"开始新生活"。

所以,最后的最后,郑茉莉得到的回答依然是摇头。

"这孩子,零花钱都不要,这是怎么了?"郑茉莉感觉自己越来越看不透儿子。

许慕生日那天,她拉着王可儿去酒吧。

王可儿起初是挣扎的,可是许慕却笑话她:"长这么大,你一定没进过酒吧,out了吧?人生重在体验,连酒吧都不敢去,算什么人生?"

"可我们毕竟是学生。"王可儿犹豫着。

"我们是学生不假,但你是好学生,我是坏学生。"许慕情绪不高,"所以你不能去酒吧,我就能去!反正没人管我。算了,我一个人去!"

许慕有些生气,王可儿担心,只好追上来,"行,你生日,你老大,听你的。"

两人一前一后进了酒吧。虽是傍晚,夜色初上,酒吧里却早已是人声鼎沸。许慕熟练地点了酒和果盘,看得王可儿一愣一愣的。

"你不会总一个人来这儿吧?"

"我又不是只有你一个朋友。"

"许慕……"王可儿从包里拿出生日礼物递上去,"你也知道我没钱，不能买贵重的东西。这是我用压岁钱买的礼物，别嫌弃，生日快乐。"

许慕打开礼盒，里面是一只音乐盒，音乐响起时，会跳舞的两个娃娃瞬间起舞。

许慕看了，只是抿抿嘴唇，却怎么也笑不出来。

"你不喜欢？"王可儿一脸担心地问。

"不是。"许慕喝了一口酒，"这上面为什么是两个娃娃呀？要是一个就好了。"

"有个伴儿，多好。"

"算了吧，对于大人来说，生俩孩子必须舍弃一个；对于咱们来说，有了弟弟妹妹，你就是被放弃的那一个。"

许慕向王可儿说起自己在深圳打拼的父母，"他们自从生了二胎以后，更加不理我，以前还会打电话催着我学习，睡觉，吃饭，现在一个礼拜只打一两次电话，说不上两句，不是老二哭了，就是老二要睡了，眼里全是老二，哪儿还有我这个老大！"

"你是说，他们有了二胎以后，对咱们就不关心了吗？"

"你以为呢？"许慕控诉自己的父母，"关心少了，就连零用钱也给得少了，说是有了老二消费多了，做老大的得懂节省！"

王可儿听了，一脸同情，甚至突然觉得，父母不生二胎，是为了多爱自己一些。

然而，她并不知道，此时郑莉莎正发疯似的找她呢。

手机里的跟踪软件失灵了。

郑莉莎本以为是软件坏了，重新下载，却发现王可儿的手机密码已更改，她的第一反应是被发现了，但很快否决，"我这么高的水平，她怎么可能发现？"她怕王得水背地使坏，审问了半天。王得水始终不承认,郑莉莎就急了,"那你说,这么晚了,联络不上,又跟踪不了,她到底去哪儿了?"

此时,王可儿和许慕正喝得高兴,酒吧里人越来越多,嘈杂声四起,她听不到郑莉莎打来的电话,耳边只有许慕对父母的控诉声。

"我逃学,想引起他们的重视,可他们只是在电话里简单地说我几句,就没事了。我辍学,本以为他们会回来陪我,哪怕是押着我回学校,我也觉得很幸福,起码重视我,可是没有,他们连回来都没有回来过!"

许慕的遭遇让王可儿同情,"也许他们在深圳的工作走不开呢。"

"工作比我重要,是吗?"许慕指着王可儿,"那你呢?你妈妈为什么可以为了你请假,接你上下学,还要陪着你练琴?"

王可儿被问愣了。这些在她看来曾经是那么令人心烦,她多么希望自己能自由一回,然而面对许慕才发现,原来被妈妈管着,竟成了一件令人羡慕的事。

王可儿回家时,满嘴酒气,时针指向晚上9点。

郑莉莎坐在客厅里等待,着急,生气,只差报警,王可儿进门那一刻,她终于忍不住了,"你怎么就不学好呢?妈妈告诉过你,离那些坏孩子、差生远点,再远点,你怎么就不听呢?"

郑莉莎生气的样子让王可儿瞬间觉得陌生,本来回来的路上她还在心里问自己,是不是该缓和跟妈妈的关系了?眼下看来,缓和不了。她索性不理。

王可儿想回房间,郑莉莎跟上来,"以后离许慕远点!"

王可儿依然不理她。郑莉莎气急败坏正要发作,王得水上前拉住了她,小声地在她耳边嘀咕:"还是说说明天姥姥寿宴的事吧。"

一语惊醒梦中人，郑莉莎瞬间熄火，不甘心，却又不得不休战，走到王可儿房门前，"明天姥姥七十大寿，不跟你计较，早点休息。"

姥姥的七十大寿，成为郑家头等大事。

林峰为此特意从出差的城市跑回来。这一次他刚谈了个大单，把收益全部带了回来，满满半箱子的钱，看得郑茉莉眼花缭乱。

"带着真金白银回来，跟我炫耀呢？"她心里高兴，嘴上依然不饶人，"我是差钱的人吗？我更希望你能多陪陪我。"

"表表忠心。"林峰讨好地说，"我在外面挣钱，你在家里花钱，还有儿子陪着你，多好。"

提起林小峰，郑茉莉收起笑脸，"得了吧，就你那个好儿子，不气我才怪。"

把"运动会上事件"和"一地凌乱事件"说给林峰听之后，郑茉莉无限感慨，"说真的，过去听人说，儿子不如女儿，女儿听话，贴心，我还不信，现在想想，儿子就是惹气的东西，天天让人生气，真不如生个女儿好，你看人家米爱，说话总是轻声细语的……"

"女儿是好，可咱们天生儿子命，认了吧。再说，你对小峰要求是不是太严苛了？"

"富养闺女穷养儿，从小不对他严点，长大后专门惹是生非怎么办？"

"好，好，你比我懂。你教育儿子，我放心。"林峰说着从箱子里拿出一套黄金首饰，"这个送给咱妈当生日礼物，大不大气？够不够面？"

林峰虽然忙，但对家，对孩子和老人还是相当用心的，这一点让郑茉莉无可挑剔，甚至满心感激，她忍不住上前给了林峰一个吻，

"老公，你真好。"

"老婆，回来的路上，我看到好几对夫妻都带着俩孩子，拉着大的，抱着小的，一家四口很幸福的样子，现在国家提倡生二胎，咱们是不是也该考虑一下？"

这个问题如果林峰以往提出来，郑茉莉一定会狠狠地骂回去："不用你生，不用你疼，是不是？"而现在她却觉得，再生一个女儿也是不错的选择。

"我也觉得有必要生个二胎，最好是女儿，听话又漂亮。"

夫妻二人在客厅你侬我侬的时候，睡醒了的林小峰从门缝里把这些话全听了去。

想到爸爸妈妈要生二胎，林小峰的第一个念头就是："他们不要我了，不爱我了，我该怎么办？"

姥姥七十大寿，郑家姐妹共同出资在酒店摆宴，大人们谈大人之间的事，林小峰把王可儿拉到一旁，像见到了救星。

"姐，你帮我跟妈妈说说，把我的微信功能给开通了吧，不然说事也不方便。"

"又想上网？是不是又偷会女主播？"

"姐，总揭人伤疤是小人所为，有急事要跟你说。"林小峰一脸着急，"我爸我妈商量好要生二胎啦！他们不要我了，怎么办？"

"生二胎就生二胎，怎么会不要你了呢？"王可儿不以为然。

"姐，你是真傻还是装傻？"林小峰更加着急，"我们班吴丽丽，她爸妈二胎生了个儿子，马上不管她了。过去她穿名牌，现在一年都不给她买一件新衣服，零花钱一分也没有，家长会妈妈都要抱着二胎来参加，可惨了！"

王可儿突然沉默了。

从许慕到林小峰，说起二胎这回事，好像都是有了小的，不管大的，二胎这件事让她若有所思起来。

"小峰，其实我觉得，生个二胎也挺好的，有了老二，爸爸妈妈对老大就没那么看重，不会管着你，约束你，你就可以有更多的自由啊。"

"傻姐姐，你是二次元世界的人吗？"林小峰不满，"要个老二干啥？好吃的要分，零用钱要分，玩具也要分，以后连房间都要跟你争，有意思吗？"

林小峰越想越悲哀，而王可儿却越听越有兴致，"有意思，绝对有意思！"

林小峰盯着王可儿，不明白她到底在想什么，"姐，你今天出门带智商了吗？"

王可儿反手打林小峰的脑袋，"去！没大没小！"

郑莉莎没想到王可儿会主动跟自己和好。

从寿宴回来，王可儿主动给郑莉莎和王得水各倒了一杯水，递给郑莉莎时，还特意叫了一声："妈。"

郑莉莎极为受用，又极为感动，以为是寿宴打动了王可儿，让她意识到父母也有老的那天，却不料，王可儿接着提出了一个问题，让她措手不及。

"妈，我能用一下你的手机吗？"

郑莉莎本能地抗拒，因为手机上还有她监控王可儿手机的软件没来得及删。

王可儿伸过来的手瞬间又缩了回去，"算了，反正我的手机也安全了,还是用我自己的吧。"

"你的手机本来就是安全的,为什么不能用呢?"郑莉莎心虚。

"也对,有妈妈在,我的手机肯定安全。谁敢做黑客,谁就颤抖去吧。"王可儿看似在微笑,实则步步逼人。

郑莉莎的心还当真颤抖了一下。

回想昨晚软件失灵一事,郑莉莎知道自己做的一切暴露了,王可儿已经知道了跟踪软件的事。

可是,做妈妈的要向女儿认错道歉吗?她犹豫着,而王可儿却一直微笑着。

完全是一出智斗戏。

还好,王可儿没有坚持要真相,只是冲着她微笑,眼角上扬,笑容里全是胜利的意味,郑莉莎竟然不敢直视。

这时,王可儿说出了一句让她更加诧异的话。

"妈,你给我生个弟弟或者妹妹吧!"

第十五章　满满一桶水和点燃一把火

郑莉莎完全被王可儿吓傻了。

突然示好,突然提出要个弟弟妹妹,她不明白王可儿心里到底在想什么。

"为什么?"

"我想有个伴儿,国家又提倡生二胎,这也是你做公民的责任啊。"王可儿说完,回了自己房间,倒把郑莉莎说愣了。

回到卧室,她依然惊魂未定,做间谍被人识破却并不点破的滋味让人发疯,她拉着王得水不停地逼问:"监控软件的事,真的不是你告诉可儿的?那她为什么会破解,还拿这个事来跟我做交易?好吧,交易也算了,为什么黑不提,白不提,偏偏提什么生二胎?"

王得水看着焦虑的郑莉莎,不得不安慰:"也许对可儿来说,这本就不是什么大事。人家孩子心大,不跟你计较,以后你注意点就是了。"

"我也想心大,可我的心大得起来吗?"

郑莉莎想再提旧事,被王得水拦下来,"行了,刚跟女儿有修好的可能,再提那些破事,怕又要吵了。"

一语惊醒梦中人。

郑莉莎觉得,女儿为何不追究,甚至为何让自己生二胎,这都不是重要的,最重要的是和好了,且还是主动跟自己和好,她必须把握住这次机会,彻底拿住女儿的心。

郑莉莎想靠近王可儿,却不知从何下手时,倒是王可儿主动向她抛出了橄榄枝,一大早起来主动帮她打扫房间,地板拖得亮洁如新,桌椅更是一尘不染。

正当她猜不透王可儿到底在想什么时,王可儿主动向她靠拢了,"妈,今天咱们出去逛街吧,我知道一家新开的小吃店,特别好,要不要去尝尝?"

王可儿的热情让郑莉莎不知如何回应,她隐约觉得,一个人改变过大的背后一定有原因。在没弄清楚原因之前,她不敢贸然靠得太近。

见郑莉莎一直不回答,王可儿不高兴了,"算了,不去拉倒,我约……"

"去,我去。"没等她说完,郑莉莎赶紧抢答,"我刚才在想吃点什么。"

王可儿莞尔,"好,出发吧。"

母女二人各怀心思,一起出门,逛街,吃饭,一路下来倒是看不出异常。郑莉莎这才放下心来。但当王可儿拉着她走进商场,指着一堆堆的婴儿衣服让她看的时候,她才明白过来,还是昨天的话题。

"妈妈,你看这些小孩子的衣服,多可爱。"

"妈妈,你要是再生一个的话,我以后可以帮你带孩子哦。"

"妈妈,要不要提前买点婴儿用品?"

"妈妈,你打算什么时候给我生个弟弟或妹妹?"

……

王可儿拿着一件又一件衣服，不断地询问二胎的事，郑莉莎迅速在脑海里盘算，算准了王可儿是故意转移自己的注意力，所谓二胎只是借口，她只是不希望自己被过多管束。

　　知女莫如母，更何况，郑莉莎何其聪明。

　　"好，等你钢琴过九之后，我就考虑生一个。"

　　王可儿听了，脸色立即黯淡下来，小声地嘀咕："妈妈，这事不带讨价还价的。生二胎对你们来说是好事，将来可以给你们养老，跟我有什么关系？"

　　郑莉莎拍拍女儿，"所以呀，你那么热情地张罗，是为了什么呢？"

　　王可儿意识到，自己的小把戏已经被妈妈看穿，有些不甘心，"我好多同学的妈妈都生二胎或准备生了，将来他们都有弟弟妹妹，我也想要一个嘛。"

　　"这是跟我玩赌约吗？"猜透女儿心事的郑莉莎终于笑了，"妈妈刚才说了，你钢琴过九级以后，这事可以商量。"

　　王可儿听了，不由得气馁，却不想妥协，"赌约就赌约，钢琴考级，我说过就能过！二胎呢？你说生一定能生吗？"

　　郑莉莎看着女儿，没来由地乐，不点头也不摇头。

　　生二胎对于郑莉莎来说，是场闹剧，但对于郑茉莉来说，却是件大事。

　　特别是给母亲过完七十大寿之后，郑茉莉越发觉得"还是两个孩子好，有事可以商量，共同孝顺父母，还能减轻负担"，最主要的是，她内心无比渴望有个女儿。

　　所以，她趁林峰在家的时候，马不停蹄地游说："生个二胎吧，一个孩子真的不行，孩子受累，咱们也没人照顾。"

林峰不是不动心，"条件允许，我也愿意，只是这事，小峰会不会有想法？"

"他一个毛孩子有什么想法？"郑茉莉不以为然，"你不能太宠着他，男孩子就要有男孩子的养法，现在社会竞争这么激烈，还把他当女孩子一样养，将来是无法立足的。你知道吗？现在流行狼式育儿法。"

"狼式育儿法？"

"针对男孩子的教育方式。必须让他们充满狼性，父母不要给予太多照顾和宠溺，让他们从小就明白凡事必须靠自己。"郑茉莉侃侃而谈，"说真的，我还想在我的培训学校引进这样的教育理念呢……"

正说着话，林峰突然猫起腰来，肚子一阵紧似一阵地疼，他猝不及防，忍不住叫了一声，"哎哟，肚子好疼。"

"怎么回事？是不是昨天吃坏东西了？"郑茉莉一脸着急，"不行上医院查查吧。"

两人着急忙慌地准备上医院，郑茉莉通知林小峰："儿子，你看家啊，我陪你爸爸去医院检查身体。"

林小峰还没来得及答应，郑茉莉已经带着林峰出了门。林小峰百无聊赖，不让上网，只能一个人打开电视。电视里正播放育儿片，主持人说到夫妻生孩子之前必须先到医院例行体检的事，林小峰听了，突然愣了，"例行体检？爸爸妈妈一定是去检查身体，准备生二胎了。"

林小峰惆怅地把电视关了，一个人闷声不响地回了卧室。时间一分一秒地过去，临近中午，郑茉莉和林峰终于回来了。林峰虽被确诊是酒精肝，也吃尽了苦头，但怕儿子担心，临进门前嘱咐郑茉莉：

"别跟儿子说我病了,就说我去做例行体检,别吓着他。"

进了门,林小峰充满期待地跑过来迎接,"爸爸,你没事吧?"

"没事,爸爸就是例行体检。"

本是一句安慰的话,林小峰却记起了电视里说的话,小脸瞬间黯淡下来,默不作声地回到自己房间。郑茉莉喊他吃饭,他也不应答,一个人在房间把玩具装了拆,拆了装,房间里不断地传出玩具对接的"咔咔"声。

林峰吃完饭要休息,郑茉莉怕林小峰在家里吵,跟儿子商量:"跟妈妈去学校好不好?"

林小峰不说话,也不看她,继续拆玩具,一件变形金刚在他手里全拆烂了。林小峰心情不好,将碎零件全部推倒,"哗"的一声,房间里充满玩具被推倒的声音。

"走!"郑茉莉怕影响林峰休息,不再商量,上前拉起林小峰,"正好今天有速算,你也去听听课!"

林小峰似乎没有什么反抗能力,被郑茉莉强行塞进车,又强行塞进速算班。

林小峰一脸不悦,台上老师讲什么,他一句也不听,台下小动作不断,一会儿挠挠这个同学,一会儿向那个同学吹吹口哨,搞得全班都跟着乱了套。老师没办法,请来郑茉莉。郑茉莉二话不说,上前就打林小峰。

林小峰这次很倔强,不哭,也不求饶,直愣愣地站在原地,任妈妈打,也不反抗。

郑茉莉打得感觉自己手都疼了,他依然不掉一滴眼泪。

郑茉莉生气地质问:"你说,还捣乱不捣乱了?你能不能懂点事?"

"对！我就是不懂事，我就是多余的，你跟爸爸生个二胎好了，用不着管我！"林小峰彻底爆发，当着众人面冲着郑茉莉大喊，倒把郑茉莉喊愣了。

孩子的世界，没有对错和是非，只有想和做。

米爱的心里，只想做一件事，寻找爸爸。

王可儿在群里告诉她："现在流行人肉搜索，只要把你爸爸的照片和名字发到网上，很快就会有人告诉你他在哪儿。"

米爱翻拍了米大利的照片，之后按王可儿的指示，在城市论坛上发布了寻找爸爸的帖子。不承想，才半天时间，跟帖，留言，甚至还有人提出要组队帮米爱寻找爸爸。网络的力量太强大了，虽然没有找到爸爸，但米爱的内心却顿时燃起了希望。

米爱的希望，就是艾小云的失望。

当朋友把网页上米爱寻找爸爸的帖子转给艾小云看的时候，艾小云有那么一刻是不能呼吸的。

帖子里的文笔显然并非出自米爱之手，极其尖锐地指出"父母离婚跟孩子无关，做妈妈的没有权力阻止爸爸和孩子见面"，且还悲天悯人地写道："女儿思念爸爸的心情，当妈妈的永远不能体会，不让孩子见爸爸的妈妈是最残忍的……"

艾小云觉得自己快疯了！

曾几何时，她视米爱为一切，甚至可以为她献出生命，可米爱竟然在网络上这样诋毁自己，哪个当妈妈的会不伤心？

但艾小云毕竟是做教育的，她知道追根寻源的道理，她强压怒火，要跟米爱好好谈谈。

"米爱，这帖子是谁帮你写的？"

"我……"米爱不想出卖王可儿,"自己写的。"

"好,且当成是你写的,那么在你心里,妈妈有这么残忍吗?"

米爱低头不语。

艾小云只能耐心劝说:"不是妈妈不让你见爸爸……"她想说米大利失联了,又突然觉得,如果此时告诉女儿实情,怕孩子更受不住打击,只好把真相咽回去,"是爸爸太忙,等他忙完这段时间,我带你去见他。"

"真的吗?"米爱的大眼睛里充满怀疑,"可是妈妈,我还能相信你说的话吗?"

孩子一声又一声的质疑,就像一记又一记的捶打,打在艾小云的心上,她不知道从何时起,女儿和自己之间竟然隔出了一道不信任的银河。

"这次妈妈一定说话算话。"艾小云想方设想拉近跟米爱的距离,"米爱,你不是一直想旅行吗?妈妈周末带你出去玩,好不好?"

艾小云满目期待地看着米爱,不料米爱回应的话瞬间浇灭了她的期待。

"没有爸爸,我哪儿也不想去。"

孩子的一生里,妈妈是操心最多的那个人。

郑莉莎每天接送王可儿练琴,还要负责督促她的学习。班主任每次沟通都会说同样的话:"这个可儿吧,哪科都是优,就是这英语发音让人头疼,有一种说不出来的味道……"

郑莉莎为此事一直埋怨王得水:"小时候你教女儿学什么英语呀?现在孩子的发音都被你带偏了,满嘴方言味儿!"

为了纠正王可儿的英语发音,郑莉莎忙着给她报了英语辅导班,而这件事王得水却有不同意见，"完全就是瞎花钱，考试都是笔试，又不需要口试，发音好有什么用？"

郑莉莎有自己的打算，"学了外语就是要说要用的，将来出国总不能带着纸和笔去跟人家沟通。"

王可儿不知道妈妈做的这一切，还沉浸在跟妈妈的赌约里，高高兴兴地把钢琴考级完成了，本以为会得到奖赏，不料郑莉莎又把她送进了英语辅导班，她马上不高兴了。

"妈，能不能让我喘口气？"

"留着，进了大学再喘。"

"你说话也太不算话了吧？咱们说好我过九，你生二胎，怎么成了我过九，反而还要学英语了呢！"

"你学英语我掏钱，我生二胎你能出钱吗？"

"……"钱是每个孩子的软肋，王可儿也不例外，"我要有钱早独立了，用得着受你摆布。"

尽管一百个不乐意，但还是没能挣脱郑莉莎，王可儿被塞进了英语辅导班。让她意外的是，陈泽竟然也在班上。两人相对无语，只有苦笑。

更无语的还是两个妈妈。陈泽妈妈和郑莉莎又碰面了，之前闹的乌龙让两人之间极不愉快，但还是彼此客气地打了招呼。

"没想到，你儿子也在这儿学英语。"郑莉莎说完，想起什么似的，"他们……事儿是过去了，但还是有点距离的好。"

"放心吧，可儿妈，别看我家是男孩子，但我也不希望他过早谈恋爱。"陈泽妈妈倒是干脆，"说实话，不是交了钱，看到你我都想退了，这俩孩子刚断了联系，我也怕……"

郑莉莎手里握着招生简章，无意间瞥见上面清楚地写着"上下午两轮教学",眼睛一下子亮了。

"有了!我们可以分开学,你儿子上午,我女儿下午,把两个孩子错开,这样他们就不会见面,也就不会再有事!"

"好!"陈泽妈妈嗓门大,"那咱们约定,以后你们下午来,我们上午来……"

可是没等两个妈妈商量完,王可儿和陈泽已经站在她们身后。

"妈妈,你太过分了!"王可儿最恨的就是妈妈的不信任,"我和陈泽有什么见不得人吗?干吗这么对我们?"

"你们……"郑莉莎无语。

倒是陈泽妈妈抢了话过去,"孩子,这也是对你们好。你们小,不懂得保护自己……"

陈泽也跟妈妈生气,"妈,你误会我们了……"

"算了!"王可儿打住陈泽的话,"跟她们永远说不明白的,就让她们去猜吧!"

"可儿,有事就跟妈妈说,怎么会说不明白呢?"郑莉莎急了,"不跟妈妈说,你能跟谁说?"

"你?"王可儿一脸轻蔑,"还用得着我说吗?你不是会跟踪我们的吗?从市里到金山,跟踪过不止一次吧?"

母女二人正争执的时候,众人围上来。郑莉莎觉得报颜,示意王可儿,"妈妈那是担心你。"

"特务跟踪地下党,也叫担心吗?"王可儿不服,"妈妈,我对你真的太失望了!"

众人议论开来。

"你这孩子!"郑莉莎急了,"怎么能把妈妈比成特务呢?是你欺骗妈妈在先。走!回家再说。"

郑莉莎想拉着王可儿走,王可儿甩开她,大步走出培训学校。

众人意犹未尽地议论着,陈泽妈妈看不下去,"散了,散了吧,谁家孩子没个叛逆的时候?"回过头来却好奇地问郑莉莎,"你真的玩过跟踪呀?"

郑莉莎看了她一眼,不想回答,冲着大门飞奔过去,"可儿,等等妈妈!"

失恋的卫查理有些失常,不再像过去那样懂事有礼,相反,也有了叛逆的迹象。他不知道从哪学来的涂鸦技艺,先是在浴室的玻璃上画画,后来发展到在厨房的瓷砖上画画,这些都是可以擦掉的,叶青表示理解,可她不能容忍的是,卫查理开始在雪白的墙壁上画画。涂鸦到处都是,擦不掉,看着又突兀,这让爱美的她无法接受。

"亲爱的,你应该跟查理谈谈了。"叶青把责任推给卫勇。

卫勇笑了,"喜欢画就画吧,这是他宣泄的一种途径。"

"再宣泄,也不能把家毁了吧?"叶青表示不理解,"还有,你不觉得查理最近变得怪怪的吗?话少了,人也不像以前那么开朗。"

"他失恋了。"卫勇告诉叶青实情,"在美国的小女朋友,说是爱上了一个画家,把他抛弃了。"

叶青明白过来,"原来,他画画不是爱好,是想跟人家的新男友PK?也太幼稚了吧?"

"不幼稚,怎么能称为孩子呢?"卫勇依然笑着,"毕竟是孩子,你多些理解和包容吧。"

说到理解和包容,叶青像打开了委屈的闸门,拉着卫勇开始倾诉,"前段时间你一直不在家,是我在照顾查理,你知道吗?我生怕他出半点差错,跟你没法交代,做后妈最难的就是要对孩子好,还要让孩子接受自己的好。"叶青越说越委屈，"可我总是好心办坏事，不是把他弄丢了，就是让他花粉过敏。亲爱的，你真的不怪我吗？"

卫勇上前拥抱了叶青，"你尽了一个妈妈的心，我感激还来不及。"

"可我就是一个后妈。"叶青纠正，"连声阿姨都不配的后妈。"

卫勇再次笑了，"亲爱的，在美国都是自己的家人和亲人之间直呼其名，查理这么叫你，完全是把你当成了一家人。"

"真的？"叶青莫名欣喜，"你没骗我？"

"亲爱的，其实有些话我一直想跟你沟通，又怕你误会。"卫勇坦诚，"我一直觉得，你对孩子的爱是足够的，但对孩子们的教育方式是欠缺的。"

"为什么？"

"打个比方说吧，你就像一个浇灌者，生怕小树长不大，每天急着浇水施肥，甚至不惜拔苗助长，给孩子的是满满一桶水，却忘了，给得太多对他们来说是一种负担，他们会怕，会逃，会感觉到压力，难道不是吗？"

"那应该怎么办？"

"与其给他们满满一桶水，不如为他们点燃一把火。"卫勇无比肯定，"一粒火种就有照亮整个宇宙的可能，父母只是给出火种的人，燃烧是孩子们自己的事。我们不插手，让他们自己去努力，岂不更好？"

"满满一桶水和点燃一把火？"叶青反复品味，"难道这就是东西方教育的差别吗？"

"对孩子不能是填鸭式教育，要学会让他们自己去慢慢领悟和成长……"

"知道了,亲爱的,以后我会注意自己的教育方式,我也尽量去理解查理,靠近查理……"

叶青还没说完话,突然听到门外传来杜梓薇的尖叫声,"啊!妈妈快来看!"

叶青和卫勇赶紧从房间里冲出来。

客厅的墙壁上,被卫查理涂满了各种颜色,最惹眼的是正当中的红色,像油漆似的,突兀,另类,艳红得触目惊心。

叶青看看卫勇,强忍着不快,尽量不让自己说话。可是她在低下头的刹那,发现卫查理手里拿着的涂鸦工具竟然是自己刚买的限量版口红,马上就不淡定了。

"查理!"叶青尖叫着,"你把我的口红全毁了!"

卫查理一副无所谓的样子,"你那么多口红,就用一支。"

叶青已经气得说不出话来,杜梓薇替妈妈打抱不平,"那是我妈妈刚买的,很贵的呢。你可真能作!"

"我赔,行了吗?"卫查理依然无所谓。

"赔赔赔,你的钱从哪来的?"叶青恨口红毁了,更恨卫查理的态度,"查理,你最近有点过分,知不知道?"

卫查理把手里剩下的半截口红扔还给她,"不用了,小气。"

叶青被气得说不出话,杜梓薇急了,"卫查理,不就失个恋吗,你以为全世界欠你怎么着?就你这样的,被女朋友抛弃就对了!"

杜梓薇的话戳到了卫查理的痛处,他回头,怒了,"你再说一遍!"

"女朋友抛弃你就对了!"杜梓薇更倔。

一时间,两个孩子吵了起来。叶青被吵得头痛,再看看身边的卫勇依然无动于衷,生气地上前掐了一下他的胳膊,"还让我怎么理解？怎么包容？"

"他这叫发泄，发泄完了，明天就好了。我儿子，我了解。"卫勇反而放下心来。

叶青表示不能理解，俯身捡起地上的半截口红，对着还要跟卫查理进行骂战的杜梓薇喊："梓薇，跟妈妈出去透透气去！"

第十六章　集体失踪事件

叶青带着杜梓薇搬回了自己家。

对卫勇来说，这就是分居的节奏。

叶青明言："什么时候把墙上的画清洗干净，我什么时候再回去。"

卫勇打过一次电话之后，劝不动，倒先放弃了，"那你就当旅行一次，静静心，什么时候想回来，我再去接你。"

叶青当即就哭了。她觉得，自己在这场婚姻里，当真是受尽了委屈。为讨好卫查理，她宁肯放弃自己和女儿都爱吃的中餐，换成西餐。为讨好卫勇，她甚至低声下气不惜买来性感睡衣。忽视了自己，忽略了女儿，最后换来的却是这样的结局，她不知道自己选择这样的婚姻是对还是错，更不知道下一步该如何去继续。

比叶青更委屈的是杜梓薇。

"妈妈你不知道，我为了安慰他失恋的心，带他去K歌，吃好吃的，花了我不少零花钱呢！他学习不好，班上同学笑话，也是我替他解围，为这事还跟同学吵架了呢！他根本不懂感恩，咱们就是白对他好了那么长时间。"

叶青无力劝解女儿，只好抱住她，在心里一遍又一遍地安慰自己："血脉亲情，也许卫勇选择接纳卫查理，就是这个原因吧。"

而此时，卫勇刚从厨房钻出来，国外多年单身生活让他练就了一身好厨艺，手艺并不比叶青差。七分熟的蛋，三分焦的三明治，看着很诱人，可卫查理却是一副没有食欲的样子。

"查理，怎么了？"

"其实……叶青做的那种糊糊的蛋，也挺好吃的。"

卫查理的一番感慨，让父子二人都沉默了。

王可儿从培训班出来，没有回家，而是直接去了许慕家。

这一点，王得水清楚，却劝不住郑莉莎，"孩子电话也打了，位置也发了，就是明着告诉你，她想静一静，你就别去找了。"

"决不允许她跟差生又是个喜欢泡吧的坏孩子待在一起！"郑莉莎态度坚决。

王得水知道拦不住，只好摇头，"想吵，想恶化好不容易缓和起来的关系，你就去。"

这句话，不痛不痒，却直击郑莉莎的心头。一切来得太快，让她有点恍惚，前一秒还母女其乐融融，后一秒又成了冤家对头，她已经不知道该如何接女儿的招儿，只觉得，握在手里的那根线越收越吃力，风筝眼见着就要飞走了，着急，却无力拉回来。

此时，王可儿住进了许慕家，愤愤不平的她召集了孩子团，卫查理和陈泽没来，林小峰和米爱到了。

林小峰跟姐姐哭诉："爸爸妈妈都去做例行检查了，下一步就是生个二胎。等二胎生出来，我从此就没有爸爸妈妈啦。"

他的话许慕非常赞同，"对，有了老二就不疼老大，跟我一样。"

王可儿怕许慕吓着林小峰，制止她："别这样说，大人不常说手心手背都是肉吗？我相信不会不爱老大，就是关注少了些，这反而是好事。"

"我不要!"林小峰很倔强,"不管手心手背,我就是要当爸爸妈妈唯一的心头肉!他们对我的关注本来就少,再少,我就没法活了。"

米爱心疼地拍拍林小峰,"好了啦,说正事吧,咱们可是偷着从家里跑出来的,我妈妈说让我玩半个小时就回家的。"

看到米爱,王可儿关切地问:"网上寻找爸爸的事怎么样了?"

"妈妈把帖子删了……"米爱不无愧疚,"谢谢姐姐帮我写那么好的帖子,我怕妈妈不高兴,又怕你不高兴……"

米爱的左右为难深深打动了王可儿,"傻妹妹,姐姐一定帮你到底!"

"唉!"米爱深深叹气,"妈妈很固执,爸爸又生气,还能有什么办法让他们和好呢?"

"咱们可以刺激他们一下。"王可儿笃定地说,"人在拿不定主意的时候,就得稍稍刺激一下,才能明白自己想要的和不想失去的是什么。"

"姐,那咱们一起帮米爱找回爸爸吧!"林小峰比米爱还兴奋,"这样她就不会再伤心了。"

王可儿点头,"米爱的事好解决,倒是你,以后不许跟小姨对着来,生不生二胎是大人的事,哪是你一个毛孩子做得了主的?"

"不!"林小峰倔强地仰头,"敢生二胎,我就……离家出走!"

众人被他逗笑了。这时许慕接到父母的电话,电话里,父母邀请她五一小长假去深圳玩。许慕迟疑着,倒是王可儿替她下了决心,"去!干吗不去?去看看风景,也看看你家老二,怎么说也是亲生的嘛。"

许慕答应下来,一脸的感慨,"不知道是不是因为离得远,见面又少,所以生疏了,我更习惯他们给钱,我一个人自由自在地过,突然让我过去玩,倒有些害怕。"

"怕啥?"林小峰不明白,"去了以后可以让他们给你买好多吃的,漂亮衣服,玩具……"话没说完,就被王可儿拍打了一下头。

"满脑肥肠,怪不得小姨瞧不上你!"

"姐!"林小峰摸了摸头,"我学习不好,都是你打的,从小打到大!这不是亲姐都这么欺负,要是有个亲姐亲哥的,还不得打死我啊!"

孩子们正聊着时,郑莉莎还是没忍住,一遍又一遍打电话给王可儿,王可儿忍无可忍,接了。

"可儿,妈妈告诉过你,离差生远点。近朱者赤,近墨者黑,你早晚有一天会学坏的!"郑莉莎在电话里越说越着急,"快告诉我地址,我接你回家!"

声音隔着话筒,传进王可儿的耳朵里,也传进了许慕的耳朵里。许慕的脸色特别难看,王可儿看一眼许慕,心里恨妈妈,冲着电话嚷了一句:"我的事不用你管!"

挂了电话,王可儿上前安慰许慕:"订票,我跟你一起去深圳!"

王可儿说到做到,当下回家拿身份证,取压岁钱,想跟许慕一起去深圳。

显然,郑莉莎是不允许的。

"你这是做什么?回来翻箱倒柜,想跟我们分家不成?"

"分家有用吗?"王可儿指了指自己的房间,"早说了,那儿是属于我的私密阵地,外人不能进,可又怎么样呢?还不照样查我电脑,玩跟踪?"

"妈妈是为了你好。"

"别再打着为我好的旗号,办一些对自己有利的事!"王可儿愤怒了,"再叫你一声妈妈,请你尊重我,尊重我的朋友,可以吗?"

王可儿把郑莉莎打电话时说的那番话重复了一遍,"什么叫不能跟差生在一起?人家许慕不笨,成绩差不代表一切都不好,人家也有特长,跳舞、唱歌,哪样也不比我差,你凭什么瞧不起人家?"

"可她经常辍学!"

"辍学那是她爸爸妈妈不在身边,没人管……"王可儿下意识地说出实情,"上小学时,许慕的成绩比我还好。"

"瞧,真相来了吧?"郑莉莎抓住要害,"小时候都是好孩子,为什么长大了反而一个是优生,一个是差生?将来还有可能一个是大学生、一个是社会流浪人员?就是因为父母不管教,不听话!可儿,你既然知道,为什么不肯听妈妈的话呢?"

"有用的,我听!没用的,坚决不听!"王可儿甩下一句话,进了自己房间。郑莉莎跟上前,王可儿指了指客厅的位置,"请回公海,谢谢合作。"

郑莉莎像吃了一记闷棍,心里有成千上万只虫子在爬,难受,又说不出什么来,只好关了灯,回自己房间。

半夜,王可儿重回客厅,从抽屉里拿走了身份证,带上自己的压岁钱,又悄悄地回了自己的房间……

林峰的病好得有些慢,郑茉莉生怕有什么闪失,人变温柔了很多,天天催着吃药、复查,完全是一副贤妻良母的样子,林峰感动地认为,两人又回到了新婚时期。

"那时虽然穷,可咱们快乐。"郑茉莉感慨,"现在好像什么都有了，却总感觉心里堵得慌。"

"为儿子的事在愁吧？"林峰安慰，"饭要一口一口吃，孩子要一点一点长大，你总不能让一个八九岁的孩子马上就成熟到不需要操心了吧？"

郑茉莉点点头，"话是如此，可这孩子越来越不听管束，你让他朝东，他偏往西，你让他做的事，他从来都是逆着来，我都怀疑他叛逆期提前。"

"我还是那句话，你对小峰太严苛。"

"知道你心疼儿子，你疼他惯他，如果我再这样，那他岂不是无法无天了？"郑茉莉为自己打圆场，"想来想去，我还是觉得女儿好……"

"又想要二胎？"

……

夫妻二人的谈话，林小峰听得真真切切，他知道，父母是放弃不了二胎的念头的，自己也接受不了他们的想法，但他不知道如何才能让父母放弃这个念头，保住自己唯一的位置。

孩子的心简单到，以为主动表现就能打动父母的心，可总有些时候，好心办坏事。

为了靠近妈妈，林小峰吃完早饭，主动收了碗，想帮忙洗，不料一个、两个，接着是第三个，手一滑，全摔到了地上。厨房里噼里啪啦的脆响，让郑茉莉心疼得直跳脚。

"你这孩子，想干什么！那可是我从国外买回来的彩陶碗！"

林小峰本能地想道歉，郑茉莉却推开他，"你就是喜欢跟妈妈对着干，摔碗也是故意的吧？"

想表现，最后却好心办坏事，还受了如此冤枉，林小峰突然不想跟妈妈解释了。他默默地走进自己房间，不一会儿拉着自己的小行李箱往门外走。林峰叫住他："儿子，你干吗呢？"

"爸爸，这还不明显吗？"林小峰指指小行李箱，"出去静静。"

林峰被儿子幼稚的行为逗乐了，以为这只是他跟郑茉莉叫板的表演，没往心里去。不承想，林小峰当真打开家门，默默地走了。

看到林小峰离开，林峰急了，"老婆，快，小峰离家出走了！"

郑茉莉从厨房出来，并没有着急的意思，"他能去哪儿？无非就是姥姥家。"

门外，林小峰听到妈妈这样说自己，泪突然就滑落了下来，"二胎还没生呢，就已经不管我去哪儿做什么，以后的日子还能过好吗？"

小孩子的心事，比大孩子易懂，但更让人无可奈何。

艾小云早上叫米爱起床的时候，发现米爱房间又多贴了一些米大利的照片，她视若无睹。可是吃饭时，她发现米爱一直在玩手机，立时不悦。

"米爱，妈妈跟你说过，吃饭时不能玩手机，不健康。"

米爱不理她，继续玩。艾小云生气地夺下手机，"啪"地放到桌上，"你这孩子，最近真的是让人忍无可忍！"

米爱不说话，也不吃饭。

艾小云更加生气，"不想吃是吧？那以后妈妈不做早饭了。"

米爱突然"哇"的一声哭出了声音。

只是出声，却没有掉一滴泪，艾小云看着米爱表演，无动于衷。

米爱见自己哭也没能引得艾小云同情，竟然自己慢慢止住哽咽，伸出小手，试探着想拿回手机。

艾小云抢先把手机拿到手里,本想呵斥米爱,可手机屏幕上的内容却让她诧异。

米爱在微信里不断地给米大利发消息,一字字,一句句,全是想念的问候:"爸爸,你在哪?""爸爸,你好吗?""爸爸,你还能回来吗?"

艾小云的喉咙好像被什么东西堵住了,"米爱,爸爸根本收不到你的信息,他换手机了,微信也停了。你……你发这些有什么用?"

米爱不说话,拿过手机,低头继续发。

艾小云最受不了的就是米爱的沉默,不怕她哭,也不怕她闹,最怕的就是不说话,这让她感觉自己和米爱间隔着一座山,米爱不想跨过来,而自己想跨过去又是那么吃力。

"米爱!你到底想怎样?你爸爸他……他换手机号了!"艾小云终于没忍住,说出了真相。

"我不相信,肯定是妈妈不让爸爸跟我联系,你就是不想让我见爸爸!"米爱固执地说。

艾小云也生气了,为何自己处处把米爱放在第一位,而米爱却处处把米大利放在第一位?"你必须相信妈妈!"她把饭碗推到米爱面前,"吃饭,吃完饭写作业,再不许提你爸爸!"艾小云说完,把自己的碗筷收拾进厨房,一个人洗着碗,却觉得眼泪要下来了,于是一边洗碗一边在妈妈群里诉说自己的委屈。

"我整颗心都扑在孩子身上,米大利啥也不管,可米爱就是对他心心念念,凭什么?"

郑莉莎第一时间回复:"孩子小,不懂离婚这些事,她肯定认为爸爸不回家,是妈妈不让回,你得给她时间去适应。"

"是啊,你不能强求一个8岁的孩子理解大人的一切。"叶青附和。

"小云,好好安慰米爱,那孩子心重,跟我们家小峰不一样,打也打不跑。"郑茉莉提醒。

艾小云止住自己的情绪,走到餐厅想看看米爱,却发现米爱不见了。

门是开着的,显然米爱又跑了。

艾小云在妈妈群里通报了米爱离家出走的事,请妈妈们一起帮忙寻找米爱。

结果不出所料,米爱没有别的地方可去,她只是带着自己的零用钱,打车去找米大利。

在米大利紧锁的房门前,米爱依然像上次那样蜷缩在地上。

妈妈们找到米爱的时候,米爱已经睡着了,小小的人儿,连睡觉脸上都挂着泪珠。这一幕让妈妈们心酸,更让艾小云心疼,她只是看了米爱一眼,泪水便肆意流了下来。

郑茉莉劝艾小云:"不行,就让米爱跟着米大利生活几天吧。"

艾小云下意识地点头,可是当她上前敲门时,发现门上贴着房屋出租的广告。

米大利不仅换了手机号,还搬家了。

这个发现让艾小云又惊又恨。

郑莉莎是在吃早餐时发现王可儿不见了的。

房间是空的,柜子里的衣服还少了几件夏装。

"她能去哪?"郑莉莎质问王得水,"明明是春寒料峭,可为何却少了两件夏天的裙子?"

"你看仔细了吗?"王得水摇头,"衣服少两件,你当真记得?别再冤枉孩子。"

"我是她妈,别说少两件衣服,少两根头发,我也能看出来!"郑莉莎越说越着急,"不行,必须找到她。"

王得水起初不着急,等拿起手机,拨打了两遍王可儿的电话,发现是关机时,也急了,"真的坏了,可儿手机关机。"

郑莉莎急了,一边拿衣服一边往外走,"说什么来着?这孩子藏着猫腻呢。还愣着干什么?赶紧找去啊!"

夫妻二人分头寻找王可儿。

而此时,王可儿正跟许慕一起想象着去了深圳如何玩。

"那儿有世界之窗,还有华侨城,大小梅沙,听说可好玩了呢,我让我爸妈带咱俩一起去。"许慕豪迈地拍拍自己的胸脯,"吃住玩全包,仗义吧?"

王可儿点头,"全世界最仗义的人就是你啦。"

许慕还是有点担心,"可是你这样背着父母跟我去深圳,他们会不会着急啊?"

"上飞机之前,我给爸爸发条微信,告诉他一声就行。"

王可儿不知道,在她畅想着如何游玩时,郑莉莎为了找她,饿着肚子寻遍了半个城市,几经打听,先是找到了陈泽的家,从陈泽那里好不容易要来许慕家的地址。不料陈泽事先给王可儿通风报信,"你妈妈刚才来逼问我地址,我只能告诉她,你们赶紧撤。"

结盟的孩子,连逃跑都能玩得不亦乐乎。

尽管是晚上的飞机,但王可儿和许慕还是决定提前去机场候着。

"到了机场,不让她找到,她会以为我们已经飞到深圳了呢。"王可儿自以为是地说。

只是她不知道,当郑莉莎在许慕家扑了个空之后,第一反应也是奔赴机场,母女二人在机场展开了一场追逐赛。

人潮涌动,想寻找王可儿那么小的身影,对郑莉莎来说显然不容易。慌乱中,她认错了不少人,在别人眼里,她就像一个疯子,而在她心里,能找到女儿,哪怕被人嘲笑几句又能怎样?

每个做妈妈的,对于自己的孩子总是有着超人一般的感觉能力,尽管王可儿左躲右闪,还是被眼尖的郑莉莎发现了。她急切地穿越人海,奔过来。等到王可儿回头的刹那,确认是她的时候,郑莉莎紧绷的神经突然松懈下来,站在原地,有那么一刻,不知道该做什么。

王可儿下意识地后退,怕郑莉莎会追过来,甚至暗中寻找着逃跑的路线。不料,她退一步,郑莉莎紧跟一步,不是那种要抓住她的凶猛样子,只是亦步亦趋地跟着,一言不发。

退到电梯口时,王可儿瞅准了时机,转身就逃,跑得飞快,心里想着"千万不要让她追上",想不到的是,身后没有任何人追赶。她不相信地回头察看,发现妈妈果然站在原地,并没有追上来,只是静静地看着她。

王可儿下意识地放慢逃跑的脚步。就在她疑惑妈妈为何不追上来时,身后突然传来郑莉莎的痛哭声……

第十七章　妈妈团第二战之温柔的较量

众人围上来，询问发生了什么事。

郑莉莎不言语，就那么痛哭着，痛彻心扉，又像被人掏空了心，狠狠地哭着，涕泪横流。这看傻了众人，却并没有感动王可儿。

王可儿看了妈妈最后一眼，悄悄躲进卫生间，等待着飞机的起飞。

郑莉莎哭到无力，郑茉莉赶来时，她的嗓子已经哭哑，却依然挣扎着告诉妹妹："快，去把可儿找回来，只要她回来，我什么都不计较，千万不能让她出事。"

这一幕被好事者拍成视频，传到了网上，取名为"苦心寻找女儿的妈妈在机场痛哭"。

可是，郑莉莎管不了这些，而王可儿似乎对这一切也并不在意，她很顺利地登机，跟许慕一起到了深圳。

而在王可儿之后，郑莉莎和郑茉莉买了加急机票，也飞往了深圳，一场妈妈和女儿的追逐赛，在陆地和天空之间上演……

深圳。

王可儿和许慕得到重生。

许慕的父母收留了王可儿，却因为自家经营超市，走不开，所以两个孩子都是自己查找地图，自己出去玩。

欢乐谷，世界之窗，中英街，处处都有王可儿和许慕的身影。

王可儿羡慕地对许慕说："还是外边的世界更精彩。"

她不知道的是，此时郑莉莎和郑茉莉两人也来到了深圳，街边、公园，每条街道，她们就像两只无头苍蝇一样地寻找。而妈妈团的艾小云和叶青则在家里负责查找许慕父母在深圳的住址，从学校查到许慕奶奶家，艾小云以最快的速度把地址发给郑莉莎。

郑莉莎和郑茉莉终于见到了许慕的父母。

本以为，许慕父母在深圳过着土豪一样的生活，不料见面才知道，两人开了一家不大不小的超市，为了控制成本，不舍得请人，夫妻俩跑前跑后，一个管进货和销售，一个负责看店和收银。看到许慕妈妈抱着二胎女儿大汗淋漓地给客人装袋子，郑茉莉赶紧上前帮忙。

"听说你们在深圳买了房买了车，没想到过得并不轻松，这样的天气，也不舍得装空调？"

"空调有，也不是不舍得开，这不老二小嘛，怕冻着孩子。"许慕妈妈拍着刚睡熟的老二。这让郑莉莎心疼起许慕。

"心疼老二，你们更应该关心一下老大。许慕一个人在老家跟着奶奶，其实也不容易。"

"哪个当父母的会不心疼孩子？"许慕妈妈诉苦，"没办法呀，家里赚钱少，我们在这边有店有房，又走不开。"

"那你可以把老大也接过来呀。"郑茉莉提醒。

"这个问题也想过。可她上学呢，户口不在这边，上学很麻烦。再说，一个老二照顾起来很困难，她要是再来，接接送送的，我们哪有那个时间？"

郑茉莉还想再追问，却被郑莉莎用眼神制止。

谁过得都不容易。

打听两个孩子的下落时,许慕妈妈一脸蒙,"她们可能耐了,自己拿着手机找电子地图,自己玩,天不黑不会回来。早上说是去海边,我忙着点货,也没问大梅沙还是小梅沙……"

知道问不出什么,郑莉莎干脆自己出去寻找。

终于,在小梅沙的沙滩上,郑莉莎见到了玩得正嗨的王可儿和许慕。

两个孩子跟在沙滩卖唱的年轻人混得很熟,一个跟着跳舞,一个跟着唱歌,开心极了。偌大的太阳下,她俩像两朵盛放的向日葵,明艳,没有一点忧伤。

也许是许久不见王可儿笑得如此开心,郑莉莎制止了郑茉莉要上前拉王可儿的举动。

郑莉莎在许慕妈妈那里留了一笔钱,"就当是可儿在你们家吃住的费用,给你们添麻烦了。"

郑莉莎坚定地订了机票,往回返。郑茉莉不理解,"孩子就在眼前,抓回来就行,你怎么半途而废?"

"她可以把我抛弃在机场,又怎么可能轻易跟我回家?"郑莉莎感慨,"看到她玩得好,人也安全,我就放心了。"

郑莉莎走后,许慕妈妈把她来的消息告诉了王可儿,王可儿一脸吃惊。

"你妈妈怕你花销大,给你留了很多钱,根本用不了,还给你。"

看着妈妈留下来的钱,王可儿沉默了。

这一夜,深圳暴雨。

王可儿和许慕躺在床上,各自玩着手机。突然,许慕从床上起身,激动地拍了拍王可儿,"可儿可儿,快看,这是不是你妈妈?"

被好事者传上网的视频终于火了,被网友四处转发。

视频上,郑莉莎哭得无比伤心,却挣扎着说:"只要她回来,我什么都不计较,千万不能让她出事。"

王可儿吃惊地看着视频,眼睛都直了。

许慕看着网友的评论,读出了声音,"只有狠心的女儿,没有狠心的妈妈,这位妈妈太可怜了……"

王可儿将被子蒙到脸上,一语不发。

"可儿,你妈妈其实还是爱你的……"许慕劝道,"还是给她打个电话吧。"

王可儿突然从床上坐起来,拿起手机,问许慕:"明天最早的飞机票,能订上吗?"

王可儿回家了。

但她进门之后,一句话也没说。

郑莉莎内心一百个问题,却一个也不敢问出来。她怕一张嘴,女儿再飞了。

沉默是母女间唯一的交流。

妈妈团成员得知王可儿的事情之后,重新聚在一起。

郑莉莎对于自己的女儿,已经到了无话可说的地步,"你们知道吗?在机场她跟我对峙,看我就像看敌人一般的眼神,突然就让我心寒。亲手养大的孩子,突然有一天想飞,想逃离,带着对你的不满和恨,那种感觉真的生不如死。除了哭,我不知道自己还能怎么办。"

"不管怎么说,可儿自愿回来了,说明她知道错了。"郑茉莉说道。

郑莉莎摇头,"人回来,心没回来,更让人难受。你们知道吗?我现在已经不知道该怎么面对她,不知道是该管她还是放手不管,也不知道在她心里我是个怎样的妈妈,也纠结,也害怕。为什么孩子越长大越不贴心了呢?"

"孩子小,也未必贴心。"郑茉莉安慰姐姐,"就拿小峰来说吧,这两天跟我玩离家出走呢。你说说,我跟林峰为了家,为了小峰,起早贪黑,林峰这两天病了还惦记着打拼,惦记着让儿子以后过得更好一些,不要像我们当初活得那么累……可是我们儿子呢?一言不和就翻脸,一言不和就离家出走,一言不和就跟我们犯倔。唉!真的,我现在想明白了,养儿子不如养女儿贴心,我还真打算再生个闺女。"

"闺女是贴心,贴的是爸爸的心,不是妈妈的心。"艾小云纠正,"拿我们家米爱来说吧,自从知道我跟米大利离婚以后,天天盼望着我们复婚,还净出些馊主意,不是撮合我们一起吃饭,就是让我们在不恰当的环境中遇见。以为是我不让米大利回家,特意把房间贴满米大利的照片。网上玩人肉搜索也罢了,还拿着手机发微信跟我叫板,以为这样我就会让米大利回家……"

"女儿长大了,还是会跟妈妈贴心的,放心吧。"叶青安慰艾小云,"和卫勇分居这段时间我算是想明白了,谁也不如亲生的好。自从查理住进家里来,我完全忽视了梓薇,可关键时刻还是梓薇站出来替我讨公道,跟我一起离家出走。真的,那种感觉……"说到这儿,叶青没忍住,流下了眼泪,"想想这段时间对梓薇不理不睬,还总是吼她,想让她接受查理的那些事,我就觉得特别愧疚。为什么不对自己的女儿好点?对别人的孩子再好有什么用?"

听说叶青跟卫勇分居以后,郑茉莉和艾小云抢着安慰。

"只要卫勇打电话,或者来接你,就给他个台阶,和好吧。"

"是啊，重组家庭都是忍着过，跟孩子生什么气呢？"

叶青却摇头，"我就是觉得委屈了我女儿。"

想起各自的孩子，众人沉默了。

艾小云率先打破沉默，"王可儿的叛逆，林小峰的离家出走，米爱的反抗，还有卫查理和杜梓薇之间的抗衡，从心理学上来说，都在情理之中，咱们也没必要太过在意，这是孩子成长必经的一个阶段。"

"必经的一个阶段？"郑莉莎不明白。

"我看过一篇国外报道，说四种妈妈培养出四种不同的孩子，感觉挺有道理的。"艾小支解释，"要强的妈妈培养出来的孩子容易倔强，从而叛逆，就像王可儿。霸道的妈妈培养出来的孩子容易撒谎，最后形成叛逆，会用极端的行为来报复，比如小峰的离家出走。自以为是的妈妈培养出来的孩子容易逆反，就像米爱，我总是拿自己是老师，懂得怎么教育孩子这一套来说服别人，可最后发现连自己的孩子都教育不好。"

"那我呢？"叶青急了。

"你是第四种妈妈，包容型妈妈。这种妈妈教育出来的孩子自由奔放，但也容易散漫懒惰，因为你过度包容，不容易让孩子产生敬畏。"

叶青想了想，努力地点头，"还真是！我就是对他们太包容了，从来不舍得批评。老虎不发威，原来他们把我当病猫。"

郑莉莎跟着点头，"我是第一种，要强的妈妈？想想确实是，可儿身上遗传了我的很多东西，脾气一样倔强，性子都很急。想来，我也是有责任的。"

"那我就是第二种？"郑茉莉有些不愿意接受，"虽然小峰确实有时候会说谎，而且现在也算叛逆期提前，但是我霸道吗？"

"你不霸道谁霸道?"回答她的是她的亲姐姐郑莉莎,"想当年,家里不同意你嫁给一穷二白的林峰,你说啥了?不嫁他,你就去死。后来生下小峰,人家奶奶要抱回老家带,你又做了什么?我的儿子我自己养,绝不让别人插手!好吧,现在孩子大了,条件也好了,你又说什么儿子就得穷养,连林峰反驳都会说不用人家管。还不霸道吗?"

"这么想想,我确实有点霸道。"郑茉莉不好意思地笑,"行啊,小云,咱们都对号入座了,究竟有没有解决的办法?"

"四种病,一种药。"艾小云一本正经地告诉大家,"温柔。"

妈妈们瞪大眼睛,都没听明白,"就俩字?温柔?"

"对于女人来说,温柔是最有力量的武器,能让男人俯首称臣。对于孩子来说,温柔是打开他们心灵的钥匙,妈妈态度平和了,孩子才愿意靠近。"

艾小云的解释,让妈妈们不断地点头。

"看来,是时候换一种妈妈模式了,不然我真不知道该如何跟孩子相处。"郑莉莎不无感慨地说。

郑莉莎决定修复跟女儿的关系。

突然转变画风的她,变得自己都不认识自己,早上试着把早餐做成爱心模样,中午会开车到学校送甜品。晚上如果王可儿认同,她还会开车去接王可儿放学;如果不认同,她会买王可儿爱吃的零食提前放到王可儿的房间。

以为给女儿的是惊喜,没想到,却着实把王可儿吓坏了。

"说吧,你又想查什么?电脑还是手机?我可以无偿给你查,你没必要做这么多事。"王可儿的话冷冷的,充满防备。

郑莉莎被问愣了。

一个当妈妈的，对自己的女儿好，还被误解，这是自己想要的结果吗？

可是想想艾小云的话，她决定将"温柔"进行到底。

"可儿，以前妈妈脾气不好，有时候很冲动，对你也严苛了些，以后妈妈会尽量尊重你，给你自由和空间。相信妈妈，好吗？"

王可儿却并不领情，"我能相信你？"

郑莉莎被问得哑口无言。

她回了房间，一脸惆怅。王得水看着心疼，上前安慰："你这么突然转变了，别说孩子，连我看着都别扭。你是真的想改变，还是另有什么打算？"

本就心里窝火，被女儿误解也罢了，如今又被丈夫误解，郑莉莎突然就爆发了。

"你们爷俩什么意思？我对她严加要求，你说我不对；我对她温柔以待，你又觉我居心不良。到底想让我怎么样？你告诉我，这个孩子，我究竟该怎么去跟她相处？"

夫妻多年，王得水对郑莉莎还是了解的。难掩的悲伤，悲愤的表情让他明白，郑莉莎是真心想跟女儿修好，甚至不惜委屈自己去做改变。

"对不起，老婆，我的意思是，你得给孩子一点适应时间，慢慢来。"

"慢慢来，慢慢来，这话劝得了我，劝得了时间吗？高一过半，马上就是高考，成绩不理想，还闹出那么多事来，哪个当妈的能慢慢来？"郑莉莎一脸委屈，"我其实更恨的是自己，明明想给孩子一个更好的未来，可就是不能让她理解和接受。这是不是我当妈妈的失败？"

"是可儿太小，不懂珍惜你对她的好。"

"珍不珍惜我的好，其实无所谓，我只希望她能珍惜自己有限的青春，把握求学机会，别像我当年那样，连个正儿八经的大学都上不了。没有文凭，就算有再多才干又如何？还不是天天被小我十多岁的上司吼来吼去！"

"最近你为了可儿耽误工作，我理解。"

"你理解有什么用？可儿不理解，一切都白费。"郑莉莎无比悲伤，"如果时光能够倒流，我真希望她永远是小时候的样子，天天腻在身边，听话，乖巧，哪用得着像现在这样……"

"路要往前走，人得往前看。"王得水安慰，"可儿的叛逆只是暂时的，咱们不都这么过来的吗？你得给她时间去成长。"

郑莉莎看一眼王得水，目光越盯越紧，透着质疑和不满。

王得水被看得心里发毛，"我……我又说错什么了吗？"

"王得水，你给我老实交代，你在可儿这么大的时候，是不是也叛逆？也逃学？也早恋？也不听话？"

"你……说着说着怎么又赖上我了呢？"王得水一脸的莫名其妙。

"总得有点遗传吧？"郑莉莎坚持，"就她那一口方言式的英语发音，不就是遗传了你吗？"

王得水彻底被郑莉打败了，"难怪可儿无法跟你沟通，说着说着就跑偏，不在一个频道上，这天没法聊！"

艾小云也改变了跟米爱相处的模式，不再反对米爱在房间里贴满米大利的照片，还主动帮照片加了相框。米爱一脸不解。

"妈妈，你不恨爸爸了？"

"妈妈和爸爸之间的恩怨,不应该影响米爱跟爸爸的相处。"

"那你不反对我跟爸爸见面吗?"

"等联系上他,妈妈带你去见他,好不好?"

米爱眨着一双大眼睛,充满怀疑,"妈妈,你说的是真的吗?"

米爱的声音,细细小小,却透着不信任,这让艾小云深感愧疚,如果自己平时不那么强势,这个小小的人儿是不是可以过得更快乐?

"米爱,从今天起,妈妈答应你的事一定会做到。"艾小云无比肯定,"现在妈妈就要带你去做一件妈妈以前答应过的事,我们去游乐场,好不好?"

游乐场对于孩子来说,是抗拒不了的诱惑,米爱立即高兴得跳了起来。

母女二人进了游乐场,玩了大半圈。开始米爱高高兴兴的,坐过山车的时候还紧紧拽着艾小云的手。那一刻,艾小云觉得那个需要自己、信赖自己的孩子又回来了。

可是,当米爱看到别的孩子是跟着爸爸妈妈一起来,甚至跟爸爸笑闹成一团的时候,她的小脸又抑郁了。

艾小云懂,却不忍点破。

"妈妈,如果爸爸也一起来就好了。"

米爱细细的声音,透着委屈和遗憾。艾小云莫名想起米大利打不通的电话,对米大利充满了恨,"可以跟我断联,怎么可以连孩子都不顾?"

孩子的心一旦远离,不是父母想靠近就能靠近的。

摔碗事件之后,林小峰的离家出走虽然让郑茉莉头疼,可她还是告诫自己,必须主动跟儿子修复关系,甚至想起过往对儿子的种种严厉,深感愧疚。

在姥姥家,林小峰见到郑茉莉推门进来,第一时间不是迎接,而是躲回自己的小房间。

"儿子,开门。"郑茉莉尽量温柔地劝,"妈妈来接你回家。咱不闹了,成吗?"

林小峰在屋里不回应。

郑茉莉依然耐心,"妈妈知道,摔碗的事不怪你,咱把这篇翻过去,好吗?"

林小峰依然不回答。

郑茉莉急了,使劲地敲门。可她越敲门,林小峰越沉默。

"好吧,那你开门,咱俩谈谈。"郑茉莉只能妥协,"你说,怎样才肯跟妈妈回家?"

门,突然打开了。

林小峰胖胖的小脸上嘟嘟着,一副不满的样子,"你说什么,我也不跟你回家,我只想住姥姥家。"

"那怎么行?"郑茉莉马上反对,"妈妈说了,以后由我来辅导你的功课,照顾你的生活,不能总是麻烦姥姥呀。"

林小峰看妈妈一眼,准备关门,"那就没什么好谈的。"

门快关上的瞬间,郑茉莉出手制止,"好,好,妈妈……暂时答应你,住姥姥家,但你可不可以给个期限,比如,住多久才回家?"

林小峰有些吃惊,他没想到妈妈竟然会跟自己妥协。印象里的妈妈,应该会揪着自己的耳朵,扯着自己的胳膊,三下五除二把自己塞进车里,然后强行带回家。

"妈妈问你呢,什么时候回家?"郑茉莉尽量温柔地微笑,"妈妈好为你准备好吃的呀。"

林小峰有些蒙,依然适应不了妈妈的改变。

郑茉莉打开包,拿出几张零钱递过去,"给,自己想吃什么就买点什么。"

眼前的零用钱,当真充满了诱惑,林小峰的手指动了又动,却始终不敢伸手接。

"你不是一直想要零用钱的吗?拿着呀。"郑茉莉再次把钱递到林小峰面前。

林小峰看着面前花花绿绿的钞票,却只是抿了抿嘴唇,依然不接。

叶青是妈妈团里最幸运的那个,也是最不幸的那个。

搬出卫家之后,她和杜梓薇恢复了以往的生活,平和,安静,早餐可以是女儿喜欢的油条、豆浆和面条,再不是装模作样的西餐,也没有小心翼翼的服务,可以不化妆,穿着睡衣去楼下超市买菜,再不用每天妆容精致地等待某个人归来。

这样的生活,曾经也享受过,可为何那时却那么地想结束单身生活呢?叶青不明白,倒是杜梓薇帮她点破。

"这样的生活虽然很好,可你更爱卫叔叔。"

自从搬回自己家之后,卫勇只打过一个电话,这是叶青最不能接受的,她想象的是跟电视里的情节那样,电话短信轮番轰炸,楼下拿着玫瑰花说着情话。可惜,卫勇只说让她静静,这一静,倒把心静凉了。

"别提他,无情无义。"

"妈妈,其实……"杜梓薇显然有话说,看到叶青脸色不佳,又咽了回去。

"别跟我说，你还想回那个家！"叶青怒，"以后就咱娘俩，没有他们！"

"我想说的不是这个，我说的是卫查理……"

杜梓薇的话还没说完，叶青再次打断，"别提这个麻烦！不是他，哪来这么多事？"

杜梓薇吓得吐吐舌头，低头吃饭。

看着女儿小心翼翼的样子，想想女儿维护自己的时候，叶青的心瞬间软下来，上前摸了一下杜梓薇的头发。

"梓薇，以后妈妈只有你了，也只对你一个人好。"

杜梓薇却一脸怀疑，"卫叔一个电话，你就不这样说了。"

"你这孩子……"叶青刚要反驳，电话响了。

"怎么样？说曹操，曹操到吧？"杜梓薇喝完最后一口稀饭，看了叶青一眼，眼神里有期待，又似乎很惆怅。她内心渴望妈妈跟卫勇父子和好，又害怕一旦和好，妈妈再像从前那样忽略自己。

电话是郑莉莎打来的，约叶青在酒吧见面。

其实不用郑莉莎说发生了什么事，叶青已经猜到了几分。

业界有名的设计大赛，郑莉莎的设计得了大奖，却被小上司安排他人去领奖，还莫名被夺去了冠名权，改成了集体创作，这意味着郑莉莎失去了一个上好的资质认证的机会。不仅如此，连得来的奖金都成了集体所有。

酒吧是郑莉莎选的。

她本来很少来这种地方，但怕自己心情不好，回家之后会影响到王得水和女儿。

"你呀，这种时候还考虑什么王得水？"叶青感慨，"表面上你总是诋毁人家,关键时候你其实挺维护他的。"

"怎么说他也是个老实人,对家,对孩子,对我都尽心,我不希望他跟着我一起烦。"

"好吧,那我就做你的垃圾桶。想哭就哭,想骂就骂,我统统接收。"

"叶青,我的委屈你最懂。"郑莉莎喝了一口酒,"在公司兢兢业业14年,大大小小的方案经手不少,被人抢过的单子也不少,我从来没抱怨过,可这次不一样,那可是业内大奖,业内大奖……"

"我知道,得了这个奖,你以后去哪家公司都是香饽饽。"

"明明是我一个人的作品,怎么就成了集体创作?他还讲不讲道理?"

"莉莎,以你的脾气,不应该坐在这里抱怨,应该跑去跟小上司拼命呀!"

"你以为我坐得住吗?"郑莉莎不甘心地喝下最后一口酒,"第一时间我就找他了。你猜他说啥?说,你不是有孩子要照顾吗,得了大奖,以后设计任务会加重,我怕你加班加点,耽误照顾孩子……"

"放屁!"叶青听不下去,"这个小男人,就是一肚子坏水,自从他来公司,公司上上下下哪个不骂他?有名有利的事儿他上;出了事故要担责任的事儿,就是咱们的。抢了人家的设计还埋怨人家有孩子,什么逻辑!"

"叶青,你知道吗?我真想甩他几个耳光,然后辞职走人!"郑莉莎将酒杯扔到桌上。

"辞职?"叶青很吃惊,"中年女人辞职,工作有那么容易找吗?"

"小上司不就是掐到我的要害,知道我要养家糊口,受点委屈也要忍着,所以才这么嚣张算计。"

"唉!"叶青给两人的酒杯满上,"中年女人活成咱们这样,有多悲哀?在家里,孩子不理解,老公还跟着闹;出来混,工作不好干,还要受上司欺负。你不工作吧,老公瞧不起,孩子还会怀疑自己的妈妈没有能力;你工作吧,天天面对的全是这些尔虞我诈。女人活着有多难?"

"艰难的女人,干杯!"郑莉莎举杯,和叶青干了。

酒瓶见底,郑莉莎扬了半天手,服务生没看到,她起身去服务台要酒,走了两步,跟一个匆匆进来的男人撞到了一起。

男人个子魁梧,走路带风,撞疼了郑莉莎。郑莉莎刚要发火,抬头却愣住了。带着几分迟疑,两人同时开口。

"魏海?"

"郑莉莎!"

魏海一身警服打扮,郑莉莎问:"你是警察?"

"哦,大学毕业以后我考了公务员,做过刑警,受了点伤,上个月刚分到这片派出所,管点杂事。"

"高中毕业以后,就很少有你的消息,原来你这么……出息。"郑莉莎突然记起什么似的,"你刚才说,分到我们这片派出所?"

魏海点头,递过一张名片,"有事可以来找我。"

郑莉莎看到上面的头衔是派出所所长,眼睛都绿了,刚才喝的那点酒瞬间醒了。她不管不顾地拉过魏海的手,"亲人啊,我可算找到组织了,眼下就有事想求你!"

郑莉莎主动把性侵未遂案说给魏海听,魏海答应尽快调查,这让她放下心来。

不管怎样,作为一个妈妈,她希望还自己女儿一个真相,让她快乐单纯地长大。

塞翁失马，焉知非福，失去了一个大奖，却遇到了能帮自己寻找真相的老同学，郑莉莎的心情莫名地好了起来。

不快烟消云散，她主动买了宵夜带回家。本意是想犒劳父女俩，不料刚进门就听到王可儿正跟着电视玩K歌，又跳又唱。郑莉莎刚要制止她不要影响楼下邻居休息，结果却被茶几上的成绩单吸引。

学校的模拟考试成绩下来了，王可儿成绩虽偏上，较之前还是下滑了很多。郑莉莎第一时间打电话向班主任求证，班主任告诉她："王可儿情绪很不稳定，有时候对学习有兴趣，很积极，有时候又很懈怠，你们做家长的还是抓点紧吧，不能事事依赖我们老师……"

看一眼客厅里跳跳唱唱的王可儿，再看一眼不甚满意的成绩单，郑莉莎上前一步关了电视。

"妈，我还差一个高音儿，你干吗关了呀？"王可儿想再打开，却被郑莉莎制止。

"你自己看看，这样的成绩单也好意思拿回家？"郑莉莎不满地将成绩单递给王可儿。

王可儿也不满，"你这人真难伺候。成绩单不拿回家，你说我故意隐瞒。拿回来，你又嫌我考得不好。你还想怎样？"

"还想怎样？"郑莉莎将声音抬高八度，"王可儿，你知不知道现在进名牌大学有多难？你知不知道自己的名次下降了多少？就这点成绩，以后怎么上好大学？"

王可儿最恨妈妈拿名牌大学来压自己，"名牌名牌，不上名牌大学的人是不是就没法活了？"

"你这是抬杠！"郑莉莎脾气上来，"你看央视那些主持人，哪个不是名牌大学毕业的？你再看看那些做小职员的，他们读的又是什么大学？想出人头地，就必须好好学习！名牌大学是人生成功的一半……"

"够了！"王可儿起身往自己房间走，"我最恨你用这种腔调说话。我偏不上名牌，我就不上名牌，我就喜欢当小职员，怎么样？"

郑莉莎被王可儿气得浑身发抖，"我绝对不会允许你的未来就是当个小职员！"

第十八章　唯一二元标准和多元化标准

郑莉莎觉得，温柔计策极为失败。

她想温柔对待王可儿，但王可儿并不理解她的心。

郑莉莎最不能容忍的事就是成绩下滑，第二天她到学校找班主任沟通，却没想到，得知了另一件事。

班主任对郑莉莎说："最近学校在搞社会实践活动，王可儿在电脑方面有特长，这点是你们家长教育得好，所以由她带头去参加山区孩子的电脑培训活动，要去两天一夜。你们做家长的，必须支持。"

"当然，必须支持，公益意识是每个公民都应该有的。"

郑莉莎微笑着表示赞同，为自己过去对王可儿在电脑方面的培养充满了自豪感。

"王可儿的学习，学校和家长共同抓紧，我相信会跟上来的，我对她有信心，她可是我们老师眼里的优等生，你们做家长的也应该相信自己的孩子。"

班主任的这番话无疑是一剂强心针，让郑莉莎的心缓缓放了下来。

回到家，她主动帮王可儿收拾进山区的衣物，还备好了零食和药品，连蚊帐都备好了，惹得王可儿一直嫌她烦。

"我就去两天一夜，还有大半天在路上，哪用得着这么多东西。"

"虽说是春季,但山里蚊虫多,拿着肯定有用。"

郑莉莎不放心地把东西收进行李箱,王可儿却坚持一件一件拿出来。最后母女二人达成一致:少带,但一定要带一部分。

王可儿出发了,郑莉莎依依不舍地目送女儿离开。从内心讲,她特别愿意王可儿去山区,看到山区孩子的生活和学习环境,王可儿应该会更珍惜自己拥有的一切。

然而,王可儿刚到山区,郑莉莎却要连夜开车把她带回来。原因是接到了陈泽妈妈的电话。

陈泽妈妈的电话是晚上打来的,"我们家陈泽刚发来视频,我看到你们家可儿也在山区,问了才知道,他们是一起去的。这可怎么办?那么远,俩孩子……"陈泽妈妈说话永远是这么直击人心。

郑莉莎马上坐不住了,心里着着两把火,着急俩孩子大晚上的如何相处,更火王可儿半点消息不透露给自己。

尽管已经是晚上9点多,王得水又百般劝阻,郑莉莎还是发动车,以最快的速度开往山区,辗转进入山区的时候,已经是凌晨。

郑莉莎找到了学校值班室,很顺利地找到了王可儿。尽管两个孩子各睡各屋,相安无事,她心头的那把火还是熊熊燃烧着。可是当她想质问时,发现王可儿一个人睡在冰冷的小木床上。黑漆漆的杂物屋里,冷风吹透了整个屋子,屋梁上还有莫名的风声尖叫,而王可儿竟然睡得很安稳。

"妈妈,你怎么大半夜跑来?家里出了什么事吗?"王可儿从床上爬起来。

屋内,一灯如豆。

看着在山区睡得如此安稳的女儿,郑莉莎心里滋味百般,"你……睡得好吗?"

"当然好啊,这里虽然有虫子叫,但没有汽车声和人声,比家里安静多了。"王可儿说完,突然坐起来,"你还没说,你大半夜跑这儿来干吗?"

"我……"郑莉莎四处看看,空荡荡的屋子,只有王可儿一个人,"那个……跟你一起来的同学呢?他在哪儿睡?"

王可儿这时完全清醒了,从床上跳下来,打开屋门,指着对面的屋子,"一定是陈泽妈妈告状了吧?他就在对面,要找就去吧!"

王可儿显然是生气的,也猜到了郑莉莎大半夜前来的目的,而郑莉莎发现没有任何情况之后,有些赧颜。

"妈妈不是这个意思,就是担心你,怕你在山区害怕,不习惯。"

王可儿显然不信,白了郑莉莎一眼,关上门,回到床上,盖上被子继续睡觉。郑莉莎看着女儿,一脸愧疚地坐在床边,有些不知所措。

时间一分一秒过去,郑莉莎坐着不动,王可儿突然翻身,"睡不睡?明天我还得教小学生电脑呢!"

王可儿说话虽然没有那么友善,却主动把床腾出一块地方,郑莉莎赶紧躺了上去。

早上,郑莉莎醒得晚了些。王可儿已经洗好脸,和陈泽在计算机教室把电脑程序全部更新了,只等着小学生们来上课。不料,只零零散散来了三个孩子。

"那些小朋友为什么没来?"王可儿问孩子们。

"礼拜天我们都很忙的。"一个小学生回答,"小芳不来,在家帮着带妹妹。燕子不能来,因为她奶奶说学这个没用。还有强子和大美,他们要帮家里干活……"

王可儿和陈泽对望一眼，无比失望，却还是坚持开课。

"那好，我们现在开始上课。我想问问，你们了解电脑吗？知道电脑有什么用处吗？"

王可儿耐心讲课的时候，郑莉莎就站在教室门外，静静地看着。

王可儿在讲台上讲得头头是道，很是热情，可是郑莉莎却发现，三个孩子中的一个，听了不到一半就站起来走了，另一个小朋友也跟着走了，只剩下一个孩子。

"你还想学点什么吗？"陈泽问那个孩子。

孩子摇头，"我爸爸妈妈在外面打工不回来，爷爷奶奶上山干活，家里锁着门，回去也开不了门，等会儿我再走。唉，好好的一个礼拜天，过得太忙了……"

王可儿和陈泽无奈地对视，摇头。

郑莉莎听到孩子说起礼拜天，突然记起今天是培训班外教的授课时间，赶紧上去拉王可儿，"别教人家了，你还是想想自己吧，妈妈好不容易约的外教，今天下午要上课的，跟我回去！"

王可儿挣扎，"我的实践活动还没完呢。"

"还实践什么？"郑莉莎指着空荡荡的教室，"你上课给谁听？"看到陈泽也在，又说，"把阵地留给陈泽坚守，你就当回游击队员好了。"

王可儿不同意，郑莉莎坚持拉着她离开，陈泽上前解围："可儿，要不你跟着阿姨先回吧，我留下来，回头把成果跟你说一说就行。"

郑莉莎第一次感觉陈泽这孩子还是懂事的，"那就麻烦你了，陈泽，自己注意安全，早点回家，别让你妈妈担心。"

王可儿被郑莉莎强行拉上车，母女二人再次展开对峙。

"妈妈，你太自私了！"

"你们老师要是为难你,妈妈去解释。"

"你让陈泽一个人在这儿,就是自私。再说,这是我的任务,我得完成。"

"如果真有孩子听课,我愿意陪你完成,可你也看到了,一个孩子也留不住。难不成,你给空气上课?"郑莉莎不服,"再说,你自己什么样的成绩不知道吗?还这么好为人师……"

"够了!又拿成绩说事!"王可儿不满,"你为什么大半夜跑来,别以为我不知道,就是不放心我跟陈泽在一起!"

"知道就好。"

"本来我们三个人一起来的,那个同学临时拉肚子来不了,所以才成了我们两个人!"王可儿解释,"再说,就算是我们两个又怎样?我们是来做好事,又不是私奔!"

"私奔都知道,鬼知道你们还有什么不懂的!"郑莉莎依然不相信。

王可儿气到无语,"跟你真的没有办法沟通!"

叶青没想到,主动邀请自己回家的竟然是卫查理。

卫查理放学后跟着杜梓薇来到叶青的家,说尽好话,只想让她搬回家。

"早上吃不到你做的早餐,总感觉少了点什么,现在才知道,你做的饭最好吃。"卫查理讨好叶青,"比我美国妈妈做的还好吃。"

最后这句话,在叶青听来,是对自己这个后妈的无比肯定。

"我爸也很想你。"卫查理说着,拿出手机,偷拍的视频里,卫勇在说话,"其实你叶阿姨人真挺好的,漂亮、温柔,对咱们爷俩又好,这个家没有她真的不行……"

叶青的心马上就暖了起来。本就没有什么大矛盾，看到父子俩又如此看中自己，有人给台阶，她自然是要下的，况且夫妻之间冷战久了容易伤感情。

让她想不到的是，杜梓薇竟然配合卫查理，提前把行李收拾好了。这一切，做得天衣无缝，又给足了叶青面子。在两个孩子的簇拥下，叶青回家了。

只是没想到，回到家就被家里的情景吓到了。

满屋子的异味和乱象，客厅里堆着玩具和脏衣服，厨房里摆着厚厚一摞要清洗的碗筷。叶青下意识地挽起袖子开始收拾，用了一个多小时才打扫干净。

"查理，梓薇，你们看看，这个家干不干净？"

叶青本以为，会受到两个孩子的夸奖，不料卫查理像视察似的，左右看了一遍，突然说："我就说嘛，这个家就缺个人手来打扫……"

话里话外，听着不对劲，连杜梓薇都听出了异样，她指责卫查理："你让我帮你求我妈回家，是为了让我妈回来打扫的？之前你可不是这样说的……"

卫查理冲她们做了一个手势，一副无所谓的样子，叶青恨不能扔了拖把，再次离家出走。

这时，门打开了，卫勇拿着一束玫瑰花走进来，送给叶青，并给了她一个大大的拥抱。

"亲爱的，你回来了，真好。"

还说什么呢？花和卫勇，瞬间收服了心软的叶青，卫查理说什么不重要，反正跟自己共度一生的是卫勇。叶青原谅了他们。

一家人终于坐在一起吃起了团圆饭。

"妈妈，我想跟你说件事。"杜梓薇边吃边说，"我们学校每年都组织夏令营,别的同学都参加过,但你总说我小,怕出事,我都初一了,现在该让我参加了吧?"

"不行!"叶青当即反对,"男男女女的,还是不安全。"

"妈妈……有什么不安全的?别人能去,我为什么不能?"

"因为……"叶青莫名想起王可儿的事,又觉得不便说起,"因为你是女生,女生就得安安分分的!"

她的话让杜梓薇不满,也让卫勇有了意见。

"亲爱的,你担心孩子的心情我可以理解,但梓薇已经是初中生,在美国她这个年龄都可以交男朋友的,参加个夏令营有什么不可以?可以增加见识,多交朋友,这是好事情,我们得支持。"

"你不懂。"叶青还是反对,"太危险。"

"危险是每个父母自己想象出来的。孩子走出家门危险,难道坐在家里就安全吗?不一样有煤气泄露、管道爆炸和小偷入室的新闻吗?"卫勇耐心解释,"孩子是一个单独的个体,从生下来那天就注定了,他们成长的标准应该是多元化的,而不是家长式的唯一二元化。"

"什么叫唯一二元化?"叶青好奇。

"限制孩子的思维,指定孩子的活动,只允许孩子做家长认定的一两件事,却不支持孩子做他自己想做的事,这就叫唯一二元化教育。"

"不是为他们好吗?"叶青不服,"我倒想多元化,可你也得问问他们,不放手还玩失踪呢,真放手了,还不定怎么样呢。"

"我反对!"卫查理忍不住了,"我最看不惯中国那些给孩子设定条条框框,把孩子当小鸡养,最后又想让孩子成为老鹰的父母。为什么不想想,这一切其实都是父母的错?"

"对!"杜梓薇支持卫查理,"必须敞开多元化,拒绝唯一二元化,解放天性才能发挥自我,是不是卫叔?"

杜梓薇冲卫勇眨眼睛,她知道,能说服妈妈的人,只有他。

"亲爱的,试着放手你就会发现,其实每个孩子都很优秀。"卫勇尝试着说服叶青,"就拿吃饭来说吧,你总说孩子们只会吃,不做事,可你什么时候放手让他们洗过一只碗?你不让他们去洗,怎么知道他们做不好?"

卫勇的话音刚落,杜梓薇和卫查理开始收拾杯杯盘盘。两人在厨房里叮叮当当,叶青坐不住,几次想起身去察看,都被卫勇拉了下来。

"如果他们做得好,你就放手吧,给孩子多元化的发展空间,他们一定会还你一个惊喜。"

卫勇的话让叶青半信半疑,尽管两个孩子洗的碗还是不那么尽如人意,至少帮忙收拾了厨房。哪怕是为了给卫勇面子,她也只能点头,"好吧,我答应让她去试试。"

厨房里,听到妈妈应允的杜梓薇高兴地跳起来,跟卫查理击掌,"合作愉快。"

"我答应你帮忙说服叶青,我做到了,你答应我的事,你也必须做到。"卫查理再次强调。

杜梓薇听了,一脸为难。

郑莉莎和王可儿的关系,再次降至冰点。

王可儿面对外教的多次提问,无动于衷。在缺少互动的情况下,外教频频摇头,这让郑莉莎着急。

"妈妈可是花了大价钱,托了好几层关系才约到的名校外教,你这孩子怎么不知道珍惜机会呢！"

"学英语，那是你的想法，不要强加给我。"

王可儿拒绝沟通，看都不看郑莉莎一眼，回了自己房间，再也不肯出来。

郑莉莎无奈地坐在沙发上，百无聊赖地打开电视。不巧的是，新闻里正在播报设计大赛的事，郑莉莎就像喝了口凉水被冰了牙一样，觉得全世界都抛弃了自己。她关了电视，拿起电话打给叶青。

"看今天的新闻了吗？竟然上新闻了！"郑莉莎依然对大奖的事耿耿于怀，"真想揭穿他，太虚伪了！"

叶青在电话那头安抚郑莉莎："有本事的人，何必跟没本事的人计较得失？公司名声打出去了，到时候客户都要求金牌设计，你肯定得披挂上阵。放心吧，小上司肯定会有求你的时候。"

郑莉莎只能叹气，"哪哪都不顺，我这命哟……"说起女儿的事，郑莉莎不免抱怨，"那么难得的机会，好不容易请的外教，她竟然无视人家的存在，你说这孩子是不是没救了？"

叶青倒是平静，"我打电话给你，就是想跟你说，刚才全家都在给我上思想课呢，卫勇说应该给孩子多元化的机会，而不是唯一二元化的管束。"叶青现学现卖，告诉郑莉莎，"我觉得他说得挺有道理的，想想咱们在孩子身上花的功夫、费的心力，无非就是一个目标——安稳长大，考个好大学，将来找份好工作。可是孩子想要的不止这些，他们渴望了解世界，想要融入社会，要学习和接触的东西实在太多太多，我们做家长的百般设限，不仅限制了孩子的成长，还容易被他们嫌弃。"

叶青的话让郑莉莎慢慢平静了下来，"难不成，他们叛逆，处处对着干，是做家长的管得太多引起的？"

"试着放手吧,莉莎,咱们累,孩子也累,给他们多元化发展的机会,试试效果再说。"叶青说起两个孩子,"我们家这俩,以前啥也不干,今天放手让他们自理,你猜怎么着?洗碗,拖地,忙完了还知道给我和卫勇泡杯茶,你说惊喜不惊喜?"

"哦……"郑莉莎边听边思索,"这么说,我也该反省了?"

两人正聊着,魏海的电话打进来,郑莉莎匆匆挂了叶青的电话,接起魏海的电话。

魏海告诉她:"找到了其中一个嫌疑人,你要不要来所里看看?"

郑茉莉想拉近自己和林小峰的距离,偏偏林小峰以住姥姥家为由,不跟她亲近,甚至连零花钱都不肯接受,这让她意识到问题的严重性,只好向艾小云求助。

艾小云出主意:"小峰和米爱走得很近,不如以米爱的名义将小峰约出来,大家一起吃个饭吧。"

郑茉莉和艾小云各自带着孩子一起吃饭,米爱表现平静,林小峰却莫名兴奋,一会儿挠挠米爱,一会儿跑来跑去,竟然还能跟前台服务员说上话,叫人家"漂亮姐姐"。这惹得郑茉莉不高兴,上前揪着他回位子上坐稳。

"老实待着,吃顿饭都能嘚瑟成这样,赶紧吃,吃不完不许动!"

林小峰被强按在椅子上吃饭。

而米爱盯着眼前的大餐,却好像没有胃口的样子,不管艾小云给她夹什么菜,都是尝一小口就放下了。艾小云态度温柔,"米爱,想吃什么就多吃点,不想吃就由妈妈来解决。"

一武一文,一暴一柔,却依然打动不了两个孩子。

林小峰吃两口,再次趁郑茉莉不注意,跑来跑去。

米爱吃吃停停,似乎对哪道菜都不满意,满桌子的剩菜。

郑茉莉和艾小云互望一眼,双双叹气,"你说这些孩子,能拿他们怎么办?你说温柔,我也温柔了,他不听啊。好吧,那就暴力,暴力也不怕啦。我真的是一点办法也没有……"

"我也一样。"艾小云看一眼身边的米爱,欲言又止,"再怎么说,也是个孩子,当妈妈的不可能放弃。忘了告诉你,我报了心理咨询师的考试,下个月就要考试了。"

"但愿你能学以致用。"郑茉莉意味深长地看一眼米爱。

郑莉莎几乎是飞车赶到派出所的,她生怕自己耽误一秒,就离真相又远了。

到派出所时,见到的人让她更加意外。

这是那个不高不矮,眉目间有颗黑痣的男生,晒得黝黑的皮肤,脸部轮廓硬朗,眼神中流露出一种说不出来的坚硬和抵触。

恰恰是这个眼神,让郑莉莎突然记起了往事。

那是王可儿刚进高一的第一天,郑莉莎开车去学校送她,在校门口看到了这个眉间有痣的男生。男生上前跟王可儿说话,很亲密的样子。郑莉莎没见过这个男生,向别的同学打听,当得知"他呀,他学习可差了,底下县城转学来的……"时,她马上上前拉开了王可儿跟男生的距离。

出于一个做妈妈的担忧心理,郑莉莎当着王可儿的面嘱咐:"离坏孩子和差生远一点,不要耽误学习!"

……

言犹在耳。

郑莉莎记不清自己当时还说了些什么,却清清楚楚地记着,那天这个眉间有痣的男生走到自己面前，就是现在这般眼神，坚硬，抵触，有一种说不出来的倔强。

而此时，男生坐在自己对面，眼神里除了倔强，还有几分仇视。

"你叫什么名字？"郑莉莎问。

男生不说话，只是轻蔑地看着她。

魏海看不下去了，咳嗽了一声，看向男生，"大人问话，你得有礼貌，快说。"

没想到男生根本不吃他这套，"她又不是警察！再说，就算是警察，抓人也得有证据，我犯什么法了？"

郑莉莎也被问住了，转头问魏海："他又犯什么事了？"

没等魏海回答，男生不乐意了，起身呛她："你这是什么意思？什么叫我又犯什么事？我从来没犯过事，好吗？"

"坐下！你嚷什么？"魏海喝止男生，转头告诉郑莉莎，"他确实没犯事，公交车上有人打架，他拉架，被牵扯进来了。"

郑莉莎这才放下心来，"这么小，不犯事就好，不然父母得多担心……"

"你没资格提我爸妈！"男生不服，"我再差，再坏，也不会给他们丢人的！"

"我不是这个意思……"郑莉莎急忙解释，"我只想知道，你们和王可儿之间到底发生了什么？为什么会出现那样的事情？你们到底对我女儿做过什么？我当妈妈的，必须知道！"

"知道你是王可儿的妈妈。"男生回应过后，却不肯再吐一个字。

"告诉我，你们为什么要欺负我女儿？"郑莉莎着急地一遍又一遍地追问，"这么做是犯罪，你知不知道？"

男生轻蔑地看她一眼，还是不说话。

魏海劝郑莉莎:"那件事我查了,是未遂,而且也没有证言证明可儿受过伤害,她本人不也拒绝立案吗?是不是中间有什么误会?……"

"不可能!"郑莉莎突然激动起来,"我的女儿我了解,她太善良,一定是这帮坏孩子威胁她,恐吓她,所以她才不敢说出真相!"

听到郑莉莎喊自己坏孩子,男生坐不住了,"在你眼里,只有自己的女儿高大上,别人家的孩子都是小瘪三,是吗?"回头又问魏海,"警察叔叔,说好了只是例行问询,我该说的都说完了,走了!"

男生要走,郑莉莎上前拦着,男生甩开她,郑莉莎要追,又被魏海拦了下来。

"人家不是案犯,我们也只是请他来做个笔录,没有权力强留的。今天先这样吧,我答应送人家孩子安全回家的。"

魏海追出去,送男生回家。看着车驶远,郑莉莎一脸迷茫,想着男生刚才的质问,不由得脸红。

不管他做过什么,至少有一点说的很对,在自己心里,自己女儿是最好的,而别人家的孩子,必须不能影响到自己女儿才行。其实细想,哪个孩子不是父母眼里的宝贝,自己怎么能够只看到自己孩子的好而伤害别人孩子的自尊呢?就像叶青说的那样,她只想要女儿按自己的唯一二元化的方式去生活,不希望她被外面的多元化打扰。这样的妈妈,是不是真的很自私?

第十九章　反侦团之沉默的反抗

郑莉莎越看女儿，越觉得愧疚。

尽管王可儿还是不理她，但郑莉莎已经不计较，她想让女儿明白，当妈妈的愿意向她妥协，所以主动邀请孩子们来家里做客。

林小峰、米爱、杜梓薇都来了。王可儿表现大方，主动邀请朋友们到自己房间里玩。郑茉莉、艾小云、叶青围着郑莉莎追问。

"怎么突然向自己的女儿示弱了呢？这可不是你的作风。"叶青问。

"妈妈和孩子之间哪来的战争？就算有战争，又哪来的赢家？"郑莉莎感慨地说，"我现在只希望给她一个舒心的家，母慈女孝，安安静静地迎接高考。"

"未雨绸缪是好，可谁知道孩子们心里是怎么想的。"郑茉莉泼冷水，"反正我现在是越来越看不透小峰，叛逆期提前，一直未愈，头疼。"

艾小云劝她："给自己点信心，也多给孩子点信任，其实孩子教育不好，责任全在家长。我学到了一句话，感觉很有道理：一流的家长做孩子的榜样，二流的家长做孩子的教练，三流的家长只是孩子的保姆。孩子没教育好，我们是不是也该找找自己的问题？"

她的话获得妈妈们的赞同，特别是叶青。

"这话太对了！我就是俩孩子的保姆。就说今天吧，本来要带查理一起来，可他说有事，还不让我问，想要什么民主权和自由权，我就不敢问，给人家准备好午餐，这才带梓薇出门。你们说，不是保姆是什么？"

叶青的话郑莉莎有同感，"哪个当妈的不是孩子的保姆？从小带到大，大了也操心。保姆有薪水可拿，我们收到的回报却是埋怨和刁难。"

"就是！"郑茉莉表示同意，"我倒想给小峰做榜样，他好的不学，偏学坏的，有什么办法？"

"不能悲观。"艾小云提醒大家，"孩子不懂事，咱们可以讲道理呀。要相信自己，相信孩子，言传身教从来都是管用的，大家不妨今天就试试看，尽量给孩子做榜样。"

"试试？"妈妈们相互看看，有迟疑，有为难，更多的是跃跃欲试。

妈妈们在外面聊得不亦乐乎时，房间里的孩子们也相谈甚欢。

王可儿带领大家成立了孩子群，林小峰的手机也重新下载了微信。王可儿告诉大家："记住，咱们孩子团必须保守秘密，绝不要叛徒！"发现只有杜梓薇，没看到卫查理，"你家的洋亲戚呢？"

"他有事，来不了。"杜梓薇回答。

"不来更好，来了也只会说让咱们更换监护人，他哪懂咱们的国情。"

王可儿的话让杜梓薇生出一点小意见，"其实查理有时候说的话挺对的……"

"你们是一家人，你当然替他说话。"王可儿当仁不让。

"好啦，姐，说说咱们下一步怎么办吧。"林小峰怕俩人吵起来，赶紧终止她们的谈话,"今天妈妈们都在,咱们出什么招儿?"

王可儿这才转移话题,"一二三,木头人,怎么样?"

米爱睁着大大的眼睛,似懂非懂,"可儿姐姐,你是想让大家都不跟自己的妈妈说话,是吗?"

"聪明。这叫沉默游戏。"

午餐时间,郑莉莎将孩子们从房间里喊出来。让她诧异的是,孩子们鱼贯而出,却都保持沉默。

"可儿,中午多做两个你喜欢的菜,好不好?"

王可儿沉默着,坐到沙发上,兀自打开电视。

郑莉莎正纳闷时,端着水果从厨房出来的艾小云看到米爱,赶紧递过一个苹果,"米爱,你最喜欢的,快来吃。"

米爱看一眼妈妈,眼神复杂,转头不理她,艾小云感觉很奇怪。

最感到奇怪的还是郑茉莉,本来用一副笑脸迎向林小峰,结果林小峰却躲开她,直接奔向王可儿,把她直愣愣地晾在原地。

叶青关切地问杜梓薇:"今天玩得开心吗?"

杜梓薇本能地想回答,王可儿突然咳嗽了一声,她不得不避开叶青,走到王可儿身边,在沙发上坐下来。

孩子们的集体沉默引起妈妈们的注意,可谁也不知道发生了什么事。作为女主人的郑莉莎自然是要问明白的,她上前追问王可儿:"你们这是怎么了?"

王可儿不理她,眼睛一直盯着电视。

郑莉莎急了,上前夺过遥控器,关了电视,再问:"大家都怎么了?为什么不吃饭,也不说话?发生什么事了?告诉妈妈!"

王可儿抢过遥控器,打开电视,依然不理她。

郑莉莎忍不住了,大声呵斥王可儿:"妈妈问你话呢,你耳朵借出去了是吗?回答我!"

声音很大,孩子们吓愣了。王可儿指着郑莉莎,向朋友们倾诉:"都看到了吧?这就是我妈,假温柔,无可救药!"

郑莉莎终于爆发了,"王可儿,你又在出什么坏主意?让弟弟妹妹们跟你学坏是不是?"

妈妈们已经猜到孩子们在集体跟她们玩心机,不免一个个上前质问各自的孩子。一时间,质问声、埋怨声四起。孩子们瞪着眼睛盯着自己的妈妈,妈妈们瞪着眼睛盯着自己的孩子,好好的一场聚会成了相互埋怨和对峙。

杜梓薇是孩子们当中最理智的,在众人乱成一团的时候,她主动拉着叶青先行离开。

回了家,叶青还是没问出来到底孩子们在玩什么心机。杜梓薇说不能出卖朋友,拒绝跟她谈,却把聚会上发生的一切告诉了卫查理。

"我一直以为,就咱家矛盾最多,没想到,别人家更乱。"

"他们就是不理解父母。"卫查理倒是一脸坦然,"杜梓薇,你别跟他们胡来,父母再不好,也是爱自己的孩子的,也是为我们好,我们可不能跟他们对着干,有想法可以沟通,沟通不了可以换监护人,没必要去伤他们的心。"

叶青听到卫查理的话,顿时对这个孩子充满了好感。尽管两人之间依然隔着距离,但能听到这样稳妥和贴心的话,叶青还是很感动。

她主动做了点心给卫查理送过去,卫查理双眼盯着美国刚寄来的漫画书,目不转睛,发现叶青一直盯着自己看,有些不理解。

"叶青,你这样盯着人看是不礼貌的。"

叶青不以为然地笑，"有一种注视，叫母亲的注视，慈爱无罪。这些你在课本上应该有学到吧？"

"你今天怪怪的……"卫查理指着盘子里的点心，"以前不许我们夜里吃东西，现在主动做宵夜。以前不说这么肉麻的话，现在跟我谈慈爱。说吧，你有什么事要问我？或者我哪里又做错了，我改，OK？"

"没有，你一点错也没有，相反，我今天发现了你特别好的一面。"叶青无比肯定，"查理，以前是叶阿姨一直误会你，疏远你，甚至嫌弃你，今天我才知道，原来你这么懂事。你理解父母的苦心，懂得接纳父母对你们的爱，这点做得特别棒，我和杜梓薇都应该向你学习。"

莫名被表扬，卫查理倒有些不习惯，"就是说了点实话，你用不着这么客气。"

"不是客气，是感动。"叶青感慨地说，"如果每个孩子都能像你这样理解父母，那又何来这么多争吵？查理，谢谢你。"

叶青的话让卫查理不知所措，但他知道，这是心与心靠近的一个机会，于是爽快地送了叶青一个礼貌的微笑。

离婚断掉的只是夫妻关系，对于子女亲情来说，越分开越想念。

米爱在家里的通信小本上意外地看到了任雨的电话，想起上次任雨带她找到爸爸的情景，知道这是个寻找爸爸的机会，马上在群里询问大家的意见，王可儿告诉她："可以通过任雨寻找爸爸。"

米爱背着艾小云给任雨打了电话，她不知道其实任雨也跟米大利失联了，任雨更希望通过她来打听米大利的消息，所以爽快地答应了见面。

任雨准备了太多问题想问米爱，没想到一见面米爱先抛出了她的疑问。

"你知道我爸爸的新手机号吗？如果知道，告诉我好吗？"声音细细小小，却透着坚定。

任雨试图安抚她："阿姨觉得，这件事你妈妈应该知道，你为什么不问你妈妈呢？"

米爱不乐意了，任雨还想追问，这时王可儿和林小峰走了过来。看到这么多孩子，任雨愣了。

"任老师，我们谈谈吧。"王可儿率先说话。

"我跟你们有什么好谈的？"任雨不明所以。

"你不是喜欢米爱的爸爸吗？"王可儿当仁不让，"如果是，那咱们就有的谈。"

任雨愣了，没想到这次不是米爱求自己，而是米爱设局来试探自己。

"你们想谈什么？"

林小峰上前，盯着任雨，"你上次带走米爱，她被她妈妈打了，你知道吗？"

"上次不是为了带米爱去见她爸爸吗？你知道的。"任雨试图解释，"米爱的爸爸也想米爱，我真的只是希望他们能见一面，没有别的恶意。"

"就算没有恶意，我看你也不怀好意。"王可儿轻蔑地盯着任雨，"米爱希望自己的爸爸妈妈永远在一起。"

任雨终于明白，几个孩子其实是商量好了一起来讨伐自己的。

"米爱，看来今天没的聊了，咱们改天再约，好吗？"

任雨跟米爱道别，米爱点头。

"那跟任阿姨再见吧,下次约。"

任雨挥手道别,让她想不到的是,米爱在最后却坚定地告诉她:"我不想叫你阿姨,我觉得你更适合当我姐姐。"

任雨的心"咯噔"一下,她没想到,米爱小小的年纪竟然如此通晓人情世故,一个姐姐,一声阿姨,隔着的却是天大的差别。

任雨走了,米爱一脸担心地问王可儿:"姐姐,我这样说,她是不是就能把爸爸还给我?"

王可儿盯着任雨的背影,一字一顿地对米爱说:"我说了,一定会帮你把爸爸夺回来。"

林峰病没好利索就又出差了。

突然冷清下来的家,让郑茉莉有些不习惯。她回父母家,强行把林小峰带回来,依然是揪着耳朵,塞进车里。

林小峰无比抗拒,"妈妈,你就像城管一样,暴力执法。"

"不暴力,就清除不了障碍。"

"咱们不是说好,以后好好说话吗?"

"咱们还有约法三章呢,你怎么不说好好遵守?"

"妈妈,我已经不想跟你说话了。"

林小峰突然沉默了。

郑茉莉这才意识到,自己好像又回到了起点,所谓的温柔对待,所谓的榜样家长,一样也没做到。

"小峰,妈妈带你回家就是太想你了,没别的意思。"她试图挽回。

林小峰依然不理她。

"要不,妈妈带你去超市买零食?"

林小峰还是不说话。

"要不这样吧，你不是一直想要限量版变形金刚吗？妈妈给你买。"

林小峰的嘴唇下意识地抿了一下。这个动作告诉郑茉莉，他有点动心了。

"走吧，我们买玩具去。"

不料林小峰站了起来，却并没有往外走，而是跟她谈起了新的条件。

"妈妈，真想给我买玩具，那就买36件吧。"

"为什么？"

"我们班37个人啊，买36件才够分。"

"37个人，为什么只买36件？"郑茉莉不明白他到底在想什么。

"除了王强，人手一份。"

"为什么不能给王强一份？"

"妈妈，你真的没有爸爸聪明，竞争对手就是敌人，有听说过给敌人送礼的吗？"

林小峰说起送礼，郑茉莉这才记起，他想的还是竞选班长的事。

"儿子，竞选班长这件事，咱们就算了吧。选班长，比的是成绩，不是人缘。再说好人缘是靠日积月累的相处，不是靠送东西啊……"

郑茉莉的话还没说完，林小峰已经不高兴了，"你就是没有爸爸理解我。"

林小峰说完，回了自己房间，关上了门。郑茉莉被晾在客厅，不知所措。

早上，叶青等待两个孩子出来吃早餐。

杜梓薇蹦跳着从房间出来,"妈妈,如果有我的快递,记得帮忙签收和付款。"

"你在网上买什么了?谁允许你网购的?"

"没什么,就是一点夏令营要用的东西。几百块吧,也不贵。"

本来夏令营的事,叶青就不太赞同,如今为了还是遥遥无期的夏令营,杜梓薇竟然开始网购,这让她更加不满。

"全给我退了!"

"妈妈,都是些必需的东西,防晒衣,爬山拐棍,蚊虫液……"

"行了!全退掉!"叶青很生气,"你不是告诉我,夏令营是在屋子里大家一起学习吗?这些东西听着就是出去玩要用的,跟夏令营有什么关系?"

叶青教训女儿的时候,卫查理走了过来。看到母女二人起争执,卫查理首先指出叶青的不对,"叶青,你太霸道了,就算是父母也没有权力阻止孩子的自由,你这叫越权。"

"查理,这是中国,不是美国。"

"中国难道就不讲人权了吗?"查理有些不明白,"怪不得那些孩子要跟妈妈对着干,哪里有压迫哪里就有反抗。"

"这个你倒是真学会了。"叶青无奈,"父母不霸道一些,还不让你们这些孩子欺负了?"

"你这样做是不对的,不能平等地跟孩子做朋友,当然收获不到友谊,又怎么可能知道孩子心里在想什么呢?"卫查理劝叶青,"放下霸道,公平公开,这样才是好妈妈。"

"就是,放下霸道,公平公开,这样才是好妈妈。"杜梓薇重复着卫查理的话。

叶青被两个孩子说得无言以对。她转身回房间,把刚才卫查理的话发到妈妈群，本意是想求安慰，结果艾小云第一时间回复她："人家查理说的对，妈妈不能跟孩子做朋友，肯定收获不到友谊和信任，又怎么可能跟妈妈说知心话？"

郑茉莉却急切地反对："那得看是什么样的孩子，像我们家这小子似的，能气死人，谈何做朋友？"

"是啊，我们家可儿根本不和我沟通，也不给我沟通的机会，想做朋友也得有机会聊啊。"郑莉莎跟着感慨，"现在的孩子，想的都是自己的权益，什么时候考虑过父母的心情？"

几句感慨过后，妈妈群沉默了。

跟孩子相处，已经用过太多方式，为何总是找不到对的那一种？

王可儿因为参加实践活动临阵脱逃，在班上受到了老师的批评，这让她觉得很没面子。放学后，她一个人赌气往回走，刚走了两步就被陈泽喊住。

"你不用安慰我，这件事就是我错了。"王可儿先发制人，"老师批评的对。"

"我要说的不是这件事。"陈泽一脸着急。

"要是别的事，就别找我了。"王可儿看四处都是同学，"别再让大家误会。"

"你说什么呢！"陈泽不高兴，"本来想找许慕，让她通知你的，结果她在深圳还没回来，所以我只能找你。"

"到底怎么了？"

"它死了。"

"你是说……罗罗死了？"

王可儿瞬间难过起来，"它怎么会死了呢？"

"我也不知道，昨天轮到我去喂食，结果喊了半天它也不出来。后来……后来看它的身体浮在池塘里，不动了，身体上的颜色都变了……"

陈泽的话还没说完，王可儿已经抱着书包往公交站点跑去。

"你要做什么？"

"我去看看它！"王可儿丢下一句话，继续往前跑。

此时，天上飘起细细的雨丝，陈泽抬头看看天，不放心地跟了上去，"池塘又湿又滑，不安全，我陪你去！"

两个孩子一起去了郊外。

池塘边，遍寻不见鳄鱼的踪影，王可儿伤心极了，"从那么点儿就开始养它，现在说没就没了，真是舍不得。"

"它本来就不适应这里的气候，又不知道是从哪里跑来的，发生不测也是难免。"陈泽安慰她，"也许，我们当初应该把它交给动物园，让那里的人照顾它，它可能还活着……"

"你真的确定，它是死了吗？"

"它的身体在水里漂浮，早就没有呼吸……也许被人打捞走了，也许被冲远了……"

王可儿难过得痛哭起来。

原来，几个孩子在池塘边玩耍时，竟然发现了一条暹罗鳄，出于好奇，他们把它放养在池塘里，几个人轮流过来投食，时间不长，却有了感情，如今小鳄鱼去世了，伤心在所难免。

雨越下越大，两个孩子赶上最后一班车回家，王可儿一路上一直啜泣，陈泽不放心，"我送你回家吧。"王可儿没有拒绝。

当郑莉莎打开家门，发现送女儿回来的竟然是陈泽，强忍着质疑，露出微笑，"谢谢你送可儿回来。"她礼貌地送走陈泽，本意是想讨好王可儿，不料心情不佳的王可儿毫不留情地点破她的虚伪，"装给谁看？"

郑莉莎已经不知道该如何跟王可儿沟通了，只能把不满发泄给王得水，"瞧瞧你的好女儿，自己做错了事，倒先埋怨起我来！真不知道，这些年是怎么教育的！"

"是啊，这些年你是怎么教育的？"王得水反诘。

郑莉莎被问住，"我怎么教育是我的事，那你呢？你是父亲，法律上也是监护人，你怎么不出手教育？"

"你教育的方式就不对，一会儿温柔，一会儿霸道，别说孩子受不了，我看了都浑身不自在。"

"你懂教育，那你来教，行吗？"

"我教育，你能不参与吗？如果能，以后我来管孩子。"

"王得水，你也学会跟我叫板了，是吗？"郑莉莎越说越气，"好，那我就放手，让你管，看你能管成什么样！"

第二十章　妈妈与爸爸的教育PK

郑莉莎当真放权了，确切地说，暂时放手了。

一来，她自认跟女儿修复关系是件很漫长的事；二来，她需要时间思考自己的问题到底出在哪，她不能理解为何一片苦心最后收获的却是孩子的记恨。

当然，在心里，她也不相信王得水能把王可儿制服，甚至还期待王得水回头求自己，"我管不了，还是你管吧"。因为在她看来，教育孩子绝对不是一件简单的事。

可是这一次，郑莉莎失算了。

王得水只跟王可儿相处了一天，王可儿就向他招供："爸爸，其实我真的没有跟陈泽早恋，我们去郊外也不是约会，是共同养了一条暹罗鳄，不过昨天，它在池塘里死掉了。"

当王得水把打探来的消息传递给郑莉莎的时候，郑莉莎第一时间表示不相信，"怎么可能？所有人都知道他们在恋爱，转个身就成了共同养宠物？"

"你也不想想，谁恋爱会几个人一起谈？孩子每次去郊外，都是一大帮人，又不是单独相处，怎么就成了早恋？"

"那她藏着掖着干吗，倒是跟我解释呀！"

"孩子解释，你信吗？"

郑莉莎被问愣了。

"老婆，教育孩子没有你想的那么难，只要做到平心静气，理解和沟通，就能解决一切问题。"

"你就是这么沟通来的消息？"郑莉莎还是不愿意相信。

"不然你以为呢？我总不能跟你一样刑讯逼供吧？"王得水劝解，"教育孩子不是逼他们服从，而是引领。你想想，这些年你做的那些事，说的那些话，哪件哪句不都是'你应该怎样怎样'，孩子听多了会逆反，又怎么可能服从？"

"那你是怎么引领的？"郑莉莎好奇。

"将心比心。我跟孩子说起我小时候的事，告诉她一切没什么大不了，不管发生什么事，我都相信她。"

"就这么简单？"

"跟孩子沟通只要用心就行，哪有你想的那么复杂。"王得水肯定地回答。

他越肯定，郑莉莎越质疑："这些年我的教育方式真的出问题了吗？"

跟郑莉莎同样心存疑问的，还有叶青。

自从夏令营事件之后，她好像同时失去了两个孩子的心。过去不和的两个孩子私下开始交好，嘀嘀咕咕，偏偏和她之间距离越来越远。她想修好，却不知道怎么去示好。

自从上次洗碗事件之后，两个孩子养成了饭后自己刷碗的习惯，叶青想讨好孩子们，下令"放着，我来"，同时告诉孩子们"厨房危险，不要进来"。

杜梓薇和卫查理在家里玩丢沙包游戏，叶青又反对："危险，打着对方就不好了。"

孩子们像被束缚住了手脚一样,坐也不是,站也不是。卫勇实在看不下去,严肃地告诉叶青:"你再这么管下去,两个孩子全都毁了!"

"我这是爱护他们,怎么可能是毁了他们?"

"亲爱的,放手就那么难吗?"

"可他们还小,怎么能做事呢?刷碗不干净不要紧,碎了也没关系,万一割伤他们的手怎么办?游戏可以玩很多,干吗玩危险的?看看书,安安静静的多好……"

"行了!"没等叶青说完,卫勇出言制止,"我真的接受不了你的教育方式,今天把他们交给我,我会让你看到不一样的他们。"

"你确定?"

"我确定。前提是,无论发生什么,你都不能插手。"

叶青迟疑着跟卫勇达成协议,"行,我出去逛街,晚上回来看你的成果。"

逛街的时候,叶青的脑子里一直是这样的画面:家里一团糟,到处脏乱差。卫勇说什么,孩子们也不听。晚餐没着落,两个孩子饿着肚子等自己回家……

可是当她真的如约回到家里时,看到的却完全是另外一副样子:家里整洁如新,卫生无死角。卫勇坐在沙发上,杜梓薇沏茶送上来。最让她不敢相信的是,卫查理竟然煎好蛋端了出来……

"这……怎么回事?"叶青不敢相信地问卫勇。

卫勇一副无可奉告的样子,伸手向她做了个请的姿势,"尝尝孩子们的手艺吧。"

叶青在餐桌旁坐下来,杜梓薇和卫查理在厨房里跑来跑去,争着炒菜，做饭。

"亲爱的，我以为自己走错门了，想象中不该是这样的。"叶青仿佛做了一场梦。

"你以为，孩子们离开你，穿不暖，吃不好，得冻死饿死，是不是？"卫勇点破她的心事，"你过去的付出，不过是照顾孩子，为了让他们听你的话，但是你忘了，想要成长就必须允许孩子们去探索他们未知的领域，给他们机会让他们锻炼，比如，该自己洗的衣服，就让他们自己去洗；该自己做的事，就让他们自己动手。"

"就这么简单？"叶青不敢相信地盯着餐桌上的菜。

"孩子需要机会成长，你得给他们机会去探索，而不是一味护着，让他们只会听话，不会动手。"卫勇无比肯定。

叶青仿佛身处梦幻中，开始想象以后自己的日子该有多么地轻松。她拿起筷子，尝了一口杜梓薇刚端上来的炒青菜。一口菜咽下去差点被齁住，她一边大口喝水一边告诉自己：梦醒了。

周末郑茉莉加班，林小峰被随身带着强行安排在办公室里写作业。

艾小云带着米爱来上舞蹈课，课间休息时，米爱发现了一只小狗，便叫上林小峰一起去看狗。结果林小峰调皮，想从小狗嘴里抢零食。小狗被惹毛了，上来一口咬住他的手指。林小峰又怕又疼，哇哇大哭。

郑茉莉带着林小峰去打疫苗，疫苗针有些疼，林小峰痛哭不止，用力挣扎，郑茉莉抱不住，生气地告诫："再哭，我就不管你了！"

"我不用你管，我要爸爸！"

这种时候，孩子心里想的却是爸爸，郑茉莉打电话给林峰，林峰心疼儿子，当即开车回来。

看到儿子受伤，林峰忍不住责备郑茉莉："孩子想在姥姥家待着，你偏要把人接回来，这倒好，咬着了吧？没事还好，要是得个狂犬病啥的，那不是要了孩子的命？"

"你怎么还埋怨我？"郑茉莉不服，"我把他带在身边，你说我带得不好；我把他送回姥姥家，你又说我对孩子不负责任！你有本事你来带啊，反正孩子又不是我一个人的！"

"我带就我带。"林峰赌气，"我们爷俩待着，肯定比跟你在一块过得快乐。"

"切！"郑茉莉不以为然。

然而，让她想不到的是，林峰当真把儿子带得很好。父子二人上午一起出去玩，下午回来林小峰把作业写了，晚上两人一起看大片，笑声就没断过，只差没把屋顶掀开。看着林小峰脸上久违的笑容，特别是看到儿子抱着林峰胳膊不撒手的情形，郑茉莉有些不敢相信。

"你怎么做到的？儿子已经好几天不理我了，怎么跟你在一起又搂又抱的？"

"对待孩子，除了耐心，更重要的是用心，先把他当成个人来对待，而不是当成你的附属品，你在想让他做什么之前，要先问问他是不是愿意。我们相处的这一天，我告诉他上午可以尽情玩，玩够了下午回来自觉写作业。你看，他同意了，也做到了，多简单的事。"

"就这么简单？"

"孩子天天在身边跟着，那不叫听话，那叫屈服。小峰跟我说了，你总是命令他这样那样，不听话就揪耳朵。其实这些行为很伤他的心，要放手，要学会让他自己去挑战新生事物，而不是逼着他按你的意志行事。"

"我还是有些迷糊……"郑茉莉不敢置信，"那么不听话的孩子，你竟然一天就带好了？"

林峰不想理她，"你呀，要多信任别人，不要总是质疑，对儿子这样，对我也这样。"

艾小云对林小峰被咬一事很是愧疚，回家后不断地教育米爱。米爱承认了错误，也感觉自己委屈。

"小峰最喜欢狗狗，我知道他喜欢，所以才叫他去看的。"

"但是狗狗很危险，你请他看狗之前，应该先想到他的安全。"

"妈妈，要是狗狗跟我一样听话就好了，就不会咬到小峰了……"

米爱无厘头的一句话，突然让艾小云心疼，自己只期待着孩子听话，却忽视了听话的孩子其实心里是委屈的。

艾小云把自己的感慨发到妈妈群，几位妈妈立时响应。

"今天，我们家王得水给我上了生动的一课，他说教育孩子不能只是让孩子听从，而是应该学会引领，挺受用。"郑莉莎率先发言。

叶青也表示吃惊，"我们家卫勇也带了一天孩子，两个孩子在他手里就像听话的提线木偶，指哪打哪，十指不沾阳春水的梓薇竟然炒起了菜，虽然不好吃，可我还是觉得满足。卫勇说这叫兴趣引导，不能只让孩子听从我们的安排，更重要的是引导他们按自己的兴趣去探索。"

"我们家也一样，林峰刚才还批评我，说我只想着让孩子当跟班，带在身边以为就是安全的，应该放手，让他学会自己挑战新生事物。"郑茉莉声援，"以前怎么没发现，他也会教育孩子呢？"

"是啊，不能强求孩子听从、服从、跟从，我们也得学会跟他们平等沟通，引领他们去探索和挑战。"艾小云总结道。可是说完了，她又莫名地替女儿米爱委屈。想起米大利，她只能摇头，何时他能跟别人的爸爸一样，对米爱有所付出呢？

几个妈妈聊得正酣的时候，郑莉莎的电话突然响了，电话另一端的警察告诉她，"有人要告你，起诉之前，你如果想接受调解，那么就来所里一趟吧！"

郑莉莎吃了一惊，自己何时惹上了官司？来不及细想，她赶紧往派出所跑去。

第二十一章　吃药事件

郑莉莎急匆匆地赶到派出所才知道，举报她的正是小胖子嫌疑人的父亲。那个高个子胖男人操着一口方言，指认她，"就是她，带人打俺哩，打得俺都脑震荡了！"

好在办理此案的是魏海，郑莉莎便把事情经过说了个明白，承认自己确实带着几个妈妈跟他有过争执。

"俺就欠你三百块钱的旧冰箱钱，你就把俺打成这样，医药费咋赔？"高胖男人不依不饶。

"谁打你头了？那天不就是争执几句吗？"郑莉莎面对无赖似的男人，竟然不知如何为自己辩解，"把那天的监控调出来，一切不就明白了吗？"

魏海告诉她："废品站是个死角，没有监控，所以我才叫你来调查清楚。"

"那……怎么办？"郑莉莎直呼冤枉，"我怎么可能是他这样一个男人的对手？怎么可能把他打成脑震荡？再说这件事已经过去这么久，他早不报案晚不报案，现在报案，明摆着就是敲诈！"

魏海是老警察，深知里面有诈，连夜突审高胖男人。

审讯室外，郑莉莎一脸着急。王得水打来电话问她在哪，郑莉莎差点没哭出来，"我在派出所，你快来保我……"说完，仍不忘告诉他,"别让可儿知道"。

王得水匆匆赶来时,魏海已经把高胖男人审了个明白。

原来,这就是一个无赖,自己欠了很多外债,被人围堵起来吊打。为了还债,他决定讹郑莉莎一笔钱,没想到演砸了。

魏海拘押了高胖男人,郑莉莎终于可以走了。走出派出所,郑莉莎看到小胖子正站在派出所外不停地往里张望。郑莉莎知道孩子是在担心爸爸,本能地上前想要安慰几句。

"你爸爸待两天就出来了,你回家吧。"

"是你害了我爸爸!"小胖子不友好地上前想推郑莉莎,被王得水拦下后便匆匆跑了。

郑莉莎看着小胖子的背影,突然不知该说什么才好,倒是王得水有些恼怒,"大人没个大人样,孩子没个孩子样!"

郑莉莎盯着小胖子消失的方向,不无担忧地说:"遇到这样的家长,耽误的是孩子的人生。"

"走吧,回家。"王得水拉着郑莉莎上车。

郑莉莎不放心地再次叮嘱:"一定不能让可儿知道。"

王得水点头,"听你的。"

林峰心疼儿子被狗咬,在家多待了几天。有爸爸惯着,林小峰比以往开朗了许多。孩子高兴,当妈妈的肯定也开心,郑茉莉和林峰的关系也改善了不少。

晚上,夫妻二人在房间里说话,郑茉莉再次聊到二胎的事情上,"我们学校一个老师,独生女,父母病了,公婆也病了,两头忙,自己累得快趴下了,还得强撑着轮番在两家医院跑,太可怕了。"郑茉莉说:"所以思来想去,咱们还是应该再生一个,将来也可以让孩子有个伴,可以一起分担。"

"事是这么个事,但小峰能答应吗?"

"生不生是咱们的事,他一个小孩子有什么不答应的?"郑茉莉不以为然,"将来咱们老了至少他还有个伴,有事还有人可以商量,到时候他就理解了。"

"这倒也是。"

"要生咱们可得抓紧,都不年轻了。"

"随时。"林峰一脸笃定。

郑茉莉像想起什么似的,从抽屉里拿出一堆备孕药,"我今天把药都买齐了,钙片、叶酸,你也记得吃,一天一片。"

两人说话时,林小峰正拿着摔坏的玩具站在他们房门口,他本来是想让爸爸帮自己修玩具的。听到父母决定生二胎时,他愣了,深知这事是自己阻拦不了的,可又不甘心⋯⋯

第二天,林小峰兴致不高,上课都不专心听讲。米爱发现他不正常,主动关心他,"你怎么了?"

"没事。"

"老师叫你的名字叫了三遍,你都听不到。"

"我⋯⋯"林小峰本来想跟米爱说,又觉得没用,"算了,跟你说,你也帮不上忙。"

"我妈妈常说,人要懂得分享。快乐的,分享了就是双倍的快乐;痛苦的,分享以后就会减轻一半。"米爱一本正经地说,"你是不是又被你妈妈打了?"

"没有。"林小峰故作骄傲,"有我爸在,她不敢打我。再说,咱们不是有组织嘛,她敢打,我就离家出走。"

"那为什么不高兴?"

"唉！"林小峰终于没忍住，把父母吃药备孕的事告诉了米爱，"他们都开始行动了，这事怕是拦不住。我害怕，怕有了二胎，他们就不宠我了。"

"大人也真是奇怪，生宝宝还要先吃药，不吃药就生不出来吗？"米爱一脸不解。

本是一句无心的话，却点燃了林小峰内心的希冀。一个念头涌上来，他立马有了笑容，"米爱，还是你聪明，我知道该怎么做了！"

米爱一脸迷茫，林小峰却像得了锦囊妙计一样。放学后，林小峰兴冲冲地回到家，趁爸妈不注意，溜进他们房间里，拿自己平时吃的维生素片将备孕药换了。

米爱回家，几次想开口跟妈妈说林小峰妈妈生二胎的事，可是想了想，怕妈妈想起爸爸不开心，又咽了回去。

艾小云忙着备考心理咨询师，还要忙着看着米爱写作业，连锅里煮着东西都忘了。汤水溢出，火被扑灭了，厨房冒起很大的浓烟，煤气警报"嘀嘀"地响着。艾小云手忙脚乱地擦洗着，忙了大半天发现，汤全干了，晚饭没了着落。

"米爱，要不……咱们叫外卖吧？你想吃什么？"

米爱不满地嘟起小嘴，"妈妈，你刚说吃外卖不健康，又说要叫外卖，到底是吃还是不吃？"说完，学着大人的样子叹气，"唉，要是爸爸在就好了。他做事专心，做饭又好吃。"

"行了！"艾小云忙活了半天，本来心里就憋着气，听到米爱提起米大利，顿时火了，"别提他！"

"妈妈，难道你不想念爸爸做的饭吗？"米爱再次尝试接续父母的感情。

艾小云却在心里记恨米大利的突然失联,"再提他,妈妈真生气了!"

米爱吓得不敢再说话,转身回了房间,在孩子群里发牢骚:"妈妈不许我提爸爸,怎么办?"

王可儿安慰米爱:"别着急,把自己急坏了,生病了怎么办?"

林小峰悄悄上线,告诉米爱:"你真生病了,爸爸妈妈就着急了,说不定你爸爸就能回来了。"

米爱听了,若有所思。

自从上次听到卫查理劝杜梓薇多理解父母的话之后,叶青对卫查理的印象大为改观。而卫查理对她也多了一分亲近,经常偷偷地跟她开几句玩笑。

本来以为,一家子和和美美的时代已经来临,不料,一个电话还是把叶青打回了现实。

卫查理在客厅跟自己远在美国的妈妈视频通话,虽然全程英文,但杜梓薇还是听明白几个单词:"Ye Qing, fool, she is a fool……"杜梓薇气得跳脚,上前就跟卫查理吵了起来。

"你骂谁笨蛋?你骂谁呢?"杜梓薇上前抢卫查理的电话。

杜梓薇突然闯入卫查理和妈妈的视频通话里,卫查理意外,美国妈妈也意外,甚至开始担心叶青对孩子的教育。所以两个孩子在客厅里吵的时候,美国妈妈打电话给卫勇:"你的中国妻子不懂得怎么教育孩子,我担心查理在中国受不到好的教育。"

这些话,站在门外的叶青听得清清楚楚,正不知该如何跟卫勇解释时,却听到卫勇明明白白地告诉美国前妻:"叶青是怎样的人,我比你了解。我爱她,首先是她的善良,她对查理的付出一点也不比我们少。只这一点,你就没有资格批评她!"

在那一刻,叶青仿佛嗅到了春天花开的味道,她没想到关键时刻,卫勇如此袒护自己。冲这一点,她也深感知足。

只是客厅里,两个孩子依旧互不相让。

"卫查理我告诉你,以后我妈妈做的饭,你一口也别吃,让你美国妈给你快递汉堡!我妈妈洗的衣服,你也别穿,攒着让你美国妈来洗!"

"我又没说叶青做饭不好吃,洗衣服不干净……"卫查理试图辩解。

"可你骂她是笨蛋!"杜梓薇不高兴,"我妈妈对你,比对我都要好,你竟然这样骂他,你有没有良心!"

"我……"卫查理本能地解释,"这是我跟妈妈说话的方式,我们之间可以开玩笑的……"

"查理!你给我进来!"此时,站在房门前的卫勇叫住了查理,一脸严肃。

叶青知道,卫勇一定是要批评卫查理的,赶紧上前制止:"算了吧,你别吓着他。"

卫勇指着还在迟疑的卫查理,"从今天起,你不能再叶青叶青地叫,必须叫叶阿姨!还有,吃叶阿姨做的饭,你要说谢谢。穿叶阿姨洗的衣服,你也要说谢谢。以后再敢说侮辱叶阿姨的话,马上滚回美国去!"

卫查理低下头去,不作声。

叶青赶紧上前安慰:"查理,你是跟阿姨开玩笑的,对吧?"

本来是想给卫查理一个台阶下的,不料耿直的卫查理听不出这是一个"包袱",反而再次给自己挖了坑。

"你真的很笨,我骂了你,也不生气?"

叶青愣了一下,这个美国孩子还真是单纯得可爱,让她哭笑不得。

米爱把自己关在卫生间,不断地往身上泼凉水,每泼一次就被冻得抖上半天,可她还是坚持着往头上冲着一盆盆凉水。

洗完澡从卫生间出来,米爱不穿衣服,原地一直跳啊跳,还拿起书给自己扇风。

艾小云喝止她:"米爱,你这是干吗呢?"

"我……热。"

即便穿上了衣服,米爱也故意不盖被子,她幻想着明天早上自己爬不起来,或是高烧不退,那样爸爸就会回来,妈妈也不会再跟爸爸争吵……

可是第二天早上,米爱醒来,一切正常,甚至还更加精神,摸一摸脑袋,完全没有发烧的迹象,她不由得满脸失望,发微信语音给林小峰:"小峰,我为什么就是不生病呢?"

林小峰突然记起妈妈的备孕药,告诉米爱:"洗个澡不感冒太正常了,多吃点药,说不定你就吃病了,那样不也能进医院吗?"

米爱听了,顿时又来了精神,趁艾小云做早饭的时候,偷偷打开家里的药箱,拿了几瓶药,又偷偷跑回自己房间。

看着眼前花花绿绿的药片,米爱强迫自己闭上眼睛,一颗又一颗地吃进嘴里……

米爱不断地吃,记不清吃了多少片,也不知道吃了什么药,直到吃不下。突然,她感到一阵恶心,嘴里没来得及咽下去的药片全被吐了出来,随后胃里烧得难受,一口接一口地吐白沫,她马上高喊:

"妈妈，妈妈……"

艾小云抱着昏迷的米爱，一边哭一边打车往医院跑。

路上，米爱已经有些迷糊，嘴里不断地喊着爸爸，艾小云拿起电话拨打，听到的却是"对不起，你拨打的电话是空号"，气得她当即把电话摔了。

小小的米爱，因为乱吃药，竟然遭受了洗胃的痛苦，这让艾小云心疼不已。更让她心疼的是，米爱不肯配合医生，不断地嚷着"我要爸爸，我要爸爸"。医生看不下去，问艾小云："孩子爸爸呢？这时候都不来医院，还当什么爸爸！"

米爱洗完胃，小脸上挂着泪痕，昏沉沉地睡着了，看得艾小云心里一阵儿疼。

艾小云尝试着上门去找米大利，没想到竟然在门口碰到了任雨。她顾不上计较恩怨得失，只能低声下气求任雨："如果你知道孩子爸爸在哪，麻烦你告诉我，米爱她住院了，没有爸爸，不肯配合治疗……"艾小云说着，眼泪又流了下来，"我答应你，以后绝不干涉你跟米大利的交往，只希望你能让他出来见米爱一面，安慰一下就行。"

"快别这么说，艾姐，我其实……也不知道米哥去哪了，今天到这儿也是为了找他……"任雨实话实说，"其实一直以来，都是我暗恋他，他一直不回应，你误会我们了。"

艾小云有那么一刻，是愿意相信的，可是当她看到任雨手上的房门钥匙时，不由得冷笑，"他家的钥匙还没换呢。"

任雨还想解释，艾小云却不理她，"麻烦你帮我把话带到吧，我回医院照顾孩子去了。"

艾小云心情复杂,不想去猜米大利和任雨的关系,只希望米爱能平安无事。

只是,让艾小云想不到的是,任雨竟然会买了果篮来看米爱。

"让你破费了,其实没必要。"艾小云客气地拉开距离,"米爱有我这个妈妈就够了。"

任雨一脸愧疚,"我知道,你们离婚,我是有责任的,但请你相信,我跟他之间真的什么也没有……哦,还有,我已经找到他的新单位地址了,也给他同事留了话。他看到留言,应该会马上到医院来看米爱的。"

任雨说完,看了一眼正在睡觉的米爱,默默地走出了病房,"再见。"

艾小云张了张嘴,却什么也说不出来。在内心里,她多么想跟这个女人永生不见……

第二十二章　妈妈团第三战之慈悲和反省

米爱终于醒了。

艾小云的心刚放下,却突然又被提了起来。

她发现,米爱变得爱哭,而且不喜欢说话,有时候她问好几句,米爱都不答一句。

起初,艾小云以为,这是孩子被吓着了,直到医生复查时告诉她:"你这个孩子有点抑郁症的前兆表现,现在只是有倾向,好好跟孩子沟通,多引导她说话,也许很快就能走出来。"

"抑郁症"这三个字像三把重锤打在艾小云的心上,她感觉胸口莫名地疼了起来,疼到直不起腰,弯下腰来,呼吸才一点点顺畅。

这一刻,艾小云觉得自己需要个肩膀,需要有个人能帮自己出出主意,她害怕,怕米爱有个三长两短。她恐惧,恐惧万一真的米爱患了抑郁症,将来怎么办?

得知米爱吃药住进医院时,林小峰吓得躲在房间里不敢出来。儿子的反常逃不过妈妈的眼睛,直觉有事的郑茉莉一番恐吓,林小峰终于说出实情,"是我让米爱吃药的,可我也没让她吃那么多……"

郑茉莉当即就火了,上前拉过林小峰,拼了命地打,"让你胡说八道,乱出主意。药能随便吃吗?出人命怎么办?"

林小峰担心米爱，心存愧疚，并不挣扎，他知道，一切都是自己的错。

林峰从郑茉莉手里把儿子解救出来，"再打就打傻了。"

"本来就是一个傻儿子，你以为他多聪明？成绩差，不上进，还天天惹是生非！"

郑茉莉的指责让林小峰委屈，"对，我哪也不好，你想要好的，那就生个二胎吧！"

"二胎"这个词从林小峰嘴里说出来的时候，郑茉莉和林峰都愣了。

"什么二胎？你从哪儿听来的？"郑茉莉质问儿子，"小小年纪，懂什么！"

林小峰终于爆发了，边哭边嚷："你们不是一直商量要二胎吗？有了二胎还留着我干吗？不要我了！不想要我就明说，天天嫌弃我，骂我打我，还不如让我去当流浪儿呢！"

儿子的话让夫妻俩无言以对。

林峰急着安慰儿子："小峰，不是你想的那样，我跟妈妈是爱你的，就算有了二胎，也一样爱你……"

"我才不信！"林小峰哭着喊，"妈妈天天嫌弃我，就是觉得我不好，所以才想生二胎。有了二胎，怎么可能对我好……"

郑茉莉完全愣了，她不知道，原来二胎这件事对儿子影响如此大。她一直以为，林小峰只是个孩子，给他吃，给他喝，给他想要的一切，已经完成了做母亲的使命，生二胎完全是大人的事。没想到在林小峰眼里，这却成了跟他息息相关的一件大事。

"小峰，你听妈妈说，妈妈生二胎是为了将来你能有个伴……"

郑茉莉拉过儿子的手，刚想解释，却被林小峰甩开，"我不听，也不相信你!"林小峰说完,跑回了房间,狠狠地将房门锁上。

客厅里,夫妻二人默默相对。

郑茉莉思量再三,决定先缓缓二胎的事。她回到自己房间,想把床头柜上的备孕药放进抽屉,却突然觉得药片不对,花花绿绿,完全不是原来的样子。

郑茉莉拿起药瓶,仔细研究了一番,突然明白了,冲着林小峰的房间大喊:"你给我出来,今天不打你,这关我还真就过不去!"

妈妈团其他成员得知米爱住院,纷纷前来探望。

郑茉莉是最愧疚的,抢着去付医药费,并告诉艾小云:"不管米爱变成什么样,将来都是我的儿媳妇,我负责到底。"

艾小云想笑,却笑不出来,"那点药倒没什么,不过查出了新问题,米爱有抑郁症前兆。"

妈妈们听了,都惊呆了。

"怎么会这样?看着挺机灵的一个小人儿,说话都那么可亲……"郑莉莎心疼地上前抚摸了米爱一下,"太可怜了。"

叶青似乎意识到了问题所在,"会不会跟你们离婚的事有关?记得当年我跟梓薇爸爸离婚时,梓薇也闹过情绪,他们虽然小,但对离婚的事还是很敏感的。"

一语中的。

艾小云也不得不点头,"应该是这样,所以我才更加不知道怎么办才好。"

"还能怎么办?让米大利来照顾呀!"郑茉莉心直口快,"他要是敢不来,我开车去把他绑来!"

"算了吧,他现在在哪儿,做什么,我都一无所知,你又去哪儿绑人？"艾小云叹气,"他是存心不想要我们娘俩了。"

"小云,别泄气,眼下先治米爱的病。"郑莉莎安慰,"有什么需要帮忙的,大家一起帮。"

艾小云看一眼闭着眼睛还在睡觉的米爱,满脸愧疚,"这两天我一直在反思过往,越想越觉得亏欠她太多。想当初离婚时,我根本没想过问她的意愿,自己做主就要到了她的监护权。离婚以后,她想爸爸,也是我做主断了他们父女的联系。如今她为了见到爸爸做出这样的事,其实都怪我。"

"是啊,和孩子之间,我们总找不到好的沟通桥梁。我们以为是对他们好的事,其实往往是他们最反感的事。"郑莉莎感慨,"就像我们家可儿一样,我为了她耽误了那么多工作,出钱托关系才找到的外教,她竟然只上了一次课,还指责我在给她施加压力。"

"这些孩子都成精了。"郑茉莉说起儿子就一脸愤怒,"你们猜,昨天我发现什么了?备孕药竟然被那小子给换了。你们说,他们有什么不懂的?道理都懂,就是不听话!"

郑茉莉嗓门大,说这话时,把米爱吵醒了。米爱看到妈妈们在一起议论,又悄悄地闭上了眼睛。

"我也头疼。上次咱们说的温柔相处模式,试过了,没什么效果,反而让孩子觉得我好欺负。你们知道吗?查理跟他妈妈打电话,竟然骂我是fool!"

叶青的话令妈妈们惊讶。

"你那么照顾他,他竟然这么骂你?"郑茉莉无比惊讶,"外国孩子也太没良心了!"

"我也生气,但也知道自己不方便发火。"叶青接着说,"你们猜怎么着?卫勇火了,把查理批评了一通。别说,严格要求以后,查理这两天还真老实了好多。"

"所以说，温柔计策只是暂时的，我们必须再换一种方式跟这帮孩子打交道。"艾小云考虑良久，"我觉得，妈妈和孩子的相处，最好的模式莫过于用心。心是通的，路就是对的，没有所谓的捷径，全凭一颗真心。"

妈妈们听了，若有所思。而此时，米爱慢慢地睁开眼睛，看着这一切。

看到米爱醒了，妈妈们慰问之后，纷纷告别。

艾小云忙问米爱："想吃点什么？妈妈去买。"

米爱摇头，"妈妈，爸爸为什么不来？"

听到米爱又提爸爸，艾小云的胸口又疼了，针扎一般，让她呼吸困难。在米爱面前，她不想表现出来，只能强忍着痛，笑脸相对，"妈妈出去给爸爸打电话，你等一下。"

走出病房的艾小云，胸口疼得越来越难受，忍不住弯腰蹲下来。路过的护士上前扶起她，"你这样子应该是病了，赶紧去找大夫看看吧。"

艾小云强撑着去挂号，拿着病历本去看医生。医生手诊之后建议她去拍片子。没想到片子拍完以后，医生左看右看，竟然告诉她："乳腺疑似有问题，还是让家属来一趟吧。"

艾小云凭借自己浅薄的医疗知识，感觉自己应该是得了重病，可无论她怎么问，医生一直说"疑似"，她知道这只是在安慰自己。回到家她上网对照症状查找，再看看片子上的阴影部位，她百分百地确定自己得了乳腺癌！

这一刻，天昏地暗。

她不知道如何应对，心里只有一个声音：米爱怎么办？

行业设计大赛落下帷幕,颁奖晚会即将举行。

小上司决定带两个人参加颁奖晚会,本来是点名郑莉莎和另外一个同事一起去的。郑莉莎觉得小上司是为了安抚民心,不想去,又觉得设计奖本来就属于自己,如果自己赌气不去,岂不是连露面的机会都没有?

一行人坐在同一辆车里前去参加颁奖晚会,小上司也许是怕郑莉莎生事,特意提点:"郑姐,我们是团队作战,就要有团队意识,一会儿发言就让赵总监上吧。让他代表公司说几句,场面话而已,你别介意。"

"事情到了这一步,我还有什么可介意的?"郑莉莎话里有话。

小上司却不高兴,"郑姐,吵也吵了,闹也闹了,你的气儿该消了。平心而论,我待你不薄,这段时间你为照顾孩子,请了多少次假?迟到早退更不在话下,我说过什么吗?人与人之间要相互理解……"

郑莉莎最瞧不上小司的,就是公私不分,不由得接过话茬反驳,"迟到早退可以扣奖金,我没意见。公是公,私是私,我明白得很,最怕的是公私不分。"

话有所指,车上的每个人都听得出来,小上司的面子挂不住,"要说公私不分,也怕是郑姐你公私不分。为了孩子推掉那么多单子,这样算公私公明吗?"

一而再再而三地提到孩子,郑莉莎知道这是小上司唯一能够吃定自己的地方,"不当父母的人怎能懂得做父母的快乐。为了孩子,一切都值得。"

字字句句,直戳小上司的心。小上司毕竟年轻,城府不够深,脸色骤变,指着前方的路口让司机停一下,"停,赵总监,你下去给我买瓶冰水!"

赵总监要下车买冰水,被郑莉莎制止。她一边下车一边告诉车上的人:"没必要喝冰水,心本来就是凉的。对不起各位,颁奖会我不去了。"

郑莉莎跳下车,返身往回走,每走一步,步子却是万般沉重。距离颁奖晚会现场仅有一街之隔,这个业界大奖曾经是她百般渴求的,如今拱手让人,连领奖机会都放弃了,这份心痛,只有自己明了……

自从卫勇批评了卫查理之后,卫查理老实了很多,每天把自己关在家里画漫画,默不作声,一副受了委屈的样子。叶青看了,竟然涌起一丝心疼。

卫查理画的漫画,倒有几分样子,只是涂色不太和谐,看得叶青很是着急。

"这里用淡黄色,会不会更好看?"她指着漫画问卫查理。

卫查理点点头,"涂色最令人头疼。"

叶青对色彩天生敏感,她拿起彩笔帮卫查理涂色,涂到最后总感觉不太理想,干脆拿出自己的口红和湿粉帮漫画人物的面部着色。在她的用心涂抹下,漫画里的人物栩栩如生,看得卫查理都拍手跳了起来。

"So cool!叶青,你真的很厉害呢!"

叶青骄傲地笑了,主动伸出手去跟卫查理击掌。

两人庆祝的画面被杜梓薇看到,她不由得吃醋,拿起卫查理的漫画,毫不留情地批评起来:"这么个破画,还值得我妈用限量版口红着色,丢不丢人!"

"梓薇,别没礼貌。"叶青纠正,"查理画得很好啊。"

"是他画的好,还是你故意讨好?"杜梓薇不满地折回自己房间。

叶青听出来了,这是在吃醋。想想过往对女儿的疏忽,她知道,自己必须做出改变,要和卫查理好好相处,也要对杜梓薇倍加呵护,她不想因为"分爱不均"伤到女儿,于是带着杜梓薇去了她最喜欢的西餐厅。

点了餐,叶青问杜梓薇:"为什么不愿意带着查理一起来?这儿正好是西餐厅,合他的口味。"

"妈妈,你不觉得自己偏心过重了吗?"杜梓薇不满,"自从他来咱家以后,你事事依着他,护着他,哪儿还顾得上我?我告诉你,你再忽略我的话,我就去美国留学去。"

"去美国留学?你才多大?"叶青摇头否决,"不行,我怎么舍得你跑那么远?那边又没什么亲戚可以照顾你,我怎么能放心?"

"怎么没有?"杜梓薇一脸认真,"我可以住查理家,让查理妈妈照顾我呀!"

"你说什么?"叶青无比惊讶。

"有什么大惊小怪的。"杜梓薇重申,"查理来咱们家,我的妈妈照顾他,我去美国,他的妈妈就应该照顾我!"

女儿一脸认真的样子,让叶青意识到,孩子不像在开玩笑,去不去美国不必当真,但思想上的改变是真的。她不知道杜梓薇受了卫查理多少影响,却隐约觉得,女儿变了。

米爱身体无大碍,被通知可以出院了。

艾小云开始收拾东西,准备回家,想起药还没拿,又急匆匆地去取药。

米爱帮妈妈收拾行李，发现了妈妈的病历本，上面的文字虽然看不太全，但她知道妈妈也病了，因为病历上写着妈妈的名字。

艾小云拿完药回来，看到病历在米爱手上，上前想拿回来收好，米爱却不同意。

"妈妈，你得了什么病？"

"没事，妈妈就是……肚子疼。"

"你骗人！"米爱指着艾小云刚刚拿回来的药，"肚子疼需要吃这么多药吗？妈妈不是说，肚子不舒服，多喝水就好了吗？那你为什么还吃药！"

艾小云本就内心充满了各种恐惧，她不知道如何面对以后的生活，更不知道如何安排米爱，被女儿如此质问，伪装的坚强突然被揭穿，泪水就落了下来。

看到妈妈哭，米爱也跟着哭。

"妈妈，你是不是病得很严重？"

"没事，妈妈真的就是肚子疼，吃完药就好了。"

"那是不是因为我惹你生气，所以你才肚子疼？"米爱认真地扬着小脸，看着艾小云，"其实我是装病。妈妈，我错了，你不要生病，好不好？"

艾小云再也忍不住泪水，上前一把抱过米爱，心里有千万句话想要说，却不知如何表达，只是抱着米爱，任自己泪如雨下……

第二十三章　补短式教育和扬长式教育

艾小云决定余生好好对米爱，放弃所有条条框框，只用真心去爱女儿。她放弃了检查和治疗。之所以这样做，是不希望从医生嘴里听到那个残酷的真相。也不想吃太多药，她想省下每一分钱留给米爱。她想好好安排米爱以后的人生。她更希望和米爱共度自己剩余的时光。

早餐艾小云学着做成爱心模样，尽管米爱依然吃得很少，却很开心。

艾小云悄悄地做好一套家庭相册，里面是曾经的一家三口和如今母女二人的所有照片，她甚至主动把米爱房间里贴的米大利的照片也加了进去。米爱看到相册，表情有些怪异，但艾小云认定，那是兴奋的迟疑。

艾小云在心里给自己制订了时间表，她想先治好米爱的抑郁症，然后再找到米大利，把米爱托付给他。如果上天垂爱，癌症发展没有那么快的话，她会选择动手术。如果不幸自己被上帝选中，她也不遗憾跟米爱共度的这段幸福时光。

艾小云把家里的存折悉数拿了出来，抱着米爱一张张指给她看，"这张是定存，每个月存一千，将来留着给你上大学用的。这张是死期，3年期，你上中学时就能取出来用了。还有这张卡，是……你爸爸每个月打钱用的，上面的钱足够你每个月的生活用度。"

"妈妈，原来你有这么多钱？"米爱一脸好奇。

"米爱，你听妈妈说，这些钱都是为你准备的，虽然不多，但我相信支撑到中学毕业没问题。以后妈妈还会继续存，存到足够你上大学为止……"想起遥远的大学，艾小云不免伤感，"如果哪天妈妈不在了，米爱你记着，这些存折和银行卡的密码，都是你的生日，你自己可以拿着它们去银行取钱用，一定不要委屈自己，懂吗？"

米爱看着妈妈，表情怪异，"妈妈，你以前从来不让我碰钱的，现在都交给我，为什么？"

"没有为什么，妈妈就是想告诉你，这房子，还有这些钱，都是你的，房子的钥匙你拿好，银行卡密码你也要记着，知道吗？"艾小云一遍又一遍地嘱咐着。尽管她知道，米爱不会懂自己的悲伤，可她还是要把这些事情交代清楚，内心深处那抹莫名的恐惧，让她不得不做出这些交代。

妈妈的伟大就在于，明知自己处于生命悬崖，却依然要把生存的快乐留给孩子。

周末，米爱主动收拾好舞蹈服，要去舞蹈班上课，艾小云却又把舞蹈服收了起来，"你一直跟妈妈说，不喜欢学舞蹈，从今天起，咱不去了，妈妈再也不逼你跳舞了。"

米爱最喜欢出去玩，过去艾小云总认为游乐场太疯狂，怕出危险，可是从医院回来之后，她制订了每周外出游玩一次的计划，说要带着米爱把大大小小的游乐场都玩遍。

妈妈变了，米爱也变了。

所谓抑郁前兆不过是米爱一时的心结没能打开，心结打开，她开心了，也开朗了，没有一点抑郁的症状。

"妈妈,我现在觉得跟你在一起,真的好幸福。"

小小的人儿,竟然用到了"幸福"这个词,艾小云想笑,转过身去,却悄悄地擦起了眼泪。

艾小云把生活点滴写进日记本里,她写米爱的出生,米爱的成长,米爱的小脾气,更多的还是米爱带给自己的快乐和幸福。每次记录之后,艾小云都会泪流不止,多么希望可以一辈子跟孩子在一起,而这个希望为何却成了奢望?

林小峰的境遇,显然没有米爱那么好。

换药事件让郑茉莉再次脾气爆发,她觉得林小峰实在是没有办法管教,小到说谎,大到妄为,在她眼里,这样的孩子简直就是无药可救。

"林小峰,你能不能争点气?这次考试差点倒数,就你这样的,还想竞选班长?"郑茉莉批评孩子毫不留情,"我告诉你,如果不把成绩赶上来,以后我天天给你加作业!"

林小峰知道自己考的不好,却还是想为自己辩解,"一次成绩又不等于次次这样,下次考好就行了呗。在妈妈眼里,为什么我全是缺点?"

"你有优点吗?"郑茉莉快人快语,"是不是你唆使米爱乱吃药的?是不是你把妈妈的药给换了?坏事全是你做的,你说说,你还有什么优点?"

林小峰对于米爱吃药的事,心怀愧疚,被点到痛处,也就不敢跟妈妈争论,只好为自己找台阶,"我还是回姥姥家吧,姥姥总说我虎头虎脑,长得可爱。"

"姥姥家不是旅馆,不是你想去就去,想回就回的。"郑茉莉阻止,"林小峰,我严肃地通知你,以后你想做的任何一件事,都必须先跟我交代清楚,我批准了你再行动,明白吗?"

"难道一点自由也没有了吗?"

"想要自由?那你先让自己强大起来。"郑茉莉差点笑了,"小样,你懂什么叫自由?赶紧,写作业去!"

林小峰被赶回房间写作业,可他的心思完全不在作业上,莫名记起卫查理,查找到对方的电话,打了过去。

"查理,我想问问你,上次你说,如果觉得自己的监护人有问题,可以要求更换,怎么个换法?"

卫查理听明白林小峰跟妈妈之间的矛盾后,反过来劝他:"孩子永远争不过父母的,你跟妈妈争什么呢?倒不如把她当成孩子,平等地去相处,就算有矛盾,也当她是跟你抢玩具的同学,谁还能记仇一辈子?"

林小峰虽然听不太明白,可是想想又觉得很对,"把妈妈当孩子,当成一个跟我抢玩具的同学,这样真的可以吗?"

得到卫查理肯定的答复之后,林小峰突然没那么生妈妈的气了,反而主动打开房门,告诉郑茉莉:"妈妈,给我下碗面条吧,我饿了。"

郑茉莉虽然纳闷,刚生完气的孩子怎么突然主动要吃的,但还是忍着下好了面条。

"作业没写完,你也吃得下。"郑茉莉把面条推到林小峰面前,"赶紧吃,吃完写作业。"

林小峰端起碗,有滋有味地吃起来,看得她倒是愣了。以往这种时候,林小峰会跟自己计较"妈妈你态度不好",如今却什么也不说,端起碗就吃,倒让她不自在。

"林小峰，妈妈这么说你……你怎么不生气了呢？"

林小峰把最后一口面条咽下去，"反抗无用，那就放弃反抗呗。再说，妈妈就是比我大点的孩子而已，一个小孩子跟一个大孩子有啥可生气的？"

听到儿子把自己比喻成大孩子，郑茉莉虽然奇怪，还是忍不住笑了，"逗妈妈开心是不是？别说，你这幽默劲儿，有点你爸爸的遗传。当年妈妈就是看上你爸这点才不顾一切嫁给他的。"

"妈妈，这么说，我也是有优点的，对不对？"

郑茉莉看了一眼儿子，突然觉得这个孩子其实也不错，面对自己每天的摔摔打打，竟然能坦然自若地吃完一大碗面条，这点倒让人佩服，"是，你也有优点，心理素质杠杠的。"

本是一句戏言，不料林小峰却认定妈妈是在表扬自己，拿着空碗往厨房跑。

"你干吗？"郑茉莉不放心地追问。

"妈妈表扬我了，我得做点事才算懂事呀！"林小峰打开水龙头，洗碗。

看着儿子踮起脚洗碗的样子，郑茉莉突然意识到，一个表扬竟然能让孩子有如此大的变化，不禁在心里问自己："我以前是不是有些过分严苛了？"

母亲病了，住院观察一周，郑莉莎和郑茉莉轮班去医院伺候。

郑茉莉脾气急，但对待父母却极有耐心，每天为母亲擦洗。为了给儿子做榜样，她还特意带着林小峰来医院，让他跟自己一起照顾母亲。

上午，郑莉莎来医院。下午，郑茉莉接班。

病房里所有人都羡慕,"俩孩子真好,要是独生子女,早累趴下了。"

说者无心,听者有意,林小峰这时候也感觉妈妈跟大姨这对姐妹是可以相互照应的。

郑茉莉累到腰痛,林小峰上前帮妈妈捶,"妈妈,要是没有大姨,你是不是更累?"

"当然,没有大姨和大姨夫,你爸爸又天天出差,妈妈一个人肯定就累死了。"

"哦……"林小峰若有所思。

母亲出院以后,郑莉莎决定趁热打铁,查出性侵事件的真相。

在魏海的帮助下,她找到了收废品夫妻的新落脚点。

高胖男人因为勒索罪还没有被放出来,废品站由他妻子打理,小胖子也跟着妈妈一起忙活。看到郑莉莎来了,男人的妻子不由得后退。

"俺没钱赔,恁看中啥,就自己拿走抵债吧。"

郑莉莎知道对方误会了,赶紧解释:"大姐,我不是来要债的,我是想告诉你,那台冰箱的钱,我不要了,你不要再有心理负担。"

"真哩?"男人的妻子不敢相信,"都怪孩他爸,瞎闹啥哩,给恁添堵啦,对不起。"

郑莉莎没接话,目光直接落到了小胖子身上。

孩子虽然穿得还算干净,可依然是那件短袖衫,破旧且已褪色。

"大姐,为什么不送孩子去上学?"

"上啥学?他爸爸喝酒赌钱,到处欠债,哪来的钱上学哩!"

郑莉莎听了,不免为孩子担心,"他这样的年纪,如果耽误了学业，以后想补救都晚了……"

在她感慨时，魏海提醒她："先办正事吧。"

郑莉莎看看小胖子，走近他，"同学，我想跟你谈谈。"

小胖子显然是抗拒的，想逃，被魏海拦下来。他不得不回头，冷冷地盯着郑莉莎。

"恁想问啥俺清楚，俺不会说的！"小胖子固执地告诉郑莉莎，"俺们几个说好了，打死也不会说那件事。恁想问，就回家问王可儿吧！"

孩子的坚决让郑莉莎明白了一件事，这几个嫌疑人似乎串通好了，永远不会跟自己说实话。她不由得在心里叹气，查不出真相，自己这番忙活又算什么？

魏海劝郑莉莎："我们也在查，相信会查出来的。你别逼孩子，他也可能是无辜的呢。咱们可不能冤枉人家。"

他的话点醒了郑莉莎。想想前两天在派出所见到的另一个孩子，郑莉莎总感觉这几个孩子似乎没有那么坏。

小胖子拒绝沟通，郑莉莎也不再强求，临走时，她看了一眼站在垃圾堆里的孩子，于心不忍，把自己包里的现金全拿了出来，交给男人的妻子，"这点钱虽然不多，但也够给孩子交一学期的学费，赶紧让他复课吧。"

男人的妻子犹豫着要不要接钱的时候，小胖子突然冲上来，一把将钱打落在地，"谁要你的钱，拿走！"

郑莉莎愣了。

小胖子的眼里，全是对自己的恨，她不知道，自己究竟怎么惹到了这些孩子，为何他们个个用这种眼神看自己。

许慕从深圳回来了。

她第一时间打电话给王可儿，王可儿才知道，许慕在深圳待的这段时间，竟然学人搞乐队，还当真拉了几个能弹会唱的同学一起组了队。

王可儿也喜欢唱歌，笑闹着要参加，"我可以弹钢琴，也可以唱歌。"许慕告诉她："乐队买不起昂贵的钢琴，就两把吉他和一个架子鼓，你要真来，就准备两首歌曲吧，下周我们正好有演出。"

王可儿回了家，忙着练歌，电视开到最大音，闹得楼下邻居都找上门来。郑莉莎不明白她为何要练歌，王得水悄悄告诉她："可儿参加了许慕的乐队，下星期有歌唱表演。"怕她会反对，又补充道，"就唱一次，你就别反对了，不然又要闹腾……"

其实王得水说这番话的时候，王可儿完全听进了耳朵里，甚至还故意拿眼神瞥了郑莉莎几眼。郑莉莎明白，这是一种无声的挑衅。

"可儿，想唱就唱吧，妈妈也觉得你唱得好听。"郑莉莎尽量保持平和，"再说你还可以弹钢琴，你现在可是九级，露一手，震住他们，我相信我女儿是最棒的。"

郑莉莎的这番话完全让王可儿和王得水傻掉了。

父女二人都以为她会反对，会吵，会闹，没想到她竟然接受了，还如此豁达地表示了支持。

王可儿盯着郑莉莎看了半天，想从妈妈脸上找出反对的星星之火，不料，郑莉莎脸上平静而真诚的微笑，让她看不出一丝破绽。

"妈，你中午吃的啥？怎么突然转性了呢？"王可儿再次开口叫妈妈。

叶青刚把餐桌收拾好，卫查理和杜梓薇的班主任就敲响了门。

本以为，班主任是来做家访的，不料，却是带着果篮来感谢卫查理的。一见到叶青，班主任便十分热情地握手，"您教育的儿子，真是优秀！"

叶青有些尴尬，卫勇不在家，她也只好硬着头皮来接待。

"老师，查理在学校表现可好？"

"非常好。"班主任无比肯定地说，"这次我们班英语摸底考试得了全校第一，打破了纪录呢，多亏了卫查理同学。"

"查理是美国人，英语成绩好，也是应该的。"叶青一脸尴尬地指了指水果篮，"您真不至于这么破费。"

"查理妈妈，您听我说完。"班主任面带微笑，"我说感谢查理，不是单指他个人的成绩，是这样的……"

原来，卫查理发现班上同学英语成绩不理想，口语更是一塌糊涂，主动跟老师提出办个英语角，由他来负责帮大家学习英语。起初同学们抗拒，还私下骂他洋鬼子，后来发现他是真心帮大家，这才放心地跟他一起学习。经过卫查理的努力，全班英语成绩大幅提升，所以班主任才亲自上门来感谢。

"哦，原来我们查理这么争气……"叶青听了，也是一脸欣慰。

班主任无比讨好地问叶青："查理妈妈，您把查理这孩子教育得可真好，查理的爸爸也一定是个中国通吧？"

"他爸爸，本身就是中国人。"

"……"班主任看一眼卫查理，再看一眼叶青，突然失语。

叶青这才领悟过来，两个中国人怎么可能生出一个混血儿？显然班主任把自己当成卫查理的亲妈了，她赶紧解释："老师，其实我不是查理的亲妈，我是……"

想说后妈，又想想往日，卫查理总是直呼自己的名字，叶青自己愣住了,有点不清楚该怎么去介绍自己的身份。

"她是比妈妈还要亲的人。"这时,卫查理主动上前解围,并坐到了叶青身边,状似亲昵地看着班主任,"没有她照顾我,我中文也不会学得这么快这么好。"

班主任收起尴尬的微笑,起身告辞。叶青送走班主任,回身感谢卫查理替自己解围,不料,卫查理却是一脸无所谓的样子。

"不用谢我,刚才就是不想让你没面子。"卫查理故作轻松。

如果是平常,叶青会觉得这是一句真话,但这么长时间相处下来,她已足够了解卫查理,这个蓝眼黄发的孩子其实有着一颗中国孩子的心,小小的固执,默默的真诚,典型的口硬心软。

为了表达对卫查理的感谢,叶青跑了几家书店,终于买到了西蒙的原版漫画。为了制造惊喜,她把漫画藏在卫查理的书包里,收到漫画的查理是怎样的兴奋,她没有看到,但是卫查理再见到她时,掩饰不住地感激和友好,甚至主动上前吻了她的额头。

这个吻,那么突然,却让叶青那么幸福。

这是卫查理第一次吻她。

叶青抑制不住兴奋,在妈妈群里分享自己的幸福,"我终于找到跟查理相处的方法了,多欣赏,多发现,其实他真的是个特别好的孩子。"

郑茉莉表示赞同,"对孩子确实要欣赏,还要表扬。你们知道吗?就因为我随口的一个表扬,我们小峰竟然抢着把碗洗了,真是太意外了。想想过去总是支使他做这做那,他还一副不情愿的样子,现在一句好话就能让他屁颠屁颠的,真是开心啊!"

郑莉莎也觉得这点很受用,"我也换了跟可儿相处的方式,尽量从她的角度考虑问题,支持她做想做的事,而不是一味打压,现在我们的关系有所缓和。她演出回来还跟我说了好多好玩的事呢,放在以前,怕理都不理我。"

艾小云不断地为妈妈们鼓掌,"孩子不好,确实是家长的责任,过去我们只盯着孩子的短处,只知道让他们上补习班、特长班,想把所有不会的都强逼他们学会,却忘了每个孩子都有自己的长处和优点,把他们的优点发扬光大,其实就是最好的教育。做家长不能只知道补短式教育,真正聪明的做法是扬长式教育。学会欣赏和赞美孩子,更有利于沟通和增加感情。"

对艾小云的话大家纷纷赞同,郑茉莉突然记起艾小云的心理咨询师考试,"小云,这段时间你学了不少新东西呢。什么时候参加考试?我们帮你打打气儿去!"

本是好意,艾小云却不知如何回应,因为郑茉莉不知道,认定自己命不久矣的艾小云放弃了所有个人的东西,包括考试,她只想安安静静地跟女儿待在一起,珍惜每分每秒……

第二十四章　反侦团之放弃和体谅

妈妈群议论着孩子们，孩子群也在悄悄地说着妈妈们。

米爱在群里发出自己的感慨，声音细小温柔，"我不应该吃药吓妈妈，我把她吓病了，她却还是这么疼我，爱我。我已经跟妈妈和好了，以后再也不跟她对着干了。"

林小峰显然对自己的妈妈没那么满意，但他说："我已经找到跟妈妈相处的秘诀，而且她现在的表现也越来越好。我在考虑，如果她再不打我，再不冲我发脾气的话，我会原谅她之前做的一切。"

林小峰的话引来众人的嘘声。

王可儿首先发难："就小姨那脾气，她会真的改？你见到她就像老鼠见到猫，还考虑原谅人家呢，好好想想怎么避开挨打吧。"

许慕提醒他："你妈妈生二胎，你也原谅她？"

林小峰马上说："这事没商量。"

许慕不以为然，"这事不是没商量，是根本不商量。我爸妈生老二时，压根没通知我……不过这段时间在深圳跟老二相处下来，感觉她真的又小又可爱，真想天天抱着她，亲亲她……"

许慕的语音发完，王可儿的嘲讽跟了上来："你们呀，真是一群不争气的孩子。大人给你们一颗糖果，你们立马好了伤疤忘了疼。"

"难不成，你还想继续斗？"陈泽突然上线，"我觉得爸妈也不容易,还是听他们的吧!"

王可儿没有回答,发来一个"翻白眼"的图片,让大家自己体会。

米爱小心翼翼地询问王可儿:"姐姐,你还要跟妈妈斗争下去吗?"

王可儿却一直没有回答。

郑莉莎拒绝参加颁奖晚会,几乎成了小上司的眼中钉,她手头上的大客户不断被分配给其他同事。郑莉莎气不过,跟小上司理论时,听到的几乎是一样的话,"你不是有孩子要照顾吗?给你腾出时间,这是对你的照顾呀!"

跟上司撕破脸,肯定是自己吃亏。

郑莉莎不想再跟小上司纠缠,主动提出去郊区做项目。

叶青得知后,马上反对:"郊区那个项目都停工好久了,资金不到位,设计还改来改去。那家客户太难伺候,将来回款也麻烦,款要不回来就没有奖金。你揽这差事,不是自讨苦吃吗?"

郑莉莎无奈地摇头,"宁肯站着死,绝不跪着生。我受够了小上司的挑衅,又不能丢了工作,离得远远的,眼不见心不烦,不然还能怎么办?"

"你呀,为你们家可儿失去得太多了。"叶青感慨,"但愿可儿能理解你这个当妈的一片心。"

郑莉莎笑了,"有哪个当妈的会奢望孩子给自己回报。"

到郊区工作,就意味着早出晚归,郑莉莎每天都很晚回家,那时王得水父女已经吃完晚饭,王得水会在客厅里盯着电视,王可儿会回房间写作业。

郑莉莎不管多晚回来，第一个问的就是王可儿的功课。

"妈，你能不能别天天查作业，问成绩，搞得跟侦探一样，真的好烦！"

郑莉莎已经累得无力反驳，倒是王得水坐不住了，上前批评王可儿："可儿，你妈妈最近在郊区上班，本来可以住那里的，但她为了每天能看看你，来回开车三个多小时，你以为她容易吗？你要学会理解。"

"就是理解她不容易，所以才不想让她操这么多心。"王可儿还是不满，"再说了，明知郊区苦，还跑那么远，赚钱真的那么重要吗？"

在王可儿的心里，妈妈跑去郊区工地，是为了多赚钱，她并不知道，郑莉莎最近经历了多少事。

王得水对妻子一百个心疼，索性不顾郑莉莎的反对，把一切都告诉了王可儿："你妈妈的设计大奖被别人盗走，客户也被抢，她是没办法才申请去的郊区。为的是什么？还不是为了这个家！"

郑莉莎不想让王得水说下去，上前拉了一把，王得水反而倔强起来，"可儿，你知道你妈妈为什么失去那个大奖吗？是因为她迟到早退，每天忙着你的事，耽误了工作！你知道你妈妈在郊区工作有多累吗？每天早上6点多起床就往工地赶，是为了赚钱，可赚钱又是为什么，还不是为你将来上大学在攒钱！"

王可儿在爸爸的质问下，愣了。

"够了！"郑莉莎制止，"王得水，你跟孩子说这些做什么？"

郑莉莎怕增加王可儿的心理负担，而王可儿已经把话听了个明白，但她表面上依然倔强，"我上大学以后可以自己挣钱。"

回了房间之后，王可儿坐在床边，思绪纷杂。

厨房里，艾小云在和米爱一起包饺子。

米爱把不成形的饺子放进盘子里，艾小云忍不住表扬："太棒了！"

"妈妈，你以前都不让我进厨房，为什么突然要教我做米饭，包饺子，难道你以后不想给我做饭了吗？"米爱天真地问。

艾小云本能地张了张嘴，却只能敷衍一笑。

哪个当妈妈的愿意让孩子过早地承担家务，她只是希望米爱多学一点东西，在自己能够教她的时候。

艾小云把包好的饺子一个一个放进锅里，这时电话响了。

是米大利打来的。

"出差刚回来，同事告诉我，米爱病了，现在怎么样了？"

"没事，出院了。"听到米大利的声音，艾小云似乎有太多话想要说，却尽量让自己平静，"你还知道惦记孩子，难得。"

"米爱是我的女儿，我当然会惦记。"

"……"艾小云拿着电话，沉默了。

这时米爱把手伸过来，"妈妈，是爸爸吗？"

艾小云把电话交给米爱，米爱细声细气地对米大利说："爸爸，你能回来吗？妈妈病了，很严重，开了很多药，她每天都大把地吃……"

不知道是米爱的话吓到了米大利，还是他在心里依然关心艾小云，听说艾小云病了，马上让米爱把电话交给艾小云。

"什么病？严重吗？"

"不用你管。"艾小云莫名就来了脾气，"换了电话都不通知一声，现在假模假式的，用不着你关心！"

一通埋怨，让电话那头的米大利沉默了。艾小云心里涌起莫名的委屈，想想自己一个人抱着米爱往医院跑的情景，便再难忍住心里那口气，兀自把电话挂掉。

就在她挂完电话之后，手机银行发了提示短信，米大利汇款5万。

艾小云以为自己看错了，仔细看了看，是5万。她心里立时明白了，米大利这是借打抚养费的名义，多给自己打来了一笔看病的钱。突然间，她内心就起了埋怨，这次埋怨的是自己，离了婚还愿意如此付出的男人，为何不能跟他好好说话呢？

艾小云把电话回拨过去，"米大利，如果有一天，我真的得了绝症，米爱的抚养权一定是你的，你得答应我，好好爱她。"

艾小云的话说得有些沉重，让米大利起疑，可是不等他追问，艾小云已经挂上了电话。

叶青因为跟卫查理的关系缓和，心情大好。

正当她哼着歌准备做晚餐时，杜梓薇一脸愤怒地开门进来，卫查理紧跟其后。

杜梓薇把书包扔到沙发上，坐下来，表情不快。

"我就是觉得，你们不合适，真的没有恶意。"卫查理跟上来解释。

"那你也不能去跟人家决斗！"杜梓薇发火，"你比他高，又学过柔道，当然一打一个准。瞧你把人家打的，满操场的同学都看到了他掉的那颗牙！你这是故意让人家出丑，也故意给我难堪！"

"我就是想让他明白，男人没有保护女人的能力，就没有爱的能力！"

"人家只是写封情书，送了朵玫瑰，又没干啥！"

"情书是情人间写的,玫瑰是送给爱人的,他这么做就是要追求你呀……"卫查理急着解释,"我不反对你谈男朋友,可也得谈个好一点的……"

他的话还没说完,已经听明白的叶青着急了,冲到杜梓薇面前质问:"什么?你谈恋爱了?谁呀?那可不行!"

杜梓薇吓了一跳,"妈,就是有个男生对我表达好感,让查理给打趴下了。"

叶青这才缓了口气,"你不喜欢他,对不对?"

"我怎么可能喜欢他?"杜梓薇说完,又觉得委屈,"本来这件事我想悄悄让它过去,可是让查理这么一闹,全班都知道那个男生追我,以后还怎么跟人家相处?"

"感情这种事,你不光明正大地接受和拒绝,是很容易被人误会的。"卫查理解释。

叶青极为欣赏他的话,"查理说的对,做的也对。不管喜不喜欢,中学生就是不能谈恋爱,表白也不行,立马挡回去,杜绝后患是对的。"

杜梓薇看一眼卫查理,再看一眼叶青,更加不满,"你俩现在一个鼻孔出气!"说完,生气地回了房间。

叶青上前询问卫查理:"那个男生,什么情况?"

卫查理侃侃而谈:"外表就不说了,主要是他连ABC发音都说不清楚,将来很难跟国际接轨。"

这样的反对理由倒让叶青意外。

郑莉莎晚上9点才回到家。

一进门,看到茶几上放着水果和一杯酸奶。

王得水告诉她:"可儿准备的,说是自己吃不完,放这儿,谁爱吃谁吃。其实我早看出来了,就是给你准备的。"

郑莉莎看一眼王可儿的房间,满足地笑了。

这时,她的电话响了。

电话是郑茉莉打来的,声音很急切,"姐,不好了,小峰跟我说,艾小云得了乳腺癌!"

原来,米爱跟着艾小云去药店配药,当艾小云咨询乳腺癌用药时,米爱听明白了,原来妈妈得的是这个病,可是她尝试着上网查询后,倒把自己吓哭了。她悄悄告诉林小峰,"我妈妈快死了。"

林小峰把消息告诉了郑茉莉,郑茉莉思前想后,只能跟姐姐商量:"我们必须劝她去做手术!"

身为女人,深知乳腺癌是怎样一种病。

郑莉莎莫名心疼艾小云,连夜在电脑上查询相关资料,并记下了很多能够治疗这种病的中西医院的名字和电话,早上起来就挨个儿打电话咨询。

王可儿听到妈妈不断地询问医院关于乳腺癌的事,当即就愣了。她的年纪和阅历已经懂得分辨,知道这是一种怎样的病。看着妈妈着急的样子,她以为是妈妈得了这种病,吓得连早饭都不吃了。

看到王可儿发愣的神情,郑莉莎指着早餐问:"怎么不吃?"

王可儿终于没忍住,"妈妈,要不要我陪你去手术……"

郑莉莎被问愣了,当弄清缘由后,她把艾小云得病的事告诉了王可儿,王可儿这才明白过来,原来是一场乌龙。

可是这场乌龙却莫名把母女二人的心拉近了。

郑莉莎确定女儿对自己的关心,甚是欣慰。

王可儿也越来越确定,自己在心里是那么地爱妈妈,不能没有妈妈，甚至从来就没恨过妈妈。

母女二人默默地吃完早餐，内心都是暖暖的。

王可儿的手机上微信提示声不断响起，郑莉莎强迫自己不去看。王可儿深知妈妈的心思，故意把手机放在餐桌旁，自己起身去了卫生间。等到手机再响时，她回头对郑莉莎说："妈，帮我看一下，谁来的微信，大早上没完没了地响，烦人。"

郑莉莎何其聪明，知道这是女儿靠近自己的信号。她更明白，对信任的最好回报依然是信任。

"肯定是你那些同学的，我才懒得看。"郑莉莎自己给自己找台阶下。

王可儿看着妈妈，久久地看着。郑莉莎察觉出被盯着时，抬头看了看王可儿，两人相视一笑，母女之间温情流转，一切尽在不言中。

第二十五章　出国事件

妈妈团其他成员纷纷劝艾小云，一定要去正规医院做全身检查。

艾小云坚持不去，"我不想让自己真的绝望。没有正式的判决书，至少我还可以幻想，哪天可以意外痊愈，一旦被确诊，我怕自己会撑不住。"

"你不能讳疾忌医。"郑茉莉心疼，"你在，米爱才有幸福可言。你若真没了，你就不想想，米爱怎么办？"

郑莉莎打断妹妹的话，"这种病没那么绝望，什么在不在的，做了手术就没事了。"

叶青急着报告："我已经找好了医院，找人挂了专家号，小云，我们陪你一起去。"

艾小云拗不过大家的好意，只能同意，"要不，就这周末吧。"

郑莉莎没想到，一切被叶青言中。

她在郊区工地上忙活着的时候，接到了上小司的求助电话。小上司告诉她，一家双语学校要找一位专业设计师，点名要的就是当妈妈的设计师，在客户看来，"只有当了妈妈，才能真的设计出孩子们喜欢的东西"。

小上司求郑莉莎："为了公司，你就回来吧。"

郑莉莎没有为难小上司，与原谅无关，只要跟孩子和教育有关的设计，她都愿意接受。这是一种母性，做了妈妈的女人才能体会，凡是跟孩子有关的，都可以无偿接纳。

双语学校要做一个大型图书馆的设计，前期勘察的时候，郑莉莎看到那里的孩子们全程跟老师英语对话，这让她又羡慕又遗憾。

"如果当初，我坚持把女儿送到这样的学校，她现在的英语肯定会很好。"郑莉莎没忍住，向学校的老师袒露心声，"说一口流利的英语，一直是我的梦想。"

老师告诉她："梦想什么时候去实现都不算晚，你的孩子将来一样可以去留学。"

郑莉莎听了，心里燃起一丝希望。

郑茉莉把艾小云患病的事告诉了林峰，林峰催着她第一时间去医院做个体检，忙活了大半天，发现一切正常。郑茉莉刚好看到"孕检中心"的字样，想起备孕二胎的事，顺道去做了个备孕检查。医生告诉她，这两年是最佳孕育时间，错过了，就真的太晚了。

郑茉莉告诉林峰："二胎的事，还是尽早吧，再拖下去，怕我自己都没信心生了。"

她是个行动派，想到就会马上做，当即让医生开了一堆备孕药，回家之后整整齐齐地码在桌上，想了想，怕林小峰再捣乱，索性又统统收进了抽屉里。

此时的林小峰，正在上生活课，老师建议："母亲节快到了，我们一起动手给自己的妈妈做份小礼物，表达对妈妈的感谢，好不好？"

林小峰手笨，做不出别人那种花花绿绿的礼物，却很用心地涂鸦了一张卡片。卡片上,是牵着手的一家三口。他还特意把妈妈的形象画得美美的,甚至想到妈妈收到这张卡片时,一定是高兴的笑脸,说不定还会多打赏自己一些零花钱。

为了给妈妈惊喜,林小峰回到家,悄悄走进爸爸妈妈的卧室,先将卡片藏在枕头下面,想了想,怕压坏了,又拿出来,要把卡片放进抽屉里。可是当打开抽屉时,他发现了妈妈新买的备孕药,瞬间,小脸上的表情就变了。

课间,杜梓薇正跟同学玩耍,有同学告诉她,校门口有人找她。

校门口,站着一个高高瘦瘦的男人,一身正装打扮,显得很精神。杜梓薇见了男人,却转身就要走。

"梓薇!"男人叫住她。

杜梓薇不回头,一脸厌恶地告诉对方:"以后不要再来学校找我!"

"梓薇!"男人不甘心地追上来,拉住她,试图把自己带来的一大包好吃的递给她。可是杜梓薇不接受,两个人正拉拉扯扯的时候,被卫查理看到。

卫查理没有冲上来,而是在远处看着这一切。

男人终于把东西递到了杜梓薇手里,杜梓薇不得不收下。男人走了,卫查理这才走上前来。

"那个人是谁?"

"是我……"杜梓薇想了想,"是生我的人。"

"生你的人不应该是叶青吗?"

"你只有妈妈,没有爸爸吗?"杜梓薇白了卫查理一眼,"这件事,你不准告诉我妈。"

卫查理这才反应过来,"原来他是你亲爸!可你为什么不理他呢?"

杜梓薇依然生气,"从来都不管我,一年只见一次面,我为什么要理他?"

卫查理指了指杜梓薇手里的那包东西,"可他对你还是很好啊。"

杜梓薇生气地将东西递到卫查理手里,"你喜欢?拿去!"

杜梓薇生气地往前走,卫查理拿着东西追上来,"梓薇,咱们谈谈吧。"

"我和你有什么好谈的?"

"你不想听听,我跟我爸爸的故事吗?"

"你?卫叔?"杜梓薇一脸好奇,"你们之间有什么故事?"

"你知道我为什么来中国吗?"卫查理一脸认真地说起自己的故事,"是为了爸爸。可是你知道我跟爸爸过去一年能见几次面吗?也许一次,也许一次也见不上。"

"为什么?"

"在我5岁之前,爸爸妈妈很相爱。5岁之后,他们就各过各的,爸爸回了中国,我们一年见不上一次面。可我从来就没埋怨过他,因为我知道,就算不在身边,他也是爱我的,甚至更爱。"卫查理告诉杜梓薇,"就算离婚了,爸爸也是爱咱们的,这一点不会改变。"

"我跟你不一样,卫叔至少关心你。"

"要说关心,可能是我更关心我爸爸。"卫查理纠正,"当得知爸爸妈妈离婚了,再不会在一起生活之后,我为了能见到爸爸,自己学中文,听你们的广播,还读你们的报纸,就是为了有一天能来中国见到他,让他接受我。"

"为什么?"杜梓薇不理解,"你跟你妈妈生活,不照样也幸福吗？"

"没有为什么，他是我爸爸，所以我应该主动来爱他。"

"……"杜梓薇被卫查理说得哑口无言。

周末，妈妈团其他成员和艾小云一起等待专家的会诊。

结果终于出来，只是普通的乳腺炎，根本不是癌症。

妈妈们欢呼起来，艾小云拿着诊断报告，突然哭了起来。

"我……我以为，自己真的完了呢，原来是上天开的一个玩笑。"

妈妈团其他成员比她还要兴奋，"这可是天大的好事，咱们应该庆祝一下！"

仿佛重获新生的艾小云觉得一切都豁然开朗，马上告诉大家："下午，带着孩子们，海景大厦，我请客！"

"你疯了吧？"郑莉莎提醒，"海景大厦可是一等一的消费场所，一帮人去吃饭得花好几千呢。"

"还有什么比生命更值钱？"艾小云不以为然，"再说，我也想表达一下对大家的感谢。"

一呼百应，下午众人带着孩子们在海景大厦聚齐。

妈妈们相见，友情更进一步。

孩子们见面，个个心怀小心思。

一行人举杯，庆祝艾小云重获新生。

米爱似乎长大了，拉着几个朋友的手，不断地感谢："我要谢谢大家，是你们的妈妈帮助了我的妈妈，我代我妈妈说声谢谢。"

艾小云大手笔地包下顶层，顶层提供自助餐，还有钢琴，这给了王可儿表现的机会。

一曲行云流水的《天空之城》被王可儿演绎得如梦如幻，她收获了妈妈们的一致表扬。郑莉莎显然对女儿的表现很满意，郑茉莉对自己的外甥女也是百般夸奖。

"我这外甥女前途不可限量，学什么都快，成绩又好，我们家小峰有她一半，我也就知足了。"

被妈妈点名的林小峰，显然不高兴，想想妈妈还在备孕的事，更加不高兴，一个人躲在角落里默不作声。

米爱为林小峰打抱不平，"郑阿姨，您不要这么说小峰，他在我们班虽然成绩不是第一，但人缘是最好的。"

"他那人缘……"郑茉莉本想说是花钱买来的，又见林小峰嘟着嘴，便把话收了回去，"他人缘是不错，因为他幽默，在家也这样。"

林小峰看着妈妈，心里说不出什么滋味，一会儿暖一下，一会儿疼一下。

叶青这次带了卫查理来，杜梓薇临时有事，却又不透露什么事，这让叶青不免担心，"女儿大了心思多，有事也不跟妈妈说了。"

"还是两个孩子好，就算有事不跟大人说，至少他们也有个伴儿商量。"艾小云给大家上饮料，看到角落里的林小峰，上前递了一杯给他，而她的话，也让林小峰听了去。

"艾老师，家里有两个孩子真的好吗？"

"当然啊，有个弟弟或是妹妹，可以陪着你一起玩，一起闹，还可以一起打架呢。"

"可是，他也会跟我抢玩具，抢零食啊！"

"小峰，如果你有米爱这样的妹妹，你还会计较她跟你抢东西吗？"艾小云循循善诱。

林小峰听了，似懂非懂，"我当然不会，我还会偷偷带好吃的给米爱呢。"

艾小云上前抚了一下林小峰的头,"老师相信,小峰是个充满爱心的好孩子。去吧,跟大家一起玩去。"

卫查理给大家表演魔术,林小峰上前献花,众人夸奖林小峰懂事。郑茉莉无心地说:"这孩子,一身马屁功夫,除此之外,还真没什么特长。"

妈妈们善意地笑了,林小峰却不乐意了。

三番两次被妈妈打脸,他有些忍不了,上前反驳郑茉莉:"反正你是要生二胎的,那就培养二胎吧!"说完,感觉不解恨,"你是最坏的妈妈!"

郑茉莉没想到儿子会如此反驳自己,愣在原地,不知说什么才好。这时旁边传来卫查理打电话的声音。

原来,杜梓薇答应去见亲生父亲,却跟爸爸吵了起来,她打电话告诉卫查理:"你劝的那些话都没用,我爸爸根本不爱我!我烦死他了!"

卫查理赶紧告诉了叶青。叶青一脸担忧地跟艾小云道别:"我女儿出了点事,我得去看看,先走一步。"

有人争吵,有人离场,郑莉莎怕冷场,提出让王可儿再演奏一首。王可儿觉得妈妈完全是在利用自己炫耀,表面答应着,路过郑莉莎面前时却压低声音告诉她:"最后一首。"

王可儿的钢琴声,舒缓了刚才的尴尬。艾小云当着郑莉莎的面夸奖王可儿:"这么优秀的孩子,将来肯定好多大学抢着要。"

"我们家可儿,将来是要出国留学的。"郑莉莎将自己前两天为双语学校做设计的事简单地说给艾小云听,"我感觉自己连那里七八岁的孩子都不如,人家张嘴就是流利的英语,真的太棒了,希望以后可儿能出国,或者再学一门语言,这样才能走向世界嘛……"

不料，她的话还没说完，就被王可儿打断："谁说我要出国了？你凭什么安排我的人生？"

郑莉莎被王可儿吓了一跳，"你说什么？"

"我说，我不想出国留学，那不是我想要的人生！"

"你懂什么？出国留学是多少人梦寐以求的事情？不喝点洋墨水，将来谁能瞧得上你？妈妈不就是最好的例子吗？"郑莉莎企图说服女儿，"再说，这是妈妈这辈子最大的梦想，我是没法实现了，所以你必须努力……"

"你的梦想凭什么强加到我身上？"王可儿不满，"你再这样，咱俩真是没的聊了！"

王可儿说完，转身冲出了酒店包间，看得郑莉莎愣了。

艾小云劝她："快去追，好好跟孩子解释。"

郑莉莎不得已，只好匆匆地追了出去。

郑茉莉上前跟艾小云道歉："小云，真是对不起，本来想好好给你庆祝一下，你瞧这鸡飞狗跳的……"

第二十六章　父母的期待VS孩子的梦想

郑莉莎带着对王可儿极大的愤怒，冲出酒店。

她觉得，自己跟王可儿之间总像隔着条银河，自己千辛万苦架起来的桥索，连几句重话都扛不住，更别说狂风暴雨了。

别的事都可以妥协，唯独理想这种事，她不能由着女儿的性子来。

郑莉莎追到酒店大堂，没有发现王可儿的身影，却看到了收废品的小胖子。本来没想对这个孩子怎么样，结果小胖子看到她，本能地想躲。这让心情不佳的郑莉莎火气更大，二话不说，上前抓住了小胖子。

"今天你必须跟阿姨把话说明白！"

郑莉莎揪着小胖子往酒店外面走，小胖子百般挣扎也逃不脱，似乎感受到了郑莉莎的怒气，小胖子竟然任由她将自己带出大堂。只是当郑莉莎把他放下时，他依然寻找机会要逃跑。这一次，郑莉莎觉得心里好像有股力量，支撑着她不讲原则和证据，只想尽快问出真相。

又一次把逃跑的小胖子揪回来后，郑莉莎的语气更加严苛，"你再不说，我就带你去派出所，就算你没罪，也要让你在那里边待上三天三夜，你想跟你爸爸做伴吗？"

小胖子显然被吓住了，赶紧摇头，"不，我说，我全说。"

原来，小胖子和眉间有痣的孩子是一伙的，两人一个是从农村转来的，一个是从县城转来的，都在王可儿班上学习。郑莉莎在制止了眉间有痣的孩子跟王可儿来往之后的几天，不是接送监视王可儿，不让她跟差生来往，就是找班主任调位子，想避开坏孩子。这件事在班上流传开来，两个孩子因此对郑莉莎就产生了恨意。

最让小胖子记恨的是，自己父母是农村出来收废品的，总是被人歧视。有一次，他跟着父亲到郑莉莎家楼下收废品，因为王可儿给了小胖子父子一堆废品，分文不收，郑莉莎虽然同意了，却当着小胖子的面告诉王可儿："你可怜他们，他们赚的钱可比你的多多了！"

本是一句无心之语，却伤到了小胖子的自尊心。那时小胖子刚刚辍学，爸爸喝酒好赌，还经常打妈妈，他没有钱上学，也担心妈妈，索性退了学。但在心里，他更恨郑莉莎。

"就是你这样的人，瞧不起我们外地的，甚至还把我们当贼一样防着，太伤人了！我们也是靠劳动吃饭的，又不是要饭的，凭啥看不起人？"

小胖子的话让郑莉莎满脸愧疚，好多事，她自己都忘了，没想到在孩子心里，却造成了这么大的伤害。

"可是孩子，这跟伤害我们家可儿有什么关系？她是你们的同学，还帮过你们……"

"对！王可儿是个好同学，她没有瞧不起我们，还帮我们写作业呢，就因为这样，我们才想跟她做朋友……"小胖看一眼郑莉莎，"可是你不是一直说，不让她跟差生和坏孩子在一起吗？我们就是差生，我们也是坏孩子！那天你骂了文子以后，他来找我，说要报复你……"

"文子？"

"就是眉间有痣那个。"小胖子终于说出了真相,"文子说,既然你瞧不起我们,那我们就做件大事,让别人也瞧不起你的女儿,看看你是什么样的心情!"

"啊?"

"所以我们假装跟王可儿继续做朋友,引她到金山,本来想绑架她,后来觉得下不去手,就改成一起玩'敢不敢'的游戏……"

"你们是不是有个QQ群,'问你敢不敢'?"

"对,就是那个群。我们建了群,每天轮流跟王可儿聊天,本来想引她上网耽误学习,这样也算对你的报复。可是王可儿成绩总是那么好,根本带不坏,最后我们想出了玩游戏这招……"

"什么招?"郑莉莎完全傻了,"快说!"

"跟她玩成人游戏,敢不敢的成人游戏。我们几个骗她和陈泽出来玩,他俩喝多了,然后我们解开了她的衣服……"小胖子支吾了一下,"但我们没有伤害她,最后的时候……我们放弃了,不信你可以问她……"

"你确定,你们真的没有伤到可儿?"

"真的没有,我们只是解了她两个扣子而已。"

"你是说,你们玩成人游戏,但并没有伤害可儿,所以她一直不肯出面立案,是这样吗?"郑莉莎不敢置信,"其实你们想报复的人,是我?"

"对!"小胖子看郑莉莎的眼神依然充满敌视。

"我……"郑莉莎突然觉得天旋地转,找来找去的真相,竟是因自己而起。

我不杀伯仁,伯仁却因我而死。这种打击让郑莉莎差点晕过去,她不知道该如何面对女儿,更不知道该如何面对自己过去所做的错事……

回到家,郑莉莎情绪低落,耳边依然回响着小胖子的话,她知道,是自己无意间语言上的伤害,造成了孩子们有意的报复行为。这一切,全怪自己。她恨自己,把伤害嫁接给了女儿。

王可儿已经睡了,房间里是黑着的。

郑莉莎推门进去,默默地在床边坐下来,想想这段时间跟女儿之间的争斗,以及各种不理解,不由得落下泪来。

"可儿,都怪妈妈,是妈妈不对,妈妈说话太伤人。其实想想,都是孩子,哪来的差生和坏孩子?不过是我们大人强加在他们头上的帽子。一切都是妈妈口不择言的结果,妈妈错怪了你,也连累了你……对不起,这件事妈妈一定想办法改正……"

正当她说到动情处时,房间门突然被打开了,灯也亮了。王可儿站在房门外,看到郑莉莎在自己的房间,愣了。

"你这是干什么?"

郑莉莎尴尬地起身,"你……去哪儿了?"

"我在卫生间,你有事吗?"王可儿冷冷地问。

郑莉莎知道,刚才自己那番话,女儿一个字也没听到,心底说不清这是幸还是不幸。

"可儿……"郑莉莎赶紧换了话题,"妈妈想了又想,觉得把自己的梦想强加给你,确实不对,所以,我是来给你道歉的。"

"谁知道你哪句是真,哪句是假。"王可儿对她似乎失去了信任。

"可儿,我知道你怪妈妈总是要求太多,可是你知道是为什么吗?"郑莉莎向女儿倾诉,"你已经长大了,对社会上的竞争和压力也应该有所了解。妈妈之所以让你学那么多东西,还想让你去留学,无非是想给你多增加一些竞争资本。别人会的,你也会。别人有的,你也有。这样你才不会被社会淘汰,而不是像妈妈一样……"说到自己,郑莉莎有些无语,"当然,你的世界比妈妈的要精彩,你将来一定也会比妈妈优秀。"

王可儿想起妈妈刚失去的设计大奖,心立时软了,"你真的不逼着我留学,就像逼我学英语和练钢琴那样?"

"不会,再也不会,你自己的人生自己选择。"郑莉莎无比肯定。

王可儿却是一脸不相信的样子。

艾小云心情轻松地上班,浑身洋溢着欢快,阴霾一扫而空,整个人都变得爽朗多了,同办公室的老师得知原来是误诊后,也替她高兴,又替米大利说话。

"艾老师,你跟米老师还真是两个极端,你一切安好,他却一切都不好。我听人说,他最近总换工作,房租和生活费都是借的呢。"

艾小云突然记起米大利打给自己的5万块钱,心里"咯噔"了一下。她跑出办公室,给米大利打电话。

"你打给我的5万块钱,是不是借来的?"

米大利在电话那头迟疑了一下,这分迟疑让对他极为了解的艾小云明白了真相。

艾小云二话不说,将5万块钱原路返回。几分钟后,钱打回了米大利卡上。

可是让她想不到的是,米大利马上又将款打了回来。艾小云有些生气,打电话质问:"你干吗?借钱花的人,还装什么大款?"

"我再穷也是一人吃饱全家不饿,你毕竟还带着米爱,我不能苦了你们娘俩。"

米大利的坚定，莫名地让艾小云心动，却又让她深深地埋怨米大利："早知今日，何必当初？"

王可儿跟随许慕在外面演出，感觉并没有那么成功。

观众稀稀拉拉，客户嫌乐队演出效果不好，赖着不想给钱，最后说好的200块只给了100，都不够几个人来回打车的。

"许慕，我觉得你还是应该回到学校，考大学，找一份正式工作。"王可儿劝道。

"我只想赶紧自立。"许慕透露心声，"去了一趟深圳，我感觉爸爸妈妈过得也不容易。他们每个月给我和奶奶寄很多钱，自己却要承担房贷、车贷，我妈妈抱着妹妹看店，真的很辛苦。我不想再给他们添麻烦。"

"这么一比，我好像比你要幸福。"王可儿说起自己的事，"我跟我妈昨天又吵起来了，她想让我出国留学，说那是她的梦想，我不同意。后来她主动跟我道歉，说不会再强求。我现在越来越猜不透她在想什么，也不知道我们之间吵来吵去，到底谁对谁错。"

"我看你是身在福中不知福，有妈妈管着，对我来说就是一种奢求。"

两人说话间，陈泽打来电话，央求王可儿："可儿，我妈妈今天又犯病了，非说咱们是早恋，你能不能来一趟，咱们跟她说清楚！"

许慕陪着王可儿到了陈泽家。王可儿告诉陈泽妈妈："我只把陈泽当成最好的朋友，我们在一起不是早恋，是为了救那条鳄鱼。还有我将来是要出国的，怎么可能在国内找男朋友？"

王可儿说不清自己为何要说这样的谎言，可是这句话却打动了陈泽的妈妈，"可儿，你真的要出国呀？"

"阿姨，你也认识我妈妈吧？不信你可以问她，她把出国的学费都备好了。"

王可儿说这番话时，内心是没有底气的，甚至怕陈泽妈妈真打电话去问，好在陈泽妈妈信了，"好，我信了，以后这件事再不提了！"

从陈泽家出来，王可儿觉得心里堵着一口气，"这陈泽妈妈还真不如我妈，至少我妈干不出这种当面对质的事来，以后让陈泽的面子往哪放？"

许慕跟着点头，"我也感觉他妈妈不如你妈妈和善。算了，别生气了，今天你帮我出场，我请你喝酒去。"

两人正说着，陈泽追了出来。

"我替我妈向你们道歉。"

王可儿不理陈泽。其实她内心也纠结过，也曾对陈泽有过那么一点好感，曾经她也分不清那是友情还是爱慕，现在才明白，这个男生身上缺少阳刚气，连自己的妈妈都说服不了。

"光道歉有用吗？"许慕刁难陈泽，"至少得请我们喝点东西吧？"

陈泽指着不远处，"那儿有个饮吧，我请你们喝饮料。"

许慕是见过大场面的，一进饮吧就点了酒，三个人一边喝一边聊天，说起自己的梦想。

"我最大的梦想，其实就是上一所好大学，工作之后再回来，留在我爸爸妈妈身边，一家人永远在一起。"王可儿说起自己的梦想。

许慕倒比她更直接，"我的梦想比你简单，就是爸爸妈妈把我也带在身边，哪怕有老二，我也接受，一家人在一起就行。"

陈泽笑话她们："头发长，见识短，我们应该志在四方，离开父母，自己展翅飞翔！"

三人不断地干杯,最后竟然喝多了。

王可儿酒量最差,整个人醉得走路都不稳。不巧的是,他们从饮吧出来时,突然下起大雨,陈泽和许慕只好一起送她回家。

开门的是郑莉莎。

见到喝多的王可儿,再看看陈泽和许慕,郑莉莎心里有一百个问号。可是看看外面的狂风暴雨,陈泽和许慕住得又很远,电视上正播报着"台风25号风球夜间袭击本市"的消息,郑莉莎怕孩子们回家路上会出事,便劝他们:"要不,今晚就别走了。这样的天,出租车都不好打,就在我们家住下吧。"

陈泽和许慕相当意外,但许慕是乐意的,"太好了,我可以跟可儿睡一张床了。"

陈泽还在犹豫,郑莉莎拿起电话,打给陈泽妈妈,并神奇地说服了对方:"我相信两个孩子之间没有问题,我都敢留宿你儿子,你还怕什么呢?"

就这样,陈泽也在王可儿家住下了。

第二十七章　筷子事件

这一夜，三个孩子睡得无比踏实，郑莉莎反而成了辗转反侧的那个人。她不停地从床上坐起来，看看时间，想想心事。

王得水被她影响得睡不着，"你在想什么呢？还不睡？"

"我在想我自己。"郑莉莎感慨，"这两天想了很多过去的事，感觉自己真的不是一个合格的妈妈。"

"你又怎么了？"

"我一直以为给孩子最好的一切，就是爱她，疼她，甚至连她交什么样的朋友，我都要去查去问，现在想想，自己真的太伤孩子的心了。就拿今天晚上来说吧，下那么大的雨，两个孩子还知道送可儿回来，我是真心地感激他们，如果换作平常，说不定……"

"说不定你又要怀疑他们早恋。"王得水接上话，"我一直说你紧张过度，现在相信了吧？孩子的心是最单纯的，他们不像咱们这么复杂。"

郑莉莎点点头，静静地坐着，没有一点要睡的意思。

"11点了，睡吧。"王得水困了，"还想什么呢？"

"我在想，明天早上给孩子们准备点什么吃的……"郑莉莎仿佛来了精神，"许慕和陈泽毕竟第一次来咱家吃饭，得丰盛一点才行，冰箱里有鳕鱼，还有牛排，不知道他们喜欢哪种？哎，你说，牛奶是热了好还是不热好?他们喜欢甜口还是咸口?"

郑莉莎兴奋得睡不着,王得水却已经打起了呼噜……

早上,王可儿睁开眼睛,迎面就是两大惊讶。惊讶睡在自己旁边的人竟然是许慕,更惊讶的是陈泽也留宿自己家。而且妈妈大早上就准备了满满一桌吃的,煎炒烹炸,样样俱全,连甜品和水果都备好了。

一行人坐下来吃饭,郑莉莎满面笑容,"不知道你们的口味,喜欢哪样就吃哪样,别客气。"

许慕和陈泽不好意思动手,郑莉莎把牛奶递到他们面前。

王可儿满脸疑惑地盯着郑莉莎。

"可儿,以后多带朋友回来,妈妈喜欢看着你们在一起玩,多交朋友是好事。"郑莉莎看看许慕和陈泽,"许慕见多识广,多讲讲外面世界的精彩给可儿听;陈泽英文好,以后可儿的英语发音你要帮她纠正哦。"

两个孩子受宠若惊地拿起了牛奶,"咕咚咕咚"地喝着。

王得水看看发愣的王可儿,"你妈昨天晚上就没睡,一直想着早上做点啥。快吃吧,别浪费她的心血。"

"来,孩子们,快吃,一会儿阿姨开车送你们上学去。"郑莉莎热情地招呼。

王可儿看得出来,妈妈是真诚的,于是挥手让小伙伴们开动,许慕和陈泽这才拿起筷子吃起来。

陈泽坐在王可儿右边,两人同时拿起筷子时,筷子却在空中打起了架。王可儿这才注意到,陈泽竟然是左手用筷子。

起起落落,本能地避让,却还是不时跟陈泽的筷子碰到一起,王可儿就有些不耐烦了,"陈泽,原来你是左撇子呀。真是麻烦,以后哪个女生跟你在一起,那还不天天筷子打架呀!"

王可儿快人快语,陈泽也不相让,"那就不用你管了,保证不跟你打架就行。"

俩人的对话引得众人哈哈大笑,透过孩子们纯真的笑脸,郑莉莎的心豁然开朗。这一刻,她是真的相信孩子们是单纯的。

"许慕,陈泽,阿姨有件事不知该不该问。"郑莉莎尝试着说起小胖子的事,"他把什么都告诉我了,说你们是在玩一个叫'敢不敢'的游戏,这是真的吗?"

三个孩子同时沉默了。

郑莉莎怕打破刚刚建立的和谐,赶紧圆场:"算了,不想说,阿姨就不问了。"

陈泽看一眼郑莉莎,终于吐露心声:"阿姨,真的是个误会,我们几个跟他们几个就是玩游戏,结果玩着玩着就喝多了。不过还好我没太醉,我很清楚他们不是真心伤害可儿,他们可能就是受了电视剧的影响,但最后还是没把我们怎么样。真的,他们不是坏孩子……"

许慕也帮着说话:"是啊,阿姨,这事后来可儿跟我提过,我也在那个群里,我清楚,他们就是开玩笑的。可儿真的没受一点伤害,后来他们还在群里给可儿道歉了呢。"

郑莉莎还想追问,被王可儿喝止:"不是说好再不查那件事的吗?你到底想怎样!"

"好,妈妈不问了,吃饭。"郑莉莎赶紧终止话题。

陈泽没忍住,"其实,阿姨,他们都是些可怜的孩子。他们都是农村孩子,因为家里条件不好才到城里讨生活,父母也都没有好工作,经常连房租都交不起,更不要说学费了。就拿小胖子来说吧,他初中一毕业,他爸爸就把他送进工厂,后来又让他帮自己收废品,真的很可怜的。"

"是啊,还有那个文子。他父母来城里以后,母亲去世,父亲又有病,他刚上高一就辍学了。其实在学校时,他功课很好的,以前还经常帮我解数学题呢。"许慕接着说,"我们本来都是朋友,出了那件事之后,大家也就都散了……"

郑莉莎和王得水相互交换眼色。

王得水怕再聊下去会让王可儿反感,"行了,赶紧让孩子们吃饭,一会儿上学该晚了。"

郑莉莎看一眼王可儿,发现她也正盯着自己,表情复杂。母女二人默默对望,再无话。

吃完饭,将孩子们一起送到学校,许慕迟迟不下车,郑莉莎劝她:"许慕,回头让你父母到学校来一趟,跟老师好好说说,赶紧复学,别再作了。一个人在什么年龄就要去做什么事,在你这个年龄就该上学,上完学才有资格好好玩耍,这叫人生规律。"

许慕听了,一脸难受,"阿姨,其实我特羡慕可儿。"

"我们家可儿有什么好羡慕的?"

"她有你这样的妈妈,什么事都会管着她,要是我妈妈也跟你一样,说不定我现在成绩也会很好……"许慕说完,下了车,挥手跟郑莉莎道别。

瘦瘦的身影,在晨晖里拉长,郑莉莎看了,却是莫名的心疼。

想起那三个辍学的孩子,郑莉莎突然觉得自己有责任去做点事。她拿起电话打给魏海:"老同学,把那三个嫌疑人……哦,不,三个孩子的联系方式发给我,可以吗?"

郑茉莉和林小峰的关系突然降至冰点。

郑茉莉发现,不管自己说什么做什么,林小峰总是反着来,叛逆无限期的样子让她头疼。

就连早上的牛奶,林小峰都拒绝喝,"白开水更适合我。"

"可你正在长个儿。"

"留给别人喝吧,我就不喝了。"

"那你吃个鸡蛋,妈妈帮你剥好。"

"我怕噎着,不要。"

"小峰,能不能好好跟妈妈说话?"

郑茉莉刚想严肃地跟林小峰谈谈,林小峰却突然把碗扔到桌上,以不吃饭表示抗议,这让她十分生气。她上前揪着林小峰的耳朵,指着碗里剩下的米饭,"吃两口就剩,你以为大米是天上掉下来的吗?这是爸爸妈妈辛苦赚钱买回来的。天天就知道犟,小小年纪,你玩什么叛逆?"

林小峰不喊也不叫,任由郑茉莉揪着自己的耳朵教训自己,一副倔强的样子,就是不开口。

"怎么,跟妈妈犯倔是不是?还想离家出走去你姥姥家不成?"

"……"林小峰挣脱郑茉莉的手,转身回房间,"不想跟你说话,我想静静。"

房门被关上了,郑茉莉气得呆在原地。

上次聚会时被儿子当众说自己是坏妈妈,到最近两天母子二人一直冷漠相对,郑茉莉觉得自己已经无法搞定这个孩子,过去只要自己一抬手,林小峰马上会说"妈妈我错了,一定改",而如今竟然漠视自己,还要静静?

郑茉莉越想越生气,转身也回了自己的房间。她打开抽屉寻找东西,却突然发现了放在抽屉里的卡片。上面有林小峰稚嫩的字迹:"我们是幸福的一家三口,感谢妈妈生下我。"这让她愣住了。

当郑茉莉重新把卡片放回抽屉里时,满抽屉瓶瓶罐罐的备孕药,让她瞬间明白了什么……

卫查理对叶青送的限量版漫画爱不释手,放在书包里带去了学校,结果却被同学误会是偷的。而误会他的恰好是追求杜梓薇不成,反被卫查理拳击教训的那个男同学。

新仇加旧恨,男同学想报复卫查理,遂召集了几个交好的同学一起诬告卫查理:"你偷我的漫画书!"

卫查理跟对方解释:"这是别人送我的。"

"胡说!这明明是限量版,除了北京,国内根本没有卖的!"男同学拿出自己家长在北京给自己购买漫画书的发票,上面清楚地写着购买日期和漫画书名,跟卫查理手里拿的书一模一样。

一瞬间,全班同学炸锅了,大家纷纷指责卫查理:"看不出来,洋人也偷东西,真无耻。"

卫查理急了,"这书真的是在书店买的,我没偷!"

"那你有发票吗?有什么证据?"男同学叫嚣,"你就是记恨我追求杜梓薇,打了我不算,还偷我的书!"

全班同学更加确认,"对,前两天打人家,我们可都看见了。"

卫查理着急却不知如何解释:"你这叫诬陷!"

"人家有证据,你有吗?没证据,你就是小偷!"有同学帮着对方说话,更加让卫查理难堪。

杜梓薇见大家攻击卫查理,赶紧报告了班主任。可是当班主任走进教室的时候,受冤枉的卫查理已经跟冤枉自己的男同学扭打成了一团。

男同学不是卫查理的对手，再次被打得鼻青脸肿。

班主任生气了，"卫查理，你太过分了！上次打人家，念你初犯，今天又动手，是不是帮大家补习了英语以后，你就骄傲了？今天必须把家长叫来，否则你别想离开学校！"

卫查理不服地跟老师辩解："还讲不讲理？为什么都不相信我？"

班主任坚持请家长，而被挨打的男同学也打电话给自己父母。男同学的父母赶到学校之后，对打人这件事不依不饶，坚持要让卫查理的家长出面给个公道。

叶青匆匆赶来时，同学妈妈正指着卫查理的鼻子骂："你以为自己是个外国人就可以在中国无法无天？这是讲法治的中国，不是你们吹嘘自由的美国！"

卫查理被男同学的妈妈吓着了，一边被骂一边退到墙角。

叶青看到这一幕，突然就怒了，伸手上前，一把打落对方家长指着卫查理的手。

"孩子打架是不对，但你这样欺负一个孩子更不对！"

见到叶青，卫查理瞬间有些失望，"我爸呢？"

叶青小声地告诉他："你爸出差，回不来。放心，有我呢。"

男同学妈妈指着自己儿子脸上的伤，"家长来了就好。咱们今天把老账新账一起算算。这儿，是前两天打伤的，现在还有印记呢。这儿，是今天打的。你说，医药费怎么算？"

"医药费可以算，但算之前，必须先把事说明白。"叶青看看卫查理，"你没受伤吧？"

卫查理摇头。

"哟，听说你家孩子3岁就开始练习拳击，他能吃亏？"对方妈妈一脸冷笑，"吃亏的是我儿子，瞧这一脸伤！"

班主任怕两个人打起来，赶紧将事情经过说给叶青听，"两个孩子因为一本漫画书打了起来，都说是自己买的，但人家有发票有证据，卫查理没有，所以……"

"老师，你什么意思？"叶青不满地盯着班主任，"前两天还上门感谢我们查理帮助大家提高了英语成绩，今天就反过来怀疑孩子偷书？我告诉你们，查理根本不是这样的孩子，他不会做这样的事！"

"哟，说得轻巧。"对方妈妈再次冷笑，"是你的孩子吗？不是你的，你凭什么了解？"

叶青被对方气得差点跳脚，"谁说不是我儿子？查理就是我儿子！我对自己的儿子百分百相信，他绝对不会拿别人的一针一线！"

卫查理听到叶青这样说，突然愣了。同时愣住的，还有杜梓薇。说不出来的感觉，让她下意识地抿了抿嘴唇。

"可是……"班主任拉了拉叶青的手，"可是他真的有一本限量版漫画……"

叶青不看那本漫画还好，看了之后更加生气："这书是我前两天在书店买给查理的，有什么问题吗？要发票？好！"叶青从自己包里拿出发票，"看到了吧？这就是你们要的证据！"

叶青扬着手里的发票，众人都愣了。

"这……怎么可能？"对方妈妈急了，"这书是限量版，不应该呀！"

"应不应该，回家问问自己的儿子。"叶青鄙夷地盯着对方，"现在，你要做的是，先给我儿子道歉！"

叶青大义凛然的样子征服了全班同学，大家议论着："真不是偷的，是人家妈妈送的！"更征服了卫查理，他没料到，自己最需要人信任和帮助的时候，是叶青拯救了自己。

班主任，诬陷卫查理的同学，都给他道了歉。

卫查理虽说受了一点小小的打击，却对叶青充满了感激。他觉得，自己能够回报叶青的，就是对杜梓薇更加关心。

杜梓薇最近一直跟亲生父亲较劲，起因是他要再婚了，带着新欢来问她这个当女儿的意见。虽说妈妈已经再婚，但杜梓薇却极不愿意爸爸再婚，所以不管是对爸爸还是对他的新婚对象，杜梓薇始终没有好脸色。

在卫查理看来，这一切完全就是小孩子耍脾气，"你太小气。"

"凭什么说我小气？"

"大人的生活，小孩子有什么理由干涉？"卫查理劝杜梓薇，"更何况，你爸爸很尊重你，他要再婚，还过来通知你，这说明他很爱你，很看重你的态度。你这样子做，会伤他的心，他还怎么幸福呢？"

"可我就是接受不了那个女人，说什么让我在他们的婚礼上做伴娘，我才不要。"

"那你能接受卫勇吗？"卫查理问得很直接，"能接受我爸爸，为何不能接受你的新妈妈？多一个人爱你，就像多了一个妈妈，有什么不好呢？"

"多了一个妈妈？"杜梓薇嘲笑卫查理，"既然是这样，那你为什么不接受我妈妈？她为了你都能跟别人吵架，你为什么还一直叶青叶青地叫她？"

杜梓薇这样说的时候，内心其实是吃醋的。想想妈妈为卫查理吵架的样子，还有亲口承认他是自己儿子的那些话，她的心里就充满了嫉妒。

显然，卫查理想到的全是叶青的好，以及跟叶青相处的这些点点滴滴,对于这个后妈,他感激,也喜欢,只是那声妈妈,他觉得太别扭,喊不出来。

双语学校的设计任务郑莉莎完美地完成了,却不料,跟小上司的新矛盾又开始了。

单位每年一次的优秀员工进修机会,被小上司送给了一个新人,而这个机会按业绩来讲,应该是郑莉莎的。郑莉莎不拒绝给新人机会,但她在意的是小上司的态度。

"郑姐有家,有孩子要照顾,个人生活比较忙,给你这个机会,怕也走不开……"这种场面话,车轱辘一样,小上司闭着眼睛都能说出来,可是转身他却对别人说,"家庭妇女有什么好进修的?倒不如培养新人。"

这话传进郑莉莎耳朵里,她立马就受不了,跑去跟小上司理论,"我家庭妇女怎么了?有家庭就是女人的罪过吗?有家庭的女人就不能出来工作吗?我可以不要这个机会,但你不能如此侮辱女人!"

眼见着就要吵起来,叶青上前把郑莉莎拉出了小上司的办公室,同时也坚决地站在郑莉莎这头,告诉小上司:"我也是家庭妇女,外面的张姐,还有行政的小姚,都是有家庭的妇女,你要不要一起开除?或者干脆我们一起辞职,你另找新人吧!"

小上司怕的就是员工集体不服,赶紧给二人道歉:"我心直口快,得罪了大家,我道歉。"道歉是假的,诚意更是无。

这一点,郑莉莎和叶青都清楚,听听也就罢了,心累,却又无能为力。不管是家庭妇女还是职场女人,有家有孩子,就有牵挂,这是事实。而有家有孩子的女人在职场上总是难免被排挤,这也是事实。

为了劝解郑莉莎,也为了弥补艾小云上次聚会的失败,叶青提议:"不如大家开心一下,来我们家开个化装舞会吧!"

妈妈团带着孩子团,一起参加叶青家里的化装舞会。

叶青擅长化妆,工笔又好,把每个孩子都化成了漫画里的人物,这让卫查理佩服不已。而当叶青帮妈妈们也化完妆以后,孩子们连连惊呼:"妈妈太漂亮了!"

来自孩子的赞美,最能打动妈妈的心。

孩子们在一起玩闹着,说起各自妈妈的变化,王可儿一脸肯定,"我们家郑莉莎同学,最近表现良好,我很满意。"

米爱跟着点头,"我妈妈也变回了以前的温柔样子,我好爱她。"

杜梓薇一脸神秘,"我在准备母亲节礼物呢,你们都准备好了吗?"

林小峰立马嘟起了嘴,"早就准备好了,但好像……人家也根本不喜欢。"

卫查理拿出他的绝活,给大家变起了魔术,孩子们笑闹着,妈妈们看着满心欢喜。

艾小云感谢大家对自己的帮助,"不是你们,我可能还活在病魔的阴影里。不过现在好了,一切如常,浑身轻松,我的三级心理咨询师也考出来了。"

众人举杯庆祝。

叶青一脸真诚地看着艾小云,"上次你办的聚会那么隆重,可惜最后散了,这次也算是一种弥补吧。"

大家说笑着,郑茉莉却好像兴致不高,始终不说话。

"茉莉,你想什么呢?"艾小云问。

"心理专家,我想问问你,我们家小峰最近总是跟我对着干,我该怎么办?"

郑茉莉把备孕药被发现一事说给大家听,其他妈妈纷纷把矛头指向她。

"这就是你的不对了。生二胎这种事,必须尊重老大,你得把孩子思想工作做通,不然他会以为你要抛弃他呢。"郑莉莎急了,"难怪小峰看着没有以前活泼,原来受了这么多委屈。"

"他委屈?"郑茉莉不以为然,"我还委屈呢!好好的药被他换了,还教唆米爱乱吃药,想想我就生气。这样的孩子,跟他商量二胎的事?我商量得着吗?"

"茉莉,这事还真是你不对。"艾小云纠正,"从心理学上来说,父母生二胎,对于老大来说是一种亲情侵略行为,孩子的世界没有大道理可言,他们只知道父母只能爱自己,不能爱别人,有了二胎,老大就会失宠,这是他们最直观的感觉。你这样做,显然让小峰觉得,你们都不爱他了,孩子当然会有想法。"

郑茉莉听了,若有所思。

叶青忙着开音乐,请大家跳舞。

每个人都化了妆,各种各样,看到滑稽可笑的脸大家都忍不住笑出声来,叶青的妆容和郑莉莎的有些相似,王可儿忍不住赞美自己的妈妈:"我妈今天可真漂亮。"

正跳着舞的卫查理听了,马上反驳她:"我妈妈才最养眼。"声音不大不小,却被所有人听进耳朵里。妈妈们乐了,叶青却差点掉泪。

这是卫查理第一次叫她妈妈。

她怎么也想不到,卫查理竟然开口叫自己妈妈,且当着众人的面儿,这是对自己极大的肯定,想想自己为了这份认同做出的努力,突然间觉得,付出得还不够。

更惊讶的还有杜梓薇,在她心里,虽然对卫查理的反感少了,好感多了,可是当听到他叫自己妈妈"妈妈"时,心里还是"咯噔"一下,一种想靠近却又排斥的感觉,让她怎么也笑不出来……

化装舞会气氛好,大家心情好,大人和孩子都喝了点酒,王可儿酒量天生差,只喝了点果酒,人就醉了。郑莉莎好不容易将女儿拖回家,指挥着王得水给她倒水,转身自己洗漱去了。

王得水帮女儿倒了水,问:"今天高兴坏了吧?这傻孩子,一喝就醉,还偏要喝。"

王可儿倒是醉得没那么厉害,只是头有点晕,人还算清醒,"当然高兴!爸爸,你猜,我为什么这么高兴?"

"跟你妈妈关系改善,所以高兴呗。"

"不对。"

"那就是……你妈妈脾气好了,温柔了,你高兴?"

"也不对。"

"跟你妈妈无关,那肯定有别的好事。"

"不,跟我妈妈有关。"王可儿很肯定地告诉王得水,"今天我们那个'敢不敢'的群,解散了。"

"你说那个QQ群?"

"对,全体解散。"

"为什么?"王得水不理解,"你妈妈都不追究了,你为什么还要解散?"

"因为我不想妈妈受伤害。"王可儿认真地说,"爸爸,你是知道的,当初我坚持不报案,是因为那帮孩子根本没想要伤害我,他们只是跟妈妈有点小误会,恨妈妈,想吓吓我……"

"你这孩子,心思也够重的,宁肯自己受委屈,也不让妈妈知道真相。你是怕她受伤吧?"王得水一脸心疼,"你为了维护妈妈,一直被妈妈误会,真的不后悔吗?"

"他们恨妈妈,报复在我身上无所谓,只要别伤害妈妈,这就够了,有什么后悔的?"王可儿不放心地叮嘱,"爸爸,咱们拉过勾的,这事绝对不能让妈妈知道,就她那脾气,要是知道了真相,一定会对我产生那么多那么多愧疚。比起让她伤心,我更愿意她天天骂我,至少她心里会舒服些……"

王得水忍不住,抱了抱王可儿,"你这孩子啊,跟你妈一个脾气,宁肯自己闷在心里受委屈,也不想伤害自己爱的人。爸爸答应你,不告诉妈妈,不让她内疚……"

父女二人却并不知道,这一番话被站在门外的郑莉莎听了个明明白白。

这一刻,郑莉莎完全蒙了,和小胖子说的那个真相比,这更让她诧异!原来,王可儿早知道真相,只是为了不让自己难过,才一直承受着误会和委屈。孩子知道袒护妈妈,而自己这个当妈妈的,当初为何就不愿意相信孩子?

郑莉莎没有追问,也不打算追问。

追寻真相的时候,内心充满了各种问题,而真相揭开之后,她内心只有一个声音:要好好爱自己的女儿,加倍爱,一生一世地爱她。

王可儿的英语成绩始终不理想,郑莉莎知道,请外教这种事会让王可儿反感,所以她想尽办法,带王可儿走进大学英语角。在英语角,王可儿不仅被那里的学习氛围影响着,更深深地爱上了大学校园,她不止一次地告诉郑莉莎:"妈,还是大学好,这环境,这生活……"

如果是过去，郑莉莎肯定会说"那你就好好努力，争取考更好的大学"。而此时，她不想给女儿一丝一毫的压力，"妈妈相信你，以后也会拥有这样的生活。"

为了激发王可儿学习英语的热情，郑莉莎在征得王可儿同意之后，陪她报名参加了双语学校举办的中学生英语秀节目。节目在电视台上播出时，王可儿的表现虽然不是最好，却受到了同学们的追捧，"可儿，你上电视可真漂亮！这样好的机会，我们怎么就遇不到呢？"

同学们越羡慕，王可儿越骄傲。骄傲的孩子更懂得如何让自己成长，王可儿突然就爱上了英语，成绩迅速提升，这让她心里充满了对妈妈的感激，"妈妈，谢谢你给了我这么多表现的机会，我现在觉得自己浑身充满力量。"

她不知道，这一切，是郑莉莎四处寻找机会的结果，却也是她牺牲工作换来的。

小上司对郑莉莎的请假越来越烦躁，郑莉莎觉得再争执下去也没什么意思，况且她更愿意把时间和精力放在女儿身上，她想重新培养跟女儿之间亲密无间的感情，更想陪伴女儿度过短暂的高中时光。

没有思前想后，也没有任何纠结，郑莉莎一脸轻松地递交了辞职信，她说："从今天起，我要陪伴我的孩子，和她一起成长。"

第二十八章　妈妈的演讲

郑莉莎的辞职，在妈妈群引起一片哗然。

最不能理解的是叶青，"莉莎，你太冲动了，你知道吗？小上司被客户举报了，吃回扣，设计又不出色，上面正打算把他撤职。有传言说，会让你来接替他的工作呢。刚有升职机会你却辞职了……"

郑茉莉也不理解，"姐，女人做什么都行，就是不能做没有工作的家庭主妇。伸手跟别人要钱花，早晚会被男人瞧不起，孩子也会觉得你是个没能力、没用的妈妈。"

艾小云发来安慰，"我想，郑姐辞职一定是想好了的。为了可儿，对吗？"

郑莉莎一一向大家解释："我辞职，不是因为跟上司有矛盾，也不完全是为了可儿，我只是反省自己，作为妈妈，这些年缺少对孩子的陪伴。可儿3岁上幼儿园时，正是我初入设计行，什么也不懂的时候。那时候别说陪伴，连个假期都不敢有，有时候周末都把她放在幼儿园里。可儿上了小学和中学，工作稳定了，收入也有了，可是我又把她送进补习班。现在是高中，功课越来越重，我曾经把名牌大学和出国留学当成她未来的目标，现在想想，我只是一个给孩子发号施令的妈妈，不懂得聆听，缺少尊重，更没能好好陪伴她成长。所以，我想趁现在还来得及，陪她两年，因为我害怕将来的自己会后悔。"

郑莉莎的话让妈妈们全体默然。

郑莉莎说到做到，她不再强逼王可儿上任何补习班，只是陪伴着。王可儿写作业，她会洗好水果，倒好水，送到桌前，默默地陪伴，"妈妈等你，别太累。"周末，她会陪王可儿看电影，或是出去玩，"妈妈陪着你，一起玩。"王可儿想做什么，她从反对到支持，甚至学会了鼓励，"妈妈相信你，一定可以。"王可儿不想做的事，比如弹钢琴，英语补习，她不再勉强，"不喜欢就退了它，因为妈妈相信，没有那些补习班，你照样可以学得很好。"

妈妈的陪伴，妈妈的信任，就像为王可儿插上了一双翅膀，让她重新收获了自由飞翔的快乐，更重新燃起了她学习的热情。仅仅一个月，班主任就打来电话通知郑莉莎："可儿同学这次年中考试，全年级第四，全班第一，进步太神速了。可儿妈妈，你可是我们班出了名的优秀家长。明天的家长会，来给大家来做个现场演讲吧，让别的家长也学习学习你的教育经验。"

郑莉莎本能地拒绝，"我什么也没做，都是孩子自己努力的结果，真的做不了什么演讲……"

可是，让她想不到的是，王可儿竟然替她答应了，"讲就讲呗，我王可儿的妈妈难道还怕演讲不成？"

王可儿的肯定，让郑莉莎吃惊，"我真的能行？"

王可儿看着妈妈，一脸笃定，"加油，妈妈！"

有了女儿的鼓励，郑莉莎便有了信心，连夜写起了演讲稿。怕自己写的不好，她拉着王可儿做她的第一个听众。反复听，反复改，直改到深更半夜，母女俩依然乐此不疲。

看着母女二人关系越来越和谐，王得水也欢快地吹起了口哨，主动跑进厨房为娘俩做起了夜宵。

口哨声，演讲声，嘻嘻哈哈声，这个家的快乐生活重新开启……

和郑莉莎的快乐相比,郑茉莉对儿子却有些不知所措。

她想靠近儿子,可林小峰始终不给她靠近的机会,总是避开她。

这时候的郑茉莉,多么希望林小峰能像从前那样,哪怕跟自己对着来,犟几句嘴也是好的。可是林小峰却一直在沉默中对抗。

郑茉莉在妈妈群里求助:"我和我儿子好像成了两个世界的人,怎么办?"

郑莉莎首先给她指路,"孩子最需要的是赞美,是鼓励,而不是命令和打压。"

郑茉莉不服,"那么小的孩子,需要多大的赞美?"

直到艾小云告诉她:"茉莉,你真的应该多关心关心小峰。他竞选班长失败了,情绪一直低落,这时候的孩子,自信心和自尊心都受到了打击,做妈妈的必须跟孩子站在一起,你要相信他,支持他,帮他恢复自信。"

听到林小峰竞选班长失败,郑茉莉当真在心里骂起了自己:"我究竟在忙什么?这么大的事,都不曾关心过孩子!"

郑茉莉赶紧跑到林小峰身边,安慰儿子:"妈妈这些天对你关心太少,你不要生妈妈的气,好不好?"

林小峰不说话,也不看她。

"小峰,跟妈妈好好谈谈吧。"郑茉莉心疼地拉起儿子的手,"妈妈知道,我和爸爸一直忙着工作,把你扔在姥姥家,照顾得少,也不去了解你内心的想法和渴求,让你受了冷落。但是你要相信妈妈,我正在调整工作时间,尽量抽时间来陪你。我也会学着做饭,不再让你觉得妈妈做饭不好吃。如果你喜欢玩具,或者想要零花钱,妈妈也不再反对……"

还没说完,林小峰就甩开了她的手,"我都长大了,对玩具不感兴趣。再说,现在给我零花钱有什么用?给再多,也晚了!"

郑茉莉知道，儿子在意的还是竞选失败的事，"小峰，竞选班长对你来说，真的有那么重要吗？"

"当然。爸爸说了，男人就得有点权力，那样才有身份，才会受人尊重。"

"可你还是个孩子。"郑茉莉耐心地教导，"对于孩子来说，最重要的是学习，而不是去搞什么权力竞争。"

"可是，当不上班长，我就会被别人笑话……"

"别人没有资格笑话你，因为你付出过努力，努力过的人都是值得尊敬的，你要相信自己，努力过不后悔，这就够了。"郑茉莉认真地安慰，"况且在妈妈心里，你当不当班长，都是最棒的。"

"我？"林小峰一脸怀疑。

"当然。你幽默，会逗大家开心。你还喜欢做家务，都能帮妈妈洗碗了。你作文写得好，艾老师说每一篇都是班上范文，这一直是妈妈的骄傲。"郑茉莉劝道，"你一定很奇怪，妈妈为什么平时不表扬你，还总是挑剔？那是因为，妈妈怕表扬多了，你会骄傲。"

"我真的……有这么多优点吗？"林小峰还是不自信。

"不仅这些，你还孝顺。我听姥姥说，你每天都会帮她打洗脚水。妈妈一直想表扬你来着，就是一直没有机会坐下来好好对你说声谢谢。谢谢你，我的好儿子。"郑茉莉一脸真诚。

林小峰愣了，他没想到，自己竟然能收到妈妈的感谢。

"那么妈妈，你爱我吗？"林小峰透着疑问，"你生二胎，是不是不爱我了？"

这才是问题所在。郑茉莉的心瞬间明朗起来，"小峰，爸爸妈妈这点做得不好，事先没跟你商量。你放心，只要你不同意，妈妈答应你，绝不生二胎。"

林小峰却摆手，"妈妈，我想好了，有个弟弟或妹妹也挺好的。

姥姥生病时，你和大姨一起照顾才不会那么累。我也提醒查理和梓薇，他们虽然不是亲兄妹，但有事应该相互帮忙。艾老师也说了，只要我足够爱弟弟妹妹，就不会计较他们抢我的玩具和零食。"说着，林小峰拍了拍自己的书包，"这些天你给我的零花钱，我都偷偷存着呢，等有了弟弟妹妹，我先给他们买好吃的，这样他们也不舍得跟我抢啊，对不对？"

林小峰的一席话，说得郑茉莉突然就湿润了眼眶，她这才知道，原来不是孩子的问题，是做妈妈的不懂得沟通。

"小峰，妈妈答应你，决定要弟弟妹妹的时候，一定先跟你说一声。你同意，妈妈再生。"

母子二人的手拉起了勾勾。和解达成，郑茉莉的心却始终放不下来，她知道，这只是万里长征第一步，想要跟儿子彻底走近，还需要增加彼此间的信任。

杜梓薇在卫查理的劝说下，决定跟亲生父亲再见一面。

这一次，杜梓薇带上了卫查理。

爸爸很高兴她能出来，问她："你能来参加爸爸的婚礼吗？如果你不来，我会很失望的。"

杜梓薇告诉爸爸："我不能参加你的婚礼，因为我参加了，妈妈会失望。"

爸爸有些不高兴，"这些话，是你妈妈教你说的吧？"

"爸爸，你为什么总是冤枉妈妈？"杜梓薇不高兴，"妈妈从来不在我面前说你一句坏话，你却总是诋毁她。看来，你们离婚是真的离对了！"

"你这孩子……爸爸跟妈妈一样爱你，你应该理解爸爸的心。"

"我来并不代表原谅你、接受你的新婚姻，我是想告诉你，我可以祝福你，但请你以后不要再打扰我和妈妈的生活。"

"你真是，越长大越像叶青。"

这句话惹得杜梓薇不高兴，更惹得一旁的卫查理不高兴，"叶青很好，你应该尊重她。"

看到卫查理，杜爸爸倒是明白了几分，"梓薇，你妈妈嫁的那个人，对你好吗？"

"比你好，至少卫叔知道我喜欢什么，不喜欢什么。"杜梓薇赌气地回答。

杜爸爸很生气，"可我是你的亲爸爸！"

"亲爸爸怎么了？这些年你为我做过什么？"杜梓薇突然激动起来，"我很小的时候你们就闹离婚，一闹你就不回家，不管妈妈，不管我。后来离婚了，你走得更干脆，什么时候想过我过得怎么样？现在我长大了，你知道回来找我了，凭什么你找我，我就得接受你？"

杜爸爸被问愣了，惊讶得半天说不出一句话。

卫查理上前劝杜梓薇："梓薇，别激动，有话慢慢说。"

"不关你的事。"杜梓薇在气头上。

卫查理小声地问她："咱俩的约定你忘了没？上次帮你说服叶青让你参加夏令营时，你说过欠我一个人情，现在就当是还我人情，请你冷静一下，好吗？"

杜梓薇记起当初的约定。卫查理帮她说服叶青，而她欠下一个人情，约好卫查理"什么时候想要，什么时候就还"。

"算了，给你个面子。"杜梓薇态度缓和。

"梓薇……"爸爸看她冷静下来，再劝，"参加爸爸的婚礼，好不好？"

"不去！"

"这是你跟王阿姨缓和关系的第一步，我已经答应她了，你必须来。"

"我凭什么跟她缓和关系?"杜梓薇尖叫,"想讨好新欢,还要搭上自己女儿是不是?"

"你!"爸爸彻底生气,"你这个孩子怎么这么没教养,叶青到底怎么教育你的?我看这监护权是时候收回来了!"

"你敢!"杜梓薇从座位上站起来,做出要走的样子。

"我是你的亲生父亲,我有重新索回监护权的权利!"爸爸也激动起来。

他这样一喊,卫查理先坐不住了,"这位先生,我看你真的应该先学会尊重别人,然后再来找梓薇谈。作为爸爸,你应该给孩子做榜样,而不是靠诋毁别人来抬高自己,这样的爸爸也不会赢得孩子的喜欢和尊重。"

卫查理的话让杜梓薇的爸爸不受用,但却找不出反驳的理由,双方尴尬地愣在原地。

杜梓薇要走,被卫查理拦了下来,"每次见面都这样纠缠,永远解决不了问题,今天就把彼此心里的那个结打开吧。"

在卫查理的劝说下,杜梓薇和爸爸终于敞开了心扉。

"爸爸这辈子不会再有别的孩子了,只有你这么一个女儿,当然会把所有的爱都给你。"

"我也可以爱你,但你不能诋毁妈妈。"

"好,我答应你,不提你妈妈。"

"你也不能强求我做自己不喜欢的事。"

"爸爸答应你。"

爸爸承认这些年对她照顾不够,也答应不再诋毁叶青,而杜梓薇也表达了对爸爸新婚姻的祝福,"不管怎样,你都是我爸爸,我希望你能过得幸福。"

父女二人时隔多年,终于打开了心结。告别时,杜梓薇的爸爸向卫查理表示感谢,"我女儿就托付给你们了,请对她好点。"

"放心,我会保护好自己的妹妹。"卫查理认真地说。

杜梓薇听了,心里高兴,表面却跟卫查理犯倔,"谁是你妹妹!"

家长会上,班主任重点表扬了王可儿的进步,并邀请郑莉莎上台演讲。

郑莉莎上了台,一脸紧张地望了望台下,王可儿冲她做出加油的手势。

"谢谢大家,也感谢王老师把这样一个机会给我。我不懂什么演讲,我只想跟大家一起分享一下我和我女儿的故事……"郑莉莎缓缓地展开演讲,"高尔基说过,世上的一切光荣和骄傲都来自母亲。所以我也要感谢我的女儿,王可儿,感谢她成为我的孩子。因为她,我才深切地体会到了做妈妈的幸福和快乐……都说女儿是妈妈的贴心小棉袄,在我的生活里,我和我的小棉袄有过快乐,也有过矛盾。就像前段时间家长群里流传的早恋事件,其实那是一个乌龙,孩子们不过是共同救助了一只动物,是我误会了他们。我以为可儿会因为这件事记恨我一辈子,没想到她却原谅了我。在我加班累的时候,她会为我留一杯奶,备好水果。在我发脾气的时候,她会选择沉默和忍让。当我给她一个微笑的时候,她更愿意还我一个拥抱……有时候我在想,究竟是妈妈为孩子付出得多,还是孩子为妈妈付出得多?后来我终于明白了,每个孩子都是妈妈独一无二的天使,因为只有她会无条件地原谅妈妈曾经犯过的错。所以,在这里,我要对我的女儿——王可儿,说一声,女儿,对不起……"

说到这儿,郑莉莎的眼睛湿润了,台下传来不少抽泣声。

王可儿惊讶地看着妈妈,心里有一百个问号,"这根本不是当初排练的草稿啊……"

台上的郑莉莎接着演讲,"说实话,本来今天的演讲稿,我和女儿早就写好了,我们无数次演练过,但在上台那一刻,我告诉自己,今天就是要说心里话。我们总是要求孩子要诚实,难道当妈妈的就不应该先学会诚实吗?"

班主任听了,带头鼓掌。

"我承认,我和所有家长一样,望子成龙,望女成凤,要求孩子必须上名牌大学,必须出人头地……但是最近这段时间发生了太多的事,我渐渐明白,每一个孩子身上都有闪光点,当妈妈的应该发现和守护孩子的闪光点,而不是把自己的理想和梦想自以为是地强加给孩子!"郑莉莎一脸激动,"曾经我也强求过,想让可儿上名牌大学,甚至出国留学,后来我才知道,孩子最大的心愿是上一所好大学,工作后回到家里陪伴爸爸妈妈。我们为了自己的那点虚荣心要求孩子爬得更高更快,而孩子心里第一个想到的却是我们!还说什么呢?是不是得承认,我们活得不如孩子单纯,甚至有些自私?英国有句谚语,在孩子的嘴上和心中,母亲就是上帝。瞧,这就是孩子们单纯而又可爱的小心灵,他们把妈妈当成至高无上的存在。身为妈妈,我们是不是也应该向孩子学习?"

郑莉莎的声声追问,让台下的家长们开始反思。

王可儿盯着妈妈,一脸错愕。

"我是一个从底层打拼上来的女人。为了工作,我可以不吃不喝连轴转。我得到了想要的职位,收获了应得的报酬,看似过上了自己想要的生活,可是回头发现,我失去了很多跟孩子相处的快乐。我欠孩子一个陪伴,一个妈妈该有的陪伴。"郑莉莎接着说,"已经错过了女儿的大部分成长时光,再错过她最后的少年时代,我怕自己将来遗憾,所以我辞职了。很多人不理解,苦心追求的东西就这么轻易地放弃了，值得吗？我只想说，为了孩子，一切都值得。是她给了我生活的乐趣和生存的勇气，我应该加倍珍惜和付出。所以在这里，我要对我的女儿，王可儿，说一声，女儿，妈妈谢谢你，谢谢你选择我做你的妈妈，谢谢你包容妈妈，谢谢你总是无条件地爱着妈妈。今天妈妈只想告诉你，以后不管你选择怎样的路，妈妈都会陪着你。你考上大学，是我的女儿，你扫马路，也是我的女儿。只要保持高贵的人格，扫马路也可以扫出一个光明纯洁的世界！从此以后，妈妈会尊重你的每一个选择！"

郑莉莎的发言获得了雷鸣般的掌声，很多家长听了若有所思，孩子们听了，都一个劲儿地鼓掌。

泪眼婆娑的王可儿再也忍不住，大步走上台去，跟郑莉莎紧紧地拥抱在一起……

米爱给妈妈准备的母亲节礼物，是一尊三口之家的泥塑。她一边着色，一边跟群里的小伙伴们聊天。

"怎么办？母亲节前一天是我爸爸的生日，我想给他过个生日，可是又怕妈妈生气。"

王可儿回复她："这是个好机会，你应该趁此机会让爸爸妈妈见一见。"

米爱极为小心，"上次见面差点打起来，还是算了吧。"

王可儿回复："时间不同，境地不同，心情也不同，就像我跟我妈妈一样，过去水火不容，现在不也和好了吗？"

米爱认真地点头，"那我听姐姐的。"

米大利如约来到约好的餐厅。

这一次，虽然仍是米爱拉着艾小云来的，但其实在进来之前，艾小云已经洞察了孩子的心思,不点破,是因为她也想见米大利。

两个人客气地打招呼,没有丝毫不快,米爱提着的心,这才放下来。

"爸爸,这是给你的生日礼物。"米爱把一件衬衫递过去。

米大利看了一眼衬衫,又看艾小云,"是你帮她选的吧?"

"你以为呢!"艾小云说话虽不客气,却并无不快,"上次那5万块,还在卡里没动,你要是想还债,随时跟我要,别苦着自己。"

如此关切的话,自离婚以后,米大利再未从艾小云嘴里听到。

米大利心里从未放下过艾小云,"那钱你留着,万一再病了,也好用得上。"

"去!"艾小云飞了记白眼,"咒我早死?是不是我没得绝症,你心里不痛快?"

"我不是那意思……"米大利赶紧辩解,"我不是担心你吗?是你一直误会我。"

"我误会你什么了?"

"明知故问。任雨下个月就要结婚了。"

米大利透露出来的信息,让艾小云轻松下来,更让米爱兴奋起来,"爸爸,那你是不是就能跟妈妈一起回家了?"

孩子的心,就是如此单纯。

米大利看一眼艾小云,艾小云故意不理他。

郑莉莎决定为三个辍学的孩子做点事。

她请求魏海帮忙,给三个孩子撤销案底。

魏海把三个孩子召集到派出所,和郑莉莎面对面。起初三个孩子是抗拒的,当听说郑莉莎想帮他们的时候,他们都愣了。

"阿姨欠你们一句道歉。对不起,孩子们。"郑莉莎正式跟三个孩子道歉,"是我不好,我的话伤了你们的心,让你们背负那么大的压力,这是我万万没想到的。我不求你们原谅,但请你们相信,阿姨以后绝对不会再说那种伤人的话。"

三个孩子面面相觑。

郑莉莎一脸真诚,"我知道,你们不是差生。听可儿他们说,文子还是你们县城成绩最好的孩子,转到这里上学,应该是可儿他们的荣幸。你们也不是坏孩子,小胖子心疼妈妈,不上学是为了怕妈妈受爸爸欺负,对不对?还有你……"郑莉莎指着高高瘦瘦的孩子,"这么小的年纪就送外卖,其实是为了帮父母减轻生活压力。阿姨应该对你们表示尊敬。你们都是好孩子,甚至是比可儿更懂事的好孩子。"

郑莉莎的话让三个孩子终于卸下防备,表情慢慢舒缓。

"今天让你们来,其实是你们郑阿姨做通了我的工作。"魏海接着说,"她劝我,不对,是命令我,必须帮你们消除案底,她不想你们的人生留下不好的印记。这个忙,我帮了,希望你们以后好好表现,危险的游戏绝对不能再碰,明白吗?"

三个孩子看着郑莉莎,眼神里流露出来的,终于不再是恨。

郑莉莎决定帮助这些孩子复学,她开始一家一家走访。

第一个去的是小胖子家。

高胖男人回了家,废品站又开张了。郑莉莎本来想劝对方赶紧送孩子上学,不料刚进门,就差点被一只酒瓶子砸到。

高胖男人又喝多了,妻子劝他几句,他伸手就打,"要惩管!老子在里面没吃没喝,出来还不能享受享受?"

妻子被打得四处躲避,高胖男人追不上,情急之下扔起了酒瓶子。

"啪!"酒瓶子扔到了郑莉莎的脚下,差一点就砸中了她。这一幕没有吓到郑莉莎,却吓到了高胖男人。

"你又作什么？"郑莉莎大喝一声，"一个男人，不知道赚钱养家，天天打老婆，骂孩子，这就是你的本事对不对？你瞧瞧你，除了喝酒，能不能做点更有出息的事？"

"什么更有出息的事？"

"至少，应该把孩子送进学校，让他接受教育，上大学！"

"上大学？钱呢？哪来的钱上大学？"

"没钱就去挣！"郑莉莎上前指着高胖男人，"身为父亲，连孩子上学这种责任都担不起来，你还配做什么父亲，算什么男人！"

高胖男人被郑莉莎骂得酒醒了一半，步步后退。

"不用恁管！"高胖男人嘴硬，"俺自己的孩子，俺自己教育，识字就行，上学？花那钱干啥！"

"钱钱钱，你除了钱就是酒！"郑莉莎无奈地摇头，"我今天来，就是想告诉你，钱的事我会帮着想办法，但你必须答应，让孩子上学。"

高胖男人还没答应，一直在他身后的小胖子却匆匆跑出了废品站……

第二十九章　母亲节礼物

郑莉莎追出好远，却始终追不上小胖子，她穿着高跟鞋差点把脚崴了，整个人踉跄了一下，仿佛听到自己骨头断裂的声音，她疼得尖叫一声，停下脚步。

本以为，就这么让小胖子溜走了，不料听到她的尖叫，小胖子迟疑地停了下来，随后折身返回来，站在距离郑莉莎有两米远的地方，呆呆地看着她。

"小胖子，听阿姨说，阿姨今天来，是想帮助你，你必须上学，不然整个人生就毁了！"郑莉莎看一眼杂乱的废品站，"难道你希望自己一辈子在这样的环境里度过吗？"

小胖子下意识地摇头。

"好孩子。"郑莉莎肯定了小胖子的行为，"一个人不管什么出身，也不管父母是做什么的，都不重要，重要的是自己要学会拯救自己。"

小胖子似懂非懂，虽然依然沉默着，眼神里却流露出一抹渴望。

"你想听听阿姨的故事吗？"郑莉莎摆手，让小胖子靠近一些，然后说起自己从公司底层做到设计师职位的不易，"阿姨也不是有能力的人，但阿姨有理想，知道能力是靠知识积累的，所以阿姨拼了命地学习新东西，才成了今天这个样子。你的条件比阿姨要好得多，因为你还小，正是学知识考大学的时候，等你上了大学，人生会展开另外一个样子给你看,让你站得更高,看得更远。更重要的是,等你长大了,学了知识,懂了法律,你就更加有能力保护妈妈不受伤害,也会有更多的办法阻止爸爸喝酒和打人……"

小胖子虽然不说话,却慢慢地往郑莉莎的方向走过来。

"孩子,上学,知识改变命运,咱们必须上学。"

"可是……"小胖子终于开口了,"可是我们家没钱。"

"你还有阿姨。"郑莉莎指了指自己,"我一定帮你,只要你肯学。"

确认小胖子想上学,这让郑莉莎瞬间开心起来。每个妈妈面对好学的孩子,内心都是欣慰的,哪怕不是自己的孩子,依然会忍不住生出欢喜来。

在小胖子的帮助下,郑莉莎顺利地见到了文子和瘦子。文子条件稍好些,父母都是打工的,因为爸爸有病,文子才瞒着妈妈辍学,郑莉莎听说后对这个孩子更加愧疚。

"文子,你听阿姨说,帮助父母最好的办法就是你好好上学,学更多知识才有能力去守护父母。如果你的人生就跟父母一样,打打零工,走走停停,虽说人生也可以过,但你不觉得他们过得很苦吗?"郑莉莎循循善诱,"阿姨不是瞧不起打工的,而是想让你明白,就算打工,我们也要有能力。知识就是一个人的能力,你明白吗?"

文子点点头,不再抗拒,"我也想上学,特别想,我每天都拿书出来温习……"

文子的话让郑莉莎更加心疼,"好孩子,阿姨一定想办法,让你继续跟可儿做同学。"

"你为什么要帮我?"

"阿姨欠你的。"郑莉莎真诚地说,"阿姨欠你一个尊重。"

郑莉莎的话让文子的眼里燃起了希望。在她离开的时候，文子竟然主动说了声："阿姨，再见。"

这一声"阿姨"叫得郑莉莎心里暖暖的，内心有一个声音告诉她：世上哪有差生，哪有坏孩子？不过是大人没有好好去爱，好好去了解他们！

瘦子是三个孩子当中最顽固的一个。他不仅不听郑莉莎的劝，还把她关在门外。

这是一个快拆迁的小区，破旧的外墙上打上了红色的"拆"字，瘦子淘换来的二手摩托车上洒了无数的油水沫子，显然是送外卖时弄的。

郑莉莎摸了一把破旧的摩托车，心疼不已，"孩子，阿姨知道，你什么道理都明白，所以我不想劝你什么，只想问你一句，当这片房子拆迁以后，你要跟爸爸妈妈到何处安身？换一处更便宜的地方住吗？当这辆摩托车不能再骑，你是不是要用送外卖挣来的钱再换一辆？还要买二手的吗？"

瘦子看看郑莉莎，觉得莫名其妙。

郑莉莎接着说："有一个故事，你一定也听过。有人问放羊娃的理想，放羊娃说自己的理想就是放羊卖羊，然后娶个媳妇，生个娃，娃大了继续放羊卖羊……阿姨想问问你，这也是你追求的生活吗？"

"当然不是！"瘦子马上反驳，"我将来想开一家自己的餐厅！"

"好样的。"郑莉莎马上肯定，"阿姨相信，你一定会开起来。但是阿姨想问问你，开餐厅需要用到哪些知识，你知道吗？"

"开餐厅用什么知识？菜好吃就行了呗。"

"开一个餐厅，首先需要的是采买，对不对？"郑莉莎问，"采买需要算账，连账都算不明白，是不是要亏损？"

瘦子愣了。

"还需要管理。不管是开餐厅还是做别的事,只要是创业,都必须懂管理,决策、计划、组织、执行、控制,这些你懂吗?"

瘦子下意识地摇头,"不就开个餐厅吗?这么麻烦?"

"更麻烦的还在后面。"郑莉莎慢慢引导,"比如税收,比如盈利和止损,比如员工管理和客户维护……不是你想当然就可以,这些事必须要懂。"

瘦子惊讶得张大了嘴巴。

"想懂这些,就必须先学习。"郑莉莎步入正题,"孩子,重新拿起书包上学吧,阿姨相信你,不仅现在可以做可儿的中学同学,将来一定也可以跟她做大学同学。"

"我……"瘦子下意识地往家的方向看看,"我行吗?"

"阿姨知道你在担心什么。"郑莉莎肯定地回答,"我已经跟这片的居委会打好招呼,他们会帮你们家申请救助,你的学费,阿姨也会帮你想办法。"

郑莉莎突然变得很忙。

连王可儿都觉得,"妈妈辞职以后,好像更忙了,说好的陪伴呢?"

郑莉莎没有时间跟女儿解释,她需要争分夺秒地完成三个孩子复学的愿望。她找艾小云帮忙,一起去见了王可儿的班主任,有点"沾亲带故"的班主任看在小师妹的面子上,把她们引荐给管理生源的副校长。副校长听郑莉莎说起这三个孩子辍学的事情,很爽快地答应:"让他们来参加笔试吧,成绩过关,我去教委帮他们调档案,绝不让任何一个适龄孩子失学,这是我们的教育宗旨。"

革命成功了一大半，可是三个孩子辍学数月，郑莉莎深怕他们成绩跟不上，思来想去，回家跟王可儿商量："帮妈妈一个忙，给他们三个补习一下功课，好不好？"

王可儿完全诧异了，"妈妈，我不是在做梦吧？"

"他们是你的同学，你有责任拉他们一把。"郑莉莎一本正经地说，"从明天开始，他们到家里来，你帮他们补习功课，妈妈给你们做饭。"

王可儿下意识地点头，"妈妈想当英雄，女儿也不能拖后腿呀。"

"还有，把许慕也叫上。她办的是休学，可两三个月不露面，也必须补补功课，赶紧复学！"

在郑莉莎的督促下，王可儿找来陈泽，还有班上两个学习好的同学，一起给许慕和三个辍学的孩子补习功课。

孩子们在一起学习，郑莉莎忙着做饭，洗水果，倒水，倒把孩子们感动了。

文子是最先表达感谢的人，他把不知从哪采来的野花献给郑莉莎，"阿姨，谢谢您。"

"阿姨，您辛苦了。"瘦子也带来了自己煲的汤。

小胖子因为没有拿出手的东西而愧疚，看到王可儿家里的板凳腿有点歪，上前帮忙修好了，"阿姨，以后家里有事就喊我。"

孩子们的纯真彻底打动了郑莉莎，她觉得，付出的一切都值得。

妈妈群里，郑莉莎把自己这些天跟孩子们的相处说了一下。

"越相处，就越喜欢他们，有时候还在想，我要是真有这么七八个孩子，那还不赚大了？"郑莉莎给自己打气，"我决定，这几个孩子高中的学费，我全包了。"

"那怎么行？"最先反对的是艾小云，"那天我不是跟你说过吗，孩子们的学费，我也出一部分。"

郑茉莉更直接，直接在群里给姐姐转账，"先打五千，不够再说。"

叶青也认同，"那我也出五千。"

"用不了这么多……"郑莉莎劝大家，"以后出钱出力的时候多着呢，真用不了这么多，等学费确定以后，我再通知大家。"

终于，三个孩子在郑莉莎的努力下，顺利地通过笔试，重新回到了学校。

三个孩子不约而同地向郑莉莎鞠躬，"阿姨，谢谢。"

郑莉莎说："孩子们，对不起，阿姨过去伤害过你们，现在阿姨纠正过来，你们都是最棒的。为了自己，也为了父母，加油吧！"

王可儿看着妈妈，脸上溢满骄傲，忍不住上前挽起郑莉莎的胳膊。许慕看到这一幕，眼神里流露出无限的羡慕。

郑茉莉尝试着跟儿子用赞美的方式相处。

哪怕林小峰成绩不好，她也咬着牙说："没事，妈妈相信你下次会更好。"

林小峰其实也是个要强的孩子，他想在妈妈面前表现自己，也想听到妈妈更多的表扬和赞美，于是开始主动地学习，成绩慢慢追了上来，连班主任艾小云都不由得惊叹："这还是以前那个林小峰吗？"

郑茉莉诧异儿子的努力和上进，林小峰告诉她："妈妈，你越表扬我，我越怕你失望，所以就加倍努力。"

郑茉莉这才意识到，原来世上没有不行的孩子，只有不懂得鼓励的妈妈。

"老公,这么多年,我是第一次反省自己。我感觉自己太对不起你和儿子。"郑茉莉真诚地跟林峰道歉,"以前我总是自以为是,喜欢发号施令,没有把你和儿子放在平等的位置上,所以咱们才会有那么多的矛盾……对不起,老公,以后我会改。"

儿子的改变,不知不觉地也增进了夫妻关系。郑茉莉说服了林峰,暂时放下工作,带上儿子一起去旅行。

一家三口去了林小峰心心念念的大草原。

蓝天下,草原上,看着林小峰骑着马不断地奔跑,欢笑,郑茉莉第一次觉得,原来跟孩子相处是这么地快乐。

还有一天就是母亲节。

孩子们的礼物陆陆续续准备好了。

林小峰从大草原旅行归来,带了礼物给米爱,"这是妈妈跟我一起选的。还有这个,爸爸喜欢,我也喜欢,就买了。"

说者无心,听者有意。

内心敏感的米爱,羡慕林小峰有爸爸妈妈陪伴,更渴望自己的爸爸妈妈能一起陪伴自己,她特意把一家三口的泥塑交到妈妈手上。

"妈妈,你喜欢吗?"

艾小云看着泥塑,两大一小,紧紧拉着手。她深知米爱的用意,却不知如何回应。

"妈妈,我做得好看吗?"米爱坚持想问出个结果。

"妈妈喜欢,做得也很好。谢谢米爱!"

"妈妈,你真的喜欢吗?"米爱再次追问。

其实艾小云知道,孩子想要的并非自己对泥塑的评价。她不知该如何守护这颗幼小敏感的心灵,只好选择沉默。

王可儿突然变得很忙，早出晚归，神神秘秘。郑莉莎本能地想追问，又不断地劝自己，"说好给孩子自由的"，只能忍着不问。可是，她最后还是没能忍住。

王可儿每天最晚7点就会到家，这一夜却9点半了还未归。电话始终无人接听，郑莉莎就急了，一边打电话给别的同学追问，一边告诉王得水："你赶紧出去找，找不到就立马报警。"

夫妻俩有些慌神，毕竟是晚上，一个女孩子究竟能去哪儿？

就在两人齐齐下楼寻找时，王可儿回来了。

小区花园里，尽管人来人往，郑莉莎还是没忍住自己的脾气，上前质问："你这孩子，这么晚了不回家，跑哪儿去了？"

"妈，回家再说吧。"王可儿试图拉着妈妈回家，却没拉动郑莉莎。

"就这儿说！去哪儿疯了？是不是又跟许慕喝酒去了？"

"没有……"

"你这几天很反常，天天早出晚归，我忍你很久了！"郑莉莎终于爆发，"王可儿，别以为妈妈答应给你自由，你就可以任性猖狂，以后我每天早送晚接，看着你！"

"爸爸，你看妈妈，又……"王可儿没有生气，反而把矛盾转移给了王得水，"交给你啦，赶紧劝劝你老婆，我好累哦……"

王可儿不再听郑莉莎发牢骚，转身上了楼。郑莉莎生气，却被王得水拉住，"行了，这么多邻居看着呢，你就不能给可儿，也给自己留点面子。"

郑莉莎无奈收手，匆匆跑上楼去，想继续追查。

可是，当她回到家之后，却收获了一个大大的意外。

在郑莉莎出口责备之前，王可儿把一张飞往美国的机票递到她手上。

"这……"郑莉莎不明所以，"哪来的机票？"

"我买的。"

"你？"

"你不是想知道我这些天忙什么去了吗？"王可儿笑着告诉妈妈，"我给两家西餐厅弹琴，每家每天一小时，打工赚来的。今天晚上有客人生日，所以加了个班。"

"就为这个？"郑莉莎看看机票，"拼命赚钱就为了去美国？"

"妈妈，你不是一直想去美国吗？出国留学的梦想不能实现，那就去看看美国的哈佛，只当是圆了你的梦。"

王可儿说这番话的时候，面带微笑，却听得郑莉莎满脸愧疚。

"可儿，你是说……是给妈妈买的机票？"

"母亲节礼物。"

"这些天你一直背着我们去打工？妈妈去不去美国无所谓，你可不能累坏了……"

王可儿点点头，故作轻松，"投桃报李吧。反正钢琴九级是你陪我考出来的，用它赚来的钱，你完全有资格享用。"

郑莉莎已经激动得不知说什么才好，一行热泪在转身之前，还是流了下来。

王得水跟着起哄："你们娘俩这闹的又是哪一出？我说可儿，你也太偏心了，只有妈妈的机票，爸爸的呢？"

王可儿当真又拿出一张机票，扬了扬。王得水以为是给自己的，激动地上前去抢，不料却被郑莉莎拦下来，"不行，要去也得让可儿陪我去，你那一口方言式的英语发音，我嫌丢人。"

一家人嘻嘻哈哈着，心却贴得更近了。

"可儿，妈妈谢谢你。"

"妈妈，母亲节快乐。"

郑莉莎和王可儿相视一笑，再次拥抱在一起……

叶青发现杜梓薇和卫查理真的懂事了。

两个孩子抢着做家务，就连收快递这种事，卫查理都抢着开门。

只是，卫查理收完了快递，却悄悄藏了起来。叶青以为是卫查理美国妈妈寄来的，也没多问。然而让她想不到的是，等她回到房间，梳妆台上却多出了一支口红。

限量版的巴黎款，国内根本买不到。

她瞬间就明白了什么，拿着口红走到客厅，问卫查理："这是你买的？"

"随便买的，反正家里就你能用，将就吧。"卫查理说话越来越中国通，"补偿上次毁坏的，就当是母亲节礼物好了，你不用感谢我的。"

什么都让他说了，这个嘴硬心软的孩子着实让叶青又爱又怜，"说谎。这款是巴黎货，从美国寄来的，你是不是求你妈妈帮的忙？"

卫查理做了一个无奈的手势，"女人太聪明了可不好。"

"查理，谢谢你，我很喜欢，也代我谢谢你妈妈，让她有时间来中国玩。"

叶青一脸真诚，卫查理有些坐不住了，"她是我妈妈，你也是我妈妈，你也可以到美国玩，一样的。"

再次听到卫查理喊自己妈妈，叶青依然激动到不能自持，眼泪在眼眶里打转，"谢谢你，儿子。"

杜梓薇抱着一只包装精美的盒子从房间走出来,来到卫查理和妈妈中间,故意清了清嗓子,"咳咳,这对母子别玩煽情,让人受不了。"

叶青以为,杜梓薇手里精美的盒子里装的也是送给自己的母亲节礼物,刚要伸手去拿,结果杜梓薇却略过她,直接走到卫勇身边,交给了卫勇。

"卫叔,送您的。"杜梓薇一脸真诚,"我知道,应该到父亲节再给您备礼物,但在我心里,您跟我妈妈是一样的,谢谢您这么爱我,爱我妈妈,以后我也会好好爱这个家,爱您……"说到这儿,看了一眼卫查理,"爱查理,咱们永远都是一家人。"

卫勇没想到,母亲节能收到这样一份别样的礼物,激动地拥抱了杜梓薇。当他打开盒子时,更诧异了,竟然是他常用牌子的刮胡刀。

"梓薇,这个牌子很贵的……"卫勇递给叶青看,"这孩子,太有心了。"

叶青和卫查理当即明白了,杜梓薇一直偷偷攒钱,原来是为了给卫勇买礼物,大家心照不宣地相视一笑。

郑家姐妹回父母家过母亲节。

吃饭时,王可儿和林小峰打打闹闹。说起孩子,姥姥不无感慨:"总感觉可儿就是老大,小峰就是老二,他们说说笑笑,就好像你俩小时候一样。转眼你们都成妈妈了,可我都忘了你们是怎么长大的……"

"妈,我们过去一身泥巴,半身破衣裳,满脸鼻涕,天天在巷子口疯来跑去,哪有人管?"郑莉莎笑着说,"我记得有一回,家里来客人,做了一桌子好吃的,我手背的泥都不洗,直接抓了吃,那时候就感觉能吃顿好饭就是幸福啊。"

"怪我,跟你爸爸忙着工作,对你们也没怎么教育。"姥姥摇头,"可是不教育,你们不也长得好好的吗?看看你,设计师。老二更出息,自己办学校。我跟你爸,想想就觉得很骄傲呢。"

"得了,妈,这骄傲可完全是我们自己打拼出来的。"郑茉莉快人快语,"我姐当年上大学没钱,人家的设计师是自己学来的。我虽然上了大学,也不是理想中的学校,是你们逼着我去什么免学费的师范,当老师赚那点钱够干吗的?还不是我自己下海创业才有了好生活……"

"茉莉,你这说的什么话?"林峰听不下去。

"我不是抱怨爸妈,我就是实话实说。"郑茉莉坚持,"过去的父母对孩子完全是放养,什么也不管,更不会操心将来去什么大学,学什么专业。现在的我们,敢放手吗?一天不操心,一天就惹事,你们说,到底是谁的错?"

郑茉莉的话让大家都沉默了。

王可儿和林小峰也围了上来。

王得水怕气氛尴尬,赶紧打圆场,"社会变了,人也变了,父母对孩子的教育和要求也得与时俱进,没有对错。"

"是啊,过去父母不管或是少管孩子,孩子照样健康成长。现在父母对孩子不敢撒手,其实是自己被社会的残酷竞争吓怕了,没有对错。"郑莉莎表示了赞同。

父母们的对话,让王可儿和林小峰面面相觑,似懂非懂。

单独过母亲节的艾小云,决定给米爱做一顿大餐。

米爱陪着妈妈在厨房里忙活,一会儿择菜,一会儿递水。餐桌上不断增加的菜式,让米爱欢呼:"妈妈,做这么多,咱俩吃得完吗?"

"米爱送给妈妈那么好的礼物,这些菜就是妈妈回报给米爱的礼物,一会儿多吃哦。"

米爱盯着桌上的菜,不断地咽口水。这时有人敲门,米爱抢着去开门。见进来的是米大利,她激动地扑上去,"爸爸!"

艾小云见是米大利,什么也没说,继续在厨房忙活。米大利把手里提着的礼物放下,冲着艾小云说:"本来想给你放天假,我带米爱出去的,毕竟过节嘛,让你也轻松一下……"当看到桌上的菜时,他马上改口了,"没想到,你做了这么多好吃的。"

"爸爸,留下来一起吃饭吧,我和妈妈吃不完的。"米爱拉着米大利的手,生怕他离开。

艾小云忙着最后一个汤,并不回应。

米大利和米爱齐刷刷地盯着艾小云,他们都知道,必须她点头。

艾小云却不说话,也不看他们。

米大利怕尴尬,"要不,我先走吧。你们吃饭,吃完了我再来接米爱。"

"爸爸,我不让你走……"米爱拽着米大利的手,看向艾小云,"妈妈,留下爸爸吧。"

米大利尴尬地看看艾小云,不得已,还是松开了米爱的手,"米爱,听话。"

米爱不高兴,哀求艾小云:"妈妈……"

艾小云依然不回头,盯着锅里的汤,却说话了,"洗手啊,不洗手就别吃饭!"

米大利愣了一下,明白过来这是对自己的挽留,不由偷偷地乐了。

坐在一起吃饭时，米爱天真地问爸爸："爸爸，什么叫抚养权？什么又是监护权？"

"你问这些做什么？"

"我想让你答应我，不要跟妈妈争抚养权，我是你们两个人的孩子，争什么呢？在我心里，爸爸妈妈我都爱。"

米爱认真的回答，让米大利和艾小云不由得相互对望。

米大利向艾小云道歉："我那天太冲动，不该提什么更改抚养权的事。"

从姥姥家吃完饭回来，王可儿在自家楼下看到了许慕，她正孤独地坐在楼梯口。

"许慕，你怎么在这儿？"王可儿迎上去。

"我今天心情不好，想约你一起吃饭，你不在家，所以就等了一会儿。"

郑莉莎和王得水走过来，一起邀请，"许慕，来我们家坐坐。"

许慕摸着咕噜咕噜的肚子，一脸为难，"阿姨，我饿了。"

郑莉莎更不让她走了，"上楼，阿姨给你下面条。"

进了门，郑莉莎忙活着做饭，许慕发现只做了一人份，问王可儿："你们都吃完饭了？"

"吃了，我们去给姥姥过母亲节，在姥姥家吃完饭回来的。"王可儿不以为然，"怎么，你还想让我再陪你吃一顿？"

"我……"许慕一脸为难，"这样的日子，不该来打扰你们。"

"我妈不会在意的。"王可儿对妈妈充满自信，"她现在变了，理解我，支持我，只要是我的朋友，随时可以上门。"

"你妈妈真好。"许慕一脸羡慕，"不像我妈，母亲节给她准备了礼物，都没送出去……"

"为什么呀？"

"我给她打电话，她一边招呼店里的生意，一边看着妹妹，没说两句就挂了。"许慕越说越伤心，竟然哭了，"可儿你知道吗，我多想给妈妈过个母亲节，也想给她送礼物，也希望她能说声'谢谢'，或是抱抱我……可是我们每年只有春节才能见上一面，从来就没一起过过母亲节……"

许慕哭了，这泪水是一个孩子对在外打拼的妈妈的想念，更是对家庭和亲情的渴望。

这一切被端着面条走过来的郑莉莎看进眼里，她的心抑制不住地疼了一下。

第三十章　妈妈的大名叫监护人

郑莉莎主动送许慕回家。

路上，她特意停车给许慕买了一套睡衣，嘱咐她："休息好才能好好学习，这是阿姨送给你的礼物。"又要来了许慕父母在深圳的联络方式。

郑莉莎打电话给许慕的妈妈，"许慕是一个独立要强的孩子，你们让她留守在奶奶身边，老人年龄大了，照顾得了生活，却体贴不了心灵。作为父母还是应该多跟孩子相处，他们最需要的是父母的陪伴，特别是妈妈，一个女儿在成长过程中最需要的是妈妈的陪伴。"

许慕的妈妈以生意忙为由为自己开脱，郑莉莎告诉她："你知道吗？许慕有多羡慕别人跟妈妈在一起。你知道吗？许慕有多渴望跟爸爸妈妈还有妹妹在一起。你知道吗？许慕每年都会准备母亲节礼物，却每次都送不出去。这对孩子来说，是怎样的一种痛，身为妈妈，你能理解孩子爱妈妈，想跟妈妈在一起的那颗心吗？"

郑莉莎听到，许慕的妈妈在电话那头哭出了声音。她知道，身为父母，心情都是一样的，都希望给孩子带来更好的生活，都以为好生活就是创造好的物质条件，却忽略了孩子内心深处最想要的东西。

第二天中午，郑莉莎在睡梦中被王可儿叫醒。

"妈妈，妈妈，妈妈……"

她以为是在做梦，醒来却发现，还是中午。

"你大中午不在学校好好休息，跑回家来做什么？"

郑莉莎好不容易从床上坐起来，可没等她下床，王可儿突然扑上来，抱住了她。

"怎么了？这孩子……"

"妈妈，妈妈，我太爱你了！"

王可儿的突然表白，让郑莉莎不知所措。

"妈妈，许慕的妈妈上午从深圳飞回来了，要和许慕一起补过母亲节。"王可儿告诉郑莉莎，"许慕说了，这都是妈妈你的功劳，是你说服了她的妈妈。"

郑莉莎这才明白过来。

"妈妈，你真的太伟大了！"王可儿再次紧紧地抱住郑莉莎。

郑莉莎微笑，"这孩子，人家许慕的妈妈回来，你高兴什么？"

"许慕难过，我是她的朋友，我也难过，可我没有办法帮助她，没想到妈妈一个电话就解决了，所以我就高兴呀！"

"傻孩子。"

"还有，妈妈，你这么关心我的朋友，我更高兴。"王可儿说完，在郑莉莎脸上亲了一口。

猝不及防，却满满都是甜蜜，郑莉莎的心瞬间被暖化了。

艾小云和米大利的关系有所缓和，两人带着米爱一起郊游，放风筝。

艾小云坐在草地上，看着米大利帮米爱把风筝放上天，再看着米爱那张久违的笑脸，她不得不承认，这就是亲情的力量。

天空，蔚蓝一片，艾小云觉得自己的心也透彻起来。

米爱一个人放着风筝，对米大利说："爸爸，我自己可以的，你去陪妈妈吧。"

小小的人儿，心愿一直写在脸上，米大利又岂能不明白？

米大利走到艾小云身边，一脸愧疚，"对不起，我应该早点陪孩子出来散散心。"

"爱孩子什么时候都不晚。"艾小云回答得很干脆，却透着温柔，"再说，你一直很爱米爱。"

"小云，你能这样想，我真的很高兴。"米大利坐下来，看看艾小云，"你最近变化很大，我也很意外。"

"是吗？"艾小云笑了，"也许是想开了，也许是放下了。"

"我们之间本就是误会，早应该放下的。"

"我说的是……"艾小云逃避话题，"我心理学考试过了，学了不少东西，也有所成长。我知道作为一个妈妈，要学会跟孩子相处，先要学会克制自己的情绪。我也知道身为妈妈，要做孩子最好的榜样，因为妈妈的名字也叫监护人，这是我的责任。"

"爸爸也是孩子的监护人，我也有责任。"

"我从来没说你没有这份责任。"艾小云肯定地回答，"以后我们一起努力，监护着米爱好好长大，绝不推卸责任。"

米大利看了一眼艾小云，满脸惊喜，他知道，这是一个信号，是艾小云重新接纳自己的信号……

郑茉莉决定给儿子一个惊喜。

她把一张信用卡的附属卡装进信封，当作礼物，悄悄地放在林小峰的书包里。

林峰显然不同意，"过去我给孩子钱，你不同意，现在你又这样做，到底是该给还是不该给？"

"过去不让你给，是不相信他花钱会自觉。现在主动给他，是相信他不会乱花。"郑茉莉自有道理，"这些天小峰改变了很多，我对他越来越有信心。"

"那……是不是不用生二胎了？"林峰追问。

"这事，咱俩说了不算，得问小峰。"郑茉莉坚守自己跟儿子的约定。

妈妈对林小峰充满了信任，而林小峰在意外看到信用卡之后，却充满了恐惧，回家后第一时间上交。

"妈妈，这东西我不要，也不会再用。"

"妈妈相信你，会做一个有计划消费的小绅士。"

"妈妈，不要过度相信一个小孩子的花钱能力，在通常情况下，看到玩具和零食，我是没有抵抗力的。"

林小峰一本正经的回答，竟让郑茉莉无言以对，"这么说，你是当真不想要这份回礼喽？"

林小峰看着信用卡咽了咽口水，态度却很坚定，"不要，拿走。"

这一刻，郑茉莉突然觉得儿子真的长大了，她上前拥抱了林小峰，"儿子，你比任何信用卡都值钱，妈妈爱你。"

杜梓薇和卫查理相处和谐，两人连早餐都承包了。

大早上的，一个热牛奶，一个摆果盘，看得叶青和卫勇惊喜连连。

"亲爱的，我说过，放手才能让孩子成长。"卫勇说，"你瞧，现在他俩多能干，你还有什么不满足的？"

叶青一脸幸福，"嗯……要说不满足的话，我还真有一件事不满足。"

"什么?"

叶青走到卫勇耳边,轻声说了一句话,卫勇马上乐得大笑。两个孩子走过来,一脸莫名其妙地盯着他们。

卫勇向两个孩子宣布:"等你们暑假的时候,我要跟你们的妈妈再度一次蜜月,家就交给你们来守护了。"

叶青的脸莫名红了,这逃不过杜梓薇的眼睛。

"妈妈,再度一次蜜月,一定是你的主意吧?"杜梓薇一语道破,"多大人了,还跟孩子似的,真是让人操心。"

"就是。"卫查理点头,"没完没了地秀恩爱,受不了。"

杜梓薇得到卫查理的支持,忍不住伸手,两人击掌鼓励。

叶青和卫勇却幸福地笑了。

王可儿放学回来,告诉郑莉莎:"妈妈,小胖子今天没来上学。"

郑莉莎心头一紧,"是不是他那个混蛋爸爸又闹事?"

妈妈群里,郑莉莎告诉大家:"我要去会会小胖子的爸爸。"

妈妈们集体响应,纷纷要求一起去。

妈妈团再次集结,郑茉莉把车开得飞快,一会儿就到了废品站门口。还没下车,大家就听到里面有男人敲敲打打的声音,还有孩子高高低低的尖叫。

郑莉莎带着大家破门而入,恰好看到高胖男人正抓着小胖子在打。

"老子喝点酒怎么了?让恁管!"

高胖男人手里扬着半截木棍,刚要落在小胖子身上的时候,妈妈们一拥而上,郑茉莉抢下了高胖男人手里的木棍,叶青拉开了孩子,郑莉莎和艾小云站在男人面前,气势汹汹。

"你凭什么打孩子?多好的孩子,不知道珍惜!"郑莉莎斥责男人。

高胖男人不以为然,"打俺自己的孩子还需要啥理由?他不听话,俺就打!"

艾小云把孩子拉到身边,小心地询问:"有没有受伤?他为什么打你?"

小胖子摇头,"习惯了,不疼。我攒废品卖了钱想买课外书,却被他拿走想去换酒喝,我不让,他就打我……"

艾小云一听马上火了,冲着郑莉莎使眼色,郑莉莎心神领会,对着高胖男人上下左右察看,终于在他手里看到了孩子的钱。

妈妈们合作,围住高胖男人,郑茉莉趁他不备,一把拽住他的胳膊,郑莉莎趁机从他手里将钱取走。

"孩子买书的钱你都抢,你还是个男人吗?"

高胖男人不服,"俺儿子的钱,俺凭啥不能用?"

"是你的孩子不假,但你抢孩子的东西也是犯法的!"叶青不服,转头告诉郑莉莎,"干脆报警吧!"

郑莉莎当真拿起电话,刚要拨打,高胖男人怕了,赶紧求饶,"俺错了,下次不敢了。别关俺,上次关怕了……"

原来,这才是高胖男人的软肋。

郑莉莎当着高胖男人的面,把魏海的电话留给小胖子,"孩子,以后他再抢你的东西,或是打你妈妈,阻止你上学,甚至喝酒骂人,你都可以打这个电话,这可是派出所所长的电话。他一声令下,马上就可以抓人的。"

小胖子心神领会,接过写有电话号码的纸条。郑莉莎却发现孩子的手是颤抖的,她知道,孩子内心其实是心疼爸爸的。她把抢回来的钱还给孩子,同时打开自己的钱包,又加了几张一起给孩子,妈妈们纷纷解囊。小胖子看着大家,终于掉泪了,"你们都是最好的妈妈……"

艾小云警告高胖男人:"不管是父亲还是母亲,都是孩子的监护人,有责任照顾孩子长大,但绝不允许打骂孩子,那是犯法的。"

"对,这是你必须担负起的法律责任。"郑莉莎加重语气,"好好想想吧,现在孩子小,你可以随便打,等他长大了,你还打得动吗?若孩子心里记恨你,等你老了,他还会赡养你吗?你养他小,他养你老,父母跟孩子之间的照顾是相互的!"

高胖男人被众人说得惭愧不已,突然蹲在地上,不停地发誓:"俺以后再也不喝酒了,不打孩子了,俺错了……"

妈妈团的"英勇事迹"在孩子群里迅速流传开。

王可儿听说妈妈竟然如此神勇,对妈妈又欣赏又钦佩,在群里对小伙伴说:"我们要不要给这些可爱的妈妈们来个惊喜?"

孩子们决定,各自给妈妈打个亲情告白电话。

王可儿在电话里对妈妈说:"妈妈,开始我很爱你,因为你抱着我亲着我,好吃的好玩的,都是你送我的。后来我恨你,因为你说我骂我质疑我,让我觉得你不像一个妈妈。现在我重新爱上你,因为你勇敢慈爱,带给我惊喜和骄傲。妈妈,我爱你,很爱很爱你……"

虽然是电话告白,可是郑莉莎还是听得泪流满面,在心里问自己:"我只付出了那么一点点,孩子竟然重新爱上我,这份爱何其珍贵,又何其沉重!"

林小峰很调皮,在电话里对妈妈说:"妈妈,我想离开你。离开你的保护,离开你的视线,离开你的唠叨,离开你揪我耳朵时的那种疼……但是妈妈,我又不想离开你。没有你的保护,我害怕长大。没有你的注视,我怕迷失方向。你不唠叨,不揪我耳朵,我也会害怕,怕你又想着生二胎啊生二胎……"

这番表白让郑茉莉想哭又想笑,回想在儿子的教育问题上,她总想着"男孩子就该摔摔打打的才能坚强长大",却忘了"每个男孩子的内心都住着一个小公举",哪个孩子不渴望被父母宠溺呢?

艾小云收到的米爱的电话告白很特别,竟然是一首歌,"世上只有妈妈好,有妈的孩子像块宝,投进妈妈的怀抱,幸福享不了……"米爱细细小小的声音,通过话筒传进艾小云耳朵里,让她想起自己生病时跟女儿相依为命、难舍难分的情景,不禁泪流满面。她知道,孩子外表小小的,内心却是强大的,有这样的女儿是自己一生的幸运。

叶青接到杜梓薇的电话时,本能地想起曾经跟女儿相处的二人时光,她知道这个孩子有着强烈的独占心理,可是进入新的家庭之后,却变得开朗大度,这一切都是因为卫勇和卫查理父子的付出。让她意外的是,杜梓薇在电话里只是说了句,"妈妈,谢谢你无论逆境还是顺境都没有抛下我,我爱你。"然后就听到了卫查理的声音,"妈妈,感谢你包容我,接纳我,我也爱你。"

两个孩子简单的告白,却让叶青心里溢满了幸福。收获双份爱的妈妈,世上能有几人?

孩子们突如其来的告白,感动了妈妈们。

妈妈群沸腾了。

妈妈们争相说着自家孩子的告白,艾小云抢先发言:"听完孩子的告白,我突然意识到身为监护人的责任,对于孩子,不是把她养大就算完成任务,更应该承担起让孩子幸福和快乐的责任。"

"对,监护人不是给孩子提供好的生活才叫尽职尽责,最重要的是走进孩子的内心,成为彼此心灵上的依靠,心在一起,过怎样的生活都是幸福的。"郑茉莉支持艾小云的观点。

"在我们家,我觉得我儿子更像一个监护人,他的到来让我们一家四口更融洽。"叶青一脸自豪,"我真的太爱我们这个家了。"

"其实我不是个合格的妈妈,更不是一个合格的监护人,是可儿一直体谅我,包容我,才有幸走到了今天。以后我要更加努力,做一个知心妈妈。"郑莉莎感慨。

刚说完,身后有人递过一杯水,回头,是王可儿。

郑莉莎把自己的手机递给王可儿看,王可儿看了看妈妈的手机,随后把自己的手机也拿出来给妈妈看,"你们有妈妈团,我们有孩子团,怎么样,PK还是联手?"

"想跟自己的监护人PK,你赢得了吗?"郑莉莎笑问。

没想到,王可儿却一脸认真地告诉她:"现在你是我的监护人不假,再过两年,我长大了,你老了,我就是你的监护人,到那时,看我怎么管妈妈!"

郑莉莎听了,下意识地张大了嘴巴,不得不承认王可儿说的是有道理的。

孩子小的时候,妈妈是孩子的监护人,妈妈老了以后,孩子就是妈妈的监护人,看来妈妈和孩子的较量还真是没完没了……